Arnold C. Taylor

Kathavatthu

Vol.1

Arnold C. Taylor

Kathavatthu
Vol.1

ISBN/EAN: 9783337385088

Printed in Europe, USA, Canada, Australia, Japan

Cover: Foto ©Andreas Hilbeck / pixelio.de

More available books at **www.hansebooks.com**

Pali Text Society.

KATHĀVATTHU.

EDITED BY

ARNOLD C. TAYLOR, B.A.

VOL. I.

LONDON:
PUBLISHED FOR THE PALI TEXT SOCIETY,
BY HENRY FROWDE,
OXFORD UNIVERSITY PRESS WAREHOUSE, AMEN CORNER, E.C.

PROFESSORI T. W. RHYS DAVIDS

HANC REDACTIONEM DEDICO, PALICARUM LITTERARUM VETERANO

INEXERCITATUS, AMICUS AMICO.

PREFACE.

In the preparation of this edition I have used the following MSS.:—

I. In Sinhalese character:

(a) A paper MS. from the collection of Professor Rhys Davids = P.

(b) A palm-leaf MS. also belonging to Professor Rhys Davids = S.

(c) A palm-leaf MS. from the collection of the late Dr. Morris, belonging to the Royal Asiatic Society = S_2.

II. In Burmese character:

Mandalay palm-leaf MS. from the India Office collection = M.

III. I have also made use of the edition of the Kathā Vatthu recently published in Siamese character, and presented by the King of Siam to the Library of the India Office. I have occasionally noted its readings, and have distinguished it as K.

It may be of interest to Pāli scholars to know that this edition—at any rate as far as may be inferred from the Kathā Vatthu—approximates much more closely to the Burmese tradition than to the Sinhalese, in spelling as well as in textual readings. Broadly speaking, there is little difference between it and the Mandalay MS., a fact which would seem to point to the derivation of the literary side at least of Siamese Buddhism from Burmese rather than Sinhalese sources. It is, however, perhaps premature to generalise from a single instance, and it would be interesting to know the opinion of scholars who have examined any other of the Piṭaka texts in this edition.

The three Sinhalese MSS. are exceedingly corrupt, and it would have been impossible to have produced an edition of the text without the help of the Mandalay MS. The Sinhalese MSS. are all based on a single archetype, as may be inferred from the fact that they agree in making the same omissions and mistakes (see notes on pp. 209, 227, 344, 380, 393, &c.). They are evidently the work of scribes who did not understand what they were writing, and a complete collation of their blunders would require a separate issue of the Pāli Text Society.

It is interesting to notice that in all the MSS. I have used, the form vy° never occurs, even in the Sinhalese MSS., but always by°. Trenckner has pointed out in the preface to his edition of the Milindapañho that his oldest Sinhalese MSS. (as well as the Burmese) have by°, whereas by Childers in his Dictionary and by most of the editors of Piṭaka Texts the form vy° has been employed.

It is a curious coincidence that the two texts in which the by° form seems to predominate—the Kathā Vatthu and the Milindapañho—are rather later than the bulk of the Piṭakas themselves, as we know that the Kathā Vatthu dates from the reign of Asoka, while the Milindapañho is of still later date. It is, perhaps, then, an admissible conjecture that the form vy° is the older, and was used in the earlier portions of the Canonical Texts, but was gradually superseded by the by° form, which finally, *e.g.* in the Kathā Vatthu, supplanted the original spelling of the word. But a far more accurate knowledge of our MSS. than we possess at present is needed to decide the question, which is still further complicated by the uncertainty of the date at which the Piṭakas were committed to writing.

In conclusion, my thanks are due to Professor C. H. Tawney, Librarian of the India Office, for the loan of the Mandalay MS. and the Siamese edition, and above all to Professor Rhys Davids, for his ever ready help and encouragement.

ARNOLD C. TAYLOR.

LONDON, *August*, 1897.

[The issue of this volume has been delayed by the fire which unfortunately took place at the printers' works in Surrey, on Nov. 23rd, 1895.]

INDEX OF QUESTIONS DISCUSSED IN THE KATHĀVATTHU.

CONTENTS OF VOL. I.

Paṭhamo Vaggo.

Dutiyo Vaggo.

Tatiyo Vaggo.

Catuttho Vaggo.

Pañcamo Vaggo.

Kathāvatthu.

NAMO TASSA BHAGAVATO ARAHATO SAMMĀSAMBUDDHASSA.

I. 1.

1. Puggalo upalabbhati saccikaṭṭhaparamaṭṭhenāti?

Āmantā.

Yo [illegible] tato so puggalo upalabbhati sacci[illegible]?

[illegible] evaṃ vattabbe.

Ājānāhi niggahaṃ: hañci puggalo upalabbhati saccikaṭṭhaparamaṭṭhena, tena vata re vattabbe "Yo saccikaṭṭho paramaṭṭho tato so puggalo upalabbhati saccikaṭṭhaparamaṭṭhenāti."

Yaṃ tattha vadesi "Vattabbe kho 'puggalo upalabbhati saccikaṭṭhaparamaṭṭhena,' no ca vattabbe 'yo saccikaṭṭho paramaṭṭho tato so puggalo upalabbhati saccikaṭṭhaparamaṭṭhenāti,'" micchā.

No ce pana vattabbe "Yo saccikaṭṭho paramaṭṭho tato so puggalo upalabbhati saccikaṭṭhaparamaṭṭhenāti," no ca vata re vattabbe "Puggalo upalabbhati saccikaṭṭhaparamaṭṭhenāti."

Yaṃ tattha vadesi "Vattabbe kho 'puggalo upalabbhati saccikaṭṭhaparamaṭṭhena,' no ca vattabbe 'yo saccikaṭṭho paramaṭṭho tato so puggalo upalabbhati saccikaṭṭhaparamaṭṭhenāti,'" micchā.

Anuloma-pañcakaṃ.

---

2. Puggalo n'upalabbhati saccikaṭṭhaparamaṭṭhenāti?

Āmantā.

---

[1] saccikatthaparamatthenāti, P.S_2; sacchikaṭṭha, S.

Yo saccikaṭṭho paramaṭṭho tato so puggalo n'upalabbhati saccikaṭṭhaparamaṭṭhenāti?

Na h'evaṃ vattabbe.

Ājānāhi paṭikammaṃ: hañci puggalo n'upalabbhati saccikaṭṭhaparamaṭṭhena, tena vata re vattabbe "Yo saccikaṭṭho paramaṭṭho tato so puggalo n'upalabbhati saccikaṭṭhaparamaṭṭhenāti."

Yaṃ tattha vadesi "Vattabbe kho 'puggalo n'upalabbhati saccikaṭṭhaparamaṭṭhena,' no ca vattabbe 'yo saccikaṭṭho paramaṭṭho tato so puggalo n'upalabbhati saccikaṭṭhaparamaṭṭhenāti,'" micchā.

No ce pana vattabbe "Yo saccikaṭṭho paramaṭṭho tato so puggalo n'upalabbhati saccikaṭṭhaparamaṭṭhenāti," no ca vata re vattabbe "Puggalo n'upalabbhati saccikaṭṭhaparamaṭṭhenāti."

Yaṃ tattha vadesi "Vattabbe kho 'puggalo n'upalabbhati saccikaṭṭhaparamaṭṭhena,' no ca vattabbe 'yo saccikaṭṭho paramaṭṭho tato so puggalo n'upalabbhati saccikaṭṭhaparamaṭṭhenāti,'" micchā.

Paṭikamma-catukkam.

---

3. Tvañ ce pana maññasi "Vattabbe kho 'puggalo n'upalabbhati saccikaṭṭhaparamaṭṭhena,' no ca vattabbe 'yo saccikaṭṭho paramaṭṭho tato so puggalo n'upalabbhati saccikaṭṭhaparamaṭṭhenāti,'" tena tava[1] tattha h'etāya[2] paṭiññāya h'evaṃ paṭijānantaṃ[3] h'evaṃ niggahetabbe; atha taṃ niggaṇhāma, suniggahīto ca hosi.[4] Hañci puggalo n'upalabbhati saccikaṭṭhaparamaṭṭhena, tena vata re vattabbe "Yo saccikaṭṭho paramaṭṭho tato so puggalo upalabbhati saccikaṭṭhaparamaṭṭhenāti."

Yaṃ tattha vadesi "Vattabbe kho 'puggalo n'upalabbhati saccikaṭṭhaparamaṭṭhena,' no ca vattabbe 'yo saccikaṭṭho paramaṭṭho tato so puggalo n'upalabbhati saccikaṭṭhaparamaṭṭhenāti,'" micchā.

---

[1] tvam, K.; tava all MSS. [2] so tāya, P.S.S₂.
[3] paṭijānanaṃ, P.S₂.; paṭijānaṃ, S. [4] hoti, P.S.S₂.

No ce pana vattabbe "Yo saccikaṭṭho paramaṭṭho tato so puggalo n'upalabbhati saccikaṭṭhaparamaṭṭhenāti," no ca vata re vattabbe "Puggalo n'upalabbhati saccikaṭṭhaparamaṭṭhenāti."

Yaṃ tattha vadesi "Vattabbe kho 'puggalo n'upalabbhati saccikaṭṭhaparamaṭṭhena,' no ca vattabbe 'yo saccikaṭṭho paramaṭṭho tato so puggalo n'upalabbhati saccikaṭṭhaparamaṭṭhenāti,'" idan[1] te micchā.

Niggaha-catukkaṃ.

---

4. Ese[2] ce dunniggahīte, h'evameva[3] tattha dakkha; Vattabbe kho "Puggalo upalabbhati saccikaṭṭhaparamaṭṭhena," no ca vattabbe "Yo saccikaṭṭho paramaṭṭho tato so puggalo upalabbhati saccikaṭṭhaparamaṭṭhenāti," no ca mayaṃ tayā tattha h'etāya paṭiññāya h'evaṃ paṭijanantā[4] h'evaṃ niggahetabbā; atha maṃ niggaṇhāsi dunniggahītā ca homa. Hañci puggalo upalabbhati saccikaṭṭhaparamaṭṭhena, tena vata re vattabbe "Yo saccikaṭṭho paramaṭṭho tato so puggalo upalabbhati saccikaṭṭhaparamaṭṭhenāti."

Yaṃ tattha vadesi "Vattabbe kho 'puggalo upalabbhati saccikaṭṭhaparamaṭṭhena,' no ca vattabbe 'yo saccikaṭṭho paramaṭṭho tato so puggalo upalabbhati saccikaṭṭhaparamaṭṭhenāti,'" micchā.

No ce pana vattabbe "Yo saccikaṭṭho paramaṭṭho tato so puggalo upalabbhati saccikaṭṭhaparamaṭṭhenāti," no ca vata re vattabbe "Puggalo upalabbhati saccikaṭṭhaparamaṭṭhenāti."

Yaṃ tattha vadesi "Vattabbe kho 'puggalo upalabbhati saccikaṭṭhaparamaṭṭhena,' no ca vattabbe 'yo saccikaṭṭho paramaṭṭho tato so puggalo upalabbhati saccikaṭṭhaparamaṭṭhenāti,'" idan[5] te micchā.

Upanayana[6]-catukkaṃ.

---

[1] idaṃ, M. [2] So P.S.S_2. [3] Evaṃevaṃ, M.
[4] paṭijānanto, S. [5] idaṃ, S.M.
[6] upanaya, S.S_2.; upanhāya, P.

5. Na h'evaṃ niggahetabbe, tena hi yaṃ niggaṇhāsi—Hañci puggalo upalabbhati saccikaṭṭhaparamaṭṭhena, tena vata re vattabbe "Yo saccikaṭṭho paramaṭṭho tato so puggalo upalabbhati saccikaṭṭhaparamaṭṭhenāti."

Yaṃ tattha vadesi "Vattabbe kho 'puggalo upalabbhati saccikaṭṭhaparamaṭṭhena,' no ca vattabbe 'yo saccikaṭṭho paramaṭṭho tato so puggalo n'upalabbhati saccikaṭṭhaparamaṭṭhenāti,'" micchā.

No ce pana vattabbe "Yo saccikaṭṭho paramaṭṭho tato so puggalo upalabbhati saccikaṭṭhaparamaṭṭhenāti," no ca vata re vattabbe "Puggalo upalabbhati saccikaṭṭhaparamaṭṭhenāti."

Yaṃ tattha vadesi "Vattabbe kho 'puggalo upalabbhati saccikaṭṭhaparamaṭṭhena,' no ca vattabbe 'yo saccikaṭṭho paramaṭṭho tato so puggalo upalabbhati saccikaṭṭhaparamaṭṭhenāti,'" idan te micchā—tena hi ye kate niggahe se[1] niggahe dukkate, sukate[2] paṭikamme, sukatā paṭipādanā ti.

Niggamana-catukkaṃ.

P a ṭ h a m o   N i g g a h o.

Paṭhamasaccikaṭṭho.

---

6. Puggalo n'upalabbhati saccikaṭṭhaparamaṭṭhenāti?

Āmantā.

Yo saccikaṭṭho paramaṭṭho tato so puggalo n'upalabbhati saccikaṭṭhaparamaṭṭhenāti?

Na h'evaṃ vattabbe.

Ājānāhi niggahaṃ: hañci puggalo n'upalabbhati saccikaṭṭhaparamaṭṭhena, tena vata re vattabbe "Yo saccikaṭṭho paramaṭṭho tato so puggalo n'upalabbhati saccikaṭṭhaparamaṭṭhenāti."

Yaṃ tattha vadesi "Vattabbe kho 'puggalo n'upalabbhati saccikaṭṭhaparamaṭṭhena,' no ca vattabbe 'yo

---

[1] so, P.S_2.   [2] sukkaṭe, P.S.S_2.

saccikaṭṭho paramaṭṭho tato so puggalo n'upalabbhati saccikaṭṭhaparamaṭṭhenāti,'" micchā.

No ce pana vattabbe "Yo saccikaṭṭho paramaṭṭho tato so puggalo n'upalabbhati saccikaṭṭhaparamaṭṭhenāti," no ca vata re vattabbe "Puggalo n'upalabbhati saccikaṭṭhaparamaṭṭhenāti."

Yaṃ tattha vadesi "Vattabbe kho 'puggalo n'upalabbhati saccikaṭṭhaparamaṭṭhena,' no ca vattabbe 'yo saccikaṭṭho paramaṭṭho tato so puggalo n'upalabbhati saccikaṭṭhaparamaṭṭhenāti,'" micchā.

Paccanīka-pañcakaṃ.[1]

---

7. Puggalo upalabbhati saccikaṭṭhaparamaṭṭhenāti?

Āmantā.

Yo saccikaṭṭho paramaṭṭho tato so puggalo upalabbhati saccikaṭṭhaparamaṭṭhenāti?

Na h'evaṃ vattabbe.

Ājānāhi paṭikammaṃ: hañci puggalo upalabbhati saccikaṭṭhaparamaṭṭhena, tena vata re vattabbe "Yo saccikaṭṭho paramaṭṭho tato so puggalo upalabbhati saccikaṭṭhaparamaṭṭhenāti."

Yaṃ tattha vadesi "Vattabbe kho 'puggalo upalabbhati saccikaṭṭhaparamaṭṭhena,' no ca vattabbe 'yo saccikaṭṭho paramaṭṭho tato so puggalo upalabbhati saccikaṭṭhaparamaṭṭhenāti,'" micchā.

No ce pana vattabbe "Yo saccikaṭṭho paramaṭṭho tato so puggalo upalabbhati saccikaṭṭhaparamaṭṭhenāti," no ca vata re vattabbe "Puggalo upalabbhati saccikaṭṭhaparamaṭṭhenāti."

Yaṃ tattha vadesi "Vattabbe kho 'puggalo upalabbhati saccikaṭṭhaparamaṭṭhena,' no ca vattabbe 'yo saccikaṭṭho paramaṭṭho tato so puggalo upalabbhati saccikaṭṭhaparamaṭṭhenāti,'" micchā.

Paṭikamma-catukkaṃ.

---

[1] P.S.S_2. omit Paccanīka-pañcakaṃ.

8. Tvañ ce pana maññasi "Vattabbe kho 'puggalo upalabbhati saccikaṭṭhaparamaṭṭhena,' no ca vattabbe 'yo saccikaṭṭho paramaṭṭho tato so puggalo upalabbhati saccikaṭṭhaparamaṭṭhenāti,'" tena tava tattha h'etāya[1] paṭiññāya h'evaṃ paṭijānantaṃ[2] h'evaṃ niggahetabbe; atha taṃ niggaṇhāma suniggahīto ca hosi. Hañci puggalo upalabbhati saccikaṭṭhaparamaṭṭhena, tena vata re vattabbe "Yo saccikaṭṭho paramaṭṭho tato so puggalo upalabbhati saccikaṭṭhaparamaṭṭhenāti."

Yaṃ tattha vadesi "Vattabbe kho 'puggalo upalabbhati saccikaṭṭhaparamaṭṭhena,' no ca vattabbe 'yo saccikaṭṭho paramaṭṭho tato so puggalo upalabbhati saccikaṭṭhaparamaṭṭhenāti,'" micchā.

No ce pana vattabbe "Yo saccikaṭṭho paramaṭṭho tato so puggalo upalabbhati saccikaṭṭhaparamaṭṭhenāti," no ca vata re vattabbe "Puggalo upalabbhati saccikaṭṭhaparamaṭṭhenāti."

Yaṃ tattha vadesi "Vattabbe kho 'puggalo upalabbhati saccikaṭṭhaparamaṭṭhena,' no ca vattabbe 'yo saccikaṭṭho paramaṭṭho tato so puggalo upalabbhati saccikaṭṭhaparamaṭṭhenāti,'" idan ṭe micchā.

Niggaha-catukkaṃ.

---

9. Ese[3] ce dunniggahīto, h'evameva tattha dakkha; Vattabbe kho "Puggalo n'upalabbhati saccikaṭṭhaparamaṭṭhena," no ca vattabbe "yo saccikaṭṭho paramaṭṭho tato so puggalo n'upalabbhati saccikaṭṭhaparamaṭṭhenāti," no ca mayaṃ tayā[4] tattha h'etāya paṭiññāya h'evaṃ paṭijānantā h'evaṃ niggahetabbā; atha maṃ niggaṇhāsi dunniggahītā ca homa. Hañci puggalo n'upalabbhati saccikaṭṭhaparamaṭṭhena, tena vata re vattabbe "Yo saccikaṭṭho paramaṭṭho tato so puggalo n'upalabbhati saccikaṭṭhaparamaṭṭhenāti."

Yaṃ tattha vadesi "Vattabbe kho 'puggalo n'upalab-

---

[1] hotā, S.
[2] parijānantaṃ, P.
[3] eso, P.S.S₂.
[4] P.S.S₂. omit tayā.

bhati saccikaṭṭhaparamaṭṭhena,' no ca vattabbe 'yo saccikaṭṭho paramaṭṭho tato so puggalo n'upalabbhati saccikaṭṭhaparamaṭṭhenāti,'" micchā.

No ce pana vattabbe "Yo saccikaṭṭho paramaṭṭho tato so puggalo n'upalabbhati saccikaṭṭhaparamaṭṭhenāti," no ca vata re vattabbe "Puggalo n'upalabbhati saccikaṭṭhaparamaṭṭhenāti."

Yaṃ tattha vadesi "Vattabbe kho 'puggalo n'upalabbhati saccikaṭṭhaparamaṭṭhena,' no ca vattabbe 'yo saccikaṭṭho paramaṭṭho tato so puggalo n'upalabbhati saccikaṭṭhaparamaṭṭhenāti,'" idan te micchā.

Upanayana-catukkaṃ.

---

10. Na h'evaṃ niggahetabbe, tena hi yaṃ niggaṇhāsi—Hañci puggalo n'upalabbhati saccikaṭṭhaparamaṭṭhena, tena vata re vattabbe "Yo saccikaṭṭho paramaṭṭho tato so puggalo n'upalabbhati saccikaṭṭhaparamatthenāti."

Yaṃ tattha vadesi "Vattabbe kho 'puggalo n'upalabbhati saccikaṭṭhaparamaṭṭhena,' no ca vattabbe 'yo saccikaṭṭho paramaṭṭho tato so puggalo n'upalabbhati saccikaṭṭhaparamaṭṭhenāti,'" micchā.

No ce pana vattabbe "Yo saccikaṭṭho paramaṭṭho tato so puggalo n'upalabbhati saccikaṭṭhaparamaṭṭhenāti," no ca vata re vattabbe "Puggalo n'upalabbhati saccikaṭṭhaparamaṭṭhenāti."

Yaṃ tattha vadesi "Vattabbe kho 'puggalo n'upalabbhati saccikaṭṭhaparamaṭṭhena,' no ca vattabbe 'yo saccikaṭṭho paramaṭṭho tato so puggalo upalabbhati saccikaṭṭhaparamaṭṭhenāti.'" idan te micchā—tena hi ye kate niggahe se[1] niggahe dukkate, sukate paṭikamme, sukatā paṭipādanā ti.

Niggamana-catukkaṃ.

Dutiyo Niggaho.

---

[1] so, P.S.S₂.

11. Puggalo upalabbhati saccikaṭṭhaparamaṭṭhenāti?

Āmantā.

Sabbattha puggalo upalabbhati saccikaṭṭhaparamaṭṭhenāti?

Na h'evaṃ vattabbe.

Ājānāhi niggahaṃ; hañci puggalo upalabbhati saccikaṭṭhaparamaṭṭhena, tena vata re vattabbe "Sabbattha puggalo upalabbhati saccikaṭṭhaparamaṭṭhenāti."

Yaṃ tattha vadesi "Vattabbe kho 'puggalo upalabbhati saccikaṭṭhaparamaṭṭhena,' no ca vattabbe 'sabbattha puggalo upalabbhati saccikaṭṭhaparamaṭṭhenāti,'" micchā.

No ce pana vattabbe "Sabbattha puggalo upalabbhati saccikaṭṭhaparamaṭṭhenāti," no ca vata re vattabbe "Puggalo upalabbhati saccikaṭṭhaparamaṭṭhenāti."

Yaṃ tattha vadesi "Vattabbe kho 'puggalo upalabbhati saccikaṭṭhaparamaṭṭhena,' no ca vattabbe 'sabbattha puggalo upalabbhati saccikaṭṭhaparamaṭṭhenāti,'" micchā —pe—

Tatiyo Niggaho.

12. Puggalo upalabbhati saccikaṭṭhaparamaṭṭhenāti?

Āmantā.

Sabbadā puggalo upalabbhati saccikaṭṭhaparamaṭṭhenāti?

Na h'evaṃ vattabbe.

Ājānāhi niggahaṃ; hañci puggalo upalabbhati saccikaṭṭhaparamaṭṭhena, tena vata re vattabbe "Sabbadā puggalo upalabbhati saccikaṭṭhaparamaṭṭhenāti."

Yaṃ tattha vadesi "Vattabbe kho 'puggalo upalabbhati saccikaṭṭhaparamaṭṭhena,' no ca vattabbe 'sabbadā puggalo upalabbhati saccikaṭṭhaparamaṭṭhenāti,'" micchā.

No ce pana vattabbe "Sabbadā puggalo upalabbhati saccikaṭṭhaparamaṭṭhenāti," no ca vata re vattabbe "Puggalo upalabbhati saccikaṭṭhaparamaṭṭhenāti."

Yaṃ tattha vadesi "Vattabbe kho 'puggalo upalabbhati saccikaṭṭhaparamaṭṭhena,' no ca vattabbe 'sabbadā puggalo upalabbhati saccikaṭṭhaparamaṭṭhenāti,' " micchā.

Catuṭṭho Niggaho.

13. Puggalo upalabbhati saccikaṭṭhaparamaṭṭhenāti?
Āmantā.
Sabbesu puggalo upalabbhati saccikaṭṭhaparamaṭṭhenāti?
Na h'evaṃ vattabbe.
Ājānāhi niggahaṃ; hañci puggalo upalabbhati saccikaṭṭhaparamaṭṭhena, tena vata re vattabbe "Sabbesu puggalo upalabbhati saccikaṭṭhaparamaṭṭhenāti."
Yaṃ tattha vadesi "Vattabbe kho 'puggalo upalabbhati saccikaṭṭhaparamaṭṭhena,' no ca vattabbe 'sabbesu puggalo upalabbhati saccikaṭṭhaparamaṭṭhenāti,' " micchā.
No ce pana vattabbe "Sabbesu puggalo upalabbhati saccikaṭṭhaparamaṭṭhenāti," no ca vata re vattabbe "Puggalo upalabbhati saccikaṭṭhaparamaṭṭhenāti."
Yaṃ tattha vadesi "Vattabbe kho 'puggalo upalabbhati saccikaṭṭhaparamaṭṭhena,' no ca vattabbe 'sabbesu puggalo upalabbhati saccikaṭṭhaparamaṭṭhenāti,' " micchā.

Pañcamo Niggaho.

14. Puggalo n'upalabbhati saccikaṭṭhaparamaṭṭhenāti?
Āmantā.
Sabbattha puggalo n'upalabbhati saccikaṭṭhaparamaṭṭhenāti?
Na h'evaṃ vattabbe.
Ājānāhi niggahaṃ; hañci puggalo n'upalabbhati saccikaṭṭhaparamaṭṭhena, tena vata re vattabbe "Sabbattha puggalo n'upalabbhati saccikaṭṭhaparamaṭṭhenāti."
Yaṃ tattha vadesi "Vattabbe kho 'puggalo n'upalabbhati saccikaṭṭhaparamaṭṭhena,' no ca vattabbe 'sabbattha puggalo n'upalabbhati saccikaṭṭhaparamaṭṭhenāti,' " micchā.

No ce pana vattabbe "Sabbattha puggalo n'upalabbhati saccikaṭṭhaparamaṭṭhenāti," no ca vata re vattabbe "Puggalo n'upalabbhati saccikaṭṭhaparamaṭṭhenāti."

Yaṃ tattha vadesi "Vattabbe kho 'puggalo n'upalabbhati saccikaṭṭhaparamaṭṭhena,' no ca vattabbe 'sabbattha puggalo n'upalabbhati saccikaṭṭhaparamaṭṭhenāti,'" micchā—pe—

Chaṭṭho Niggaho.

15. Puggalo n'upalabbhati saccikaṭṭhaparamaṭṭhenāti?

Āmantā.

Sabbadā puggalo n'upalabbhati saccikaṭṭhaparamaṭṭhenāti?

Na h'evaṃ vattabbe.

Ājānāhi niggahaṃ; hañci puggalo n'upalabbhati saccikaṭṭhaparamaṭṭhena, tena vata re vattabbe "Sabbadā puggalo n'upalabbhati saccikaṭṭhaparamaṭṭhenāti."

Yaṃ tattha vadesi "Vattabbe kho 'puggalo n'upalabbhati saccikaṭṭhaparamaṭṭhena,' no ca vattabbe 'sabbadā puggalo n'upalabbhati saccikaṭṭhaparamaṭṭhenāti,'" micchā.

No ce pana vattabbe "Sabbadā puggalo n'upalabbhati saccikaṭṭhaparamaṭṭhenāti," no ca vata re vattabbe "Puggalo n'upalabbhati saccikaṭṭhaparamaṭṭhenāti.'"

Yaṃ tattha vadesi "Vattabbe kho 'puggalo n'upalabbhati saccikaṭṭhaparamaṭṭhena,' no ca vattabbe 'sabbadā puggalo n'upalabbhati saccikaṭṭhaparanaṭṭhenāti,'" micchā.

Sattamo Niggaho.

16. Puggalo n'upalabbhati saccikaṭṭhaparamaṭṭhenāti?

Āmantā.

Sabbesu puggalo n'upalabbhati saccikaṭṭhaparamaṭṭhenāti?

Na h'evaṃ vattabbe.

Ājānāhi niggahaṃ; hañci puggalo n'upalabbhati saccikaṭṭhaparamaṭṭhena, tena vata re vattabbe "Sabbesu puggalo n'upalabbhati saccikaṭṭhaparamaṭṭhenāti.'"

Yaṃ tattha vadesi "Vattabbe kho 'puggalo n'upalabbhati saccikaṭṭhaparamaṭṭhena,' no ca vattabbe 'sabbesu puggalo n'upalabbhati saccikaṭṭhaparamaṭṭhenāti,'" micchā.

No ce pana vattabbe "Sabbesu puggalo n'upalabbhati saccikaṭṭhaparamaṭṭhenāti," no ca vata re vattabbe "Puggalo n'upalabbhati saccikaṭṭhaparamaṭṭhenāti."

Yaṃ tattha vadesi "Vattabbe kho 'puggalo n'upalabbhati saccikaṭṭhaparamaṭṭhena,' no ca vattabbe 'sabbesu puggalo n'upalabbhati saccikaṭṭhaparamaṭṭhenāti,'" micchā.

Aṭṭhako Niggaho.

---

17. Puggalo upalabbhati saccikaṭṭhaparamaṭṭhena, rūpañ ca upalabbhati saccikaṭṭhaparamaṭṭhenāti?

Āmantā.

Aññaṃ rūpaṃ añño puggalo ti?

Na h'evaṃ vattabbe.

Ājānāhi niggahaṃ: hañci puggalo upalabbhati saccikaṭṭhaparamaṭṭhena, rūpañ ca upalabbhati saccikaṭṭhaparamaṭṭhena, tena vata re vattabbe "Aññaṃ rūpaṃ añño puggalo ti."

Yaṃ tattha vadesi "Vattabbe kho 'puggalo upalabbhati saccikaṭṭhaparamaṭṭhena rūpañ ca upalabbhati saccikaṭṭhaparamaṭṭhena,' no ca vattabbe 'aññaṃ rūpaṃ añño puggalo ti,'" micchā.

No ce pana vattabbe "Aññaṃ rūpaṃ añño puggalo ti," no ca vata re vattabbe "Puggalo upalabbhati saccikaṭṭhaparamaṭṭhena, rūpañ ca upalabbhati saccikaṭṭhaparamaṭṭhenāti."

Yaṃ tattha vadesi "Vattabbe kho 'puggalo upalabbhati saccikaṭṭhaparamaṭṭhena rūpañ ca upalabbhati saccikaṭṭhaparamaṭṭhena,' no ca vattabbe 'aññaṃ rūpaṃ añño puggalo ti,' " micchā—pe—

18. = 17. reading vedanā for rūpaṃ.
19. = 17. reading saññā for rūpaṃ.
20. = 17. reading saṃkhārā for rūpaṃ.
21. = 17. reading viññāṇaṃ for rūpaṃ.
22. = 17. reading cakkhāyatanaṃ for rūpaṃ.
23. = 17. reading sotāyatanaṃ for rūpaṃ.
24. = 17. reading ghānāyatanaṃ for rūpaṃ.
25. = 17. reading jivhāyatanaṃ for rūpaṃ.
26. = 17. reading kāyāyatanaṃ for rūpāṃ.
27. = 17. reading rūpāyatanaṃ for rūpaṃ.
28. = 17. reading saddāyatanaṃ for rūpaṃ.
29. = 17. reading gandhāyatanaṃ for rūpaṃ.
30. = 17. reading rasāyatanaṃ for rūpaṃ.
31. = 17. reading phoṭṭhabbāyatanaṃ for rūpaṃ.
32. = 17. reading manāyatanaṃ for rūpaṃ.
33. = 17. reading dhammāyatanaṃ for rūpaṃ.
34. = 17. reading cakkhudhātu for rūpaṃ.
35. = 17. reading sotadhātu for rūpaṃ.
36. = 17. reading ghānadhātu for rūpaṃ.
37. = 17. reading jivhādhātu for rūpaṃ.
38. = 17. reading kāyadhātu for rūpaṃ.
39. = 17. reading rūpadhātu for rūpaṃ.
40. = 17. reading saddadhātu for rūpaṃ.
41. = 17. reading gandhadhātu for rūpaṃ.
42. = 17. reading rasadhātu for rūpaṃ.
43. = 17. reading phoṭṭhabbadhātu for rūpaṃ.
44. = 17. reading cakkhuviññāṇadhātu for rūpaṃ.
45. = 17. reading sotaviññāṇadhātu for rūpaṃ.
46. = 17. reading ghānaviññāṇadhātu for rūpaṃ.
47. = 17. reading jivhāviññāṇadhātu for rūpaṃ.
48. = 17. reading kāyaviññāṇadhātu for rūpaṃ.
49. = 17. reading manodhātu for rūpaṃ.
50. = 17. reading manoviññāṇadhātu[1] for rūpaṃ.
51. = 17. reading dhammadhātu for rūpaṃ.

---

[1] P.S.S_2. omit.

52. = 17. reading cakkhundriyaṃ for rūpaṃ.
53. = 17. reading sotindriyaṃ for rūpaṃ.
54. = 17. reading ghānindriyaṃ for rūpaṃ.
55. = 17. reading jivhindriyaṃ for rūpaṃ.
56. = 17. reading kāyindriyaṃ for rūpaṃ.
57. = 17. reading manindriyaṃ for rūpaṃ.
58. = 17. reading itthindriyaṃ for rūpaṃ.
59. = 17. reading purisindriyaṃ for rūpaṃ.
60. = 17. reading jīvitindriyaṃ for rūpaṃ.
61. = 87. reading sukhindriyaṃ for rūpaṃ.
62. = 17. reading dukkhindriyaṃ for rūpaṃ.
63. = 17. reading somanassindriyaṃ for rūpaṃ.
64. = 17. reading domanassindriyaṃ for rūpaṃ.
65. = 17. reading upekkhindriyaṃ for rūpaṃ.
66. = 17. reading saddhindriyaṃ for rūpaṃ.
67. = 17. reading viriyindriyaṃ for rūpaṃ.
68. = 17. reading satindriyaṃ for rūpaṃ.
69. = 17. reading samādhindriyaṃ for rūpaṃ.
70. = 17. reading paññindriyaṃ for rūpaṃ.
71. = 17. reading anaññātaññassāmitindriyaṃ for rūpaṃ.
72. = 17. reading aññindriyaṃ for rūpaṃ.
73. = 17. reading aññātāvindriyaṃ for rūpaṃ.
74. Puggalo n'upalabbhati saccikaṭṭhaparamaṭṭhenāti? Āmantā.

Vuttaṃ Bhagavatā—Atthi puggalo attahitāya paṭipanno, rūpañ ca upalabbhati saccikaṭṭhaparamaṭṭhenāti? Āmantā.

Aññaṃ rūpaṃ añño puggalo ti?

Na h'evaṃ vattabbe.

Ājānāhi paṭikammaṃ: hañci vuttaṃ Bhagavatā—Atthi puggalo attahitāya paṭipanno, rūpañ ca upalabbhati saccikaṭṭhaparamaṭṭhenāti, tena vata re vattabbe "Aññaṃ rūpaṃ añño puggalo ti."

Yaṃ tattha vadesi "Vattabbe kho 'vuttaṃ Bhagavatā—Atthi puggalo attahitāya paṭipanno, rūpañ ca upalabbhati saccikaṭṭhaparamaṭṭhena,' no ca vattabbe 'aññaṃ rūpaṃ añño puggalo ti,'" micchā.

No ce pana vattabbe "Aññaṃ rūpaṃ añño puggalo ti," no ca vata re vattabbe "Vuttaṃ Bhagavatā—Atthi puggalo attahitāya paṭipanno, rūpañ ca upalabbhati saccikaṭṭhaparamaṭṭhenāti."

Yaṃ tattha vadesi "Vattabbe kho 'vuttaṃ Bhagavatā—Atthi puggalo attahitāya paṭipanno, rūpañ ca upalabbhati saccikaṭṭhaparamaṭṭhenāti,' no ca vattabbe 'aññaṃ rūpaṃ añño puggalo ti,'" micchā.

75. = 74. reading vedanā for rūpaṃ.

76. = 74. reading saññā for rūpaṃ.

77. = 74. reading saṃkhārā for rūpaṃ.

78. = 74. reading viññāṇaṃ for rūpaṃ.

79. = 74. reading cakkhāyatanaṃ for rūpaṃ—pe—.

129. = 74. reading aññātāvindriyaṃ for rūpaṃ.

Suddhika-saṃsandanā.

---

130. Rūpaṃ upalabbhati saccikaṭṭhaparamaṭṭhena, vedanā ca upalabbhati saccikaṭṭhaparamaṭṭhena, aññaṃ rūpaṃ aññā vedanā ti?

Āmantā.

Puggalo upalabbhati saccikaṭṭhaparamaṭṭhena, rūpañ ca upalabbhati saccikaṭṭhaparamatthenāti?

Āmantā.

Aññaṃ rūpaṃ añño puggalo ti?

Na h'evaṃ vattabbe.

Ājānāhi niggahaṃ; hañci rūpaṃ upalabbhati saccikaṭṭhaparamaṭṭhena, vedanā ca upalabbhati saccikaṭṭhaparamaṭṭhena, aññaṃ rūpaṃ aññā vedanā, puggalo upalabbhati saccikaṭṭhaparamaṭṭhena, rūpañ ca upalabbhati saccikaṭṭhaparamaṭṭhena, tena vata re vattabbe "Aññaṃ rūpaṃ añño puggalo ti."

Yaṃ tattha vadesi "Vattabbe kho 'rūpaṃ upalabbhati saccikaṭṭhaparamaṭṭhena, vedanā ca upalabbhati saccikaṭṭhaparamaṭṭhena, aññaṃ rūpaṃ aññā vedanā, puggalo upalabbhati saccikaṭṭhaparamaṭṭhena, rūpañ ca upalabbhati saccikaṭṭhaparamaṭṭhena,' no ca vattabbe 'aññaṃ rūpaṃ añño puggalo ti,'" micchā.

No ce pana vattabbe "Aññaṃ rūpaṃ añño puggalo ti," no ca vata re vattabbe "Rūpaṃ upalabbhati saccikaṭṭhaparamaṭṭhena, vedanā ca upalabbhati saccikaṭṭhaparamaṭṭhena, aññaṃ rūpaṃ aññā vedanā, puggalo upalabbhati saccikaṭṭhaparamaṭṭhena, rūpañ ca upalabbhati saccikaṭṭhaparamaṭṭhenāti."

Yaṃ tattha vadesi "Vattabbe kho 'rūpaṃ upalabbhati saccikaṭṭhaparamaṭṭhena, vedanā ca upalabbhati saccikaṭṭhaparamaṭṭhena, aññaṃ rūpaṃ aññā vedanā, puggalo upalabbhati saccikaṭṭhāhaparamaṭṭhena, rūpañ ca upalabbhati saccikaṭṭhaparamaṭṭhena,' no ca vattabbe 'aññaṃ rūpaṃ añño puggalo ti,'" micchā.

131. = 130. reading saññā for vedanā.

132. = 130. reading saṃkhārā for vedanā.

133. = 130. reading viññāṇaṃ for vedanā.

134. Vedanā upalabbhati saccikaṭṭhaparamaṭṭhena, saññā ca upalabbhati—pe—saṃkhārā ca upalabbhanti—pe—viññāṇañ ca upalabbhati—pe—rūpañ ca upalabbhati saccikaṭṭhaparamaṭṭhena—pe;

Saññā upalabbhati saccikaṭṭhaparamaṭṭhena, saṃkhārā ca upalabbhanti—pe—viññāṇañ ca upalabbhati—pe—rūpañ ca upalabbhati—pe—vedanā ca upalabbhati saccikaṭṭhaparamaṭṭhena—pe;

Saṃkhārā upalabbhanti saccikaṭṭhaparamaṭṭhena, viññāṇañ ca upalabbhati—pe—rūpañ ca upalabbhati—pe—vedanā ca upalabbhati—pe—saññā ca upalabbhati saccikaṭṭhaparamaṭṭhena—pe;

Viññāṇaṃ upalabbhati saccikaṭṭhaparamaṭṭhena, rūpañ ca upalabbhati—pe—vedanā ca upalabbhati—pe—saññā ca upalabbhati—pe—saṃkhārā ca upalabbhanti saccikaṭṭhaparamaṭṭhena, aññaṃ viññāṇaṃ aññe saṃkhārā ti?

Āmantā.

Puggalo upalabbhati saccikaṭṭhaparamaṭṭhena, viññāṇañ ca upalabbhati saccikaṭṭhaparamaṭṭhenāti?

Āmantā.

Aññaṃ viññāṇaṃ añño puggalo ti?

Na h'evaṃ vattabbe.

Ājānāhi niggahaṃ; hañci viññāṇaṃ upalabbhati saccikaṭṭhaparamaṭṭhena, saṃkhārā ca upalabbhanti saccikaṭṭhaparamaṭṭhena, aññaṃ viññāṇaṃ aññe saṃkhāra, puggalo upalabbhati saccikaṭṭhaparamaṭṭhena viññāṇañ ca upalabbhati saccikaṭṭhaparamaṭṭhena, tena vata re vattabbe "Aññaṃ viññāṇaṃ añño puggalo ti."

Yaṃ tattha vadesi "Vattabbe kho 'viññāṇaṃ upalabbhati—pe—saṃkhārā ca upalabbhanti saccikaṭṭhaparamaṭṭhena, aññaṃ viññāṇaṃ aññe saṃkhārā, puggalo upalabbhati saccikaṭṭhaparamaṭṭhena, viññāṇañ ca upalabbhati saccikaṭṭhaparamaṭṭhena,' no ca vattabbe 'aññaṃ viññāṇaṃ añño puggalo ti,'" micchā.

No ce pana vattabbe "Aññaṃ viññāṇaṃ añño puggalo ti," no ca vata re vattabbe "viññāṇaṃ upalabbhati—pe—saṃkhārā ca upalabbhanti saccikaṭṭhaparamaṭṭhena, aññaṃ viññāṇaṃ aññe saṃkhārā, puggalo upalabbhati saccikaṭṭhaparamaṭṭhena, viññāṇañ ca upalabbhati saccikaṭṭhaparamatthenāti."

Yaṃ tattha vadesi "Vattabbe kho 'viññāṇaṃ upalabbhati—pe—saṃkhārā ca upalabbhanti saccikaṭṭhaparamaṭṭhena, aññaṃ viññāṇaṃ aññe saṃkhārā, puggalo upalabbhati saccikaṭṭhaparamaṭṭhena, viññāṇañ ca upalabbhati saccikaṭṭhaparamaṭṭhena,' no ca vattabbe 'aññaṃ viññāṇaṃ anno puggalo ti,'" micchā.

135. Cakkhāyatanaṃ upalabbhati saccikaṭṭhaparamaṭṭhena, sotāyatanañ ca upalabbhati—pe—, dhammāyatanañ ca upalabbhati saccikaṭṭhaparamaṭṭhena—pe—sotāyatanaṃ upalabbhati—pe—dhammāyatanaṃ upalabbhati saccikaṭṭhaparamaṭṭhena, cakkhāyatanañ ca upalabbhati—pe—manāyatanañ ca upalabbhati saccikaṭṭhaparamaṭṭhena—pe—;

Cakkhudhātu upalabbhati saccikaṭṭhaparamaṭṭhena, sotadhātu ca upalabbhati—pe—dhammadhātu ca upalabbhati saccikaṭṭhaparamaṭṭhena—pe—sotadhātu upalabbhati—pe—dhammadhātu upalabbhati saccikaṭṭhaparamaṭṭhena, cakkhudhātu ca upalabbhati—pe—manoviññāṇadhātu ca upalabbhati sacchikaṭṭhaparamaṭṭhena—pe—,

Cakkhundriyaṃ upalabbhati saccikaṭṭhaparamaṭṭhena sotindriyañ ca upalabbhati—pe—aññātāvindriyañ ca upalabbhati saccikaṭṭhaparamaṭṭhena—pe—sotindriyaṃ upalabbhati—pe—aññātāvindriyaṃ upalabbhati saccikaṭṭhaparamaṭṭhena, cakkhundriyañ ca upalabbhati—pe—aññindriyañ ca upalabbhati saccikaṭṭhaparamaṭṭhena, aññaṃ aññātāvindriyaṃ aññaṃ aññindriyañ ti?

Āmantā.

Puggalo upalabbhati saccikaṭṭhaparamatthena, aññātāvindriyañ ca upalabbhati saccikaṭṭhaparamaṭṭhenāti?

Āmantā.

Aññaṃ aññātāvindriyaṃ añño puggalo ti?

Na h'evaṃ vattabbe.

Ājānāhi niggahaṃ; hañci aññātāvindriyaṃ upalabbhati saccikaṭṭhaparamaṭṭhena, aññindriyañ ca upalabbhati saccikaṭṭhaparamaṭṭhena, aññaṃ aññātāvindriyaṃ aññaṃ aññindriyaṃ, puggalo upalabbhati saccikaṭṭhaparamaṭṭhena, aññātāvindriyañ ca upalabbhati saccikaṭṭhaparamaṭṭhena, tena vata re vattabbe "Aññaṃ aññātāvindriyaṃ añño puggalo ti."

Yaṃ tattha vadesi "Vattabbe kho 'aññātāvindriyaṃ upalabbhati—pe—saccikaṭṭhaparamaṭṭhena,' no ca vattabbe 'annaṃ aññātāvindriyaṃ añño puggalo ti,'" micchā.

No ce pana vattabbe "Aññaṃ aññātāvindriyaṃ añño puggalo ti," no ca vata re vattabbe "Annātāvindriyaṃ upalabbhati saccikaṭṭhaparamaṭṭhena, aññindriyañ ca upalabbhati, aññaṃ aññātāvindriyaṃ aññaṃ aññindriyaṃ, puggalo upalabbhati saccikaṭṭhaparamaṭṭhena, aññātāvindriyañ ca upalabbhati saccikatthaparamaṭṭhenāti."

Yaṃ tattha vadesi "Vattabbe kho 'aññātāvindriyaṃ upalabbhati—pe—saccikaṭṭhaparamaṭṭhena,' no ca vattabbe 'aññaṃ aññātāvindriyaṃ añño puggalo ti,'" micchā.

136. Rūpaṃ upalabbhati saccikaṭṭhaparamaṭṭhena vedanā ca upalabbhati saccikaṭṭhaparamaṭṭhena, aññaṃ rūpaṃ aññā vedanā ti?

Āmantā.

Vuttaṃ Bhagavatā—Atthi puggalo attahitāya paṭipanno, rūpañ ca upalabbhati saccikaṭṭhaparamaṭṭhenāti?
Āmantā.
Aññaṃ rūpaṃ añño puggalo ti?
Na h'evaṃ vattabbe.
Ājānāhi paṭikammaṃ: hañci rūpaṃ upalabbhati saccikaṭṭhaparamaṭṭhena vedanā ca upalabbhati saccikaṭṭhaparamaṭṭhena, aññaṃ rūpaṃ aññā vedanā, vuttaṃ Bhagavata—Atthi puggalo attahitāya paṭipanno, rūpañ ca upalabbhati saccikaṭṭhaparamaṭṭhena, tena vata re vattabbe "Aññaṃ rūpaṃ añño puggalo ti."

Yaṃ tattha vadesi "Vattabbe kho 'rūpaṃ upalabbhati saccikaṭṭhaparamaṭṭhena vedanā ca upalabbhati saccikaṭṭhaparamaṭṭhena, aññaṃ rūpaṃ aññā vedanā, vuttaṃ Bhagavatā—Atthi puggalo attahitāya paṭipanno rūpañ ca upalabbhati saccikaṭṭhaparamaṭṭhena,' no ca vattabbe 'aññaṃ rūpaṃ añño puggalo ti,'" micchā.

No ce pana vattabbe "Aññaṃ rūpaṃ añño puggalo ti," no ca vata re vattabbe "Rūpaṃ upalabbhati saccikaṭṭhaparamaṭṭhena vedanā ca upalabbhati saccikaṭṭhaparamaṭṭhena, aññaṃ rūpaṃ aññā vedanā, vuttaṃ Bhagavatā—Atthi puggalo attahitāya paṭipanno, rūpañ ca upalabbhati saccikaṭṭhaparamaṭṭhenāti."

Yaṃ tattha vadesi "Vattabbe kho 'rūpaṃ upalabbhati saccikaṭṭhaparamaṭṭhena vedanā ca upalabbhati saccikaṭṭhaparamaṭṭhena, aññaṃ rūpaṃ añña vedanā, vuttaṃ Bhagavatā—Atthi puggalo attahitāya paṭipanno rūpañ ca upalabbhati saccikaṭṭhaparamaṭṭhena,' no ca vattabbe 'Aññaṃ rūpaṃ añño puggalo ti,'" micchā.

137. Rūpaṃ upalabbhati saccikaṭṭhaparamaṭṭhena, saññā ca upalabbhati—pe—saṃkhārā ca upalabbhanti—pe—viññāṇañ ca upalabbhati saccikaṭṭhaparamaṭṭhena—pe—.

Vedanā upalabbhati saccikaṭṭhaparamaṭṭhena, sañña ca upalabbhati—pe—saṃkhārā ca upalabbhanti—pe—viññāṇañ ca upalabbhati—pe—rūpañ ca upalabbhati saccikaṭṭhaparamaṭṭhena—pe—.

Saññā upalabbhati saccikaṭṭhaparamaṭṭhena, saṃkhārā

ca upalabbhanti—pe—viññāṇañ ca upalabbhati—pe—rūpañ ca upalabbhati—pe—vedanā ca upalabbhati saccikaṭṭhaparamaṭṭhena—pe—.

Saṃkhārā upalabbhanti saccikaṭṭhaparamaṭṭhena, viññāṇañ ca upalabbhati—pe—rūpañ ca upalabbhati—pe—vedanā ca upalabbhati—pe—saññā ca upalabbhati saccikaṭṭhaparamaṭṭhena—pe—.

Viññāṇaṃ upalabbhati saccikaṭṭhaparamaṭṭhena, rūpañ ca upalabbhati—pe—vedanā ca upalabbhati—pe—saññā ca upalabbhati—pe—saṃkhārā ca upalabbhanti saccikaṭṭhaparamaṭṭhena—pe—.

Cakkhāyatanaṃ upalabbhati saccikaṭṭhaparamaṭṭhena, sotāyatanañ ca upalabbhati—pe—dhammāyatanañ ca upalabbhati saccikaṭṭhaparamaṭṭhena—pe—sotāyatanaṃ upalabbhati—pe—dhammāyatanaṃ upalabbhati saccikaṭṭhaparamaṭṭhena, cakkhāyatanañ ca upalabbhati—pe—manāyatanañ ca upalabbhati saccikaṭṭhaparamaṭṭhena—pe—.

Cakkhudhātu upalabbhati saccikaṭṭhaparamaṭṭhena, sotadhātu ca upalabbhati—pe—dhammadhātu ca upalabbhati saccikaṭṭhaparamaṭṭhena—pe—sotadhātū upalabbhati—pe—dhammadhātu upalabbhati saccikaṭṭhaparamaṭṭhena, cakkhudhātu ca upalabbhati—pe—manoviññāṇadhātu ca upalabbhati saccikaṭṭhaparamaṭṭhena—pe—.

Cakkhundriyaṃ upalabbhati saccikaṭṭhaparamaṭṭhena, sotindriyañ ca upalabbhati—pe—aññātāvindriyañ ca upalabbhati saccikaṭṭhaparamaṭṭhena—pe—sotindriyaṃ upalabbhati—pe—aññātāvindriyaṃ upalabbhati saccikaṭṭhaparamaṭṭhena, cakkhundriyañ ca upalabbhati—pe—aññindriyañ ca upalabbhati saccikaṭṭhaparamaṭṭhena aññaṃ aññātāvindriyaṃ aññaṃ aññindriyan ti?

Āmantā.

Vuttaṃ Bhagavatā—Atthi puggalo attahitāya paṭipanno, aññātāvindriyañ ca upalabbhati saccikaṭṭhaparamaṭṭhenāti?

Āmantā.

Aññaṃ aññātāvindriyaṃ añño puggalo ti?

Na h'evaṃ vattabbe.

Ājānāhi niggahaṃ; hañci aññātāvindriyaṃ upalabbhati —pe—aññaṃ aññindriyaṃ, vuttaṃ Bhagavatā—pe—saccikaṭṭhaparamaṭṭhena, tena vata re vattabbe "Aññaṃ aññātāvindriyaṃ añño puggalo ti."

Yaṃ tattha vadesi "Vattabbe kho 'aññātāvindriyaṃ upalabbhati—pe—aññaṃ aññindriyaṃ, vuttaṃ Bhagavatā — pe — saccikaṭṭhaparamaṭṭhena,' no ca vattabbe 'aññaṃ aññātāvindriyaṃ añño puggalo ti,'" micchā.

No ce pana vattabbe "Aññaṃ aññātāvindriyaṃ añño puggalo ti," no ca vata re vattabbe "Aññātāvindriyaṃ upalabbhati—pe—aññaṃ aññindriyaṃ, vuttaṃ Bhagavatā—pe—saccikaṭṭhaparamaṭṭhenāti."

Yaṃ tattha vadesi "Vattabbe kho 'aññātāvindriyaṃ upalabbhati saccikaṭṭhaparamaṭṭhena—pe—aññaṃ aññindriyaṃ, vuttaṃ Bhagavatā—pe—saccikaṭṭhaparamaṭṭhena,' no ca vattabbe 'aññaṃ aññātāvindriyaṃ añño puggalo ti,'" micchā.

Opamma-saṃsandanaṃ.

---

138. Puggalo upalabbhati saccikaṭṭhaparamaṭṭhenāti?

Āmantā.

Rūpaṃ puggalo ti?

Na h'evaṃ vattabbe.

Ājānāhi niggahaṃ; hañci puggalo upalabbhati saccikaṭṭhaparamaṭṭhena, tena vata re vattabbe "Rūpaṃ puggalo ti." Yaṃ tattha vadesi "Vattabbe kho 'puggalo upalabbhati saccikaṭṭhaparamaṭṭhena,' no ca vattabbe 'rūpaṃ puggalo ti,'" micchā.

No ce pana vattabbe "Rūpaṃ puggalo ti," no ca vata re vattabbe "Puggalo upalabbhati saccikaṭṭhaparamaṭṭhenāti." Yaṃ tattha vadesi "Vattabbe kho 'puggalo upalabbhati saccikaṭṭhaparamaṭṭhena,' no ca vattabbe 'rūpaṃ puggalo ti,'" micchā.

139. Puggalo upalabbhati saccikaṭṭhaparamaṭṭhenāti?

Āmantā.

Rūpasmiṃ puggalo—pe—aññatra rūpā puggalo—pe—puggalasmiṃ rūpaṃ ti?

Na h'evaṃ vattabbe.

Ājānāhi niggahaṃ; hañci puggalo upalabbhati saccikaṭṭhaparamaṭṭhena, tena vata re vattabbe "Puggalasmiṃ rūpan ti." Yaṃ tattha vadesi "Vattabbe kho 'puggalo upalabbhati saccikaṭṭhaparamaṭṭhena,' no ca vattabbe 'puggalasmiṃ rūpan ti,'" micchā.

No ce pana vattabbe "Puggalasmiṃ rūpan ti," no ca vata re vattabbe "Puggalo upalabbhati saccikaṭṭhaparamaṭṭhenāti." Yaṃ tattha vadesi "Vattabbe kho 'puggalo upalabbhati saccikaṭṭhaparamaṭṭhena,' no ca vattabbe 'puggalasmiṃ rūpan ti,'" micchā.

140. Puggalo upalabbhati saccikaṭṭhaparamaṭṭhenāti?

Āmantā.

Vedanā puggalo—pe—vedanāya puggalo—pe—aññatra vedanāya puggalo—pe—puggalasmiṃ vedanā—pe—

Saññā puggalo—pe—saññāya puggalo—pe—aññatra saññāya puggalo—pe—puggalasmiṃ saññā—pe—

Saṃkhārā puggalo—pe—saṃkhāresu puggalo—pe—aññatra saṃkhārehi puggalo—pe—puggalasmiṃ saṃkhārā —pe—

Viññāṇaṃ puggalo—pe—viññāṇasmiṃ puggalo—pe—aññatra viññāṇā puggalo—pe—puggalasmiṃ viññāṇan ti?

Na h'evaṃ vattabbe.

Ājānāhi niggahaṃ; hañci puggalo upalabbhati saccikaṭṭhaparamaṭṭhena, tena vata re vattabbe "Puggalasmiṃ viññāṇan ti." Yaṃ tattha vadesi "Vattabbe kho 'puggalo upalabbhati saccikaṭṭhaparamaṭṭhena,' no ca vattabbe 'puggalasmiṃ viññāṇan ti,'" micchā.

No ce pana vattabbe "Puggalasmiṃ viññāṇan ti," no ca vata re vattabbe "Puggalo upalabbhati saccikaṭṭhaparamaṭṭhenāti." Yaṃ tattha vadesi "Vattabbe kho 'puggalo upalabbhati saccikaṭṭhaparamaṭṭhena,' no ca vattabbe 'puggalasmiṃ viññāṇan ti,'" micchā.

141. Puggalo upalabbhati saccikaṭṭhaparamaṭṭhenāti?

Āmantā.

Cakkhāyatanaṃ puggalo—pe—cakkhāyatanasmiṃ puggalo—pe—aññatra cakkhāyatanā puggalo—pe—puggalasmiṃ cakkhāyatanaṃ—pe—

Aññātāvindriyaṃ puggalo—pe—aññātāvindriyasmiṃ puggalo—pe—aññatra aññātāvindriyā puggalo—pe—puggalasmiṃ aññātāvindriyan ti?

Na h'evaṃ vattabbe.

Ājānāhi niggahaṃ; hañci puggalo upalabbhati saccikaṭṭhaparamaṭṭhena, tena vata re vattabbe "Puggalasmiṃ aññātāvindriyan ti." Yaṃ tattha vadesi "Vattabbe kho 'puggalo upalabbhati saccikaṭṭhaparamaṭṭhena,' no ca vattabbe 'puggalasmiṃ aññātāvindriyan ti,'" micchā.

No ce pana vattabbe "Puggalasmiṃ aññātāvindriyan ti," no ca vata re vattabbe "Puggalo upalabbhati saccikaṭṭhaparamaṭṭhenāti." Yaṃ tattha vadesi "Vattabbe kho 'puggalo upalabbhati saccikaṭṭhaparamaṭṭhena," no ca vattabbe puggalasmiṃ aññātāvindriyan ti," micchā.

142. Puggalo n'upalabbhati saccikaṭṭhaparamaṭṭhenāti?

Āmantā.

Rūpaṃ puggalo ti?

Na h'evaṃ vattabbe.

Ājānāhi paṭikammaṃ; hañci puggalo n'upalabbhati saccikaṭṭhaparamaṭṭhena, tena vata re vattabbe "Rūpaṃ puggalo ti." Yaṃ tattha vadesi "Vattabbe kho 'puggalo n'upalabbhati saccikaṭṭhaparamaṭṭhena,' no ca vattabbe 'rūpaṃ puggalo ti,'" micchā.

No ce pana vattabbe "Rūpaṃ puggalo ti," no ca vata re vattabbe "Puggalo n'upalabbhati saccikaṭṭhaparamaṭṭhenāti." Yaṃ tattha vadesi "Vattabbe kho 'puggalo n'upalabbhati saccikaṭṭhaparamaṭṭhena," no ca vattabbe 'rūpaṃ puggalo ti,'" micchā.

143. Puggalo n'upalabbhati saccikaṭṭhaparamaṭṭhenāti?

Āmantā.

Rūpasmiṃ puggalo—pe—aññatra rūpā puggalo—pe—puggalasmiṃ rūpan ti?

Na h'evaṃ vattabbe.

Ājānāhi paṭikammaṃ; hañci puggalo n'upalabbhati saccikaṭṭhaparamaṭṭhena, tena vata re vattabbe "Puggalasmiṃ rūpan ti." Yaṃ tattha vadesi "Vattabbe kho 'puggalo n'upalabbhati saccikaṭṭhaparamaṭṭhena,' no ca vattabbe 'puggalasmiṃ rūpan ti,'" micchā.

No ce pana vattabbe "Puggalasmiṃ rūpan ti," no ca vata re vattabbe "Puggalo n'upalabbhati saccikaṭṭhaparamaṭṭhenāti." Yaṃ tattha vadesi "Vattabbe kho 'puggalo n'upalabbhati saccikaṭṭhaparamaṭṭhena,' no ca vattabbe 'puggalasmiṃ rūpan ti,'" micchā.

144. Puggalo n'upalabhati saccikaṭṭhaparamaṭṭhenāti? Āmantā.

Vedanā puggalo—pe—vedanāya puggalo—pe—aññatra vedanāya puggalo—pe—puggalasmiṃ vedanā—pe—

Saññā puggalo—pe—saññāya puggalo—pe—aññatra saññāya puggalo—pe—puggalasmiṃ saññā—pe—

Saṃkhārā puggalo—pe—saṃkhāresu puggalo—pe—aññatra saṃkhārehi puggalo—pe—puggalasmiṃ saṃkhārā —pe—

Viññāṇaṃ puggalo—pe—viññāṇasmiṃ puggalo—pe—aññatra viññāṇā puggalo—pe—puggalasmiṃ viññāṇan ti?

Na h'evaṃ vattabbe.

Ājānāhi paṭikammaṃ; hañci puggalo n'upalabbhati saccikaṭṭhaparamaṭṭhena, tena vata re vattabbe "Puggalasmiṃ viññāṇan ti." Yaṃ tattha vadesi "Vattabbe kho 'puggalo n'upalabbhati saccikaṭṭhaparamaṭṭhena,' no ca vattabbe puggalasmiṃ viññāṇan ti," micchā.

No ce pana vattabbe puggalasmiṃ viññāṇan ti, no ca vata re vattabbe "Puggalo n'upalabbhati saccikaṭṭhaparamaṭṭhenāti." Yaṃ tattha vadesi "Vattabbe kho 'puggalo n'upalabbhati saccikaṭṭhaparamaṭṭhena,' no ca vattabbe puggalasmiṃ viññāṇan ti," micchā.

145. Puggalo n'upalabbhati saccikaṭṭhaparamaṭṭhenāti? Āmantā.

Cakkhāyatanaṃ puggalo—pe—cakkhāyatanasmiṃ puggalo—pe—aññatra cakkhāyatanā puggalo—pe—puggalasmiṃ cakkhāyatanaṃ—pe—

Aññātāvindriyaṃ puggalo—pe—aññātāvindriyasmiṃ puggalo—pe—aññatra aññātāvindriyā puggalo—pe—puggalasmiṃ aññātāvindriyan ti?

Na h'evaṃ vattabbe.

Ājānāhi paṭikammaṃ; hañci puggalo n'upalabbhati saccikaṭṭhaparamaṭṭhena, tena vata re vattabbe "Puggalasmiṃ aññātāvindriyan ti. Yaṃ tattha vadesi "Vattabbe kho 'puggalo n'upalabbhati saccikaṭṭhaparamaṭṭhena,' no ca vattabbe 'puggalasmiṃ aññātāvindriyan ti,'" micchā.

No ce pana vattabbe "Puggalasmiṃ aññātāvindriyan ti," no ca vata re vattabbe "Puggalo n'upalabbhati saccikaṭṭhaparamaṭṭhenāti." Yaṃ tattha vadesi "Vattabbe kho 'puggalo n'upalabbhati saccikaṭṭhaparamaṭṭhena,' no ca vattabbe 'puggalasmiṃ aññātāvindriyan ti,'" micchā.

Catukkanaya—saṃsandanaṃ.

---

146. Puggalo upalabbhati saccikaṭṭhaparamaṭṭhenāti?

Āmantā.

Puggalo sappaccayo—pe—puggalo appaccayo, puggalo saṃkhato puggalo asaṃkhato, puggalo sassato, puggalo asassato, puggalo sanimitto puggalo animitto ti?

Na h'evaṃ vattabbe—pe—

147. Puggalo n'upalabbhati saccikaṭṭhaparamaṭṭhenāti?

Āmantā.

Vuttaṃ Bhagavatā "Atthi puggalo attahitāya paṭipanno ti"?

Āmantā.

Puggalo sappaccayo—pe—puggalo appaccayo, puggalo saṅkhato puggalo asaṅkhato, puggalo sassato, puggalo asassato, puggalo sanimitto puggalo animitto ti?

Na h'evaṃ vattabbe—pe—

Lakkhaṇāyuttikathā.

---

148. Puggalo upalabbhati, upalabbhati puggalo ti?

Puggalo upalabbhati, upalabbhati kehici puggalo, kehici na puggalo ti.

Puggalo kehici upalabbhati, kehici na upalabbhatīti?

Na h evaṃ vattabbe—pe—

149. Puggalo saccikaṭṭho saccikaṭṭho puggalo ti?

Puggalo saccikaṭṭho, saccikaṭṭho kehici puggalo, kehici na puggalo ti.

Puggalo kehici saccikaṭṭho, kehici na saccikaṭṭho ti?
Na h'evaṃ vattabbe—pe—
150. Puggalo vijjamāno vijjamāno puggalo ti?
Puggalo vijjamāno, vijjamāno kehici puggalo, kehici na puggalo ti?
Puggalo kehici vijjamāno, kehici na vijjamāno ti?
Na h'evaṃ vattabbe—pe—
151. Puggalo saṃvijjamāno saṃvijjamāno puggalo ti?
Puggalo saṃvijjamāno, saṃvijjamāno kehici puggalo, kehici na puggalo ti.
Puggalo kehici saṃvijjamāno, kehici na saṃvijjamāno ti?
Na h'evaṃ vattabbe—pe—
152. Puggalo atthi atthi puggalo ti?
Puggalo atthi, atthi kehici puggalo, kehici na puggalo ti.
Puggalo kehici atthi, kehici n'atthīti?
Na h'evaṃ vattabbe—pe—
153. Puggalo atthi, atthi na sabbo[1] puggalo ti?
Āmantā.
Puggalo n'atthi, n'atthi na sabbo puggalo ti?
Na h'evaṃ vattabbe—pe—

Vacanasodhanaṃ.

---

154. Rūpadhātuyā rūpī[2] puggalo ti?
Āmantā.
Kāmadhātuyā kāmī puggalo ti?
Na h'evaṃ vattabbe—pe—
Rūpadhātuyā rūpino sattā[3] ti?
Āmantā.
Kāmadhātuyā kāmino sattā ti?
Na h'evaṃ vattabbe—pe—
Arūpadhātuyā arūpī puggalo ti?
Āmantā.

---

[1] sabbe, S.P. [2] rupi, M. [3] satthā, S.

Kāmadhātuyā kāmī puggalo ti?
Na h'evaṃ vattabbe—pe—
Arūpadhātuyā arūpino sattā ti?
Āmantā.
Kāmadhātuyā kāmino sattā ti?
Na h'evaṃ vattabbe—pe—

155. Rūpadhātuyā rūpī puggalo arūpadhātuyā arūpī puggalo, atthi ca koci [1] rūpadhātuyā cuto arupadhātum [2] upapajjatīti?
Āmantā.
Rūpī puggalo upacchinno [3] arūpī puggalo jāto ti?
Na h'evaṃ vattabbe—pe—
Rūpadhātuyā rūpino sattā, arūpadhatuyā arūpino sattā, atthi ca koci rūpadhatuyā cuto arūpadhātuṃ upapajjatīti?
Āmantā.
Rūpī satto upacchinno arūpī satto jāto ti?
Na h'evaṃ vattabbe—pe—

156. Kāyo ti vā sarīran ti vā [4] sarīran ti vā kāyo ti vā kāyaṃ [5] appiyaṃ karitvā, esese chaṭṭhe same samabhāge [6] tajjāte ti?
Āmantā.
Puggalo ti vā jīvo ti vā jīvo ti vā puggalo ti vā puggalaṃ appiyaṃ karitvā esese ekaṭṭhe same samabhāge tajjāte ti?
Āmantā.
Añño kāyo añño puggalo ti?
Āmantā.
Aññaṃ jīvaṃ aññaṃ sarīran ti?
Na h'evaṃ vattabbe.
Ājānāhi niggahaṃ: hañci kāyo ti vā sarīran ti vā sarīran ti vā kayo ti vā kāyaṃ appiyaṃ karitvā esese ekaṭṭhe same samabhāge tajjāte, puggalo ti vā jīvo ti vā jīvo ti vā puggalo ti vā puggalaṃ appiyaṃ karitvā esese

---

[1] keci, S. [2] S. °tuyā; P. °tu. [3] ucchinno, S.P.
[4] vā omit S. [5] ayaṃ, P. [6] sabhāge, P.

ekaṭṭhe same samabhāge tajjāte, añño kāyo añño puggalo, tena vata re vattabbe "Aññaṃ jīvaṃ aññaṃ sarīran ti."

Yaṃ taṭṭha vadesi "Vattabbe kho 'kāyo ti vā sarīran ti vā sarīran ti vā kāyo ti vā kāyaṃ appiyaṃ karitvā esese ekaṭṭhe same samabhāge tajjāte, puggalo ti vā jīvo ti vā jīvo ti vā puggalo ti vā puggalaṃ appiyaṃ karitvā esese ekaṭṭhe same samabhāge tajjāte, añño kāyo añño puggalo,' no ca vattabbe 'aññaṃ jīvaṃ aññaṃ sarīraṇ ti,'" micchā.

No ce pana vattabbe "Aññaṃ jīvaṃ aññaṃ sarīran ti," no ca vata re vattabbe "Kāyo ti vā sarīran ti vā sarīran ti vā kāyo ti vā kāyaṃ appiyaṃ karitvā esese ekaṭṭhe same samabhāge tajjāte, puggalo ti vā jīvo ti vā jīvo ti vā puggalo ti vā puggalaṃ appiyaṃ karitvā esese ekaṭṭhe same samabhāge tajjāte, añño kāyo añño puggalo ti."

Yaṃ tattha vadesi "Vattabbe kho 'kāyo ti vā sarīran ti vā sarīran ti vā kāyo ti vā kāyaṃ appiyaṃ karitvā esese ekaṭṭhe same samabhāge tajjāte, puggalo ti vā jīvo ti vā jīvo ti vā puggalo ti vā puggalaṃ appiyaṃ karitvā esese ekaṭṭhe same samabhāge tajjāte, añño kāyo añño puggalo,' no ca vattabbe 'aññaṃ jīvaṃ aññaṃ sarīraṇ ti,'" micchā.

157. Kāyo ti vā sarīran ti vā sarīran ti vā kāyo ti vā kāyaṃ appiyaṃ karitvā esese ekaṭṭhe same samabhāge tajjāte ti?

Āmantā.

Vuttaṃ Bhagavatā "Atthi puggalo attahitāya paṭipanno ti"?

Āmantā.

Añño kāyo añño puggalo ti?

Na h'evaṃ vattabbe.

Ājānāhi paṭikammaṃ: hañci kāyo ti vā sarīran ti vā sarīran ti vā kāyo ti vā kāyaṃ appiyaṃ karitvā esese ekaṭṭhe same samabhāge tajjāte, vuttaṃ Bhagavatā "Atthi puggalo attahitāya paṭipanno," tena vata re vattabbe "Añño kāyo añño puggalo ti."

Yaṃ tattha vadesi "Vattabbe kho 'kāyo ti vā sarīran ti vā sarīran ti vā kāyo ti vā kāyaṃ appiyaṃ karitvā esese ekaṭṭhe same samabhāge tajjāte, vuttaṃ Bhagavatā—

Atthi puggalo attahitāya paṭipanno' no ca vattabbe 'añño kāyo añño puggalo ti,'" micchā.

No ce pana vattabbe "Añño kāyo añño puggalo ti," no ca vata re vattabbe "Kāyo ti vā sarīran ti vā sarīran ti vā kāyo ti vā kāyaṃ appiyaṃ karitvā esese ekaṭṭhe same samabhāge tajjāte, vuttaṃ Bhagavatā Atthi puggalo attahitāya paṭipanno ti."

Yaṃ tattha vadesi "Vattabbe kho 'kāyo ti vā sarīran ti vā sarīran ti vā kāyo ti vā kāyaṃ appiyaṃ karitvā esese ekaṭṭhe same samabhāge tajjāte, vuttaṃ Bhagavatā— Atthi puggalo attahitāya paṭipanno' no ca vattabbe 'añño kāyo añño puggalo ti,'" micchā.

Paññattānuyogo.

---

158. Puggalo sandhāvati asmā lokā paraṃ lokaṃ parasmā lokā imaṃ lokan ti?

Āmantā.

So puggalo sandhāvati asmā lokā paraṃ lokaṃ parasmā lokā imaṃ lokan ti?

Na h'evaṃ vattabbe—pe—

Puggalo sandhāvati asmā lokā paraṃ lokaṃ parasmā lokā imaṃ lokan ti?

Āmantā.

Añño puggalo sandhāvati asmā lokā paraṃ lokaṃ parasmā lokā imaṃ lokan ti?

Na h'evaṃ vattabbe—pe.

Puggalo sandhāvati asmā lokā paraṃ lokaṃ parasmā lokā imaṃ lokan ti?

Āmantā.

So ca añño ca sandhāvati asmā lokā paraṃ lokaṃ parasmā lokā imaṃ lokan ti?

Na h'evaṃ vattabbe—pe—

Puggalo sandhāvati asmā lokā paraṃ lokaṃ parasmā lokā imaṃ lokan ti?

Āmantā.

N'eva so sandhāvati na añño sandhāvati asmā lokā paraṃ lokaṃ parasmā lokā imaṃ lokan ti?

Na h'evaṃ vattabbe—pe—

Puggalo sandhāvati asmā lokā paraṃ lokaṃ parasmā lokā imaṃ lokan ti?

Āmantā.

So puggalo sandhāvati, añño puggalo sandhāvati, so ca añño ca sandhāvati, n'eva so sandhāvati na añño sandhāvati asmā lokā paraṃ lokaṃ parasmā lokā imaṃ lokan ti?

Na h'evaṃ vattabbe.

159. Na vattabbaṃ "Puggalo sandhāvati asmā lokā paraṃ lokaṃ parasmā lokā imaṃ lokan ti"? Āmantā.

Nanu vuttaṃ Bhagavatā—

"Sa[1] sattakkhattuparamaṃ sandhāvitvāna puggalo
Dukkhassantakaro hoti sabbasaññojanakkhayā ti."

Atth'eva suttanto ti? Āmantā.

Tena hi puggalo sandhāvati asmā lokā paraṃ lokaṃ parasmā lokā imaṃ lokan ti.

Na vattabbaṃ "Puggalo sandhāvati asmā lokā paraṃ lokaṃ parasmā lokā imaṃ lokan ti"? Āmantā.

Nanu vuttaṃ Bhagavatā—"Anamataggāyaṃ Bhikkhave saṃsāro, pubbā[2] koṭi na paññāyati avijjānīvaraṇānaṃ sattānaṃ taṇhāsaññojanānaṃ sandhāvataṃ saṃsaratan[3] ti." Atth'eva suttanto ti? Āmantā.

Tena hi puggalo sandhāvati asmā lokā paraṃ lokaṃ parasmā lokā imaṃ lokan ti.

160. Puggalo sandhāvati asmā lokā paraṃ lokaṃ parasmā lokā imaṃ lokan ti? Āmantā.

Sv'eva puggalo sandhāvati asmā lokā paraṃ lokaṃ parasmā lokā imaṃ lokan ti?

Na h'evaṃ vattabbe—pe—

Sv'eva puggalo sandhāvati asmā lokā paraṃ lokaṃ parasmā lokā imaṃ lokan ti?

Āmantā.

Atthi koci manusso hutvā devo hotīti?

Āmantā.

Sv'eva manusso so devo ti?

---

[1] Sa omitted in MSS. but cf. Itivuttaka III. 4. (Windisch). [2] °bba, M. [3] °saran, ti S.

Na h'evaṃ vattabbe—pe—

Sv'eva manusso so devo ti?

Āmantā.

Manusso hutvā devo hoti, devo hutvā manusso[1] hoti manussabhūto, añño devo añño manussabhūto, sv'evāyaṃ sandhāvatīti, micchā—pe—

Sace hi sandhāvati sv'eva puggalo ito cuto paraṃ lokaṃ[2] anañño,[2] h'evaṃ maraṇaṃ na hehiti[2] pāṇātipāto n'upalabbhati, kammaṃ atthi, kammavipāko atthi, katānaṃ kammānaṃ vipāko atthi, kusalākusale vipaccamāne sv'evāyaṃ sandhāvatīti, micchā.

161. Sv'eva puggalo sandhāvati asmā lokā paraṃ lokaṃ parasmā lokā imaṃ lokan ti?

Āmantā.

Atthi koci manusso hutvā yakkho hoti, peto hoti, nerayiko hoti, tiracchānagato hoti, oṭṭho hoti, goṇo hoti, gadrabbho hoti, sūkaro hoti, mahiso[3] hotīti?

Āmantā.

Sv'eva manusso so mahiso ti?

Na h'evaṃ vattabbe—pe—

Sv'eva manusso so mahiso ti?

Āmantā.

Manusso hutvā mahiso hoti, mahiso hutvā manusso hoti manussabhūto, añño mahiso añño manussabhūto, sv' evāyaṃ sandhāvatīti, micchā—pe—

Sace hi sandhāvati sv'eva puggalo ito cuto paraṃ lokaṃ anañño, h'evaṃ maraṇaṃ na hehiti pāṇātipāto n'upalabbhati, kammaṃ atthi, kammavipāko atthi, katānaṃ kammānaṃ vipāko atthi, kusalākusale vipaccamāne sv'evāyaṃ sandhāvatīti, micchā.

162. Sv'eva puggalo sandhāvati asmā lokā paraṃ lokaṃ parasmā lokā imaṃ lokan ti?

---

[1] K. omits manusso.

[2] paralokā, P.; añño, P.S.; hehīti, M., hotīti, P.S.; in next section P. has paralokaṃ, anañño, hehīti.

[3] mahiṃso, M.

Āmantā.

Atthi koci Khattiyo hutvā Brāhmaṇo hotīti?

Āmantā.

Sv'eva Khattiyo so Brāhmaṇo ti?

Na h'evaṃ vattabbe—pe—

Atthi koci Khattiyo hutvā Vesso hoti, Suddo hotīti?

Āmantā.

Sv'eva Khattiyo so Suddo ti?

Na h'evaṃ vattabbe—pe—

Atthi koci Brāhmaṇo hutvā Vesso hoti Suddo hoti Khattiyo hotīti?

Āmantā.

Sv'eva Brāhmaṇo so Khattiyo ti?

Na h'evaṃ vattabbe—pe—

Atthi koci Vesso hutvā Suddo hoti Khattiyo hoti Brāhmaṇo hotīti?

Amantā.

Sv'eva Vesso so Brāhmaṇo ti?

Na h'evaṃ vattabbe—pe—

Atthi koci Suddo hutvā Khattiyo hoti Brāhmaṇo hoti Vesso hotīti?

Āmantā.

Sv'eva Suddo so Vesso ti?

Na h'evaṃ vattabbe—pe—

163. Sv'eva puggalo sandhāvati asmā lokā paraṃ lokaṃ parasmā lokā imaṃ lokan ti?

Āmantā.

Hatthacchinno hatthacchinno va hoti, pādacchinno pādacchinno va hoti, hatthapādacchinno hatthapādacchinno va hoti, kaṇṇacchinno nāsacchinno kaṇṇanāsacchinno, aṅgulicchinno aḷacchinno kaṇḍaracchinno, kuṇihatthako phaṇahatthako kuṭṭhiyo gandhiyo kilāsiyo sosiyo apamāriyo oṭṭho goṇo gadrabho sūkaro mahiso mahiso va hotīti?

Na h'evaṃ vattabbe—pe—

164. Na vattabbaṃ "Sv'eva puggalo sandhāvati asmā lokā paraṃ lokaṃ parasmā lokā imaṃ lokan ti"?

Āmantā.

Nanu sotāpanno puggalo manussalokā cuto devalokaṃ upapanno tattha pi sotāpanno va hotīti?

Āmantā.

Hañci sotāpanno puggalo manussalokā cuto devalokaṃ upapanno tattha pi sotāpanno va hoti, tena vata re vattabbe "Sv'eva puggalo sandhāvati asmā lokā paraṃ lokaṃ parasmā lokā imaṃ lokan ti."

Sotāpanno puggalo manussalokā cuto devalokaṃ upapanno tattha pi sotāpanno va hotīti katvā tena ca kāraṇena sv'eva puggalo sandhāvati asmā lokā paraṃ lokaṃ parasmā lokā imaṃ lokan ti?

Āmantā.

Sotāpanno puggalo manussalokā cuto devalokaṃ upapanno tattha pi manusso hotīti?[1]

Na h'evaṃ vattabbe—pe—

165. Sv'eva puggalo sandhāvati—pe—imaṃ lokan ti?

Āmantā.

Anañño avigato sandhāvatīti?

Na h'evaṃ vattabbe—pe—

Anañño avigato sandhāvatīti?

Āmantā.

Hatthacchinno hatthacchinno va hoti mahiso va hotīti?

Na h'evaṃ vattabbe—pe—

166. Sv'eva puggalo sandhāvati—pe—imaṃ lokan ti?

Āmantā.

Sarūpo sandhāvatīti?

Na h'evaṃ vattabbe—pe—

Sarūpo sandhāvatīti?

Āmantā.

Taṃ jīvaṃ taṃ sarīran ti?

Na h'evam vattabbe—pe—

Savedano—pe—sasañño—pe—sasaṃkhāro—pe—saviññāṇo sandhāvatīti?

Na h'evaṃ vattabbe—pe—

Saviññāṇo sandhāvatīti?

---

[1] M. has katvā after hotīti.

Āmantā.
Taṃ jīvaṃ taṃ sarīran ti?
Na h'evaṃ vattabbe—pe—
167. Sv'eva puggalo sandhāvati asmā lokā—pe—imaṃ lokan ti?
Āmantā.
Arūpo sandhāvatīti?
Na h'evaṃ vattabbe—pe—
Arūpo sandhāvatīti?
Āmantā.
Aññaṃ jīvaṃ aññaṃ sarīran ti?
Na h'evaṃ vattabbe—pe—
Avedano—pe—asañño—pe—asaṃkhāro—pe—aviññāṇo sandhāvatīti?
Na h'evaṃ vattabbe—pe—
Aviññāṇo sandhāvatīti?
Āmantā.
Aññaṃ jīvaṃ aññaṃ sarīran ti?
Na h'evaṃ vattabbe—pe—
168. Sv'eva puggalo sandhāvati asmā lokā—pe—imaṃ lokan ti?
Āmantā.
Rūpaṃ sandhāvatīti?
Na h'evaṃ vattabbe—pe—
Rūpaṃ sandhāvatīti?
Āmantā.
Taṃ jīvaṃ taṃ sarīran ti?
Na h'evaṃ vattabbe—pe—
Vedanā—pe—saññā—pe—saṃkhārā—pe—viññāṇaṃ sandhāvatīti?
Na h'evaṃ vattabbe.
Viññāṇaṃ sandhāvatīti? Āmantā.
Taṃ jīvaṃ taṃ sarīran ti?
Na h'evaṃ vattabbe—pe—
169. Sv'eva puggalo sandhāvati—pe—imaṃ lokan ti?
Āmantā.
Rūpaṃ na sandhāvatīti? Na h'evaṃ vattabbe—pe—
Rūpaṃ na sandhāvatīti? Āmantā.

Aññaṃ jīvaṃ aññaṃ sarīran ti? Na h'evaṃ vattabbe —pe—

Vedanā—pe—saññā—pe—saṃkhārā—pe—viññāṇaṃ na sandhāvatīti? Na h'evaṃ vattabbe—pe—

Viññāṇaṃ na sandhāvatīti? Āmantā.

Aññaṃ jīvaṃ aññaṃ sarīran ti?

Na h'evaṃ vattabbe—pe—

170. Khandhesu bhijjamānesu [1] so ce bhijjati puggalo
Ucchedā bhavati [2] diṭṭhi yā Buddhena vivajjitā.
Khandhesu bhijjamānesu no ce bhijjati puggalo
Puggalo sassato hoti nibbānena samasamo [3] ti.

171. Rūpaṃ upādāya puggalassa paññattīti?

Āmantā.

Rūpaṃ aniccaṃ saṃkhataṃ paṭiccasamuppannaṃ khayadhammaṃ vayadhammaṃ virāgadhammaṃ nirodhadhammaṃ vipariṇāmadhamman ti?

Āmantā.

Puggalo pi anicco saṃkhato paṭiccasamuppanno khayadhammo vayadhammo virāgadhammo nirodhadhammo vipariṇāmadhammo ti?

Na h'evaṃ vattabbe—pe—

172. Vedanaṃ upādāya—pe—saññaṃ upādāya—pe—saṃkhāre upādāya—pe—viññāṇaṃ upādāya puggalassa paññattīti?

Āmantā.

Viññāṇaṃ aniccaṃ—pe—vipariṇāmadhamman ti?

Āmantā.

Puggalo pi anicco—pe—vipariṇāmadhammo ti?

Na h'evam vattabbe—pe—

173. Rūpaṃ upādāya puggalassa paññattīti?

Āmantā.

Nīlaṃ rūpaṃ upādāya nīlakassa puggalassa paññattīti?

Na h'evaṃ vattabbe—pe—

---

[1] vijj°, P. [2] tava, P. [3] samasamā, P.

Pītaṃ rūpaṃ upādāya,
Lohitam rūpaṃ upādāya,
Odātaṃ rūpaṃ upādāya,
Sanidassanaṃ rūpaṃ upādāya,
Anidassanaṃ rūpaṃ upādāya,
Sappaṭighaṃ rūpaṃ upādāya,
Appaṭighaṃ rūpaṃ upādāya appaṭighassa pugalassa paññatīti?

Na h'evaṃ vattabbe—pe—

174. Vedanaṃ upādāya puggalassa paññattīti?

Āmantā.

Kusalaṃ vedanaṃ upādāya kusalassa puggalassa paññattīti?

Na h'evaṃ vattabbe—pe—

Kusalaṃ vedanaṃ upādāya kusalassa puggalassa paññattīti?

Āmantā.

Kusalā vedanā saphalā savipākā iṭṭhaphalā kantaphalā manuññaphalā asecanakaphalā[1] sukhudrayā[2] sukhavipākā ti?

Āmantā.

Kusalo pi puggalo saphalo savipāko iṭṭhaphalo kantaphalo manuññaphalo asecanakaphalo sukhudrayo sukhavipāko ti?

Na h'evaṃ vattabbe—pe—

175. Vedanaṃ upādāya puggalassa paññattīti?

Āmantā.

Akusalaṃ vedanaṃ upādāya akusalassa puggalassa paññattīti?

Na h'evaṃ vattabbe—pe—

Akusalaṃ vedanaṃ upādāya akusalassa puggalassa paññattīti?

Āmantā.

Akusalā vedanā saphalā savipākā aniṭṭhaphalā akanta-

---

[1] asecanaphalā, P.S.

[2] sukhindriyā, P.S. S_2 always.

phalā amanuññaphalā secanakaphalā dukkhudrayā dukkhavipākā ti?

Āmantā.

Akusalo pi puggalo saphalo savipāko aniṭṭhaphalo akantaphalo amanuññaphalo secanakaphalo dukkhudrayo dukkhavipako ti?

Na h'evaṃ vattabbe—pe—

176. Vedanaṃ upādāya puggalassa paññattīti?

Āmantā.

Abyākataṃ vedanaṃ upādāya abyākatassa puggalassa paññattīti?

Na h'evaṃ vattabbe—pe—

Abyākataṃ vedanaṃ upādāya abyākatassa puggalassa paññattīti?

Āmantā.

Abyākatā vedanā aniccā saṃkhatā paṭiccasamuppannā khayadhammā vayadhammā virāgadhammanirodhadhammā vipariṇāmadhammā ti?

Āmantā.

Abyākato pi puggalo anicco saṃkhato—pe—vipariṇāmadhammo ti?

Na h'evaṃ vattabbe—pe—

177. Saññaṃ upādāya, saṃkhāre upādāya, viññāṇaṃ upādāya puggalassa paññattīti?

Āmantā.

Kusalaṃ viññāṇaṃ upādāya kusalassa puggalassa paññattīti?

Na h'evaṃ vattabbe.

Kusalaṃ viññāṇaṃ saphalaṃ savipākaṃ iṭṭhaphalaṃ, kantaphalaṃ manuññaphalaṃ asecanakaphalaṃ sukhudrayaṃ sukhavipākan ti?

Āmantā.

Kusalo pi puggalo saphalo savipāko iṭṭhaphalo kantaphalo manuññaphalo asecanakaphalo sukhudrayo sukhavipāko ti?

Na h'evaṃ vattabbe—pe—

178. Viññāṇaṃ upādāya puggalassa paññattīti?

Āmantā.

Akusalaṃ viññāṇaṃ upādāya akusalassa puggalassa paññattīti?

Na h'evaṃ vattabbe—pe—

Akusalaṃ viññāṇaṃ upādāya akusalassa puggalassa paññattīti?

Āmantā.

Akusalaṃ viññāṇaṃ saphalaṃ savipākaṃ aniṭṭhaphalaṃ akantaphalaṃ amanuññaphalaṃ secanakaphalaṃ dukkhudrayaṃ dukkhavipākan ti?

Āmantā.

Akusalo pi puggalo saphalo savipāko aniṭṭhaphalo akantaphalo amanuññaphalo secanakaphalo dukkhudrayo dukkhavipako ti?

Na h'evaṃ vattabbe—pe—

179. Viññāṇaṃ upādāya puggalassa paññattīti?

Āmantā.

Abyākataṃ viññāṇaṃ upādāya abyākatassa puggalassa paññattīti?

Na h'evaṃ vattabbe—pe—

Abyākataṃ viññāṇaṃ upādāya abyākatassa puggalassa paññattīti?

Āmantā.

Abyākataṃ viññāṇaṃ aniccaṃ saṃkhataṃ paṭiccasamuppannaṃ khayadhammaṃ vayadhammaṃ virāgadhammanirodhadhammaṃ vipariṇāmadhamman ti?

Āmantā.

Abyākato pi puggalo anicco saṃkhato—pe—vipariṇāmadhammo ti?

Na h'evaṃ vattabbe—pe—

180. Cakkhuṃ upādāya cakkhumā puggalo ti vattabbo ti?

Āmantā.

Cakkhumhi niruddhe cakkhumā puggalo niruddho ti vattabbo ti?

Na h'evaṃ vattabbe—pe—

Sotaṃ upādāya

ghānaṃ upādāya

jivhaṃ upādāya

kāyaṃ upādāya
manaṃ upādāya manavā puggalo ti vattabbo ti?
Āmantā.
Manamhi niruddhe manavā puggalo niruddho ti vattabbo ti?
Na h'evaṃ vattabbe.
181. Micchādiṭṭhiṃ upādāya micchādiṭṭhiyo puggalo ti vattabbo ti?
Āmantā.
Micchādiṭṭhiyā niruddhāya micchādiṭṭhiyo puggalo niruddho ti vattabbo ti?
Na h'evaṃ vattabbe—pe—
Micchāsaṅkappaṃ upādāya,
Micchāvācaṃ upādāya,
Micchākammantaṃ upādāya,
Micchā-ājīvaṃ upādāya,
Micchāvāyāmaṃ upādāya,
Micchāsatiṃ upādāya,
Micchāsamādhiṃ upādāya micchāsamādhiyo puggalo ti vattabbo ti?
Āmantā.
Micchāsamādhimhi niruddhe micchāsamādhiyo puggalo niruddho ti vattabbo ti?
Na h'evaṃ vattabbe.
182. Sammādiṭṭhim upādāya sammādiṭṭhiyo puggalo ti vattabbo ti?
Āmantā.
Sammādiṭṭhiyā niruddhāya sammadiṭṭhiyo puggalo niruddho ti vattabbo ti?
Na h'evaṃ vattabbe—pe—
Sammāsaṅkappaṃ upādāya,
Sammāvācaṃ upādāya,
Sammākaṃmantaṃ upādāya,
Sammā-ājīvaṃ upādāya,
Sammāvāyāmaṃ upādāya,
Sammāsatiṃ upādāya,
Sammāsamādhiṃ upādāya saṃmāsamādhiyo puggalo ti vattabbo ti?
Āmantā.

Sammāsamādhimhi niruddhe sammāsamādhiyo puggalo niruddho ti vattabbo ti?

Na h'evaṃ vattabbe—pe—

183. Rūpaṃ upādāya vedanaṃ upādāya puggalassa paññattīti?

Āmantā.

Dvinnaṃ khandānaṃ upādāya dvinnaṃ puggalānaṃ paññattīti ti?

Na h'evaṃ vattabbe.

Rūpaṃ upādāya,
vedanaṃ upādāya,
saññaṃ upādāya,
saṃkhare upādāya,
viññāṇaṃ upādāya puggalassa paññattīti?

Āmantā.

Pañcannaṃ khandānaṃ upādāya pañcannaṃ puggalānaṃ paññattīti?

Na h'evaṃ vattabbe—pe—

184. Cakkhāyatanaṃ upādāya, sotāyatanaṃ upādāya puggalassa paññatīti?

Āmantā.

Dvinnaṃ āyatanānaṃ upādāya dvinnaṃ puggalānaṃ paññattīti?

Na h'evaṃ vattabbe—pe—

Cakkhāyatanaṃ upādāya, sotāyatanaṃ upādāya—pe—dhammāyatanaṃ upādāya puggalassa paññattīti?

Āmantā.

Dvādasannaṃ āyatanānaṃ upādāya dvādasannaṃ puggalānaṃ paññattīti?

Na h'evaṃ vattabbe—pe—

185. Cakkhudhātuṃ upādāya sotadhātuṃ upādāya puggalassa paññattīti?

Āmantā.

Dvinnaṃ dhātūnaṃ upādāya dvinnaṃ puggalānaṃ paññattīti?

Na h'evaṃ vattabbe—pe—

Cakkhudhātuṃ upādāya sotadhātuṃ upādāya—pe—dhammadhātuṃ upādāya puggalassa paññattīti?

Āmantā.

Aṭṭhārasannaṃ dhātūnaṃ upādāya aṭṭhārasannaṃ puggalānaṃ paññattīti?

Na h'evaṃ vattabbe—pe—

186. Cakkhundriyaṃ upādāya sotindriyaṃ upādāya puggalassa paññattīti?

Āmantā.

Dvinnaṃ indriyānaṃ upādāya dvinnaṃ puggalānaṃ paññattīti?

Na h'evaṃ vattabbe—pe—

Cakkhundriyaṃ upādāya sotindriyaṃ upādāya—pe—aññātāvindriyaṃ upādāya puggalassa paññattīti?

Āmantā.

Bāvīsatīnaṃ indriyānaṃ upādāya bāvīsatīnaṃ puggalānaṃ paññattīti?

Na h'evaṃ vattabbe—pe—

187. Ekavokārabhavaṃ upādāya ekassa puggalassa paññattīti?

Āmantā.

Catuvokārabhavaṃ upādāya catunnaṃ puggalānaṃ paññattīti?

Na h'evaṃ vattabbe—pe—

Ekavokārabhavaṃ upādāya ekassa puggalassa paññattīti?

Āmantā.

Pañcavokārabhavaṃ upādāya pañcannaṃ puggalānaṃ paññattīti?

Na h'evaṃ vattabbe—pe—

188. Ekavokārabhave eko va puggalo ti?

Āmantā.

Catuvokārabhave cattāro va puggalā ti?

Na h'evaṃ vattabbe—pe—

Ekavokārabhave eko va puggalo ti?

Āmantā.

Pañcavokārabhave pañc'eva puggalā ti?

Na h'evaṃ vattabbe—pe—

189. Yathā rukkhaṃ upādāya chāyāya paññatti, evaṃeva rūpaṃ upādāya puggalassa paññattīti, yathā rukkhaṃ upādāya chāyāya paññatti, rukkho pi anicco chāyā pi aniccā, evaṃeva rūpaṃ upādāya puggalassa paññatti rūpaṃ aniccaṃ puggalo pi anicco ti?

Na h'evaṃ vattabbe—pe—

Yathā rukkhaṃ upādāya chāyāya paññatti añño rukkho aññā chāyā, evaṃeva rupaṃ upādāya puggalassa paññattīti, aññaṃ rūpaṃ añño puggalo ti?

Na h'evaṃ vattabbe—pe—

190. Yathā gāmaṃ upādāya gāmikassa paññatti, evaṃ eva rūpaṃ upādāya puggalassa paññattīti, yathā gāmaṃ upādāya gāmikassa paññatti, añño gāmo añño gāmiko, evaṃeva rūpaṃ upādāya puggalassa paññatti, aññaṃ rūpaṃ añño puggalo ti?

Na h'evaṃ vattabbe—pe—

191. Yathā raṭṭhaṃ upādāya rañño paññatti, evaṃeva rūpa upādāya puggalassa paññattīti, yathā raṭṭhaṃ upādāya rañño paññatti, añño raṭṭho añño rājā, evaṃeva rūpaṃ upādāya puggalassa paññatti, aññaṃ rūpaṃ añño puggalo ti?

Na h'evaṃ vattabbe—pe—

192. Yathā na nigaḷo negaḷiko, yassa nigaḷo so negaḷiko, evaṃeva na rūpaṃ rūpavā, yassa rūpaṃ so rūpavā ti, yathā na nigaḷo negaḷiko yassa nigaḷo so negaḷiko, añño nigaḷo añño negaḷiko, evaṃ evaṃ na rūpaṃ rūpavā yassa rūpaṃ so rūpavā, aññaṃ rūpaṃ añño rūpavā ti?

Na h'evaṃ vattabbe—pe—

193. Citte citte puggalassa paññattīti?

Āmantā.

Citte citte puggalo jāyati jiyyati[1] miyyati[2] cavati uppajjatīti?

Na h'evaṃ vattabbe—pe—

194. Dutiye citte uppanne na vattabbaṃ "So ti vā añño ti vā ti"?

---

[1] jiyo, P. [2] P. and S. omit.

Āmantā.

Dutiye citte uppanne na vattabbaṃ "Kumārako ti vā kumārikā ti vā ti"? Vattabbaṃ.

Ājānāhi niggahaṃ: hañci dutiye citte uppanne na vattabbaṃ "So ti vā añño ti vā," tena vata re vattabbe "Dutiye citte uppanne na vattabbaṃ kumārako ti vā kumārikā ti vā ti."

Yaṃ tattha vadesi "Vattabbe kho 'dutiye citte uppanne na vattabbaṃ so ti vā añño ti vā,' 'dutiye citte uppanne vattabbaṃ kumārako ti vā kumārikā ti vā ti,'" micchā.

Hañci vā pana dutiye citte uppanne vattabbaṃ "Kumārako ti vā kumārikā ti vā," tena vata re vattabbe "Dutiye citte uppanne na vattabbaṃ so ti vā añño ti vā ti."

Yaṃ tattha vadesi "Vattabbe kho 'dutiye citte uppanne na vattabbaṃ so ti vā añño ti vā,' 'dutiye citte uppanne vattabbaṃ kumārako ti vā kumārikā ti vā ti,'" micchā.

195. Dutiye citte uppanne na vattabbaṃ "So ti vā añño ti vā ti"?

Āmantā.

Dutiye citte uppanne na vattabbaṃ "Itthīti vā puriso ti vā, gahaṭṭho ti vā pabbajito ti vā, devo ti vā manusso ti vā ti?" Vattabbaṃ.

Ājānāhi niggahaṃ: hañci dutiye citte uppanne na vattabbaṃ "So ti vā añño ti vā," tena vata re vattabbe "Dutiye citte uppanne na vattabbaṃ devo ti vā manusso ti vā ti."

Yaṃ tattha vadesi "Vattabbe kho 'dutiye citte uppanne na vattabbaṃ so ti vā añño ti vā,' 'dutiye citte uppanne vattabbaṃ kumārako ti vā kumārikā ti vā ti,'" micchā.

Hañci vā pana dutiye citte uppanne vattabbaṃ "Devo ti vā manusso ti vā ti," tena vata re vattabbe "Dutiye citte uppanne na vattabbaṃ so ti vā añño ti vā ti."

Yaṃ tattha vadesi "Vattabbe kho 'dutiye citte uppanne na vattabbaṃ so ti vā añño ti vā,' 'dutiye citte uppanne vattabbaṃ devo ti vā manusso ti vā ti,'" micchā.

196. Na vattabbaṃ "Puggalo upalabbhati saccikaṭṭha-paramaṭṭhenāti"?

Āmantā.

Nanu yo passati yaṃ passati yena passati, so passati taṃ passati tena passatīti?

Āmantā.

Hañci yo passati yaṃ passati yena passati, so passati taṃ passati tena passati, tena vata re vattabbe "Puggalo upalabbhati saccikaṭṭhaparamaṭṭhenāti."

Na vattabbaṃ "Puggalo upalabbhati saccikaṭṭhaparamaṭṭhenāti"?

Āmantā.

Nanu yo suṇāti, yo ghāyati, yo sāyati, yo phusati,[1] yo vijānāti, yaṃ vijānāti, yena vijānāti, so vijānāti, taṃ vijānāti, tena vijānātīti?

Āmantā.

Hañci yo vijānāti, yaṃ vijānāti, yena vijānāti, so vijānāti, taṃ vijānāti, tena vijānāttīti, tena vata re vattabbe, "Puggalo upalabbhati saccikaṭṭhaparamaṭṭhenāti."

197. Puggalo upalabbhati saccikaṭṭhaparamaṭṭhenāti?

Āmantā.

Nanu yo na passati, yaṃ na passati, yena na passati, so na passati, taṃ na passati, tena na passatīti?

Āmantā.

Hañci yo na passati, yaṃ na passati, yena na passati, so na passati, taṃ na passati, tena na passati, no ca vata re vattabbe "Puggalo upalabbhati saccikaṭṭhaparamaṭṭhenāti."

Puggalo upalabbhati saccikaṭṭhaparamaṭṭhenāti?

Āmantā.

Nanu yo na suṇāti yo na ghāyati yo na sāyati yo na phusati yo na vijānāti, yaṃ na vijānāti, yena na vijānāti so na vijānāti, taṃ na vijānāti, tena na vijānātīti?

Āmantā.

Hañci yo na vijānāti, yaṃ na vijānāti, yena na vijānāti, so na vijānāti taṃ na vijānāti tena na vijānāti, no ca vata

---

[1] phussati, M.

re vattabbe "Puggalo upalabbhati saccikaṭṭhaparamaṭṭhenāti."

198. Na vattabbaṃ "Puggalo upalabbhati saccikaṭṭhaparamaṭṭhenāti"? Āmantā.

Nanu vuttaṃ Bhagavatā—"Passām' ahaṃ Bhikkhave dibbena cakkhunā visuddhena atikkantamānusakena satte cavamāne uppajjamāne hīne paṇīte suvaṇṇe dubbaṇṇe sugate duggate yathākammūpage satte pajānāmīti." Atth'eva suttanto ti?

Āmantā.

Tena hi Puggalo upalabbhati saccikaṭṭhaparamaṭṭhenāti.

199. Vuttaṃ Bhagavatā "Passām' ahaṃ. Bhikkhave dibbena cakkhunā visuddhena atikkantamānusakena satte cavamāne uppajjamāne hīne paṇīte suvaṇṇe dubbaṇṇe sugate duggate yathākammūpage satte pajānāmīti" katvā, ten'eva kāraṇena puggalo upalabbhati saccikaṭṭhaparamaṭṭhenāti?

Āmantā.

Bhagavā dibbena cakkhunā visuddhena atikkantamānusakena rūpaṃ passati puggalaṃ passatīti, rūpaṃ passati, rūpaṃ puggalo, rūpaṃ cavati, rūpaṃ uppajjati, rūpaṃ yathākammūpagan ti?

Na h'evaṃ vattabbe.

Bhagavā dibbena cakkhunā visuddhena atikkantamānusakena rūpaṃ passati puggalaṃ passatīti, puggalaṃ passati, puggalo rūpaṃ rūpāyatanaṃ rūpadhātu nīlaṃ pītakaṃ lohitakaṃ odātaṃ cakkhuviññeyyaṃ cakkhusmiṃ[1] paṭihaññati cakkhussa āpāthaṃ[2] āgacchatīti?

Na h'evaṃ vattabbe.

Bhagavā dibbena cakkhunā visuddhena atikkantamānusakena rūpaṃ passati puggalaṃ passatīti, ubho passati, ubho rūpaṃ rūpāyatanaṃ rūpadhātu, ubho nīlā, ubho pītakā, ubho lohitakā, ubho odātā, ubho cakkhuviññeyyā,

---

[1] cakkhumhi, $S.S_2$.

[2] ābādhaṃ, S.; āpāṭaṃ, M.

ubho cakkhusmiṃ paṭihaññanti, ubho cakkhussa āpāthaṃ āgacchanti, ubho cavanti, ubho uppajjanti, ubho yathākammūpagā ti?

Na h'evaṃ vattabbe.

Upādāpaññattānuyogo.

200.[1] Kalyāṇapāpakāni kammāni upalabbhantīti?

Āmantā.

Kalyāṇapāpakānaṃ kammānaṃ kattā kāretā upalabbhatīti?

Na h'evaṃ vattabbe—pe—

201. Kalyāṇapāpakāni kammāni upalabbhantīti kalyāṇapāpakānaṃ kammānaṃ kattā kāretā upalabbhatīti?

Āmantā.

Tassa kattā kāretā upalabbhatīti?

Na h'evaṃ vattabbe—pe—

Tassa kattā kāretā upalabbhatīti?

Āmantā.

Tassa tass'eva n'atthi dukkhassa antakiriyā n'atthi vaṭṭupacchedo n'atthi anupādāparinibbānan ti?

Na h'evaṃ vattabbe—pe—

Kalyāṇapāpakāni kammāni upalabbhanti kalyāṇapāpakānaṃ kammānaṃ kattā kāretā upalabbhatīti?

Āmantā.

Puggalo upalabbhatīti, puggalassa kattā kāretā upalabbhatīti?

Na h'evaṃ vattabbe—pe—

Kalyāṇapāpakāni kammāni upalabbhanti kalyāṇapāpakānaṃ kammānaṃ kattā kāretā upalabbhatīti?

Āmantā.

Nibbānaṃ upalabbhatīti, nibbānassa kattā kāretā upalabbhatīti?

---

[1] P. and S. omit sec. 200.

Na h'evaṃ vattabbe—pe—

Kalyāṇapāpakāni kammāni—pe—kāretā upalabbhatīti?

Āmantā.

Mahāpathavī upalabbhatīti, mahāpathaviyā kattā kāretā upalabbhatīti?

Na h'evaṃ vattabbe—pe—

Kalyāṇapāpakāni kammāni—pe—kāretā upalabbhatīti?

Āmantā.

Mahāsamuddo upalabbhatīti, mahāsamuddassa kattā kāretā upalabbhatīti?

Na h'evaṃ vattabbe—pe—

Kalyāṇapāpakani kammāni—pe—kāretā upalabbhatīti?

Āmantā.

Sineru pabbatarājā upalabbhatīti, Sinerussa pabbatarañño kattā kāretā upalabbhatīti?

Na h'evaṃ vattabbe—pe—

Kalyāṇapāpakāni kammāni—pe—kāretā upalabbhatīti?

Āmantā.

Āpo upalabbhatīti, āpassa kattā kāretā upalabbhatīti?

Na h'evaṃ vattabbe—pe—

Kalyāṇapāpakāni kammāni—pe—kāretā upalabbhatīti?

Āmantā.

Tejo upalabbhatīti, tejassa kattā kāretā upalabbhatīti?

Na h'evaṃ vattabbe—pe—

Kalyāṇapāpakāni kammāni—pe—kāretā upalabbhatīti?

Āmantā.

Vāyo upalabbhatīti vāyassa kattā kāretā upalabbhatīti?

Na h'evaṃ vattabbe—pe—

Kalyāṇapāpakāni kammāni—kāretā upalabbhatīti?

Āmantā.

Tiṇakaṭṭhavanappatiyo upalabbhanti, tiṇakaṭṭhavanappatīnaṃ kattā kāretā upalabbhatīti?

Na h'evaṃ vattabbe—pe—

Kalyāṇapāpakāni kammāni—pe—kāretā upalabbhatīti?

Āmantā.

Aññā kalyāṇapāpakāni kammāni añño kalyāṇapāpakānaṃ kammānaṃ kattā kāretā ti?

Na h'evaṃ vattabbe—pe—

202. Kalyāṇapāpakānaṃ kammānaṃ vipāko upalabbhatīti?

Āmantā.

Kalyāṇapāpakānaṃ kammānaṃ vipākapaṭisaṃvedī[1] upalabbhatīti?

Na h'evaṃ vattabbe—pe—

203. Kalyāṇapāpakānaṃ kammānaṃ vipāko upalabbhatīti, kalyāṇapāpakānaṃ kammānaṃ vipākapaṭisaṃvedī upalabbhatīti?

Āmantā.

Tassa paṭisaṃvedī upalabbhatīti?

Na h'evaṃ vattabbe—pe—

Tassa paṭisaṃvedī upalabbhatīti?

Āmantā.

Tassa tass'eva n'atthi dukkhassa antakiriyā n'atthi vaṭṭupacchedo n'atthi anupādāparinibbānan ti?

Na h'evaṃ vattabbe—pe—

Kalyāṇapāpakānaṃ kammānaṃ vipāko—pe—vipākapaṭisaṃvedī upalabbhatīti?

Āmantā.

Puggalo upalabbhatīti puggalassa paṭisaṃvedī upalabbhatīti?

Na h'evaṃ vattabbe—pe—

Kalyāṇapāpakānaṃ kammānaṃ vipāko upalabbhatīti, kalyāṇapāpakānaṃ kammānaṃ vipākapaṭisaṃvedī upalabbhatīti?

Āmantā.

Nibbānaṃ upalabbhatīti nibbānassa paṭisaṃvedī upalabbhatīti?

Na h'evaṃ vattabbe—pe—

Kalyāṇapāpakānaṃ kammānaṃ—pe—vipākapaṭisaṃvedī upalabbhatīti?

Āmantā.

Mahāpathavī upalabbhatīti, mahāsamuddo upalabbhatīti, Sineru pabbatarājā upalabbhatīti, āpo upalabbhatīti,

---

[1] vedi, P.S.S_2.

tejo upalabbhatīti, vāyo upalabbhatīti, tiṇakaṭṭhavanappatiyo upalabbhantīti, tiṇakaṭṭhavanappatīnaṃ paṭisaṃvedī upalabbhatīti?

Na h'evaṃ vattabbe—pe—

Kalyāṇapāpakānaṃ kammānaṃ—pe—vipākapaṭisaṃvedī upalabbhatīti?

Āmantā.

Añño kalyāṇapāpakānaṃ kammānaṃ vipāko, añño kalyāṇapāpakānaṃ kammānaṃ vipākapaṭisaṃvedīti?

Na h'evaṃ vattabbe—pe—

204. Dibbaṃ sukhaṃ upalabbhatīti?

Āmantā.

Dibbassa sukhassa paṭisaṃvedī upalabbhatīti?

Na h'evaṃ vattabbe—pe—

205. Dibbaṃ sukhaṃ upalabbhatīti dibbassa sukhassa paṭisaṃvedī upalabbhatīti?

Āmantā.

Tassa paṭisaṃvedī upalabbhatīti?

Na h'evaṃ vattabbe.

Tassa paṭisaṃvedī upalabbhatīti?

Āmantā.

Tassa tass'eva n'atthi dukkhassa antakiriyā n'atthi vaṭṭupacchedo n'atthi anupādāparinibbānan ti?

Na h'evaṃ vattabbe—pe—

Dibbaṃ sukhaṃ upalabbhatīti; dibbassa sukhassa paṭisaṃvedī upalabbhatīti?

Āmantā.

Puggalo upalabbhatīti puggalassa paṭisaṃvedī upalabbhatīti?

Na h'evaṃ vattabbe—pe—

Dibbaṃ sukhaṃ upalabbhatīti, dibbassa sukhassa paṭisaṃvedī upalabbhatīti?

Āmantā.

Nibbānaṃ upalabbhatīti nibbānassa paṭisaṃvedī upalabbhatīti?

Na h'evaṃ vattabbe—pe.

Dibbaṃ sukhaṃ upalabbhatīti, dibbassa sukhassa paṭisaṃvedī upalabbhatīti?

Āmantā.

Mahāpathavī upalabbhatīti, mahāsamuddo upalabbhatīti, Sineru pabbatarājā upalabbhatīti, āpo upalabbhatīti, tejo upalabbhatīti, vāyo upalabbhatīti, tiṇakaṭṭhavanappatiyo upalabbhantīti, tiṇakaṭṭhavanappatīṇaṃ paṭisaṃvedī upalabbhatīti? Na h'evaṃ vattabbe—pe—

Dibbaṃ sukhaṃ upalabbhatīti, dibbassa sukhassa paṭisaṃvedī upalabbhatīti?

Āmantā.

Aññaṃ dibbaṃ sukhaṃ añño dibbassa sukhassa paṭisaṃvedīti?

Na h'evaṃ vattabbe—pe—

206. Mānusakaṃ sukhaṃ upalabbhatīti?

Āmantā.

Mānusakassa sukhassa paṭisaṃvedī upalabbhatīti?

Na h'evaṃ vattabbe—pe—

207. Mānusakaṃ sukhaṃ upalabbhatīti mānusakassa sukhassa paṭisaṃvedī upalabbhatīti?

Āmantā.

Tassa paṭisaṃvedī upalabbhatīti?

Na h'evaṃ vattabbe.

Tassa paṭisaṃvedī upalabbhatīti?

Āmantā.

Tassa tass'eva n'atthi dukkhassa antakiriyā n'atthi vaṭṭupacchedo n'atthi anupādāparinibbānan ti?

Na h'evaṃ vattabbe—pe—

Mānusakaṃ sukhaṃ upalabbhatīti, mānusakassa sukhassa paṭisaṃvedī upalabbhatīti?

Āmantā.

Puggalo upalabbhatīti puggalassa paṭisaṃvedī upalabbhatīti?

Na h'evaṃ vattabbe—pe—

Mānusakaṃ sukhaṃ upalabbhatīti, mānusakassa sukhassa paṭisaṃvedī upalabbhatīti?

Āmantā.

Nibbānaṃ upalabbhatīti nibbānassa paṭisaṃvedī upalabbhatīti?

Na h'evaṃ vattabbe—pe.

Mānusakaṃ sukhaṃ upalabbhatīti, mānusakassa sukhassa paṭisaṃvedī upalabbhatīti?

Āmantā.

Mahāpathavī upalabbhatīti, mahāsamuddo upalabbhatīti, Sineru pabbatarājā upalabbhatīti, āpo upalabbhatīti, tejo upalabbhatīti, vāyo upalabbhatīti, tiṇakaṭṭhavanappatiyo upalabbhantīti, tiṇakaṭṭhavanappatīnaṃ paṭisaṃvedī upalabbhatīti? Na h'evaṃ vattabbe—pe—

Mānusakaṃ sukhaṃ upalabbhatīti, mānusakassa sukhassa paṭisaṃvedī upalabbhatīti?

Āmantā.

Aññaṃ mānusakaṃ sukhaṃ añño mānusakassa sukhassa paṭisaṃvedīti?

Na h'evaṃ vattabbe—pe—

208. Āpāyikaṃ dukkham upalabbhatīti?

Āmantā.

Āpāyikassa dukkhassa paṭisaṃvedī upalabbhatīti?

Na h'evaṃ vattabbe—pe—

209. Āpāyikaṃ dukkhaṃ upalabbhatīti āpāyikassa dukkhassa paṭisaṃvedī upalabbhatīti?

Āmantā.

Tassa paṭisaṃvedī upalabbhatīti?

Na h'evaṃ vattabbe.

Tassa paṭisaṃvedī upalabbhatīti?

Āmantā.

Tassa tass'eva n'atthi dukkhassa antakiriyā n'atthi vaṭṭupacchedo n'atthi anupādāparinibbānan ti?

Na h'evaṃ vattabbe—pe—

Āpāyikaṃ dukkhaṃ upalabbhatīti, āpāyikassa dukkhassa paṭisaṃvedī upalabbhatīti?

Āmantā.

Puggalo upalabbhatīti pugglassa paṭisaṃvedī upalabbhatīti?

Na h'evaṃ vattabbe—pe—

Āpāyikaṃ dukkhaṃ upalabbhatīti, āpāyikassa dukkhassa paṭisaṃvedī upalabbhatīti?

Āmantā.

Nibbānaṃ upalabbhatīti nibbānassa paṭisaṃvedī upalabbhatīti?

Na h'evaṃ vattabbe—pe.

Āpāyikaṃ dukkhaṃ upalabbhatīti, āpāyikassa dukkhassa paṭisaṃvedī upalabbhatīti?

Āmantā.

Mahāpathavī upalabbhatīti, mahāsamuddo upalabbhatīti, Sineru pabbatarājā upalabbhatīti, āpo upalabbhatīti, tejo upalabbhatīti, vāyo upalabbhatīti, tiṇakaṭṭhavanappatiyo upalabbhantīti, tiṇakaṭṭhavanappatīnaṃ paṭisaṃvedī upalabbhatīti? Na h'evaṃ vattabbe—pe—

Āpāyikaṃ dukkhaṃ upalabbhatīti, āpāyikassa dukkhassa paṭisaṃvedī upalabbhatīti?

Āmantā.

Aññaṃ āpāyikaṃ dukkhaṃ añño āpāyikassa dukkhassa paṭisaṃvedīti?

Na h'evaṃ vattabbe—pe—

210. Nerayikaṃ dukkhaṃ upalabbhatīti?

Āmantā.

Nerayikassa dukkhassa paṭisaṃvedī upalabbhatīti?

Na h'evaṃ vattabbe—pe—

211. Nerayikaṃ dukkhaṃ upalabbhatīti nerayikassa dukkhassa paṭisaṃvedī upalabbhatīti?

Āmantā.

Tassa paṭisaṃvedī upalabbhatīti?

Na h'evaṃ vattabbe.

Tassa paṭisaṃvedī upalabbhatīti?

Āmantā.

Tassa tass'eva n'atthi dukkhassa antakiriyā n'atthi vaṭṭupacchedo n'atthi anupādāparinibbānan ti?

Na h'evaṃ vattabbe—pe—

Nerayikaṃ dukkhaṃ upalabbhatīti, nerayikassa dukkhassa paṭisaṃvedī upalabbhatīti?

Āmantā.

Puggalo upalabbhatīti puggalassa paṭisaṃvedī upalabbhatīti?

Na h'evaṃ vattabbe—pe—

Nerayikaṃ dukkhaṃ upalabbhatīti, nerayikassa dukkhassa paṭisaṃvedī upalabbhatīti?

Āmantā.

Nibbānaṃ upalabbhatīti nibbānassa paṭisaṃvedī upalabbhatīti?

Na h'evaṃ vattabbe—pe.

Nerayikaṃ dukkhaṃ upalabbhatīti, nerayikassa dukkhassa paṭisaṃvedī upalabbhatīti?

Āmantā.

Mahāpathavī upalabbhatīti, mahāsamuddo upalabbhatīti, Sineru pabbatarājā upalabbhatīti, āpo upalabbhatīti, tejo upalabbhatīti, vāyo upalabbhatīti, tiṇakaṭṭhavanappatiyo upalabbhantīti, tiṇakaṭṭhavanappatīṇaṃ paṭisaṃvedī upalabbhatīti? Na h'evaṃ vattabbe—pe—

Nerayikaṃ dukkhaṃ upalabbhatīti, nerayikassa dukkhassa paṭisaṃvedī upalabbhatīti?

Āmantā.

Aññaṃ nerayikaṃ dukkhaṃ añño nerayikassa dukkhassa paṭisaṃvedīti?

Na h'evaṃ vattabbe—pe—

212. Kalyāṇapāpakāni kammāni upalabbhantīti, kalyāṇapāpakānaṃ kammānaṃ kattā kāretā vipākapaṭisaṃvedī upalabbhatīti?

Āmantā.

So karoti so paṭisaṃvedetīti?

Na h'evaṃ vattabbe—pe—

So karoti so paṭisaṃvedetīti?

Āmantā.

Sayaṃ kataṃ sukhadukkhan ti?

Na h'evaṃ vattabbe—pe—

Kalyāṇapāpakāni kammāni—pe—vipākapaṭisaṃvedī upalabbhatīti?

Āmantā.

Añño karoti añño paṭisaṃvedetīti?

Na h'evaṃ vattabbe—pe—

Añño karoti añño paṭisaṃvedetīti?

Āmantā.

Paraṃ kataṃ sukhadukkhan ti?

Na h'evaṃ vattabbe—pe—

Kalyāṇapāpakāni kammāni—pe—vipākapaṭisaṃvedī upalabbhatīti?

Āmantā.

So ca añño ca karonti, so ca añño ca paṭisaṃvedentīti?

Na h'evaṃ vattabbe—pe—

So ca añño ca karonti, so ca añño ca paṭisaṃvedentīti?

Āmantā.

Sayaṃ katañ ca paraṃ katañ ca sukhadukkhan ti?

Na h'evaṃ vattabbe—pe.

Kalyāṇapāpakāni kammāni—pe—vipākapaṭisaṃvedī upalabbhatīti?

Āmantā.

N'eva so karoti na so paṭisaṃvedeti, na añño karoti na añño paṭisaṃvedetīti?

Na h'evaṃ vattabbe—pe—

N'eva so karoti na so paṭisaṃvedeti, na añño karoti na añño paṭisaṃvedetīti?

Āmantā.

Asayaṃ kāraṃ aparaṃ kāraṃ adhiccasamuppannaṃ sukhadukkhan ti?

Na h'evaṃ vattabbe—pe—

Kalyāṇapāpakāni kammāni—pe—vipākapaṭisaṃvedī upalabbhatīti?

Āmantā.

So karoti so paṭisaṃvedeti, añño karoti añño paṭisaṃvedeti, so ca añño ca karonti, so ca añño ca paṭisaṃvedenti, n'eva so karoti na so paṭisaṃvedeti, na añño karoti na añño paṭisaṃvedetīti?

Na h'evaṃ vattabbe—pe—

So karoti so paṭisaṃvedeti, añño karoti añño paṭisaṃvedeti, so ca añño ca karonti, so ca añño ca paṭisaṃvedenti, n'eva so karoti na so paṭisaṃvedeti, na añño karoti na añño paṭisaṃvedetīti?

Āmantā.

Sayaṃ kataṃ sukhadukkhaṃ, paraṃ kataṃ sukhadukkhaṃ, sayaṃ katañ ca paraṃ katañ ca sukhadukkhaṃ, asayaṃ kāraṃ aparaṃ kāraṃ adhiccasamuppannaṃ sukhadukkhan ti?

Na h'evaṃ vattabbe—pe—

213. Kammaṃ atthīti?

Āmantā.
Kammakārako atthīti?
Na h'evaṃ vattabbe—pe—
214. Kammaṃ atthīti kammakārako atthīti?
Āmantā.
Tassa kārako atthīti?
Na h'evaṃ vattabbe—pe—
Tassa kārako atthīti?
Āmantā.
Tassa tass'eva n'atthi dukkhassa antakiriyā n'atthi vaṭṭupacchedo n'atthi anupādāparinibbānan ti?
Na h'evaṃ vattabbe—pe—
Kammaṃ atthīti kammakārako atthīti?
Āmantā.
Puggalo atthīti, puggalassa kārako atthīti?
Na h'evaṃ vattabbe—pe—
Kammaṃ atthīti kammakārako atthīti?
Āmantā.
Nibbānaṃ atthīti, nibbānassa kārako atthīti?
Na h'evaṃ vattabbe—pe—
Kammaṃ atthīti kammakārako atthīti?
Āmantā.
Mahāpathavī atthīti—pe—mahāsamuddo atthīti—Sineru pabbatarājā atthīti—pe—āpo atthīti—tejo atthīti—pe—vāyo atthīti—tiṇakaṭṭhavanappatiyo atthīti, tiṇakaṭṭhavanappatīnaṃ kārako atthīti?
Na h'evaṃ vattabbe—pe—
Kammaṃ atthīti kammakārako atthīti?
Āmantā.
Aññaṃ kammaṃ añño kammakārako ti?
Na h'evaṃ vattabbe—pe—
215. Vipāko atthīti?
Āmantā.
Vipākapaṭisaṃvedī atthīti?
Na h'evaṃ vattabbe—pe—
216. Vipāko atthīti vipākapaṭisaṃvedī atthīti?
Āmantā.
Tassa paṭisaṃvedī atthīti?

Na h'evaṃ vattabbe.
Tassa paṭisaṃvedī atthīti?
Āmantā.
Tassa tass'eva n'atthi dukkhassa antakiriyā n'atthi vaṭṭupacchedo n'atthi anupādāparinibbānan ti?
Na h'evaṃ vattabbe—pe—
Vipāko atthīti vipākapaṭisaṃvedī atthīti?
Āmantā.
Puggalo atthīti puggalassa paṭisaṃvedī atthīti?
Na h'evaṃ vattabbe—pe—
Vipāko atthīti vipākapaṭisaṃvedī atthīti?
Āmantā.
Nibbānaṃ atthīti nibbānassa paṭisaṃvedī atthīti?
Na h'evaṃ vattabbe—pe—
Vipāko atthīti vipākapaṭisaṃvedī atthīti?
Āmantā.
Mahāpathavī atthīti—pe—mahāsamuddo atthīti—pe—Sineru pabbatarājā atthīti—pe—āpo atthīti—pe—tejo atthīti—pe—vāyo atthīti—pe—tiṇakaṭṭhavanappatiyo atthīti, tiṇakaṭṭhavanappatīnaṃ paṭisaṃvedī atthīti?
Na h'evaṃ vattabbe—pe—
Vipāko atthīti vipākapaṭisaṃvedī atthīti?
Āmantā.
Añño vipāko añño vipākapaṭisaṃvedīti?
Na h'evaṃ vattabbe—pe—

Kalyāṇavaggo paṭhamo.

---

217. Na vattabbaṃ "Puggalo upalabbhati saccikaṭṭhaparamaṭṭhenāti?"
Āmantā.
Nanu atthi koci iddhivikubbatīti?[1]
Āmantā.
Hañci atthi koci iddhivikubbati, tena vata re vattabbe "Puggalo upalabbhati saccikaṭṭhaparamaṭṭhenāti."

---

[1] iddhiṃ vikuppati, M.; iddhiṃ vikubbati, K.

Na vattabbaṃ "Puggalo upalabbhati saccikaṭṭhaparamaṭṭhenāti?"

Āmantā.

Nanu atthi koci dibbāya sotadhātuyā saddaṃ suṇāti—pe—paracittaṃ jānāti, pubbenivāsaṃ anussarati, dibbena cakkhunā rūpaṃ passati, āsavānaṃ khayaṃ saccikarotīti?

Āmantā.

Hañci atthi koci āsavānaṃ khayaṃ saccikaroti, tena vata re vattabbe "Puggalo upalabbhati saccikaṭṭhaparamaṭṭhenāti."

218. Atthi koci iddhivikubbatīti katvā tena ca kāraṇena puggalo upalabbhati saccikaṭṭhaparamaṭṭhenāti?

Āmantā.

Yo iddhivikubbati sv'eva puggalo, yo iddhiṃ[1] na vikubbati na so puggalo ti?

Na h'evaṃ vattabbe—pe—

Yo dibbāya sotadhātuyā saddaṃ suṇāti—pe—yo paracittaṃ jānāti, yo pubbenivāsaṃ anussarati, yo dibbena cakkhunā rūpaṃ passati, yo āsavānaṃ khayaṃ saccikaroti sv'eva puggalo, yo āsavānaṃ khayaṃ na saccikaroti na so puggalo ti?

Na h'evaṃ vattabbe—pe—

Abhiññānuyogo.

---

219. Na vattabbaṃ "Puggalo upalabbhati saccikaṭṭhaparamaṭṭhenāti?"

Āmantā.

Nanu mātā atthīti?

Āmantā.

Hañci mātā atthi, tena vata re vattabbe "Puggalo upalabbhati saccikaṭṭhaparamaṭṭhenāti."

Na vattabbaṃ "Puggalo upalabbhati saccikaṭṭhaparamaṭṭhenāti?"

Āmantā.

---

[1] iddhi, $P.S_2$.

Nanu pitā atthi—pe—bhātā atthi, bhaginī atthi, Khattiyo atthi, Brāhmaṇo atthi, Vesso atthi, Suddo atthi, gahaṭṭho atthi, pabbajito atthi, devo atthi, manusso atthīti?

Āmantā.

Hañci manusso atthi, tena vata re vattabbe "Puggalo upalabbhati saccikaṭṭhaparamaṭṭhenāti."

220. Mātā atthīti katvā tena ca kāraṇena puggalo upalabbhati saccikaṭṭhaparamaṭṭhenāti?

Āmantā.

Atthi koci na mātā hutvā mātā hotīti?

Āmantā.

Atthi koci na puggalo hutvā puggalo hotīti?

Na h'evaṃ vattabbe—pe—

Atthi koci na pitā hutvā—pe—na bhātā hutvā—na bhaginī hutvā, na Khattiyo hutvā, na Brāhmaṇo hutvā, na Vesso hutvā, na Suddo hutvā, na gahaṭṭho hutvā, na pabbajito hutvā, na devo hutvā, na manusso hutvā manusso hotīti?

Āmantā.

Atthi koci na puggalo hutvā puggalo hotīti?

Na h'evaṃ vattabbe—pe—

Mātā atthīti katvā tena cā kāraṇena puggalo upalabbhati saccikaṭṭhaparamaṭṭhenāti?

Āmantā.

Atthi koci mātā hutvā na mātā hotīti?

Āmantā.

Atthi koci puggalo hutvā na puggalo hotīti?

Na h'evaṃ vattabbe —pe—

Atthi koci pitā hutvā, bhātā hutvā, bhaginī hutvā, Khattiyo hutvā, Brāhmaṇo hutvā, Vesso hutvā, Suddo hutvā, gahaṭṭho hutvā, pabbajito hutvā, devo hutvā, manusso hutvā na manusso hotīti?

Āmantā.

Atthi koci puggalo hutvā na puggalo hotīti?

Na h'evaṃ vattabbe —pe—

221. Na vattabbaṃ "Puggalo upalabbhati saccikaṭṭhaparamaṭṭhenāti"?

Āmantā.

Nanu sotāpanno atthīti?

Āmantā.

Hañci sotāpanno atthi, tena vata re vattabbe "Puggalo upalabbhati saccikaṭṭhaparamaṭṭhenāti."

Na vattabbaṃ "Puggalo upalabbhati saccikaṭṭhaparamaṭṭhenāti"?

Āmantā.

Nanu sakadāgāmī atthi, anāgāmī atthi, Arahā atthi, ubhatobhāgavimutto atthi, paññāvimutto atthi, kāyasakkhī atthi, diṭṭhippatto atthi, saddhāvimutto atthi, dhammānusārī atthi, saddhānusārī atthīti?

Āmantā.

Hañci saddhānusārī atthi tena vata re vattabbe "Puggalo upalabbhati saccikaṭṭhaparamaṭṭhenāti."

222. Sotāpanno atthīti katvā tena ca kāraṇena puggalo upalabbhati saccikaṭṭhaparamaṭṭhenāti?

Āmantā.

Atthi koci na sotāpanno hutvā sotāpanno hotīti?

Āmantā.

Atthi koci na puggalo hutvā puggalo hotīti?

Na h'evaṃ vattabbe—pe—

Atthi koci na sakadāgāmī hutvā—pe—na anāgāmī hutvā, na Arahā hutvā, na ubhatobhāgavimutto hutvā, na paññāvimutto hutvā, na kāyasakkhī hutvā, na diṭṭhippatto hutvā, na saddhāvimutto hutvā, na dhammānusārī hutvā, na saddhānusārī hutvā saddhānusārī hotīti?

Āmantā.

Atthi koci na puggalo hutvā puggalo hotīti?

Na h'evaṃ vattabbe—pe—

Sotāpanno atthīti katvā tena ca kāraṇena puggalo upalabbhati saccikaṭṭhaparamaṭṭhenātī?

Āmantā.

Atthi koci sotāpanno hutvā na sotāpanno hotīti?

Āmantā.

Atthi koci puggalo hutvā na puggalo hotīti?

Na h'evaṃ vattabbe—pe—

Atthi koci sakadāgāmī hutvā anāgāmī hutvā na anāgāmī hotīti?

Āmantā.

Atthi koci puggalo hutvā na puggalo hotīti?

Na h'evaṃ vattabbe—pe—

223. Na vattabbaṃ "Puggalo upalabbhati saccikaṭṭhaparamaṭṭhenāti"?

Āmantā.

Nanu cattāro purisayugā aṭṭha purisapuggalā atthīti?

Āmantā.

Hañci cattāro purisayugā aṭṭha purisapuggalā atthi, tena vata re vattabbe "Puggalo upalabbhati saccikaṭṭhaparamaṭṭhenāti."

224. Cattāro purisayugā aṭṭha purisapuggalā atthīti katvā tena ca kāraṇena puggalo upalabbhati saccikaṭṭhaparamaṭṭhenāti?

Āmantā.

Cattāro purisayugā aṭṭha purisapuggalā Buddhapātubhāvā pātubhavantīti?

Āmantā.

Puggalo Buddhapātubhāvā pātubhavatīti?

Na h'evaṃ vattabbe—pe—

Puggalo Buddhapātubhāvā pātubhavatīti?

Āmantā.

Buddhassa Bhagavato parinibbute ucchinno puggalo, n'atthi puggalo ti?

Na h'evaṃ vattabbe—pe—

225. Puggalo upalabbhati saccikaṭṭhaparamaṭṭhenāti?

Āmantā.

Puggalo saṃkhato ti?

Na h'evaṃ vattabbe—pe—

Puggalo asaṃkhato ti?

Na h'evaṃ vattabbe—pe—

Puggalo n'eva saṃkhato nāsaṃkhato ti?

Na h'evaṃ vattabbe.

Puggalo n'eva saṃkhato nāsaṃkhato ti?

Āmantā.

Saṃkhatañ ca asaṃkhatañ ca ṭhapetvā atth'aññā tatiyā koṭīti?

Na h'evaṃ vattabbe—pe—

Saṃkhatañ ca asaṃkhatañ ca ṭhapetvā atth'aññā tatiyā koṭīti?

Āmantā.

Nanu vuttaṃ Bhagavatā—"Dve'mā Bhikkhave dhātuyo, katamā dve? Saṃkhatā ca dhātu asaṃkhatā ca dhātu. Imā kho Bhikkhave dve dhātuyo ti." Atth' eva suttanto ti?

Āmantā.

Tena hi na vattabbaṃ "Saṃkhatañ ca asaṃkhatañ ca ṭhapetvā atth' aññā tatiyā koṭīti."

226. Puggalo n'eva saṃkhato nāsaṃkhato ti?

Āmantā.

Aññaṃ saṃkhataṃ aññaṃ asaṃkhataṃ añño puggalo ti?

Na h'evaṃ vattabbe—pe—

Khandhā saṃkhatā nibbānaṃ asaṃkhataṃ puggalo n'eva saṃkhato nāsaṃkhato ti?

Āmantā.

Aññe khandhā aññaṃ nibbānaṃ añño puggalo ti?

Na h'evaṃ vattabbe—pe—

Rūpaṃ saṃkhataṃ nibbānaṃ asaṃkhataṃ puggalo n'eva saṃkhato nāsaṃkhato ti?

Āmantā.

Aññaṃ rūpaṃ aññaṃ nibbānaṃ añño puggalo ti?

Na h'evaṃ vattabbe.

Vedanā saññā saṃkhārā viññāṇaṃ saṃkhataṃ nibbānaṃ asaṃkhataṃ puggalo n'eva saṃkhato nāsaṃkhato ti?

Āmantā.

Aññaṃ viññānaṃ aññaṃ nibbānaṃ añño puggalo ti?

Na h'evaṃ vattabbe—pe—

227. Puggalassa uppādo paññāyati vayo paññāyati ṭhitassa aññathattaṃ[1] paññāyatīti?

Āmantā.

Puggalo saṃkhato ti?

---

[1] aññattaṃ S.

Na h'evaṃ vattabbe—pe—

Vuttaṃ Bhagavatā—"Tīṇ'imāni Bhikkhave saṃkhatassa saṃkhatalakkhaṇāni; saṃkhatānaṃ Bhikkhave dhammānaṃ uppādo paññāyati vayo paññāyati ṭhitānaṃ aññathattaṃ paññāyatīti," puggalassa uppādo paññāyati vayo paññāyati ṭhitassa aññathattaṃ paññāyati, tena hi puggalo saṃkhato ti.

Puggalassa na uppādo paññāyati na vayo paññāyati na ṭhitassa aññathattaṃ paññāyatīti?

Āmantā.

Puggalo asaṃkhato ti?

Na h'evaṃ vattabbe—pe—

Vuttaṃ Bhagavatā—"Tīṇ'imāni Bhikkhave asaṃkhatassa asaṃkhatalakkhaṇāni, asaṃkhatānaṃ Bhikkhave dhammānaṃ na uppādo paññāyati na vayo paññāyati na ṭhitānaṃ aññathattaṃ paññāyatīti," puggalassa na uppādo paññāyati na vayo paññāyati na ṭhitassa aññathattaṃ paññāyati, tena hi puggalo asaṃkhato ti.

228. Parinibbuto puggalo atthatthamhi natthatthamhīti? Atthatthamhīti.

Parinibbuto puggalo sassato ti?

Na h'evaṃ vattabbe—pe—

Natthatthamhīti parinibbuto puggalo ucchinno ti?

Na h'evaṃ vattabbe—pe—

Puggalo kiṃ nissāya tiṭṭhatīti? Bhavaṃ nissāya tiṭṭhatīti.

Bhavo anicco saṃkhato paṭiccasamuppanno khayadhammo vayadhammo virāgadhammo nirodhadhammo vipariṇāmadhammo ti?

Āmantā.

Puggalo pi anicco saṃkhato paṭiccasamuppanno khayadhammo vayadhammo virāgadhammo nirodhadhammo vipariṇāmadhammo ti?

Na h'evaṃ vattabbe—pe—

229. Na vattabbaṃ "Puggalo upalabbhati saccikaṭṭhaparamaṭṭhenāti"?

Āmantā.

Nanu atthi koci sukhaṃ vedanaṃ vediyamāno sukhaṃ vedanaṃ vediyāmīti pajānātīti?

Āmantā.

Hañci atthi koci sukhaṃ vedanaṃ vediyamāno sukhaṃ vedanaṃ vediyāmīti pajānāti, tena vata re vattabbe "Puggalo upalabbhati saccikaṭṭhaparamaṭṭhenāti."

Na vattabbaṃ "Puggalo upalabbhati saccikaṭṭhaparamaṭṭhenāti"?

Āmantā.

Nanu atthi koci dukkhaṃ vedanaṃ vediyamāno—pe—adukkhamasukhaṃ vedanaṃ vediyamāno adukkhamasukhaṃ vedanaṃ vediyāmīti pajānātīti?

Āmantā.

Hañci atthi koci adukkhamasukhaṃ vedanaṃ vediyamāno adukkhamasukhaṃ vedanaṃ vedyāmīti pajānāti, tena vata re vattabbe "Puggalo upalabbhati saccikaṭṭhaparamaṭṭhenāti."

230. Atthi koci sukhaṃ vedanaṃ vediyamāno sukhaṃ vedanaṃ vediyāmīti pajānātīti katvā, tena ca kāraṇena puggalo upalabbhati saccikaṭṭhaparamaṭṭhenāti?

Āmantā.

Yo sukhaṃ vedanaṃ vediyamāno sukhaṃ vedanaṃ vediyāmīti pajānāti sv'eva puggalo, yo sukhaṃ vedanaṃ vediyamāno sukhaṃ vedanaṃ vediyāmīti na pajānāti na so puggalo ti?

Na h'evaṃ vattabbe—pe—

Yo dukkhaṃ vedanaṃ vediyamāno—pe—yo adukkhamasukhaṃ vedanaṃ vediyamāno adukkhamasukhaṃ vedanaṃ vediyāmīti pajānāti sv'eva puggalo, yo adukkhamasukhaṃ vedanaṃ vediyamāno adukkhamasukhaṃ vedanaṃ vediyāmīti na pajānāti, na so puggalo ti?

Na h'evaṃ vattabbe—pe—

Atthi koci sukhaṃ vedanaṃ vediyamāno sukhaṃ vedanaṃ vediyāmīti pajānātīti katvā tena ca kāraṇena puggalo upalabbhati saccikaṭṭhaparamaṭṭhenāti?

Āmantā.

Aññā sukhā vedanā, añño sukhaṃ vedanaṃ vediyamāno sukhaṃ vedanaṃ vediyamāno sukhaṃ vedanaṃ vediyāmīti pajānātīti?

Na h'evaṃ vattabbe—pe—

Aññā dukkhā vedanā—pe—aññā adukkhamasukhā vedanā, añño adukkhamasukhaṃ vedanaṃ vediyamāno adukkhamasukhaṃ vedanaṃ vediyāmīti pajānātīti?

Na h'evaṃ vattabbe—pe—

231. Na vattabbaṃ "Puggalo upalabbhati saccikaṭṭhaparamaṭṭhenāti"?

Āmantā.

Nanu atthi koci kāye kāyānupassī viharatīti?

Āmantā.

Hañci atthi koci kāye kāyānupassī viharati, tena vata re vattabbe "Puggalo upalabbhati saccikaṭṭhaparamaṭṭhenāti."

Na vattabbaṃ "Puggalo upalabbhati saccikaṭṭhaparamatthenāti"?

Āmantā.

Nanu atthi koci vedanāsu—pe—citte—pe—dhammesu dhammānupassī viharatīti?

Āmantā.

Hañci atthi koci dhammesu dhammānupassī viharati, tena vata re vattabbe "Puggalo upalabbhati sacchikaṭṭhaparamaṭṭhanāti."

232. Atthi koci kāye kāyānupassī viharatīti katvā tena ca kāraṇena puggalo upalabbhati sacchikaṭṭhaparamaṭṭhenāti?

Āmantā.

Yo kāye kāyānupassī viharati sv'eva puggalo, yo na kāye kāyānupassī viharati na so puggalo ti?

Na h'evaṃ vattabbe—pe—

Yo vedanāsu—pe—citte—pe—dhammesu dhammānupassī viharati sv'eva puggalo, yo na dhammesu dhammānupassī viharati na so puggalo ti?

Na h' evaṃ vattabbe—pe—

233. Atthi koci kāye kāyānupassī viharatīti katvā tena ca kāraṇena puggalo upalabbhati sacchikaṭṭhaparamaṭṭhenāti?

Āmantā.

Añño kāyo añño kāye kāyānupassī viharatīti?

Na h'evaṃ vattabbe—pe—

Aññā vedanā aññaṃ cittaṃ aññe dhammā añño [1] dhammesu dhammānupassī viharatīti?

Na h'evaṃ vattabbe—pe—

234. Puggalo upalabbhati sacchikaṭṭhaparamaṭṭhenāti?

Āmantā.

Nanu vuttaṃ Bhagavatā—

" Suññato lokaṃ avekkhassu
Mogharāja sadā [2] sato
Attānudiṭṭhiṃ ūhacca [3]
Evaṃ maccutaro siyā.
Evaṃ lokaṃ avekkhantaṃ
Maccurājā na passatīti." Atth' eva suttanto ti?

Āmantā.

Tena hi na vattabbaṃ "Puggalo upalabbhati sacchikaṭṭhaparamaṭṭhenāti."

235. Puggalo avekkhatīti?

Āmantā.

Saha rūpena avekkhati vinā rūpena avekkhatīti? Saha rūpena avekkhatīti.

Tam jīvaṃ taṃ sarīran ti?

Na h'evaṃ vattabbe—pe—

Vinā rūpena avekkhatīti, aññaṃ jīvaṃ aññaṃ sarīran ti?

Na h'evaṃ vattabbe—pe—

Puggalo avekkhatīti?

Āmantā.

Abbhantaragato avekkhati bahiddhā nikkhamitvā avekkhatīti? Abbhantaragato avekkhatīti.

Taṃ jīvaṃ taṃ sarīran ti?

Na h'evaṃ vattabbe—pe—

Bahiddhā nikkhamitvā avekkhatīti aññaṃ jīvaṃ aññaṃ sarīran ti?

Na h'evaṃ vattabbe—pe—

---

[1] aññesu, P.S. [2] saddhā, S_2.P.
[3] uhacca, M.; ahicca, S.; ohacca, K.

236. Na vattabbaṃ "Puggalo upalabbhati saccikaṭṭhaparamaṭṭhenāti"?

Āmantā.

Nanu Bhagavā saccavādī kālavādī bhūtavādī tathavādī avitathavādī anaññathavādīti?[1]

Āmantā.

Vuttaṃ Bhagavatā "Atthi puggalo attahitāya paṭipanno ti." Atth' eva suttanto ti?

Āmantā.

Tena hi puggalo upalabbhati saccikaṭṭhaparamaṭṭhenāti.

237. Na vattabbaṃ "Puggalo upalabbhati saccikaṭṭhaparamaṭṭhenāti"?

Āmantā.

Nanu Bhagavā saccavādī kālavādī bhūtavādī tathavādī avitathavādī anaññathavādīti?

Āmantā.

Vuttaṃ Bhagavatā—"Ekapuggalo Bhikkhave loko uppajjamāno uppajjati bahujanahitāya bahujanasukhāya lokānukampāya atthāya hitāya sukhāya devamanussānan ti."

Atth' eva suttanto ti?

Āmantā.

Tena hi puggalo upalabbhati saccikaṭṭhaparamaṭṭhenāti.

238. Puggalo upalabbhati saccikaṭṭhaparamaṭṭhenāti?

Āmantā.

Nanu Bhagavā saccavādī—pe—anaññathavādīti?

Āmantā.

Vuttaṃ Bhagavatā "Sabbe dhammā anattā ti"; atth' eva suttanto ti?

Āmantā.

Tena hi na vattabbaṃ "Puggalo upalabbhati saccikaṭṭhaparamaṭṭhenāti."

239. Puggalo upalabbhati saccikaṭṭhaparamaṭṭhenāti?

Āmantā.

---

[1] anaññataṭhavādi, P.

Nanu Bhagavā saccavādī—pe—anaññathavādīti?

Āmantā.

Vuttaṃ Bhagavatā "Dukkhaṃ eva uppajjamānaṃ uppajjati, dukkhaṃ eva nirujjhamānaṃ nirujjhatīti na kaṅkhati na vicikicchati, aparappaccayañāṇaṃ ev'assa ettha hoti, ettāvatā kho Kaccāna sammādiṭṭhi hotīti;" atth'eva suttanto ti?

Āmantā.

Tena hi na vattabbaṃ "Puggalo upalabbhati saccikaṭṭhaparamaṭṭhenāti."

240. Puggalo upalabbhati saccikaṭṭhaparamaṭṭhenāti?

Āmantā.

Nanu Vajirā Bhikkhunī Māraṃ pāpimantaṃ etad avoca—

"Kin nu satto ti [1] paccesi
Māra diṭṭhigataṃ nu te
suddhasaṃkhārapuñjo [2] yaṃ [3]
nayidha sattūpalabbhati. [4]
Yathā pi aṅgasambhārā [5]
hoti saddo [6] ratho [7] iti,
evaṃ khandhesu santesu
hoti satto ti sammuti.
Dukkhaṃ eva hi sambhoti
dukkhaṃ tiṭṭhati veti ca
nāññatra [8] dukkhā sambhoti
nāññaṃ [9] dukkhā nirujjhatīti."

Atth' eva suttanto ti? Āmantā.

Tena hi na vattabbaṃ "Puggalo upalabbhati saccikaṭṭhaparamaṭṭhenāti."

241. Puggalo upalabbhati saccikaṭṭhaparamaṭṭhenāti?

Āmantā.

Nanu āyasmā Ānando Bhagavantaṃ etad avoca—

---

[1] Kan na sapposi, S.; kan nu, P. [2] puñño, S.
[3] saṃ, P.S.S_2. [4] satthupalabbhati, M.; tattha, P.S_2.
[5] °bhāro, S. [6] satto, P.S.S_2. [7] rato, S_2.
[8] aññatra, S. [9] añño, S.; na aññā, P.: na aññaṃ, S_2.

"Suñño loko suñño loko ti bhante vuccati. Kittāvatā nu kho bhante suñño loko ti vuccatīti?" "Yasmā kho Ānanda suññaṃ attena vā attaniyena vā, tasmā suñño loko ti vuccati. Kiñ c' Ānanda suññaṃ attena vā attaniyena vā? Cakkhu kho Ānanda suññaṃ attena vā attaniyena vā, rūpā suññā—pe—cakkhuviññāṇaṃ suññaṃ, cakkhusamphasso suñño yaṃ p' idaṃ cakkhusamphassapaccayā uppajjati vedayitaṃ sukhaṃ vā dukkhaṃ vā adukkhamasukhaṃ vā, taṃ pi suññaṃ attena vā attaniyena vā, sotaṃ suññaṃ—pe—saddā suññā, ghānaṃ suññaṃ, gandhā suññā, jivhā suññā, rasā suññā, kāyo suñño, phoṭṭhabbā suññā, mano suñño, dhammā suññā, manoviññāṇaṃ suññaṃ, manosamphasso suñño, yaṃ p' idaṃ manosamphassapaccayā uppajjati vedayitaṃ sukhaṃ vā dukkhaṃ vā adukkhamasukhaṃ vā, taṃ pi suññaṃ attena vā attaniyena vā; yasmā kho Ānanda suññaṃ attena vā attaniyena vā, tasmā suñño loko ti vuccatīti." Atth' eva suttanto ti?

Āmantā.

Tena hi na vattabbaṃ "Puggalo upalabbhati saccikaṭṭhaparamaṭṭhenāti."

242. Puggalo upalabbhati saccikaṭṭhaparamaṭṭhenāti?

Āmantā.

Nanu Bhagavā saccavādī kālavādī bhūtavādī tathavādī avitathavādī anaññathavādīti?

Āmantā.

Vuttaṃ Bhagavatā—"Attani vā Bhikkave sati attaniyaṃ me ti assāti." "Evaṃ bhante." "Attaniye vā Bhikkave sati attā me ti assāti." "Evaṃ bhante." "Attani ca Bhikkave attaniye ca saccato thetato anupalabbhiyamāne yaṃ p' idaṃ diṭṭhiṭhānaṃ so loko so attā so pecca bhavissāmi, nicco dhuvo sassato avipariṇāmadhammo sassati samaṃ tath' eva ṭhassāmīti. Nanvāyaṃ Bhikkave kevalo paripūro bāladhammo ti." "Kiñci no siyā bhante kevalo hi bhante paripūro bāladhammo ti." Atth' eva suttanto ti?

Āmantā.

Tena hi na vattabbaṃ "Puggalo upalabbhati saccikaṭṭhaparamaṭṭhenāti."

243. Puggalo upalabbhati saccikaṭṭhaparamaṭṭhenāti?

Āmantā.

Nanu Bhagavā saccavādī kālavādī bhūtavādī tathavādī avitathavādī anaññathavādīti?

Āmantā.

Vuttaṃ Bhagavatā "Tayo' me Seniya satthāro santo saṃvijjamānā lokasmiṃ. Katame tayo? Idha Seniya ekacco satthā diṭṭh' eva dhamme attānaṃ saccato thetato paññāpeti, abhisamparāyañ ca attānaṃ saccato thetato paññāpeti; idha pana Seniya ekacco satthā diṭṭh' eva hi kho dhamme attānaṃ saccato thetato paññāpeti, no ca kho abhisamparāyaṃ attānaṃ saccato thetato paññāpeti; idha pana Seniya ekacco satthā diṭṭhe c'eva dhamme attānaṃ saccato thetato na paññāpeti, abhisamparāyañ ca attānaṃ saccato thetato na paññāpeti. Tatra Seniya yvāyaṃ satthā diṭṭhe c'eva dhamme attānaṃ saccato thetato paññāpeti, abhisamparāyañ ca attānaṃ saccato thetato paññāpeti, ayaṃ vuccati Seniya satthā sassatavādo. Tatra Seniya yvāyaṃ diṭṭh' eva hi kho dhamme attānaṃ saccato thetato paññāpeti, no ca kho abhisamparāyaṃ attānaṃ saccato thetato paññāpeti, ayaṃ vuccati Seniya satthā ucchedavādo. Tatra Seniya yvāyaṃ satthā diṭṭhe c'eva dhamme attānaṃ saccato thetato na paññāpeti, abhisamparāyañ ca attānaṃ saccato thetato na paññāpeti, ayaṃ vuccati Seniya satthā sammāsambuddho. Ime kho Seniya tayo satthāro santo samvijjamānā lokasmin ti." Atth' eva suttanto ti?

Āmantā.

Tena hi na vattabbaṃ "Puggalo upalabbhati saccikaṭṭhaparamaṭṭhenāti."

244. Puggalo upalabbhati saccikaṭṭhaparamaṭṭhenāti?

Āmantā.

Nanu Bhagavā saccavādī kālavādī bhūtavādī tathavādī avitathavādī anaññathavādīti?

Āmantā.

Vuttaṃ Bhagavatā "Sappikumbho ti"?[1]

---

[1] Sabbi, M.

Āmantā.
Atthi koci sappissa kumbhaṃ karotīti?
Na h' evaṃ vattabbe—pe—
Tena hi na vattabbaṃ "Puggalo upalabbhati saccikaṭṭhaparamaṭṭhenāti."

245. Puggalo upalabbhati saccikaṭṭhaparamaṭṭhenāti?
Āmantā.
Nanu Bhagavā saccavādī kālavādī bhūtavādī tathavādī avitathavādī anaññathavadīti?
Āmantā.
Vuttaṃ Bhagavatā "Telakumbho, madhukumbho, phāṇitakumbho, khīrakumbho, udakakumbho, pāniyathālakaṃ, pāniyakosakaṃ, pāniyasarāvakaṃ, niccabhattaṃ, dhuvayāgūti"?
Āmantā.
Atthi koci yāgu niccā dhuvā sassatā avipariṇāmadhammāti?
Na h'evaṃ vattabbe—pe—
Tena hi na vattabbaṃ "Puggalo upalabbhati saccikaṭṭhaparamaṭṭhenāti." Saṃkhittaṃ.

Aṭṭhakaniggahapeyyāla.[1] Sandhāvanīyā upādāya, cittena pañcamaṃ kalyāṇaṃ, iddhi. Suttāhārena aṭṭhamaṃ.

Puggalakathā.

I. 2.

1. Parihāyati Arahā arahattā ti?
Āmantā.
Sabbattha Arahā arahattā parihāyatīti?
Na h'evaṃ vattabbe—pe—
Sabbattha Arahā arahattā parihāyatīti?
Āmantā.
Sabbattha Arahato parihānīti?
Na h'evaṃ vattabbe—pe—

2. Parihāyati Arahā arahattā ti?

---

[1] peyyālā, M.K.; tā, M.

Āmantā.
Sabbadā Arahā arahattā parihāyatīti?
Na h'evaṃ vattabbe—pe—
Sabbadā Arahā arahattā parihāyatīti?
Āmantā.
Sabbadā Arahato parihānīti?
Na h'evaṃ vattabbe—pe—

3. Parihāyati Arahā arahattā ti?
Āmantā.
Sabbe 'va Arahanto arahattā parihāyantīti?
Na h'evaṃ vattabbe—pe—
Sabbe 'va Arahanto arahattā parihayantīti?
Āmantā.
Sabbesañ ñeva Arahantānaṃ parihānīti?
Na h'evaṃ vattabbe—pe—

4. Parihāyati Arahā arahattā ti?
Āmantā.
Arahā arahattā parihāyamāno catūhi phalehi parihāyatīti?
Na h'evaṃ vattabbe—pe—
Catūhi satasahassehi seṭṭhī seṭṭhittaṃ kārento satasahasse parihīne [1] seṭṭhittā parihīno hotīti?
Āmantā.
Sabbasāpateyyā parihīno hotīti?
Na h'evaṃ vattabbe—pe—

5. Catūhi satasahassehi seṭṭhī seṭṭhittaṃ kārento satasahasse parihīne bhabbo [2] sabbasāpateyyā [3] parihāyitun ti?
Āmantā.
Arahā arahattā parihāyamāno bhabbo catūhi phalehi parihāyitun ti?
Na h'evaṃ vattabbe—pe—

6. Parihāyati Arahā arahattā ti?
Āmantā.
Parihāyati sotāpanno sotāpattiphalā ti?

---

[1] P.S.S₂. omit the next 5 lines.
[2] anibho, S.; catabbo, P.S₂. [3] pateyo, P.S₂.

Na h'evaṃ vattabbe—pe—
Parihāyati Arahā arahattā ti?
Āmantā.
Parihāyati sakadāgāmī sakadāgāmiphalā ti?
Na h'evaṃ vattabbe—pe—
Parihāyati Arahā arahattā ti?
Āmantā.
Parihāyati anāgāmī anāgāmiphalā ti?
Na h'evaṃ vattabbe—pe—
Parihāyati anāgāmī anāgāmiphalā ti?
Āmantā.
Parihāyati sotāpanno sotāpattiphalā ti?
Na h'evaṃ vattabbe—pe—
Parihāyati anāgāmī anāgāmiphalā ti?
Āmantā.
Parihāyati sakadāgāmī sakadāgāmiphalā ti?
Na h'evaṃ vattabbe—pe—
Parihāyati sakadāgāmī sakadāgāmiphalā ti?
Āmantā.
Parihāyati sotāpanno sotāpattiphalā ti?
Na h'evaṃ vattabbe—pe—
Na parihāyati sotāpanno sotāpattiphalā ti?
Āmantā.
Na parihāyati Arahā arahattā ti?
Na h'evaṃ vattabbe—pe—
Na parihāyati sakadāgāmī sakadāgāmiphalā ti?
Āmantā.
Na parihāyati Arahā arahattā ti?
Na h'evaṃ vattabbe—pe—
Na parihāyati anāgāmī anāgāmiphalā ti?
Āmantā.
Na parihāyati Arahā arahattā ti?
Na h'evaṃ vattabbe—pe—
Na parihāyati sotāpanno sotāpattiphalā ti?
Āmantā.
Na parihāyati anāgāmī anāgāmiphalā ti?
Na h'evaṃ vattabbe—pe—
Na parihāyati sakadāgāmī sakadāgāmiphalā ti?

Āmantā.

Na parihāyati anāgāmī anāgāmiphalā ti?

Na h'evaṃ vattabbe—pe—

Na parihāyati sotāpanno sotāpattiphalā ti?

Āmantā.

Na parihāyati sakadāgāmī sakadāgāmiphalā ti?

Na h'evaṃ vattabbe—pe—

7. Parihāyati Arahā arahattā ti?

Āmantā.

Arahā arahattā parihāyamāno kattha saṇṭhātīti?[1]

Anāgāmiphale ti.

Anāgāmī anāgāmiphalā parihāyamāno kattha saṇṭhātīti?

Sakadāgāmiphale ti.

Sakadāgāmī sakadāgāmiphale parihāyamāno kattha saṇṭhātīti?

Sotāpattiphale ti.

Sotāpanno sotāpattiphale parihāyamāno puthujjanabhūmiyaṃ saṇṭhātīti?

Na h'evaṃ vattabbe.

Ājānahi niggahaṃ: hañci Arahā arahattā parihāyamāno anāgāmiphale saṇṭhāti, anāgāmī anāgāmiphalā parihāyamāno sakādāgāmiphale saṇṭhāti, sakadāgāmī sakadāgāmiphalā parihāyamāno sotāpattiphale saṇṭhāti, tena vata re vattabbe "Sotāpanno sotāpattiphalā parihāyamāno puthujjanabhūmiyaṃ saṇṭhātīti."

Arahā arahattā parihāyamāno sotāpattiphale saṇṭhātī ti?

Āmantā.

Sotāpattiphalassa anantarā arahattañ ñeva saccikarotī ti?

Na h'evaṃ vattabbe—pe—

8. Parihāyati Arahā arahattā ti?

Āmantā.

Parihāyati sotāpattiphalā ti?

Na h'evaṃ vattabbe.

---

[1] saṇṭhahatīti, P.S_2.

Kassa bahutarā kilesā pahīnā Arahato vā sotāpannassa vā ti?

Arahato.

Hañci Arahato bahutarā kilesā pahīnā parihāyati Arahā arahattā, tena vata re vattabbe "Parihāyati sotāpanno sotāpattiphalā ti."

9. Parihāyati Arahā arahattā ti?

Āmantā.

Parihāyati sakadāgāmī sakadāgāmiphalā ti?

Na h'evaṃ vattabbe—pe—

Kassa bahutarā kilesā pahīnā Arahato vā sakadāgāmissa vā ti?

Arahato.

Hañci Arahato bahutarā kilesā pahīnā, parihāyati Arahā arahattā, tena vata re vattabbe "Parihāyati sakadāgāmi sakadāgāmiphalā ti."

10. Parihāyati Arahā arahattā ti?

Āmantā.

Parihāyati anāgāmī anāgāmiphalā ti?

Na h'evaṃ vattabbe—pe—

Kassa bahutarā kilesā pahīnā Arahato vā anāgāmissa vā ti?

Arahato.

Hañci Arahato bahutarā kilesā pahīnā, parihāyati Arahā arahattā, tena vata re vattabbe "Parihāyati anāgāmī anāgāmiphalā ti."

11. Parihāyati anāgāmī anāgāmiphalā ti?

Āmantā.

Parihāyati sotāpanno sotāpattiphalā ti?

Na h'evaṃ vattabbe—pe—

Kassa bahutarā kilesā pahīnā anāgāmissa vā sotāpannassa vā ti?

Anāgāmissa.

Hañci anāgāmissa bahutarā kilesā pahīnā parihāyati anāgāmī anāgamiphalā, tena vata re vattabbe "Parihāyati sotāpanno sotāpattiphalā ti."

12. Parihāyati anāgāmī anāgāmiphalā ti?

Āmantā.

Parihāyati sakadāgāmī sakadāgāmiphalā ti?
Na h'evaṃ vattabbe—pe—
Kassa bahutarā kilesā pahīnā anāgāmissa vā sakadāgāmissa vā ti?
Anāgāmissa.
Hañci anāgāmissa bahutarā kilesā pahīnā parihāyati anāgāmī anāgamiphalā, tena vata re vattabbe "Parihāyati sakadāgāmī sakadāgāmiphalā ti."
13. Parihāyati sakadāgāmī sakadāgāmiphalā ti?
Āmantā.
Parihāyati sotāpanno sotāpattiphalā ti?
Na h'evaṃ vattabbe—pe—
Kassa bahutarā kilesā pahīnā sakadāgāmissa vā sotāpannassa vā ti?
Sakadāgāmissa.
Hañci sakadāgāmissa bahutarā kilesā pahīnā parihāyati sakadāgāmī sakadāgāmiphalā, tena vata re vattabbe "Parihāyati sotāpanno sotāpattiphalā ti."
14. Parihāyati Arahā arahattā ti?
Āmantā.
Parihāyati sotāpanno sotāpattiphalā ti?
Na h'evaṃ vattabbe.
Kassa adhimattā maggabhāvanā Arahato vā sotāpannassa vā ti?
Arahato.
Hañci Arahato adhimattā maggabhāvanā parihāyati Arahā arahattā, tena vata re vattabbe "Parihāyati sotāpanno sotāpattiphalā ti."
15. Parihāyati Arahā arahattā ti?
Āmantā.
Parihāyati sotāpanno sotāpattiphalā ti?
Na h'evaṃ vattabbe—pe—
Kassa adhimattā satipaṭṭhānabhāvanā, sammappadhānabhāvanā, iddhipādabhāvanā, indriyabhāvanā, balabhāvanā, bojjhaṅgabhāvanā Arahato vā sotāpannassa vā ti?
Arahato.
Hañci Arahato adhimattā bojjhaṅgabhāvanā parihāyati Arahā arahattā, tena vata re vattabbe "Parihāyati sotāpanno sotāpattiphalā ti."

16. Parihāyati Arahā arahattā ti?
Āmantā.
Parihāyati sakadāgāmī sakadāgāmiphalā ti?
Na h'evaṃ vattabbe.
Kassa adhimattā maggabhāvanā—pe—bojjhaṅgabhāvanā Arahato vā sakadāgāmissa vā ti?
Arahato.
Hañci Arahato adhimattā bojjhaṅgabhāvanā parihāyati Arahā arahattā, tena vata re vattabbe "Parihāyati sakadāgāmī sakadāgāmiphalā ti."
17. Parihāyati Arahā arahattā ti?
Āmantā.
Parihāyati anāgāmī anāgāmiphalā ti?
Na h'evaṃ vattabbe.
Kassa adhimattā maggabhāvanā—pe—bojjhaṅgabhāvanā Arahato vā anāgāmissa vā ti?
Arahato.
Hañci Arahato adhimattā bojjhaṅgabhāvanā parihāyati Arahā arahattā, tena vata re vattabbe "Parihāyati anāgāmī anāgāmiphalā ti."
18. Parihāyati anāgāmī anāgāmiphalā ti?
Āmantā.
Parihāyati sotāpanno sotāpattiphalā ti?
Na h'evaṃ vattabbe—pe—
Kassa adhimattā maggabhāvanā—pe—bojjhaṅgabhāvanā anāgāmissa vā sotāpannassa vā ti?
Anāgāmissa.
Hañci anāgāmissa adhimattā bojjhaṅgabhāvanā parihāyati anāgāmī anāgāmiphalā, tena vata re vattabbe "Parihāyati sotāpanno sotāpattiphalā ti."
19. Parihāyati anāgāmī anāgāmiphalā ti?
Āmantā.
Parihāyati sakadāgāmī sakadāgāmiphalā ti?
Na h'evaṃ vattabbe—pe—
Kassa adhimattā maggabhāvanā—pe—bojjhaṅgabhāvanā anāgāmissa vā sakadāgāmissa vā ti?
Anāgāmissa.
Hañci anāgāmissa adhimattā bojjhaṅgabhāvanā parihā-

yati anāgāmī anāgāmiphalā, tena vata re vattabbe "Parihāyati sakadāgāmī sakadāgāmiphalā ti."

20. Parihāyati sakadāgāmī sakadāgāmiphalā ti?

Āmantā.

Parihāyati sotāpanno sotāpattiphalā ti?

Na h'evaṃ vattabbe.

Kassa adhimattā maggabhāvanā—pe—bojjhaṅgabhāvanā sakadāgāmissa vā sotāpannassa vā ti?

Sakadāgāmissa.

Hañci sakadāgāmissa adhimattā bojjhaṅgabhāvanā parihāyati sakadāgāmī sakadāgāmiphalā, tena vata re vattabbe "Parihāyati sotāpanno sotāpattiphalā ti."

21. Arahatā dukkhaṃ diṭṭhaṃ parihāyati Arahā arahattā ti?

Āmantā.

Sotāpannena dukkhaṃ diṭṭhaṃ parihāyati sotāpanno sotapāttiphalā ti?

Na h'evaṃ vattabbe—pe—

Arahatā samudayo diṭṭho parihāyati Arahā Arahattā ti?

Āmantā.

Sotāpannena samudayo diṭṭho parihāyati sotāpanno sotāpattiphalā ti?

Na h'evaṃ vattabbe—pe—

Arahatā nirodho diṭṭho parihāyati Arahā arahattā ti?

Āmantā.

Sotāpannena nirodho diṭṭho parihāyati sotāpanno sotāpattiphalā ti?

Na h'evaṃ vattabbe—pe—

Arahatā maggo diṭṭho parihāyati Arahā arahattā ti?

Āmantā.

Sotāpannena maggo diṭṭho parihāyati sotāpanno sotāpattiphalā ti?

Na h'evaṃ vattabbe—pe—

Arahatā cattāri saccāni diṭṭhāni parihāyati Arahā arahattā ti?

Āmantā.

Sotāpannena cattāri saccāni diṭṭhāni parihāyati sotāpanno sotāpattiphalā ti?

Na h'evaṃ vattabbe—pe—

22. Arahatā dukkhaṃ diṭṭhaṃ parihāyati Arahā arahattā ti?

Āmantā.

Sakadāgāminā dukkhaṃ diṭṭhaṃ parihāyati sakadāgāmī sakadāgāmiphalā ti?

Na h'evaṃ vattabbe—pe—

Arahatā samudayo diṭṭho, nirodho diṭṭho, maggo diṭṭho, cattari saccāni diṭṭhāni parihāyati Arahā arahattā ti?

Āmantā.

Sakadāgāminā cattāri saccāni diṭṭhāni parihāyati sakadāgāmī sakadāgāmiphalā ti?

Na h'evaṃ vattabbe—pe—

23. Arahatā dukkhaṃ diṭṭhaṃ parihāyati Arahā arahattā ti?

Āmantā.

Anāgāminā dukkhaṃ diṭṭhaṃ parihāyati anāgāmī anāgāmiphalā ti?

Na h'evaṃ vattabbe—pe—

Arahatā samudayo diṭṭho, nirodho diṭṭho, maggo diṭṭho, cattāri saccāni diṭṭhāni parihāyati Arahā arahattā ti?

Āmantā.

Anāgāminā cattāri saccāni diṭṭhāni parihāyati anāgāmī anāgāmiphalā ti?

Na h'evaṃ vattabbe—pe—

24. Anāgāminā dukkhaṃ diṭṭhaṃ parihāyati anāgāmī anāgāmiphalā ti?

Āmantā.

Sotāpannena dukkhaṃ diṭṭhaṃ parihāyati sotāpanno sotāpattiphalā ti?

Na h'evaṃ vattabbe—pe—

Anāgāminā samudayo diṭṭho, nirodho diṭṭho, maggo diṭṭho, cattāri saccāni diṭṭhāni parihayāti anāgāmī anāgāmiphalā ti?

Āmantā.

Sotāpannena cattāri saccāni diṭṭhāni parihāyati sotāpanno sotāpattiphalā ti?

Na h'evaṃ vattabbe—pe—

25. Anāgāminā dukkhaṃ diṭṭhaṃ parihāyati anāgāmī anāgāmiphalā ti?

Āmantā.

Sakadāgāminā dukkhaṃ diṭṭhaṃ parihāyati sakadāgāmī sakadāgāmiphalā ti?

Na h'evaṃ vattabbe—pe—

Anāgāminā samudayo diṭṭho, nirodho diṭṭho, maggo diṭṭho, cattāri saccāni diṭṭhāni parihāyati anāgāmī anāgāmiphalā ti?

Āmantā.

Sakadāgāminā cattāri saccāni diṭṭhāni parihāyati sakadāgāmī sakadāgāmiphalā ti?

Na h'evaṃ vattabbe—pe—

26. Sakadāgāminā dukkhaṃ diṭṭhaṃ parihāyati sakadāgāmī sakadāgāmiphalā ti?

Āmantā.

Sotāpannena dukkhaṃ diṭṭhaṃ parihāyati sotāpanno sotāpattiphalā ti?

Na h'evaṃ vattabbe—pe—

Sakadāgāminā samudayo diṭṭho, nirodho diṭṭho, maggo diṭṭho, cattāri saccāni diṭṭhāni parihāyati sakadāgāmī sakadāgāmiphalā ti?

Āmantā.

Sotāpannena cattāri saccāni diṭṭhāni parihāyati sotāpanno sotāpattiphalā ti?

Na h'evaṃ vattabbe—pe—

27. Sotāpannena dukkhaṃ diṭṭhaṃ na parihāyati sotāpanno sotāpattiphalā ti?

Āmantā.

Arahatā dukkhaṃ diṭṭhaṃ na parihāyati Arahā arahattā ti?

Na h'evaṃ vattabbe—pe—

Sotāpannena samudayo diṭṭho, nirodho diṭṭho, maggo diṭṭho, cattāri saccāni diṭṭhāni na parihāyati sotāpanno sotāpattiphalā ti?

Āmantā.

Arahatā cattāri saccāni diṭṭhāni na parihāyati Arahā arahattā ti?

Na h'evaṃ vattabbe—pe—

28. Sakadāgāminā dukkhaṃ diṭṭhaṃ—pe—cattāri saccāni diṭṭhāni na parihāyati sakadāgāmī sakadāgāmiphalā ti?

Āmantā.

Arahatā cattāri saccāni diṭṭhāni na parihāyati Arahā arahattā ti?

Na h'evaṃ vattabbe—pe—

29. Anāgāminā dukkhaṃ diṭṭhaṃ—pe—cattāri saccāni diṭṭhāni na parihāyati anāgāmī anāgāmiphalā ti?

Āmantā.

Arahatā cattāri saccāni diṭṭhāni na parihāyati Arahā arahattā ti?

Na h'evaṃ vattabbe.

30. Sotāpannena dukkhaṃ diṭṭhaṃ—pe—cattāri saccāni diṭṭhāni na parihāyati sotāpanno sotāpattiphalā ti?

Āmantā.

Anāgāminā dukkhaṃ diṭṭhaṃ—pe—cattāri saccāni diṭṭhāni na parihāyati anāgāmī anāgāmiphalā ti?

Na h'evaṃ vattabbe.

31. Sakadāgāminā dukkhaṃ diṭṭhaṃ—pe—cattāri saccāni diṭṭhāni na parihāyati sakadāgāmī sakadāgāmiphalā ti?

Āmantā.

Anāgāminā dukkhaṃ diṭṭhaṃ—pe—cattāri saccāni diṭṭhāni na parihāyati anāgāmī anāgāmiphalā ti?

Na h'evaṃ vattabbe—pe—

32. Sotāpannena dukkhaṃ diṭṭhaṃ—pe—cattāri saccāni dīṭṭhāni na parihāyati sotāpanno sotāpattiphalā ti?

Āmantā.

Sakadāgāminā dukkhaṃ diṭṭhaṃ—pe—cattāri saccāni diṭṭhāni na parihāyati sakadāgāmī sakadāgāmiphalā ti?

Na h'evaṃ vattabbe—pe—

33. Arahato rāgo pahīno parihāyati Arahā arahattā ti?

Āmantā.

Sotāpannassa sakkāyadiṭṭhi pahīnā parihāyati sotāpanno sotāpattiphalā ti?

Na h'evaṃ vattabbe—pe—

Arahato rāgo pahīno parihāyati Arahā arahattā ti?

Āmantā.

Sotāpannassa vicikicchā pahīnā—pe—sīlabbataparāmāso pahīno—pe—apāyagamanīyo[1] rāgo pahīno—pe—apāyagamanīyo doso pahīno—pe—apāyagamanīyo moho pahīno parihāyati sotāpanno sotāpattiphalā ti?

Na h'evaṃ vattabbe—pe—

Arahato doso pahīno—pe—moho pahīno—pe—māno pahīno—pe—diṭṭhi pahīnā, vicikicchā pahīnā, thīnaṃ pahīnaṃ, uddhaccaṃ pahīnaṃ, ahirikaṃ pahīnaṃ, anottappaṃ pahīnaṃ parihāyati Arahā arahattā ti?

Āmantā.

Sotāpannassa sakkāyadiṭṭhi pahīnā parihāyati sotāpanno sotāpattiphalā ti?

Na h'evaṃ vattabbe—pe—

Arahato anottappaṃ pahīnaṃ parihāyati Arahā arahattā ti?

Āmantā.

Sotāpannassa vicikicchā pahīnā—pe—sīlabbataparāmāso pahīno—pe—apāyagamanīyo rāgo pahīno—pe— apāyagamanīyo doso pahīno—apāyagamanīyo moho pahīno parihāyati sotāpanno sotāpattiphalā ti?

Na h'evaṃ vattabbe—pe—

34. Arahato rāgo pahīno parihāyati Arahā arahattā ti?

Āmantā.

Sakadāgāmissa sakkāyadiṭṭhi pahīnā parihāyati sakadāgāmī sakadāgamiphalā ti?

Na h'evaṃ vattabbe—pe—

Arahato rāgo pahīno parihāyati Arahā arahattā ti?

Āmantā.

Sakadāgāmissa vicikicchā pahīnā—pe—sīlabbataparāmāso pahīno—pe—oḷāriko kāmarāgo pahīno, oḷāriko byāpādo pahīno, parihāyati sakadāgāmī sakadāgāmiphalā ti?

Na h'evaṃ vattabbe—pe—

---

[1] niyo, M.

Arahato doso pahīno—pe—anottappaṃ pahīnaṃ parihāyati Arahā arahattā ti?

Āmantā.

Sakadāgāmissa sakkāyadiṭṭhi pahīnā — pe — oḷāriko byāpādo pahīno parihāyati sakadāgāmī sakadāgāmiphalā ti?

Na h'evaṃ vattabbe—pe—

35. Arahato rāgo pahīno parihāyati Arahā arahattā ti?

Āmantā.

Anāgāmissa sakkāyadiṭṭhi pahīnā parihāyati anāgāmī anāgāmiphalā ti?

Na h'evaṃ vattabbe—pe—

Arahato rāgo pahīno parihāyati Arahā arahattā ti?

Āmantā.

Anāgāmissa vicikicchā pahīnā—pe—sīlabbataparāmāso pahīno, aṇusahagato kāmarāgo pahīno, aṇusahagato byāpādo pahīno parihāyati anāgāmī anāgāmiphalā ti?

Na h'evaṃ vattabbe.

Arahato doso pahīno—pe—anottappaṃ pahīnaṃ parihāyati Arahā arahattā ti?

Āmantā.

Anāgāmissa sakkāyadiṭṭhi pahīnā—pe—aṇusahagato byāpādo pahīno parihāyati anāgāmī anāgāmiphalā ti?

Na h'evaṃ vattabbe—pe—

36. Anāgāmissa sakkāyadiṭṭhi pahīnā parihāyati anāgāmī anāgāmiphalā ti?

Āmantā.

Sotāpannassa sakkāyadiṭṭhi pahīnā parihāyati sotāpanno sotāpattiphalā ti?

Na h'evaṃ vattabbe.

Anāgāmissa sakkāyadiṭṭhi pahīnā parihāyati anāgāmī anāgāmiphalā ti?

Āmantā.

Sotāpannassa vicikicchā pahīnā—pe—apāyagamanīyo moho pahīno parihāyati sotāpanno sotāpattiphalā ti?

Na h'evaṃ vattabbe.

Anāgāmissa vicikicchā pahīnā—pe—aṇusahagato byāpādo pahīno parihāyati anāgāmī anāgāmiphalā ti?

Āmantā.

Sotāpannassa sakkāyadiṭṭhi pahīnā—pe—apāyagamanīyo moho pahīno parihāyati sotāpanno sotāpattiphalā ti?

Na h'evaṃ vattabbe.

37. Anāgāmissa sakkāyadiṭṭhi pahīnā parihāyati anāgāmī anāgāmiphalā ti?

Āmantā.

Sakadāgāmissa sakkāyadiṭṭhi pahīnā parihāyati sakadāgāmī sakadāgāmiphalā ti?

Na h'evaṃ vattabbe.

Anāgāmissa sakkāyadiṭṭhi pahīnā parihāyati anāgāmī anāgāmiphalā ti?

Āmantā.

Sakadāgāmissa vicikicchā pahīnā—pe—sīlabbataparāmāso pahīno—pe—oḷāriko kāmarāgo pahīno—pe—oḷāriko byāpādo pahīno parihāyati sakadāgāmī sakadāgāmiphalā ti?

Na h'evaṃ vattabbe.

Anāgāmissa viccikicchā pahīnā—pe—aṇusahagato byāpādo pahīno parihāyati anāgāmī anāgāmiphalā ti?

Āmantā.

Sakadāgāmissa sakkāyadiṭṭhi pahīnā—pe—oḷāriko byāpādo pahīno parihāyati sakadāgāmī sakadāgāmiphalā ti?

Na h'evaṃ vattabbe.

38. Sakadāgāmissa sakkāyadiṭṭhi pahīnā parihāyati sakadāgāmī sakadāgāmiphalā ti?

Āmantā.

Sotāpannassa sakkāyadiṭṭhi pahīnā parihāyati sotāpanno sotāpattiphalā ti?

Na h'evaṃ vattabbe.

Sakadāgāmissa sakkāyadiṭṭhi pahīnā parihāyati sakadāgāmī sakadāgāmiphalā ti?

Āmantā.

Sotāpannassa vicikicchā pahīnā—pe—apāyagamanīyo moho pahīno parihāyati sotāpanno sotāpattiphalā ti?

Na h'evaṃ vattabbe—pe—

Sakadāgāmissa vicikicchā pahīnā—pe—oḷāriko kāma rāgo pahīno oḷāriko byāpādo pahīno parihāyati sakadāgāmī sakadāgāmiphalā ti?

Āmantā.

Sotāpannassa sakkāyadiṭṭhi pahīnā—pe—apāyagamanīyo moho pahīno parihāyati sotāpanno sotāpattiphalā ti?

Na h'evaṃ vattabbe.

39. Sotāpannassa sakkāyadiṭṭhi pahīnā na parihāyati sotāpanno sotāpattiphalā ti?

Āmantā.

Arahato rāgo pahīno na parihāyati Arahā arahattā ti?

Na h'evaṃ vattabbe.

Sotāpannassa sakkāyadiṭṭhi pahīnā na parihāyati sotāpanno sotāpattiphalā ti?

Āmantā.

Arahato doso pahīno—pe—anottappaṃ pahīnaṃ na parihāyati Arahā arahattā ti?

Na h'evaṃ vattabbe.

Sotāpannassa vicikicchā pahīnā—pe—apāyagamanīyo moho pahīno na parihāyati sotāpanno sotāpattiphalā ti?

Āmantā.

Arahato rāgo pahīno—pe—anottappaṃ pahīnaṃ na parihāyati Arahā arahattā ti?

Na h'evaṃ vattabbe.

40. Sakadāgāmissa sakkāyadiṭṭhi pahīnā na parihāyati sakadāgāmī sakadāgāmiphalā ti?

Āmantā.

Arahato rāgo pahīno—pe—anottappaṃ pahīnaṃ na parihāyati Arahā arahattā ti?

Na h'evaṃ vattabbe.

Sakadāgāmissa vicikicchā pahīnā—pe—oḷāriko byāpādo pahīno na parihāyati sakadāgāmī sakadāgāmiphalā ti?

Āmantā.

Arahato rāgo pahīno—pe—anottappaṃ pahīnaṃ na parihāyati Arahā arahattā ti?

Na h'evaṃ vattabbe.

41. Anāgāmissa sakkāyadiṭṭhi pahīnā na parihāyati anāgāmī anāgāmiphalā ti?

Āmantā.

Arahato rāgo pahīno—pe—anottappaṃ pahīnaṃ na parihāyati Arahā arahattā ti?

Na h'evaṃ vattabbe.

Anāgāmissa vicikicchā pahīnā—pe—aṇusahagato byāpādo pahīno na parihāyati anāgāmī anāgāmiphalā ti?

Āmantā.

Arahato rāgo pahīno—pe—anottappaṃ pahīnaṃ na parihāyati Arahā arahattā ti?

Na h'evaṃ vattabbe.

42. Sotāpannassa sakkāyadiṭṭhi pahīnā na parihāyati sotāpanno sotāpattiphalā ti?

Āmantā.

Anāgāmissa sakkāyadiṭṭhi pahīnā aṇusahagato byāpādo pahīno na parihāyati anāgāmī anāgāmiphalā ti?

Na h'evaṃ vattabbe.

Sotāpannassa vicikicchā pahīnā—pe—apāyagamanīyo moho pahīno na parihāyati sotāpanno sotāpattiphalā ti?

Āmantā.

Anāgāmissa sakkāyadiṭṭhi pahīnā aṇusahagato byāpādo pahīno na parihāyati anāgāmī anāgāmiphalā ti?

Na h'evaṃ vattabbe.

43. Sakadāgāmissa sakkāyadiṭṭhi pahīnā na parihāyati sakadāgāmī sakadāgāmiphalā ti?

Āmantā.

Anāgāmissa sakkāyadiṭṭhi pahīnā—pe—aṇusahagato byāpādo pahīno na parihāyati anāgāmī anāgāmiphalā ti?

Na h'evaṃ vattabbe.

Sakadāgāmissa vicikicchā pahīnā—pe—oḷāriko byāpādo pahīno na parihāyati sakadāgāmī sakadāgāmiphalā ti?

Āmantā.

Anāgāmissa sakkāyadiṭṭhi pahīnā—pe—aṇusahagato byāpādo pahīno na parihāyati anāgāmī anāgāmiphalā ti?

Na h'evaṃ vattabbe.

44. Sotāpannassa sakkāyadiṭṭhi pahīnā na parihāyati sotāpanno sotāpattiphalā ti?

Āmantā.

Sakadāgāmissa sakkāyadiṭṭhi pahīnā—pe—oḷāriko byāpādo pahīno na parihāyati sakadāgāmī sakadāgāmiphalā ti?

Na h'evaṃ vattabbe.

Sotāpannassa vicikicchā pahīnā—pe—apāyagamanīyo

moho pahīno na parihāyati sotāpanno sotāpattiphalā ti?

Āmantā.

Sakadāgāmissa sakkāyadiṭṭhi pahīnā—pe—oḷāriko byāpādo pahīno na parihāyati sakadāgāmī sakadāgāmiphalā ti?

Na h'evaṃ vattabbe.

45. Parihāyati Arahā arahattā ti?

Āmantā.

Nanu Arahato rāgo pahīno ucchinnamūlo tālāvatthukato anabhāvaṃkato āyatiṃ anuppādadhammo ti?

Āmantā.

Hañci Arahato rāgo pahīno ucchinnamūlo tālāvatthukato anabhāvaṃkato āyatiṃ anuppādadhammo, no vata re vattabbe "Parihāyati Arahā arahattā ti."

Parihāyati Arahā arahattā ti?

Āmantā.

Nanu Arahato doso pahīno—pe—moho pahīno, māno pahīno, diṭṭhi pahīnā, vicikicchā pahīnā, thīnaṃ pahīnaṃ uddhaccaṃ pahīnaṃ, ahirikaṃ pahīnaṃ, anottappaṃ pahīnaṃ ucchinnamūlaṃ tālāvatthukataṃ anabhāvaṃkataṃ āyatiṃ anuppādadhamman ti?

Āmantā.

Hañci Arahato anottappaṃ pahīnaṃ ucchinnamūlaṃ tālāvatthukataṃ anabhāvaṃkataṃ āyatiṃ anuppādadhammaṃ, no vata re vattabbe "Parihāyati Arahā arahattā ti."

46. Parihāyati Arahā arahattā ti?

Āmantā.

Nanu Arahato rāgappahānāya maggo bhāvito ti?

Āmantā.

Hañci Arahato rāgappahānāya maggo bhāvito, no vata re vattabbe "Parihāyati Arahā arahattā ti."

Parihāyati Arahā arahattā ti?

Āmantā.

Nanu Arahato rāgappahānāya satipaṭṭhānā bhāvitā—pe—sammappadhānā bhāvitā iddhipādā bhāvitā indriyā bhāvitā balā bhāvitā bojjhaṅgā bhāvitā ti?

Āmantā.

Hañci Arahato rāgappahānāya bojjhaṅgā bhāvitā, no vata re vattabbe "Parihāyati Arahā arahattā ti."

Parihāyati Arahā arahattā ti?

Āmantā.

Nanu Arahato dosappahānāya—pe—anottappappahānāya maggo bhāvito—pe—bojjhaṅgā bhāvitā ti?

Āmantā.

Hañci Arahato anottappappahānāya bojjhaṅgā bhāvitā, no vata re vattabbe "Parihāyati Arahā arahattā ti."

47. Parihāyati Arahā arahattā ti?

Āmantā.

Nanu Arahā vītarāgo vītadoso vītamoho katakaraṇīyo ohitabhāro anuppattasadattho [1] parikkhīṇabhavasaññojano sammadaññā vimutto ukkhittapaligho saṃkiṇṇaparikho [2] abbuḷhesiko [3] niraggaḷo ariyo pannaddhajo pannabhāro visaññutto suvijitavijayo, dukkhaṃ tassa pariññātaṃ, samudayo pahīno, nirodho sacchikato, maggo bhāvito, abhiññeyyaṃ abhiññātaṃ, pariññeyyaṃ pariññātaṃ, pahātabbaṃ pahīnaṃ, bhāvetabbaṃ bhāvitaṃ, sacchikātabbaṃ sacchikatan ti?

Āmantā.

Hañci Arahā vītarāgo vītadoso—pe—sacchikātabbaṃ sacchikataṃ, no vata re vattabbe "Parihāyati Arahā arahattā ti."

48. Parihāyati Arahā arahattā ti?

Samayavimutto Arahā arahattā parihāyati, asamayavimutto Arahā arahattā na parihāyatīti.

Samayavimutto Arahā arahattā parihāyatīti?

Āmantā.

Asamayavimutto Arahā arahattā parihāyatīti?

Na h'evaṃ vattabbe.

Asamayavimutto Arahā arahattā na parihāyatīti?

Āmantā.

Samayavimutto Arahā arahattā na parihāyatīti?

Na h'evaṃ vattabbe.

---

[1] °sadatto, M. [2] °kkho, P.S.

[3] abyuḷhesiko, P.; abbuḷesiko, M.S.

49. Samayavimuttassa Arahato rāgo pahīno, parihāyati samayavimutto Arahā arahattā ti?

Āmantā.

Asamayavimuttassa Arahato rāgo pahīno, parihāyati asamayavimutto Arahā arahattā ti?

Na h'evaṃ vattabbe.

Samayavimuttassa Arahato doso pahīno—pe—anottappaṃ pahīnaṃ, parihāyati samayavimutto Arahā arahattā ti?

Āmantā.

Asamayavimuttassa Arahato doso pahīno—pe—anottappaṃ pahīnaṃ, parihāyati asamayavimutto Arahā arahattā ti?

Na h'evaṃ vattabbe.

50. Samayavimuttassa Arahato rāgappahānāya maggo bhāvito, parihāyati samayavimutto Arahā arahattā ti?

Āmantā.

Asamayavimuttassa Arahato rāgappahānāya maggo bhāvito, parihāyati asamayavimutto Arahā arahattā ti?

Na h'evaṃ vattabbe.

Samayavimuttassa Arahato rāgappahānāya satipaṭṭhānā bhāvitā—pe—sammappadhānā bhāvitā iddhipādā bhāvitā indriyā bhāvitā balā bhāvitā bojjhaṅgā bhāvitā, parihāyati samayavimutto Arahā arahattā ti?

Āmantā.

Asamayavimuttassa Arahato rāgappahānāya satipaṭṭhānā bhāvitā—pe—bojjhaṅgā bhavitā, parihāyati asamayavimutto Arahā arahattā ti?

Na h'evaṃ vattabbe.

Samayavimuttassa Arahato dosappahānāya—pe—anottappappahānāya maggo bhāvito—pe—bojjhaṅgā bhāvitā parihāyati samayavimutto Arahā arahattā ti?

Āmantā.

Asamayavimuttassa Arahato anottappappahānāya maggo bhāvito—pe—bojjhaṅgā bhāvitā, parihāyati asamayavimutto Arahā arahattā ti?

Na h'evaṃ vattabbe.

51. Samayavimutto Arahā vītarāgo vītadoso vītamoho katakaraṇīyo ohitabhāro anuppattasadattho parikkhīṇa-

bhavasaññojano sammadaññā vimutto ukkhittapaligho saṃkiṇṇaparikho abbuḷhesiko niraggaḷo ariyo pannaddhajo pannabhāro visaññutto suvijitavijayo, dukkhaṃ tassa pariññātaṃ, samudayo pahīno, nirodho sacchikato, maggo bhāvito, abhiññeyyaṃ abhiññātaṃ, pariññeyyaṃ pariññātaṃ, pahātabbaṃ pahīnaṃ, bhāvetabbaṃ bhāvitaṃ, sacchikātabbaṃ sacchikataṃ, parihāyati samayavimutto Arahā arahattā ti?

Āmantā.

Asamayavimutto Arahā vītarāgo vītadoso—pe—sacchikātabbaṃ sacchikataṃ, parihāyati asamayavimutto Arahā arahattā ti?

Na h'evaṃ vattabbe.

52. Asamayavimuttassa Arahato rāgo pahīno, na parihāyati asamayavimutto Arahā arahattā ti?

Āmantā.

Samayavimuttassa Arahato rāgo pahīno, na parihāyati samayavimutto Arahā arahattā ti?

Na h'evaṃ vattabbe.

Asamayavimuttassa Arahato doso pahīno—pe—anottappaṃ pahīnaṃ, na parihāyati asamayavimutto Arahā arahattā ti?

Āmantā.

Samayavimuttassa Arahato anottappaṃ pahīnaṃ, na parihāyati samayavimutto Arahā arahattā ti?

Na h'evaṃ vattabbe.

53. Asamayavimuttassa Arahato rāgappahānāya maggo bhāvito—pe—bojjhaṅgā bhāvitā, na parihāyati asamayavimutto Arahā arahattā ti?

Āmantā.

Samayavimuttassa Arahato rāgappahānāya maggo bhāvito—pe—bojjhaṅgā bhāvitā, na parihāyati samayavimutto Arahā arahattā ti?

Na h'evaṃ vattabbe.

Asamayavimuttassa Arahato dosappahānāya—pe—anottappappahānāya maggo bhāvito—pe—bojjhaṅgā bhāvitā, na parihāyati asamayavimutto Arahā arahattā ti?

Āmantā.

Samayavimuttassa Arahato anottappappahānāya maggo bhāvito—pe—bojjhaṅgā bhāvitā, na parihāyati samayavimutto Arahā arahattā ti?

Na h'evaṃ vattabbe.

54. Asamayavimutto Arahā vītarāgo vītadoso vītamoho —pe—sacchikātabbaṃ sacchikataṃ, na parihāyati asamayavimutto Arahā arahattā ti?

Āmantā.

Samayavimutto Arahā vītarāgo, vītadoso—pe—sacchikātabbaṃ sacchikataṃ, na parihāyati samayavimutto Arahā arahattā ti?

Na h'evaṃ vattabbe—pe—

55. Parihāyati Arahā arahattā ti?

Āmantā.

Sāriputto thero[1] parihāyittha Arahattā ti?

Na h'evaṃ vattabbe.

Mahā Moggallāno thero, Mahā Kassapo thero, Mahā Kaccāyano thero, Mahā Koṭṭhiko thero, Mahā Panthako thero parihāyittha arahattā ti?

Na h'evaṃ vattabbe.

Sāriputto thero na parihāyittha arahattā ti?

Āmantā.

Hañci Sāriputto thero na parihāyittha arahattā, no vata re vattabbe "Parihāyati Arahā arahattā ti."

Mahā Moggallāno thero, Mahā Kassapo thero, Mahā Kaccāyano thero, Mahā Koṭṭhiko thero, Mahā Panthako thero na parihāyittha arahattā ti?

Āmantā.

Hañci Mahā Moggallāno thero—pe—Mahā Panthako thero na parihāyittha arahattā, no vata re vattabbe "Parihāyati Arahā arahattā ti."

56. Parihāyati Arahā arahattā ti?

Āmantā.

Nanu vuttaṃ Bhagavatā—

"Uccāvacā hi paṭipadā samaṇena pakāsitā
Na pāraṃ diguṇaṃ[2] yanti nayidaṃ ekaguṇaṃ mutan ti."

[1] ṭhero, P. [2] pāradiguṇaṃ, P.S₂.

Atth'eva suttanto ti?

Āmantā.

Tena hi na vattabbaṃ. "Parihāyati Arahā arahattā ti."

57. Parihāyati Arahā arahattā ti?

Āmantā.

Atthi chinnassa chediyan ti?

Na h'evaṃ vattabbe.

Atthi chinnassa chediyan ti?

Āmantā.

Nanu vuttaṃ Bhagavatā—

"Vītataṇho anādāno kiccaṃ yassa na vijjati
Chinnassa chediyaṃ n'atthi oghapāso[1] samūhato ti."

Atth'eva suttanto ti?

Āmantā.

Tena hi na vattabbaṃ "Atthi chinnassa chediyan ti."

58. Parihāyati Arahā arahattā ti?

Āmantā.

Atthi katassa paticayo[2] ti?

Na h'evaṃ vattabbe.

Atthi katassa paticayo[3] ti?

Āmantā.

Nanu vuttaṃ Bhagavatā—

"Tassa sammāvimuttassa santacittassa bhikkhuno
Katassa paticayo[3] n'atthi karaṇīyaṃ na vijjati.
Selo yathā ekaghano[4] vātena na samīrati
Evaṃ rūpā rasā saddā gandhā phassā ca kevalā
Iṭṭhā dhammā aniṭṭhā ca n'appavedhenti[5] tādino
Ṭhitaṃ cittaṃ vippamuttaṃ vayaṃ c'[6] assānupassatīti."

Atth'eva suttanto ti?

Āmantā.

---

[1] oghā°, M.; oghavāso, S.
[2] paricayo, P.S.
[3] pati°, P.S.
[4] °ghaṇo, P.
[5] vadenti, P.; vedenti, S.
[6] p'ass, P.S_2.

Tena hi na vattabbaṃ "Atthi katassa paticayo ti."

59. Na vattabbaṃ "Parihāyati Arahā arahattā ti"?

Āmantā.

Nanu vuttaṃ Bhagavatā—"Pañc' ime Bhikkhave dhammā samayavimuttassa bhikkhuno parihānāya saṃvattanti. Katame pañca? Kammārāmatā bhassārāmatā niddārāmatā saṃgaṇikārāmatā yathā vimuttaṃ cittaṃ na paccavekkhati. Ime kho Bhikkhave pañca dhammā samayavimuttassa bhikkhuno parihānāya saṃvattantīti." Atth'eva suttanto ti?

Āmantā.

Tena hi parihāyati Arahā arahattā ti.

60. Atthi Arahato kammārāmatā ti?

Na h'evaṃ vattabbe.

Atthi Arahato kammārāmatā ti?

Āmantā.

Atthi Arahato rāgo kāmarāgo kāmarāgapariyuṭṭhānaṃ kāmarāgasaññojanaṃ kāmogho kāmayogo kāmacchandanīvaraṇan ti?

Na h'evaṃ vattabbe.

Atthi Arahato bhassārāmatā atthi Arahato niddārāmatā atthi Arahato saṃgaṇikārāmatā ti?

Na h'evaṃ vattabbe.

Atthi Arahato saṃgaṇikārāmatā ti?

Āmantā.

Atthi Arahato rāgo kāmarāgo kāmarāgapariyuṭṭhānaṃ kāmarāgasaññojanaṃ kāmogho kāmayogo kāmacchandanīvaraṇan ti?

Na h'evaṃ vattabbe.

61. Parihāyati Arahā arahattā ti?

Āmantā.

Arahā arahattā parihāyamāno kiṃpariyuṭṭhito parihāyatīti?

Rāgapariyuṭṭhito parihāyatīti.

Pariyuṭṭhānaṃ kiṃ paṭicca uppajjatīti?

Anusayaṃ paṭicca uppajjatīti.

Atthi Arahato anusayā ti?

Na h'evam vattabbe.

Atthi Arahato anusayā ti?

Āmantā.

Atthi Arahato kāmarāgānusayo paṭighānusayo mānānusayo diṭṭhānusayo vicikicchānusayo bhavarāgānusayo avijjānusayo ti?

Na h'evaṃ vattabbe.

Dosapariyuṭṭhito parihāyatīti—pe—mohapariyuṭṭhito parihāyatīti.

Pariyuṭṭhānaṃ kiṃ paṭicca uppajjatīti?

Anusayaṃ paṭicca uppajjatīti.

Atthi Arahato anusayā ti?

Na h'evaṃ vattabbe—pe—

Atthi Arahato anusayā ti?

Āmantā.

Atthi Arahato kāmarāgānusayo—pe—avijjānusayo ti?

Na h'evaṃ vattabbe.

62. Parihāyati Arahā arahattā ti?

Āmantā.

Arahato arahattā parihāyamānassa kiṃ upacayaṃ gacchatīti?

Rāgo upacayaṃ gacchatīti.

Sakkāyadiṭṭhi upacayaṃ gacchatīti, viccikicchā upacayaṃ gacchatīti, sīlabbataparāmāso upacayaṃ gacchatīti?

Na h'evaṃ vattabbe.

Doso upacayaṃ gacchatīti—pe—moho upacayaṃ gacchatīti, sakkāyadiṭṭhi upacayaṃ gacchatīti, vicikicchā upacayaṃ gacchatīti, sīlabbataparāmāso upacayaṃ gacchatīti?

Na h'evaṃ vattabbe.

61. Parihāyati Arahā arahattā ti?

Āmantā.

Arahā ācinatīti?

Na h'evaṃ vattabbe.

Arahā apacinatīti?

Na h'evaṃ vattabbe.

Arahā pajahatīti?

Na h'evaṃ vattabbe.

Arahā upādiyatīti?[1]

---

[1] udapādayati, P.

Na h'evaṃ vattabbe.
Arahā visinetīti?
Na h'evaṃ vattabbe.
Arahā ussinetīti?[1]
Na h'evaṃ vattabbe.
Arahā vidhupetīti?
Na h'evaṃ vattabbe.
Arahā sandhupetīti?
Na h'evaṃ vattabbe.

Nanu Arahā n'ev' ācinati, na apacinati apacinitvā ṭhito ti?

Āmantā.

Hañci Arahā n'ev' ācinati na apacinati apacinitvā ṭhito, no vata re vattabbe "Parihāyati Arahā arahattā ti."

Nanu Arahā n'eva pajahati na upādiyati pajahitvā ṭhito ti?

Āmantā.

Hañci Arahā n'eva pajahati na upādiyati pajahitvā ṭhito, no vata re vattabbe "Parihāyati Arahā arahattā ti."

Nanu Arahā n'eva visineti na ussineti visinitvā ṭhito ti?

Āmantā.

Hañci Arahā n'eva visineti na ussineti visinitvā ṭhito, no vata re vattabbe "Parihāyati Arahā arahattā ti."

Nanu Arahā n'eva vidhupeti na sandhupeti vidhupetvā ṭhito ti?

Āmantā.

Hañci Arahā n'eva vidhupeti na sandhupeti vidhupetvā ṭhito, no vata re vattabbe "Parihāyati Arahā arahattā ti."

Parihānikathā

I. 3.

1. N'atthi devesu brahmacariyavāso ti?

Āmantā.

[1] usineti, P.

Sabbe devā jaḷā[1] eḷamūgā aviññū hatthasaṃvācikā na paṭibalā subhāsitadubbhāsitānaṃ atthaṃ aññātum, sabbe[2] devā na Buddhe pasannā na Dhamme pasannā na Saṃghe pasannā, na Buddhaṃ Bhagavantaṃ payirūpāsanti, na Buddhaṃ Bhagavantaṃ pañhaṃ pucchanti, na Buddhena Bhagavatā pañhe vissajjite attamanā, sabbe devā kammāvaraṇena samannāgatā kilesāvaraṇena samannāgatā vipākāvaraṇena samannāgatā assaddhā acchandikā duppaññā abhabbā niyāmaṃ okkamituṃ kusalesu dhammesu sammattaṃ, sabbe devā mātughātakā pitughātakā arahantaghātakā ruhiruppādakā[3] saṃghabhedakā, sabbe devā pāṇātipātino adinnādāyino kāmesu micchācārino musāvādino pisuṇāvācā pharusāvācā samphappalāpino abhijjhāluno[4] byāpannacittā micchādiṭṭhikā ti?

Na h'evaṃ vattabbe—pe—

2. Nanu atthi devā ajaḷā aneḷamūgā viññū na hatthasaṃvācikā paṭibalā subhāsitadubbhāsitānaṃ atthaṃ aññātum, atthi[5] devā Buddhe pasannā Dhamme pasannā Saṃghe pasannā, Buddhaṃ Bhagavantaṃ payirūpāsanti, Buddhaṃ Bhagavantaṃ pañhaṃ pucchanti, Buddhena Bhagavatā pañhe vissajjite attamanā honti, atthi devā na kammāvaraṇena samannāgatā na kilesāvaraṇena samannāgatā na vipākāvaraṇena samannāgatā saddhā chandikā paññavanto bhabbā niyāmaṃ okkamituṃ kusalesu dhammesu sammattaṃ, atthi devā na mātughātakā na pitughātakā na arahantaghātakā na ruhiruppādakā na saṃghabhedakā, atthi devā na pāṇātipātino na adinnādāyino na kāmesu micchācārino na musāvādino na pisunāvācā na pharusāvācā na samphappalāpino na abhijjhāluno abyāpannacittā sammādiṭṭhikāti?

Āmantā.

Hañci atthi devā ajaḷā aneḷamugā viññū na hattha-

---

[1] jalā, P.S.

[2] P.S.S_2. omit from sabbe to visajjite attamanā.

[3] rūhiruppātakā, S.; ruhituppādakā, M.

[4] abhijjhāḷano, P.S.; abhijjhālano, S_2.

[5] P.S.S.,[2] do not omit from atthi to attamanā.

saṃvācikā paṭibalā subhāsitadubbhāsitānaṃ atthaṃ aññātuṃ—pe—abyāpannacittā sammādiṭṭhikā, no vata re vattabbe "N'atthi devesu brahmacariyavāso ti."

3. Atthi devesu brahmacariyavāso ti?

Āmantā.

Atthi tattha pabbajjā muṇḍiyaṃ kāsāvadhāraṇā pattadhāraṇā, devesu sammāsambuddhā uppajjanti, paccekasambuddhā uppajjanti, sāvakayugaṃ uppajjatīti?

Na h'evaṃ vattabbe—pe—

4. Devesu pabbajjā n'atthīti, n'atthi devesu brahmacariyavāso ti?

Āmantā.

Yattha atthi pabbajjā tatth'eva brahmacariyavāso, yattha n'atthi pabbajjā n'atthi tattha brahmacariyavāso ti?

Na h'evaṃ vattabbe—pe—

Yattha atthi pabbajjā tatth'eva brahmacariyavāso, yattha n'atthi pabbajjā n'atthi tattha brahmacariyavāso ti?

Āmantā.

Yo pabbajjati tass'eva[1] brahmacariyavāso, yo na pabbajjati n'atthi tassa brahmacariyavāso ti?

Na h'evaṃ vattabbe—pe—

5. Devesu muṇḍiyaṃ n'atthīti, n'atthi devesu brahmacariyavāso ti?

Āmantā.

Yattha atthi muṇḍiyaṃ tatth'eva brahmacariyavāso, yattha n'atthi muṇḍiyaṃ, n'atthi tattha brahmacariyavāso ti?

Na h'evaṃ vattabbe—pe—

Yattha atthi muṇḍiyaṃ tatth'eva brahmacariyavāso, yattha n'atthi muṇḍiyaṃ n'atthi tattha brahmacariyavāso ti?

Āmantā.

Yo muṇḍo hoti tass'eva brahmacariyavāso, yo muṇḍo na hoti n'atthi tassa brahmacariyavāso ti?

[1] tatth'eva, P.

Na h'evaṃ vattabbe—pe—

6. Devesu kāsāvadhāraṇā n'atthīti, n'atthi devesu brahmacariyavāso ti?

Āmantā.

Yattha atthi kāsāvadhāraṇā tatth'eva brahmacariyavāso, yattha n'atthi kāsāvadhāraṇā n'atthi tattha brahmacariyavāso ti?

Na h'evaṃ vattabbe—pe—

Yattha atthi kāsāvadhāraṇā tatth'eva brahmacariyavāso, yattha n'atthi kāsāvadhāraṇā n'atthi tattha brahmacariyavāso ti?

Āmantā.

Yo kāsāvaṃ dhāreti tass'eva brahmacariyavāso, yo kāsāvaṃ na dhāreti n'atthi tassa brahmacariyavāso ti?

Na h'evaṃ vattabbe—pe—

7. Devesu pattadhāraṇā n'atthīti, n'atthi devesu brahmacariyavāso ti?

Āmantā.

Yattha atthi pattadhāraṇā tatth'eva brahmacariyavāso, yattha n'atthi pattadhāraṇā n'atthi tattha brahmacariyavāso ti?

Na h'evaṃ vattabbe—pe—

Yattha atthi pattadhāraṇā tatth'eva brahmacariyavāso, yattha n'atthi pattadhāraṇā n'atthi tattha brahmacariyavāso ti?

Āmantā.

Yo pattaṃ dhāreti tass'eva brahmacariyavāso, yo pattaṃ na dhāreti n'atthi tassa brahmacariyavāso ti?

Na h'evaṃ vattabbe—pe—

8. Devesu sammāsambuddhā n'uppajjantīti, n'atthi devesu brahmacariyavāso ti?

Āmantā.

Yattha sammāsambuddhā uppajjanti tatth'eva brahmacariyavāso, yattha sammāsambuddhā n'uppajjanti n'atthi tattha brahmacariyavāso ti?

Na h'evaṃ vattabbe—pe—

Yattha sammāsambuddhā uppajjanti tatth'eva brahmacariyavāso, yattha sammāsambuddhā n'uppajjanti n'atthi tattha brahmacariyavāso ti?

Āmantā.

Lumbiniyā[1] Bhagavā jāto Bodhiyā mūle abhisambuddho Bārāṇasiyaṃ Bhagavatā dhammacakkaṃ pavattitaṃ tatth'eva brahmacariyavāso, n'atth' aññatra brahmacariyavāso ti?

Na h'evaṃ vattabbe—pe—

9. Devesu Paccekasambuddhā n'uppajjantīti, n'atthi devesu brahmacariyavāso ti?

Āmantā.

Yattha Paccekasambuddhā uppajjanti tatth'eva brahmacariyavāso, yattha Paccekasambuddhā n'uppajjanti n'atthi tattha brahmacariyavāso ti?

Na h'evaṃ vattabbe—pe—

Yattha Paccekasambuddhā uppajjanti tatth'eva brahmacariyavāso, yattha Paccekasambuddhā n'uppajjanti n'atthi tattha brahmacariyavāso ti?

Āmantā.

Majjhimesu janapadesu[2] Paccekasambuddhā uppajjanti tatth'eva brahmacariyavāso, n'atth' aññatra brahmacariyavāso ti?

Na h'evaṃ vattabbe—pe—

10. Devesu sāvakayugaṃ n'uppajjatīti, n'atthi devesu brahmacariyavāso ti?

Āmantā.

Yattha sāvakayugaṃ uppajjati tatth'eva brahmacariyavāso, yattha sāvakayugaṃ n'uppajjati n'atthi tattha brahmacariyavāso ti?

Na h'evaṃ vattabbe—pe—

Yattha sāvakayugaṃ uppajjati tatth'eva brahmacariyavāso, yattha sāvakayugaṃ n'uppajjati n'atthi tattha brahmacariyavāso ti?

Āmantā.

Magadhesu sāvakayugaṃ uppannaṃ tatth'eva brahmacariyavāso, n'atth' aññatra brahmacariyavāso ti?

Na h'evaṃ vattabbe—pe—

11. Atthi devesu brahmacariyavāso ti?

---

[1] Lambiniyā, P.S. [2] janappadesu, M.

Āmantā.
Sabbadevesu atthi brahmacariyavāso ti?
Na h'evaṃ vattabbe—pe—
Atthi manussesu brahmacariyavāso ti?
Āmantā.
Sabbamanussesu atthi brahmacariyavāso ti?
Na h'evaṃ vattabbe—pe—
Atthi devesu brahmacariyavāso ti?
Āmantā.
Asaññasattesu devesu atthi brahmacariyavāso ti?
Na h'evaṃ vattabbe—pe—
Atthi manussesu brahmacariyavāso ti?
Āmantā.
Paccantimesu janapadesu atthi brahmacariyavāso milakkhūsu[1] aviññātāresu, yattha n'atthi gati bhikkhūnaṃ bhikkhunīnaṃ upāsakānaṃ upāsikānan ti?
Na h'evaṃ vattabbe.

12. Atthi devesu brahmacariyavāso ti?
Atthi yattha atthi,[2] atthi yattha n'atthīti.
Asaññasattesu devesu atthi yattha atthi, atthi yattha n'atthi brahmacariyavāso, saññasattesu[3] devesu atthi yattha atthi, atthi yattha n'atthi brahmacariyavāso ti?
Na h'evaṃ vattabbe.
Devesu atthi yattha atthi, atthi yattha n'atthi brahmacariyavāso ti?
Āmantā.
Kattha atthi kattha n'atthīti?
Asaññasattesu devesu n'atthi brahmacariyavāso, saññasattesu devesu atthi brahmacariyavāso ti.
Asaññasattesu devesu n'atthi brahmacariyavāso ti?
Āmantā.
Saññasattesu devesu n'atthi brahmacariyavāso ti?
Na h'evaṃ vattabbe.
Saññasattesu devesu atthi brahmacariyavāso ti?
Āmantā.

---

[1] milakkhesu, P. [2] P.S. omit atthi.
[3] saññasattesu, K.; asaññasattesu all MSS.

Asaññasattesu devesu atthi brahmacariyavāso ti?

Na h'evaṃ vattabbe.

13. Atthi manussesu brahmacariyavāso ti?

Atthi yattha atthi atthi yattha n'atthīti.

Paccantimesu janapadesu atthi yattha atthi, atthi yattha n'atthi brahmacariyavāso milakkhūsu aviññātāresu, yattha n'atthi gati bhikkhūnaṃ bhikkhunīnaṃ upāsakānaṃ upāsikānaṃ, majjhimesu janapadesu atthi yattha atthi, atthi yattha n'atthi brahmacariyavāso ti?

Na h'evaṃ vattabbe.

Manussesu atthi yattha atthi, atthi yattha n'atthi brahmacariyavāso ti?

Āmantā.

Kattha atthi kattha n'atthīti?

Paccantimesu janapadesu n'atthi brahmacariyavāso milakkhūsu aviññātāresu, yattha n'atthi gati bhikkhūnaṃ bhikkhunīnaṃ upāsakanāṃ upāsikānaṃ, majjhimesu janapadesu atthi brahmacariyavāso ti.

Paccantimesu janapadesu n'atthi brahmacariyavāso milakkhūsu aviññātāresu, yattha n'atthi gati bhikkhūnaṃ bhikkhunīnaṃ upāsakānaṃ upāsikānan ti?

Āmantā.

Majjhimesu janapadesu n'atthi brahmacariyavāso ti?

Na h'evaṃ vattabbe.

Majjhimesu janapadesu atthi brahmacariyavāso ti?

Āmantā.

Paccantimesu janapadesu atthi brahmacariyavāso milakkhūsu aviññātāresu, yattha n'atthi gati bhikkhūnaṃ bhikkhunīnaṃ upāsakānaṃ upāsikānan ti?

Na h'evaṃ vattabbe.

14. Atthi devesu brahmacariyavāso ti?

Āmantā.

Nanu vuttaṃ Bhagavatā. "Tīhi Bhikkhave ṭhānehi Jambudīpakā manussā Uttarakuruke ca manusse adhigaṇhanti deve ca Tāvatiṃse. Katamehi tīhi? Surā satimanto idha brahmacariyavāso ti."

Atth'eva suttanto ti?

Āmantā.

Tena hi n'atthi devesu brahmacariyavāso ti.

Sāvatthiyaṃ vuttaṃ Bhagavatā "Idha brahmacariyavāso ti"?

Āmantā.

Sāvatthiyañ ñeva brahmacariyavāso, n'atthi aññatra brahmacariyavāso ti?

Na h'evaṃ vattabbe.

15. Anāgāmissa puggalassa pañc' orambhāgiyāni saññojanāni pahīnāni pañc' uddhambhāgiyāni saññojanāni appahīnāni, ito cutassa tattha uppannassa kuhiṃ phaluppattīti?[1]

Tatth'eva.

Hañci anāgāmissa puggalassa pañc'orambhāgiyāni saññojanāni pahīnāni pañc' uddhambhāgiyani saññojanāni appahīnāni, ito cutassa tattha uppannassa tahiṃ phaluppatti, no vata re vatabbe "N'atthi devesu brahmacariyavāso ti."

16. Anāgāmissa puggalassa pañc' orambhāgiyāni saññojanāni pahīnāni pañc' uddhambhāgiyāni saññojanāni appahīnāni ito cutassa tattha uppannassa kuhiṃ bhāroharaṇaṃ kuhiṃ dukkhapariññātaṃ kuhiṃ kilesappahānaṃ kuhiṃ nirodhasacchikiriyā kuhiṃ akuppapaṭivedho ti?

Tatth'eva.

Hañci anāgāmissa puggalassa pañc' orambhāgiyāni saññojanāni pahīnāni pañc' uddhambhāgiyāni saññojanāni appahīnāni ito cutassa tattha uppannassa tahiṃ akuppapaṭivedho, no vata re vattabbe "N'atthi devesu brahmacariyavāso ti."

Anāgāmissa puggalassa pañc' orambhāgiyāni saññojanāni pahīnani pañc' uddhambhāgiyāni saññojanāni appahīnāni ito cutassa tattha uppannassa tahiṃ phaluppatti tahiṃ bhāroharaṇaṃ tahiṃ dukkhapariññātaṃ tahiṃ kilesappahānaṃ tahiṃ nirodhasacchikiriyā tahiṃ akuppapaṭivedho; ken' aṭṭhena vadesi "n'atthi devesu brahmacariyavāso ti?"

Handa hi anāgāmī puggalo idha bhāvitena maggena tattha phalaṃ sacchikaroti.

[1] phaḷappatti, P.S.

17. Anāgāmī puggalo idha bhāvitena maggena tattha phalaṃ sacchikarotīti?

Āmantā.

Sotāpanno puggalo tattha bhāvitena maggena idha phalaṃ sacchikarotīti?

Na h'evaṃ vattabbe.

Anāgāmī puggalo idha bhāvitena maggena tattha phalaṃ sacchikarotīti?

Āmantā.

Sakadāgāmī puggalo idha parinibbāyī puggalo tattha bhāvitena maggena idha phalaṃ sacchikarotīti?

Na h'evaṃ vattabbe.

Sotāpanno puggalo idha bhāvitena maggena idha phalaṃ sacchikarotīti?

Āmantā.

Anāgāmī puggalo tattha bhāvitena maggena tattha phalaṃ sacchikarotīti?

Na h'evaṃ vattabbe.

Sakadāgāmī puggalo idha parinibbāyī puggalo idha bhāvitena maggena idha phalaṃ sacchikarotīti?

Āmantā.

Anāgāmī puggalo tattha bhāvitena maggena tattha phalaṃ sacchikarotīti?

Na h'evaṃ vattabbe.

18. Idha vihāyaniṭṭhassa[1] puggalassa maggo ca bhāvīyati na ca kilesā pahīyantīti?

Āmantā.

Sotāpattiphalasacchikiriyāya paṭipannassa puggalassa maggo ca bhāvīyati na ca kilesā pahīyantīti?

Na h'evaṃ vattabbe.

Idha vihāyaniṭṭhassa puggalassa maggo ca bhāvīyati na ca kilesā pahīyantīti?

Āmantā.

Sakadāgāmiphalasacchikiriyāya paṭipannassa puggalassa—pe—arahattasacchikiriyāya paṭipannassa puggalassa maggo ca bhāvīyati, na ca kilesā pahīyantīti?

---

[1] °diṭṭhassa, P.S.S₂.

Na h'evaṃ vattabbe—pe—

Sotāpattiphalasacchikiriyāya paṭipannassa puggalassa apubbaṃ acarimaṃ maggo ca bhāvīyati kilesā ca pahīyantīti?

Āmantā.

Idha vihāyaniṭṭhassa puggalassa apubbaṃ acarimaṃ maggo ca bhāvīyati kilesā ca pahīyantīti?

Na h'evaṃ vattabbe.

Sakadāgāmiphalasacchikiriyāya paṭipannassa puggalassa —pe—arahattasacchikiriyāya paṭipannassa puggalassa apubbaṃ acarimaṃ maggo ca bhāvīyati kilesā ca pahīyantīti?

Āmantā.

Idha vihāyaniṭṭhassa puggalassa apubbaṃ acarimaṃ maggo ca bhāvīyati kilesā ca pahīyantīti?

Na h'evaṃ vattabbe.

19. Anāgāmī puggalo katakaraṇīyo bhāvitabhāvano tattha uppajjatīti?

Āmantā.

Arahā uppajjatīti?

Na h'evaṃ vattabbe.

Arahā uppajjatīti?

Āmantā.

Atthi Arahato punabbhavo ti?

Na h'evaṃ vattabbe.

Atthi Arahato punabbhavo ti?

Āmantā.

Arahā bhavena bhavaṃ gacchati gatiyā gatiṃ gacchati saṃsārena saṃsāraṃ gacchati uppattiyā uppattiṃ gacchatīti?

Na h'evaṃ vattabbe.

Anāgāmī puggalo katakaraṇīyo bhāvitabhāvano anohitabhāro[1] tattha uppajjatīti?

Āmantā.

Bhāroharaṇāya puna maggaṃ bhāvetīti?

Na h'evaṃ vattabbe.

---

[1] anohaṭabhāro, M.; anohatabhāro, S.K.

20. Anāgāmī puggalo katakaraṇīyo bhāvitabhāvano apariññātadukkho appahīnakileso asacchikatanirodho appaṭividdhākuppo tattha uppajjatīti?

Āmantā.

Akuppapaṭivedhāya puna maggaṃ bhavetīti?

Na h'evaṃ vattabbe.

Anāgāmī puggalo katakaraṇīyo bhāvitabhāvano anohitabhāro tattha uppajjati, na ca bhāroharaṇāya puna maggaṃ bhavetīti?

Āmantā.

Anohitabhāro ca tattha parinibbāyatīti?

Na h'evaṃ vattabbe.

Anāgāmī puggalo katakaraṇīyo bhāvitabhāvano apariññātadukkho appahīnakileso asacchikatanirodho appaṭividhākuppo tattha uppajjati, na ca akuppapaṭivedhāya puna maggaṃ bhāvetīti?

Āmantā.

Apaṭividdhākuppo ca tattha parinibbāyatīti?

Na h'evaṃ vattabbe.

21. Yathā migo sallena viddho [1] dūraṃ pi gantvā kālaṃkaroti evaṃ evaṃ anāgāmī puggalo idha bhāvitena maggena tattha phalaṃ sacchikarotīti.

Yathā migo sallena viddho dūraṃ pi gantvā sasallo [2] va kālaṃ karoti, evaṃ evaṃ anāgāmī puggalo idha bhāvitena maggena tattha sasallo va parinibbāyātīti?

Na h'evaṃ vattabbe—pe—

Brahmacariyakathā.

I. 4.

1. Odhisodhiso [3] kilese [4] jahatīti?

Āmantā.

Sotāpattiphalasacchikiriyāya paṭipanno puggalo dukkhadassanena kiṃ jahatīti?

Sakkāyadiṭṭhiṃ vicikicchaṃ sīlabbataparāmāsaṃ tadekaṭṭhe ca kilese ekadese jahatīti.

Ekadesaṃ sotāpanno, ekadesaṃ na sotāpanno, ekadesaṃ sotāpattiphalappatto paṭiladdho adhigato sacchikato upasampajja viharati, kāyena phusitvā[1] viharati, ekadesaṃ na kāyena phusitvā viharati, ekadesaṃ sattakkhattuparamo, kolaṃkolo, ekabījī, Buddhe aveccappasādena samannāgato, Dhamme—pe—, Saṃghe—pe—, ariyakantehi sīlehi samannāgato, ekadesaṃ ariyakantehi sīlehi na samannāgato ti?

Na h'evaṃ vattabbe—pe—

2. Samudayadassanena kiṃ jahatīti?

Sakkāyadiṭṭhiṃ jahati, vicikicchaṃ sīlabbataparāmāsaṃ tadekaṭṭhe ca kilese ekadese jahatīti.

Ekadesaṃ sotāpanno, ekadesaṃ na sotāpanno—pe—ekadesaṃ ariyakantehi sīlehi na samannāgato ti?

Na h'evaṃ vattabbe—pe—

3. Nirodhadassanena kiṃ jahatīti?

Vicikicchaṃ jahati, sīlabbataparāmasaṃ tadekaṭṭhe ca kilese ekadese jahitīti.

Ekadesaṃ sotāpanno, ekadesaṃ na sotāpanno—pe—ekadesaṃ ariyakantehi sīlehi na samannāgato ti?

Na h'evaṃ vattabbe—pe—

4. Maggadassanena kiṃ jahatīti?

Sīlabbataparāmāsaṃ tadekaṭṭhe ca kilese ekadese jahatīti.

Ekadesaṃ sotāpanno, ekadesaṃ na sotāpanno—pe—ekadesaṃ ariyakantehi sīlehi na samannāgato ti?

Na h'evaṃ vattabbe—pe—

5. Sakadāgāmiphalasacchikiriyāya paṭipanno puggalo dukkhadassanena kiṃ jahatīti?

Oḷārikaṃ kāmarāgaṃ jahati, oḷārikaṃ byāpādaṃ tadekaṭṭhe ca kilese ekādese jahatīti.

Ekadesaṃ sakadāgāmī, ekadesaṃ na sakadāgāmī, ekadesaṃ sakadāgāmiphalappatto paṭiladdho adhigato sacchikato upasampajja viharati, kāyena phusitvā viharati, ekadesaṃ na kāyena phusitvā viharatīti?

[1] phussitvā, P.S$_2$.

Na h'evaṃ vattabbe—pe—

6. Samudayadassanena kiṃ jahatīti?

Oḷārikaṃ kāmarāgaṃ jahati, oḷārikaṃ byāpādaṃ tadekaṭṭhe ca kilese ekadese jahatīti.

Ekadesaṃ sakadāgāmī ekadesaṃ na sakadāgāmī ekadesaṃ sakadāgāmiphalappatto paṭiladdho adhigato sacchikato upasampajja viharati, kāyena phusitvā viharati, ekadesaṃ na kāyena phusitvā viharatīti?

Na h'evaṃ vattabbe—pe—.

7. Nirodhadassanena kiṃ jahatīti?

Oḷārikaṃ byāpādaṃ jahati, tad ekaṭṭhe ca kilese ekadese jahatīti.

Ekadesaṃ sakadāgāmī ekadesaṃ na sakadāgāmī ekadesaṃ sakadāgāmiphalappatto paṭiladdho adhigato sacchikato upasampajja viharati, kāyena phusitvā viharati, ekadesaṃ na kāyena phusitvā viharatīti?

Na h'evaṃ vattabbe—pe—

8. Maggadassanena kiṃ jahatīti?

Tadekaṭṭhe kilese jahatīti.

Ekadesaṃ sakadāgāmī ekadesaṃ na sakadāgāmī ekadesaṃ sakadāgāmiphalappatto paṭiladdho adhigato sacchikato upasampajja viharati, kāyena phusitvā viharati, ekadesaṃ na kāyena phusitvā viharatīti?

Na h'evaṃ vattabbe—pe—

9. Anāgāmiphalasacchikiriyāya paṭipanno puggalo dukkhadassanena kiṃ jahatīti?

Aṇusahagataṃ kāmarāgaṃ jahati, aṇusahagataṃ byāpādaṃ tadekaṭṭhe ca kilese ekadese jahatīti.

Ekadesaṃ anāgāmī, ekadesaṃ na anāgāmī, ekadesaṃ anāgāmiphalappatto paṭiladdho adhigato sacchikato upasampajja viharati, kāyena phusitvā viharati, ekadesaṃ na kāyena phusitvā viharati, ekadesaṃ antarāparinibbāyī, upahaccaparinibbāyī, asaṃkhāraparinibbāyī, sasaṃkhāraparinibbāyī, uddhaṃsoto akaniṭṭhagāmī, ekadesaṃ na uddhaṃsoto akaniṭṭhagāmīti?

Na h'evaṃ vattabbe—pe—

10. Samudayadassanena kiṃ jahatīti?

Aṇusahagataṃ kāmarāgaṃ jahati, aṇusahagataṃ byāpādaṃ tadekaṭṭhe ca kilese ekadese jahatīti.

Ekadesaṃ anāgāmī, ekadesaṃ na anāgāmī, ekadesaṃ anāgāmiphalappatto paṭiladdho adhigato sacchikato upasampajja viharati, kāyena phusitvā viharati, ekadesaṃ na kāyena phusitvā viharati, ekadesaṃ antarāparinibbāyī, upahaccaparinibbāyī, asaṃkhāraparinibbāyī, sasaṃkhāraparinibbāyī, uddhaṃsoto akaniṭṭhagāmī, ekadesaṃ na uddhaṃsoto akaniṭṭhagāmīti?

Na h'evaṃ vattabbe—pe—

11. Nirodhadassanena kiṃ jahatīti?

Aṇusahagataṃ byāpādaṃ jahati, tadekaṭṭhe ca kilese ekadese jahatīti.

Ekadesaṃ anāgāmī, ekadesaṃ na anāgāmī, ekadesaṃ anāgāmiphalappatto paṭiladdho adhigato sacchikato upasampajja viharati, kāyena phusitvā viharati, ekadesaṃ na kāyena phusitvā viharati, ekadesaṃ antarāparinibbāyī, upahaccaparinibbāyī, asaṃkhāraparinibbāyī, sasaṃkhāraparinibbāyī, uddhaṃsoto akaniṭṭhagāmī, ekadesaṃ na uddhaṃsoto akaniṭṭhagāmīti?

Na h'evaṃ vattabbe—pe—

12. Maggadassanena kiṃ jahatīti?

Tadekaṭṭhe kilese jahatīti.

Ekadesaṃ anāgāmī, ekadesaṃ na anāgāmī, ekadesaṃ anāgāmiphalappatto paṭiladdho adhigato sacchikato upasampajja viharati, kāyena phusitvā viharati, ekadesaṃ na kāyena phusitvā viharati, ekadesaṃ antarāparinibbāyī, upahaccaparinibbāyī, asaṃkhāraparinibbāyī, sasaṃkhāraparinibbāyī, uddhaṃsoto akaniṭṭhagāmī, ekadesaṃ na uddhaṃsoto akaniṭṭhagāmīti?

Na h'evaṃ vattabbe—pe—

13. Arahattasacchikiriyāya paṭipanno puggalo dukkhadassanena kiṃ jahatīti?

Rūparāgaṃ arūparāgaṃ mānaṃ uddhaccaṃ avijjaṃ tadekaṭṭhe ca kilese ekadese jahatīti.

Ekadesaṃ Arahā, ekadesaṃ na Arahā, ekadesaṃ arahattappatto, paṭiladdho adhigato sacchikato upasampajja viharati, kāyena phusitvā viharati, ekadesaṃ na kāyena phusitvā viharati, ekadesaṃ vītarāgo vītadoso vītamoho, katakaraṇīyo ohitabhāro anuppattasadattho, parikkhīṇabhavasaññojano sammadaññā vimutto ukkhittapaligho saṃkiṇṇaparikho abbuḷhesiko niraggaḷo ariyo pannaddhajo pannabhāro visaññutto suvijitavijayo, dukkhaṃ tassa pariññātaṃ, samudayo pahīno, nirodho sacchikato, maggo bhāvito, abhiññeyyaṃ abhiññātaṃ, pariññeyyaṃ pariññātaṃ, pahātabbaṃ pahīnaṃ, bhāvetabbaṃ bhāvitaṃ, sacchikātabbaṃ sacchikataṃ, ekadesaṃ sacchikātabbaṃ sacchikataṃ, ekadesaṃ sacchikātabbaṃ na sacchikatan ti?

Na h'evaṃ vattabbe—pe—

14. Samudayadassanena kiṃ jahatīti?

Rūparāgaṃ arūparāgaṃ mānaṃ uddhaccaṃ avijjaṃ tadekaṭṭhe ca kilese ekadese jahatīti.

Ekadesaṃ Arahā, ekadesaṃ na Arahā, ekadesaṃ arahattappatto, paṭiladdho adhigato sacchikato upasampajja viharati, kāyena phusitvā viharati, ekadesaṃ na kāyena phusitvā viharati, ekadesaṃ vītarāgo vītadoso vītamoho, katakaraṇīyo ohitabhāro anuppattasadattho, parikkhīṇabhavasaññojano sammadaññā vimutto ukkhittapaligho saṃkiṇṇaparikho abbuḷhesiko niraggaḷo ariyo pannaddhajo pannabhāro visaññutto suvijitavijayo, dukkhaṃ tassa pariññātaṃ, samudayo pahīno, nirodho sacchikato, maggo bhāvito, abhiññeyyaṃ abhiññātaṃ, pariññeyyaṃ pariññātaṃ, pahātabbaṃ pahīnaṃ, bhāvetabbaṃ bhāvitaṃ, sacchikātabbaṃ sacchikataṃ, ekadesaṃ sacchikātabbaṃ sacchikataṃ, ekadesaṃ sacchikātabbaṃ na sacchikatan ti?

Na h'evaṃ vattabbe.

15. Nirodhadassanena kiṃ jahatīti?

Mānaṃ jahati, uddhaccaṃ avijjaṃ tadekaṭṭhe ca kilese ekadese jahatīti.

Ekadesaṃ Arahā, ekadesaṃ na Arahā, ekadesaṃ arahattappatto, paṭiladdho adhigato sacchikato upasampajja viharati, kāyena phusitvā viharati, ekadesaṃ na kāyena phusitvā viharati, ekadesaṃ vītarāgo vītadoso vītamoho, katakaraṇīyo ohitabhāro anuppattasadattho, parikkhīṇabhavasaññojano sammadaññā vimutto ukkhittapaligho saṃkiṇṇaparikho abbuḷhesiko niraggaḷo ariyo pannaddhajo pannabhāro visaññutto suvijitavijayo, dukkhaṃ tassa pariññātaṃ, samudayo pahīno, nirodho sacchikato, maggo bhāvito, abhiññeyyaṃ abhiññātaṃ, pariññeyyaṃ pariññātaṃ, pahātabbaṃ pahīnaṃ, bhāvetabbaṃ bhāvitaṃ, sacchikātabbaṃ sacchikataṃ, ekadesaṃ sacchikātabbaṃ sacchikataṃ, ekadesaṃ sacchikātabbaṃ na sacchikatan ti?

Na h'evaṃ vattabbe—pe—

16. Maggadassanena kiṃ jahatīti?

Uddhaccaṃ jahati, avijjaṃ tadekaṭṭhe ca kilese ekadese jahatīti.

Ekadesaṃ Arahā, ekadesaṃ na Arahā, ekadesaṃ arahattappatto, paṭiladdho adhigato sacchikato upasampajja viharati, kāyena phusitvā viharati, ekadesaṃ na kāyena phusitvā viharati, ekadesaṃ vītarāgo vītadoso vītamoho, katakaraṇīyo ohitabhāro anuppattasadattho, parikkhīṇabhavasaññojano sammadaññā vimutto ukkhittapaligho saṃkiṇṇaparikho abbuḷhesiko niraggaḷo ariyo pannaddhajo pannabhāro visaññutto suvijitavijayo, dukkhaṃ tassa pariññātaṃ, samudayo pahīno, nirodho sacchikato, maggo bhāvito, abhiññeyyaṃ abhiññātaṃ, pariññeyyaṃ pariññātaṃ, pahātabbaṃ pahīnaṃ, bhāvetabbaṃ bhāvitaṃ, sacchikātabbaṃ sacchikataṃ, ekadesaṃ sacchikātabbaṃ sacchikataṃ, ekadesaṃ sacchikātabbaṃ na sacchikatan ti?

Na h'evaṃ vattabbe.

17. Na vattabbaṃ—"Odhisodhiso kilese jahatīti"?

Āmantā.

Nanu vuttaṃ Bhagavatā.

"Anupubbena medhāvī thokaṃ thokaṃ khaṇe khaṇe
Kammāro rajatass'[1] eva niddhame malaṃ attano ti."

Atth' eva suttanto ti?

Āmantā.

Tena hi na vattabbaṃ—"Odhisodhiso kilese jahatīti."

---

[1] rajakass', P.S_2.

18. Odhisodhiso kilese jahatīti?
Āmantā.
Nanu vuttaṃ Bhagavatā—

"Sahā v'assa[1] dassanasampadāya
Tayas su dhammā jahitā bhavanti
Sakkāyadiṭṭhi vicikicchitañ ca
Sīlabbataṃ vā pi yad atthi kiñci,
Catuh' apāyehi ca vippamutto,
Cha cābhiṭhānāni abhabbo kātun[2] ti."

Atth' eva suttanto ti?
Āmantā.
Tena hi na vattabbaṃ—"Odhisodhiso kilese jahatīti."
19. Odhisodhiso kilese jahatīti?
Āmantā.
Nanu vuttaṃ Bhagavatā—"Yasmiṃ Bhikkhave samaye ariyasāvakassa virajaṃ vītamalaṃ dhammacakkhuṃ udapādi 'yaṃ kiñci samudayadhammaṃ, sabban taṃ nirodhadhamman ti,' saha dassanuppādā[3] Bhikkhave ariyasāvakassa tīṇi saññojanāni pahīyanti, sakkāyadiṭṭhi vicikicchā sīlabbataparāmāso ti."
Atth' eva suttanto ti?
Āmantā.
Tena hi na vattabbaṃ—"Odhisodhiso kilese jahatīti."

Odhisokathā.

I. 5.

1. Jahati puthujjano kāmarāgabyāpādan ti?
Āmantā.
Accantaṃ jahati, anavasesaṃ jahati, appaṭisandhiyaṃ jahati, samūlaṃ jahati, sataṇhaṃ jahati, sānusayaṃ jahati, ariyena ñāṇena jahati, ariyena maggena jahati,

[1] Sahā vasaddassana, M. [2] abhabbakātun, M.
[3] sahassānupādā, S.; sahassānupāvā, P.

akuppaṃ paṭivijjhanto jahati, anāgāmiphalaṃ sacchikaronto jahatīti?

Na h'evaṃ vattabbe—pe—

2. Vikkhambheti puthujjano kāmarāgabyāpādan ti?

Āmantā.

Accantaṃ vikkhambheti, anavasesaṃ vikkhambheti, appaṭisandhiyaṃ vikkhambheti, samūlaṃ vikkhambheti, sataṇhaṃ vikkhambheti, sānusayaṃ vikkhambheti, ariyena ñāṇena vikkhambheti, ariyena maggena vikkhambheti, akuppaṃ paṭivijjhanto vikkhambheti, anāgāmiphalaṃ sacchikaronto jahatīti?

Na h'evaṃ vattabbe—pe—

3. Jahati anāgāmiphalasacchikiriyāya paṭipanno puggalo kāmarāgabyāpādaṃ, so ca accantaṃ jahati, anavasesaṃ jahati, appaṭisandhiyaṃ jahati, samūlaṃ jahati, sataṇhaṃ jahati, sānusayaṃ jahati, ariyena ñāṇena jahati, ariyena maggena jahati, akuppaṃ paṭivijjhanto jahati, anāgāmiphalaṃ sacchikaronto jahatīti?

Āmantā.

Jahati puthujjano kāmarāgabyāpādaṃ, so ca accantaṃ jahati, anavasesaṃ jahati, appaṭisandhiyaṃ jahati, samūlaṃ jahati, sataṇhaṃ jahati, sānusayaṃ jahati, ariyena ñāṇena jahati, ariyena maggena jahati, akuppaṃ paṭivijjhanto jahati, anāgāmiphalaṃ sacchikaronto jahatīti?

Na h'evaṃ vattabbe—pe—

4. Vikkhambheti anāgāmiphalasacchikiriyāya paṭipanno puggalo kāmarāgabyāpādaṃ, so ca accantaṃ vikkhambheti, anavasesaṃ vikkhambheti, appaṭisandhiyaṃ vikkhambheti, samūlaṃ vikkhambheti, sataṇhaṃ vikkhambheti, sānusayaṃ vikkhambheti, ariyena ñāṇena vikkhambheti, ariyena maggena vikkhambheti, akuppaṃ paṭivijjhanto vikkhambheti, anāgāmiphalaṃ sacchikaronto jahatīti?

Āmantā.

Vikkhambheti puthujjano kāmarāgabyāpādaṃ, so ca accantaṃ vikkhambheti, anavasesaṃ vikkhambheti, appaṭisandhiyaṃ vikkhambheti, samūlaṃ vikkhambheti, sataṇhaṃ vikkhambheti, sānusayaṃ vikkhambheti, ariyena ñāṇena vikkhambheti, ariyena maggena vikkhambheti, akuppaṃ paṭivijjhanto vikkhambheti, anāgāmiphalaṃ sacchikaronto jahatīti?

Na h'evaṃ vattabbe.

5. Jahati puthujjano kāmarāgabyāpādaṃ, so ca na accantaṃ jahati, na anavasesaṃ jahati—pe—na anāgāmiphalaṃ sacchikaronto jahatīti?

Āmantā.

Jahati anāgāmiphalasacchikiriyāya paṭipanno puggalo kāmarāgabyāpādaṃ, so ca na accantaṃ jahati—pe—na anāgāmiphalaṃ sacchikaronto jahatīti?

Na h'evaṃ vattabbe.

6. Vikkhambheti puthujjano kāmarāgabyāpādaṃ, so ca na accantaṃ vikkhambheti, na anavasesaṃ vikkhambheti —pe— na anāgāmiphalaṃ sacchikaronto jahatīti?

Āmantā.

Vikkhambheti anāgāmiphalasacchikiriyāya paṭipanno puggalo kāmarāgabyāpādaṃ, so ca na accantaṃ vikkhambheti, na anavasesaṃ vikkhambheti, —pe— na anāgāmiphalaṃ sacchikaronto vikkhambhetīti?

Na h'evaṃ vattabbe.

7. Jahati puthujjano kāmarāgabyāpādan ti?

Āmantā.

Katamena maggenāti?

Rūpāvacarena[1] maggenāti.

Rūpāvacaro maggo niyyāniko khayagāmī bodhagāmī apacayagāmī anāsavo asaññojanīyo aganthanīyo anoghanīyo ayoganīyo anīvaraṇīyo aparāmaṭṭho anupādāniyo asaṃkilesiyo ti?

Na h'evaṃ vattabbe.

8. Nanu rūpāvacaro maggo aniyyāniko na khayagāmī na bodhagāmī na apacayagāmī sāsavo saññojanīyo—pe—saṃkilesiyo ti?

Āmantā.

Hañci rūpāvacaro maggo aniyyāniko na khayagāmī —pe—saṃkilesiyo, no vata re vattabbe "Jahati puthujjano rūpāvacarena maggena kāmarāgabyāpādan ti."

[1] °vacare, P.S₂.

9. Jahati anāgāmiphalasacchikiriyāya paṭipanno puggalo anāgāmimaggena kāmarāgabyāpādaṃ, so ca maggo niyyāniko khayagāmī bodhagāmī apacayagāmī anāsavo —pe— asaṃkilesiyo ti?

Āmantā.

Jahati puthujjano rūpāvacarena maggena kāmarāgabyāpādaṃ, so ca maggo niyyāniko khayagāmī bodhagāmī apacayagāmī anāsavo —pe— asaṃkilesiyo ti?

Na h'evaṃ vattabbe—pe—.

10. Jahati puthujjano rūpāvacarena maggena kāmarāgabyāpādaṃ, so ca maggo aniyyāniko na khayagāmī na bodhagāmī na apacayagāmī sāsavo —pe—saṃkilesiyo ti?

Āmantā.

Jahati anāgāmisacchikiriyāya paṭipanno puggalo anāgāmimaggena kāmarāgabyāpādaṃ —pe— so ca maggo aniyyāniko na khayagāmī na bodhagāmī na apacayagāmī sāsavo —pe— saṃkilesiyo ti?

Na h'evaṃ vattabbe.

11. Puthujjano kāmesu vītarāgo saha dhammābhisamayā anāgāmiphale saṇṭhātīti?

Āmantā.

Arahatte saṇṭhātīti?

Na h'evaṃ vattabbe.

Puthujjano kāmesu vītarāgo saha dhammābhisamayā anāgāmiphale saṇṭhātīti?

Āmantā.

Apubbaṃ acarimaṃ tayo magge bhāvetīti?

Na h'evaṃ vattabbe—pe—

Apubbaṃ acarimaṃ tayo magge bhāvetīti?

Āmantā.

Apubbaṃ acarimaṃ tīṇi sāmaññaphalāni sacchikarotīti?

Na h'evaṃ vattabbe.

Apubbaṃ acarimaṃ tīṇi sāmaññaphalāni sacchikarotīti?

Āmantā.

Tiṇṇaṃ phassānaṃ tiṇṇaṃ vedanānaṃ tiṇṇam saññānaṃ tiṇṇaṃ cetanānaṃ tiṇṇam cittānaṃ tiṇṇaṃ saddhānaṃ tiṇṇaṃ viriyānaṃ tiṇṇaṃ satīnaṃ tiṇṇaṃ samādhīnaṃ tiṇṇaṃ paññānaṃ samodhānaṃ hotīti?

Na h'evaṃ vattabbe.

12. Puthujjano kāmesu vītarāgo saha dhammābhisamayā anāgāmiphale saṇṭhātīti?

Āmantā.

Sotāpattimaggenāti?

Na h'evaṃ vattabbe.

Sakadāgāmimaggenāti?

Na h'evaṃ vattabbe.

Katamena maggenāti?

Anāgāmimaggenāti.

Anāgāmimaggena sakkāyadiṭṭhiṃ vicikicchaṃ sīlabbataparāmāsaṃ jahatīti?

Na h'evaṃ vattabbe.

Anāgāmimaggena sakkāyadiṭṭhiṃ vicikicchaṃ sīlabbataparāmāsaṃ jahatīti?

Āmantā.

Nanu tiṇṇaṃ saññojanānaṃ pahānā sotāpattiphalaṃ vuttaṃ Bhagavatā ti?

Āmantā.

Hañci tiṇṇaṃ saññojanānaṃ pahānā sotāpattiphalaṃ vuttaṃ Bhagavatā, no vata re vattabbe "Anāgāmimaggena sakkāyadiṭṭhiṃ vicikicchaṃ sīlabbataparāmāsaṃ jahatīti."

13. Anāgāmimaggena oḷārikaṃ kāmarāgaṃ oḷārikaṃ byāpādaṃ jahatīti?

Na h'evaṃ vattabbe—pe—

Anāgāmimaggena oḷārikaṃ kāmarāgaṃ oḷārikaṃ byāpādaṃ jahatīti?

Āmantā.

Nanu kāmarāgabyāpādānaṃ tanubhāvā[1] sakadāgāmiphalaṃ vuttaṃ Bhagavatā ti?

Āmantā.

Hañci kāmarāgabyāpādānaṃ tanubhāvā sakadāgāmiphalaṃ vuttaṃ Bhagavatā, no vata re vattabbe "Anāgā-

[1] patanu°, P.S.S₂.

mimaggena oḷārikaṃ kāmarāgaṃ oḷārikaṃ byāpādaṃ jahatīti."

Puthujjano kāmesu vītarāgo saha dhammābhisamayā anāgāmiphale saṇṭhātīti?

Āmantā.

Ye [1] keci dhammaṃ abhisamenti sabbe te saha dhammābhisamayā anāgāmiphale saṇṭhahantīti? [2]

Na h'evaṃ vattabbe—pe—

14. Na vattabbaṃ "Jahati puthujjano kāmarāgabyāpādan ti"?

Āmantā.

Nanu vuttaṃ Bhagavatā—

"Ahesuṃ te atītaṃse
Cha Satthāro [3] yasassino, [4]
Nirāmagandhā [5] karuṇā [6]
Vimuttā [7] kāmasaññojanā ti.
Kāmarāgaṃ virājetvā [8]
Brahmalokūpagā ahu.
Ahesuṃ sāvakā tesaṃ
Anekāni satāni pi,
Nirāmagandhā [9] karuṇā [10]
Vimuttā kāmasaññojanā ti.
Kamarāgaṃ virājetvā [11]
Brahmalokūpagā ahūti."

Atth'eva suttanto ti?

Āmantā.

Tena hi jahati puthujjano kāmarāgabyāpādan ti.

15. Jahati puthujjano kāmārāgabyāpādan ti?

Āmantā.

---

[1] Ye om. P.S. [2] saṇṭhapentīti, P.S₂.
[3] jasakkāro, P. [4] yassāsino, S.
[5] niggamma, P.S₂.; nigama, S. [6] karuṇo, P.S₂.
[7] vimuttaṃ, P.S₂. [8] vibhajitvā, P.S₂.; vibbhajjitvā, S.
[9] P.S.S₂., have nirāmagandhā here.
[10] karuṇo, P.S. [11] viharitvā, S₂.

Nanu vuttaṃ Bhagavatā—"So hi nāma Bhikkhave sunetto satthā [1] evaṃ dīghāyuko samāno evaṃ ciraṭṭhitiko aparimutto ahosi jātiyā jarāya maraṇena sokehi paridevehi dukkhehi domanassehi upāyāsehi "aparimutto dukkhasmā [2] ti" vadāmi. Taṃ kissa hetu? Catunnaṃ dhammānaṃ ananubodhā appaṭivedhā. Katamesaṃ catunnaṃ? Ariyassa sīlassa ananubodhā appaṭivedhā, ariyassa samādhissa, ariyāya paññāya, ariyāya vimuttiyā ananubodhā appaṭivedhā, tayidaṃ Bhikkhave ariyaṃ sīlaṃ anubuddhaṃ paṭividdhaṃ, ariyo samādhi anubuddho paṭividdho, ariyā paññā anubuddhā paṭividdhā, ariyā vimutti anubuddhā paṭividdhā, ucchinnā bhavataṇhā khīṇā bhavanetti n'atth'idāni punabbhavo ti.

Sīlaṃ samādhi paññā ca
Vimutti ca anuttarā,
Anubuddhā ime dhammā
Gotamena yasassinā.
Iti Buddho abhiññāya
Dhammaṃ akkhāsi bhikkhūnaṃ
Dukkhass' antakaro Satthā
Cakkhumā parinibbuto ti."

Atth'eva suttanto ti?

Āmantā.

Tena hi na vattabbaṃ "Jahati puthujjano kāmarāgabyāpādan ti."

Jahatikathā.

I. 6.

1. Sabbaṃ atthīti?

Āmantā.

Sabbattha sabbaṃ atthīti?

Na h'evaṃ vattabbe.

Sabbaṃ atthīti?

Āmantā.

Sabbadā sabbaṃ atthīti?

---

[1] sattā, P.S. [2] dukkhamhā, P.

Na h'evaṃ vattabbe.
Sabbaṃ atthīti?
Āmantā.
Sabbena sabbaṃ atthīti?
Na h'evaṃ vattabbe.
Sabbaṃ atthīti?
Āmantā.
Sabbesu sabbaṃ atthīti?
Na h'evaṃ vattabbe.
Sabbaṃ atthīti?
Āmantā.
Ayogan ti katvā sabbaṃ atthīti?
Na h'evaṃ vattabbe.
Sabbaṃ atthīti?
Āmantā.
Yaṃ pi n'atthi taṃ [1] p'atthīti?
Na h'evaṃ vattabbe.
Sabbaṃ atthīti?
Āmantā.
Sabbaṃ atthīti yā diṭṭhi sā diṭṭhi micchādiṭṭhīti, yā diṭṭhi [2] sā diṭṭhi sammādiṭṭhīti h'evaṃ atthīti?
Na h'evaṃ vattabbe—pe—

2. Atītaṃ atthīti?
Āmantā.
Nanu atītaṃ niruddhaṃ vigataṃ vipariṇataṃ atthaṅgataṃ [3] abbhatthaṅgatan [4] ti?
Āmantā.
Hañci atītaṃ niruddhaṃ vigataṃ vipariṇataṃ atthaṅgataṃ abbhatthaṅgataṃ, no vata re vattabbe "Atītaṃ atthīti."
Anāgataṃ atthīti?
Āmantā.
Nanu anāgataṃ ajātaṃ abhūtaṃ asañjātaṃ [5] anib-

---

[1] taṃ atthīti, P.S.S₂.
[2] From yā to end S. has, Yā diṭṭhiti yo ca m'atthi; P.S₂., so ca m'atthi.
[3] atthagataṃ, P.S.S₂.
[4] abbhatthakatanti, P.S₂.
[5] asaññātaṃ, S.

battaṃ anabhinibattaṃ apātubhūtan ti?

Āmantā.

Hañci anāgataṃ ajātaṃ abhūtaṃ asañjātaṃ anibbattaṃ anabhinibattaṃ apātubhūtaṃ, no vata re vattabbe "Anāgataṃ atthīti."

Paccuppannaṃ atthi, paccuppannaṃ aniruddhaṃ avigataṃ avipariṇataṃ na atthaṅgataṃ na abbhatthaṅgatan ti?

Āmantā.

Atītaṃ atthi, atītaṃ aniruddhaṃ avigataṃ avipariṇataṃ na atthaṅgataṃ na abbhatthaṅgatan ti?

Na h'evaṃ vattabbe—pe—

Paccuppannaṃ atthi, paccuppannaṃ jātaṃ bhūtaṃ sañjātaṃ nibbattaṃ abhinibbattaṃ pātubhūtan ti?

Āmantā.

Anāgataṃ atthi, anāgataṃ jātaṃ bhūtaṃ sañjātaṃ nibbattaṃ abhinibbattaṃ pātubhūtan ti?

Na h'evaṃ vattabbe—pe—

Atītaṃ atthi, atītaṃ niruddhaṃ vigataṃ vipariṇataṃ atthaṅgataṃ abbhatthaṅgatan ti?

Āmantā.

Paccuppannaṃ atthi, paccuppannaṃ niruddhaṃ vigataṃ vipariṇataṃ atthaṅgataṃ abbhatthaṅgatan ti?

Na h'evaṃ vattabbe—pe—

Anāgataṃ atthi, anāgataṃ ajātaṃ abhūtaṃ asañjātaṃ anibbattaṃ anabhinibbattaṃ apātubhūtan ti?

Āmantā.

Paccuppannaṃ atthi, paccuppannaṃ ajātaṃ abhūtaṃ asañjātaṃ anibbattaṃ anabhinibbattaṃ apātubhūtan ti?

Na h'evaṃ vattabbe.

3. Atītaṃ rūpaṃ atthīti?

Āmantā.

Nanu atītaṃ rūpaṃ niruddhaṃ vigataṃ vipariṇataṃ atthaṅgataṃ abbhatthaṅgatan ti?

Āmantā.

Hañci atītaṃ rūpaṃ niruddhaṃ—pe—abbhatthaṅgataṃ, no vata re vattabbe "Atītaṃ rūpaṃ atthīti."

Anāgataṃ rūpaṃ atthīti?

Āmantā.

Nanu anāgataṃ rūpaṃ ajātaṃ abhūtaṃ asañjātaṃ anibbattaṃ anabhinibbattaṃ apātubhūtan ti?

Āmantā.

Hañci anāgataṃ rūpaṃ ajataṃ—pe—apātubhūtaṃ, no vata re vattabbe "Anāgataṃ rūpaṃ atthīti."

Paccuppannaṃ rūpaṃ atthi, paccuppannaṃ rūpaṃ aniruddhaṃ avigataṃ aviparinataṃ na atthaṅgataṃ na abbhatthaṅgatan ti?

Āmantā.

Atītaṃ rūpaṃ atthi, atītaṃ rūpaṃ aniruddhaṃ—pe—na abbhatthaṅgatan ti?

Na h'evaṃ vattabbe.

Paccuppannaṃ rūpaṃ atthi, paccuppannaṃ rūpaṃ jātaṃ bhūtaṃ sañjātaṃ nibbattaṃ abhinibbattaṃ pātubhūtan ti?

Āmantā.

Anāgataṃ rūpaṃ atthi, anāgataṃ rūpaṃ jātaṃ—pe—pātubhūtan ti?

Na h'evaṃ vattabbe—pe—

Atītaṃ rūpaṃ atthi, atītaṃ rūpaṃ niruddhaṃ vigataṃ vipariṇataṃ atthaṅgataṃ abbhatthaṅgatan ti?

Āmantā.

Paccuppannaṃ rūpaṃ atthi, paccuppannaṃ rūpaṃ niruddhaṃ vigataṃ vipariṇataṃ atthaṅgataṃ abbhatthaṅgatan ti?

Na h'evaṃ vattabbe—pe—

Anāgataṃ rūpaṃ atthi, anāgataṃ rūpaṃ ajātaṃ abhūtaṃ asañjātaṃ anibbattaṃ anabhinibbattaṃ apātubhūtan ti?

Āmantā.

Paccuppannaṃ rūpaṃ atthi, paccuppannaṃ rūpaṃ ajātaṃ abhūtaṃ asañjātaṃ anibbattaṃ anabhinibbattaṃ apātubhūtan ti?

Na h'evaṃ vattabbe—pe—

4. Atītā vedanā atthi, saññā atthi, saṃkhārā atthi, viññāṇaṃ atthīti?

Āmantā.

Nanu atītaṃ viññāṇaṃ niruddhaṃ vigataṃ vipariṇataṃ atthaṅgataṃ abbhatthaṅgatan ti?

Āmantā.

Hañci atītaṃ viññāṇaṃ niruddhaṃ—pe—abbhatthaṅgataṃ, no vata re vattabbe "Atītaṃ viññāṇaṃ atthīti."

Anāgataṃ viññāṇaṃ atthīti?

Āmantā.

Nanu anāgataṃ viññāṇaṃ ajātaṃ abhūtaṃ asañjātaṃ anibbattaṃ anabhinibbattaṃ apātubhūtan ti?

Āmantā.

Hañci anāgataṃ viññāṇaṃ ajātaṃ—pe—apātubhūtaṃ, no vata re vattabbe "Anāgataṃ viññāṇaṃ atthīti."

Paccuppannaṃ viññāṇaṃ atthi, paccuppannaṃ viññāṇaṃ aniruddhaṃ—pe—na abbhatthaṅgatan ti?

Āmantā.

Atītaṃ viññāṇaṃ atthi, atītaṃ viññāṇaṃ aniruddhaṃ —pe—na abbhatthaṅgatan ti?

Na h'evaṃ vattabbe.

Paccuppannaṃ viññāṇaṃ atthi, paccuppannaṃ viññāṇaṃ jātaṃ—pe—pātubhūtan ti?

Āmantā.

Anāgataṃ viññāṇaṃ atthi, anāgataṃ viññāṇaṃ jātaṃ —pe—pātubhūtan ti?

Na h'evaṃ vattabbe—pe—

Atītaṃ viññāṇaṃ atthi, atītaṃ viññāṇaṃ niruddhaṃ —pe—abbhatthaṅgatan ti?

Āmantā.

Paccuppannaṃ viññāṇaṃ atthi, paccuppannaṃ viññāṇaṃ niruddhaṃ—pe—abbhatthaṅgatan ti?

Na h'evaṃ vattabbe—pe—

Anāgataṃ viññāṇaṃ atthi, anāgataṃ viññāṇaṃ ajātaṃ —pe—apātubhūtan ti?

Āmantā.

Paccuppannaṃ viññāṇaṃ atthi, paccuppannaṃ viññāṇaṃ ajātaṃ—pe—apātubhūtan ti?

Na h'evaṃ vattabbe—pe—

5. Paccuppannan ti vā rūpan ti vā rūpan ti vā paccuppannan ti vā paccuppannaṃ rūpaṃ appiyaṃ karitvā esese ekaṭṭhe same samabhāge[1] tajjāte ti?

Āmantā.

---

[1] sabhāge, P. and S.

Paccuppannaṃ rūpaṃ nirujjhamānaṃ paccuppannabhāvaṃ jahatīti?

Āmantā.

Rūpabhāvaṃ jahatīti?

Na h'evaṃ vattabbe.

Paccuppannan ti vā rūpan ti vā rūpan ti vā paccuppannan ti vā paccuppannaṃ rūpaṃ appiyaṃ karitvā esese ekaṭṭhe same samabhāge tajjāte ti?

Āmantā.

Paccuppannaṃ rūpaṃ nirujjhamānaṃ rūpabhāvaṃ na jahatīti?

Āmantā.

Paccuppannabhāvaṃ na jahatīti?

Na h'evaṃ vattabbe—pe—

6. Odātan ti vā vatthan ti vā vatthan ti vā odātan ti vā odātaṃ vatthaṃ appiyaṃ karitvā esese ekaṭṭhe same samabhāge tajjāte ti?

Āmantā.

Odātaṃ vatthaṃ rajamānaṃ odātabhāvaṃ jahatīti?

Āmantā.

Vatthabhāvaṃ jahatīti?

Na h'evaṃ vattabbe—pe—

Odātan ti vā vatthan ti vā vatthan ti vā odātan ti vā odātaṃ vatthaṃ appiyaṃ karitvā esese ekaṭṭhe same samabhāge tajjāte ti?

Āmantā.

Odātaṃ vatthaṃ rajamānaṃ vatthabbhāvaṃ na jahatīti?

Āmantā.

Odātabhāvaṃ na jahatīti?

Na h'evaṃ vattabbe—pe—

7. Rūpaṃ rūpabhāvaṃ na jahatīti?

Āmantā.

Rūpaṃ niccaṃ dhuvaṃ sassataṃ avipariṇāmadhamman ti?

Na h'evaṃ vattabbe—pe—

Nanu rūpaṃ aniccaṃ adhuvaṃ asassataṃ vipariṇāmadhamman ti?

Āmantā.

Hañci rūpaṃ aniccaṃ—pe—vipariṇāmadhammaṃ, no vata re vattabbe "Rūpaṃ rūpabhāvaṃ na jahatīti."

8. Nibbānaṃ nibbānabhāvaṃ na jahatīti, nibbānaṃ niccaṃ dhuvaṃ sassataṃ avipariṇāmadhamman ti?

Āmantā.

Rūpaṃ rūpabhāvaṃ na jahatīti; rūpaṃ niccaṃ dhuvaṃ sassataṃ avipariṇāmadhamman ti?

Na h'evaṃ vattabbe—pe—

Rūpaṃ rūpabhāvaṃ na jahatīti, rūpaṃ aniccaṃ adhuvaṃ asassataṃ vipariṇāmadhamman ti?

Āmantā.

Nibbānaṃ nibbānabhāvaṃ na jahatīti, nibbānaṃ aniccaṃ adhuvaṃ asassataṃ vipariṇāmadhamman ti?

Na h'evaṃ vattabbe—pe—

9. Atītaṃ atthi, atītaṃ atītabhāvaṃ na jahatīti?

Āmantā.

Anāgataṃ atthi, anāgataṃ anāgatabhāvaṃ na jahatīti?

Na h'evaṃ vattabbe.

Atītaṃ atthi, atītaṃ atītabhāvaṃ na jahatīti?

Āmantā.

Paccuppannaṃ atthi, paccuppannaṃ paccuppannabhāvaṃ na jahatīti?

Na h'evaṃ vattabbe.

10. Anāgataṃ atthi, anāgataṃ anāgatabhāvaṃ na jahatīti?

Āmantā.

Atītaṃ atthi, atītaṃ atītabhāvaṃ na jahatīti?

Na h'evaṃ vattabbe.

Paccuppannaṃ atthi, paccuppannaṃ paccuppannabhāvaṃ na jahatīti?

Āmantā.

Atītaṃ atthi, atītaṃ atītabhāvaṃ na jahatīti?

Na h'evaṃ vattabbe.

11. Atītaṃ atthi, atītaṃ atītabhāvaṃ na jahatīti?

Āmantā.

Atītaṃ niccaṃ dhuvaṃ sassataṃ avipariṇāmadhamman ti?

Na h'evaṃ vattabbe.

Nanu atītaṃ aniccaṃ adhuvaṃ asassataṃ vipariṇāmadhamman ti?

Āmantā.

Hañci atītaṃ aniccaṃ adhuvaṃ asassataṃ vipariṇāmadhammaṃ, no vata re vattabbe "Atītaṃ atthi, atītaṃ atītabhāvaṃ na jahatīti."

12. Nibbānaṃ atthi, nibbānaṃ nibbānabhāvaṃ na jahatīti, nibbānaṃ niccaṃ dhuvaṃ sassataṃ avipariṇāmadhamman ti?

Āmantā.

Atītaṃ atthi, atītaṃ atītabhāvaṃ na jahatīti, atītāṃ niccaṃ dhuvaṃ sassataṃ avipariṇāmadhamman ti?

Na h'evaṃ vattabbe.

Atītaṃ atthi, atītaṃ atītabhāvaṃ na jahatīti atītaṃ aniccaṃ adhuvaṃ asassataṃ vipariṇāmadhamman ti?

Āmantā.

Nibbānaṃ atthi, nibbānaṃ nibbānabhāvaṃ na jahatīti, nibbānaṃ aniccaṃ adhuvaṃ asassataṃ vipariṇāmadhamman ti?

Na h'evaṃ vattabbe.

13. Atītaṃ rūpaṃ atthi, atītaṃ rūpaṃ atītabhāvaṃ na jahatīti?

Āmantā.

Anāgataṃ rūpaṃ atthi, anāgataṃ rūpaṃ anāgatabhāvaṃ na jahatīti?

Na h'evaṃ vattabbe.

Atītaṃ rūpaṃ atthi, atītaṃ rūpaṃ atītabhāvaṃ na jahatīti?

Āmantā.

Paccuppanaṃ rūpaṃ atthi, paccuppannaṃ rūpaṃ paccuppannabhāvaṃ na jahatīti?

Na h'evaṃ vattabbe.

14. Anāgataṃ rūpaṃ atthi, anāgataṃ rūpaṃ anāgatabhāvaṃ na jahatīti?

Āmantā.

Atītaṃ rūpaṃ atthi, atītaṃ rūpaṃ atītabhāvaṃ na jahatīti?

Na h'evaṃ vattabbe—pe—

Paccuppannaṃ rūpaṃ atthi, paccuppannaṃ rūpaṃ paccuppannabhāvaṃ na jahatīti?

Āmantā.

Atītaṃ rūpaṃ atthi, atītaṃ rūpaṃ atītabhāvaṃ na jahatīti?

Na h'evaṃ vattabbe—pe—

15. Atītaṃ rūpaṃ atthi, atītaṃ rūpaṃ atītabhāvaṃ na jahatīti?

Āmantā.

Atītaṃ rūpaṃ niccaṃ dhuvaṃ sassataṃ avipariṇāmadhamman ti?

Na h'evaṃ vattabbe—pe—

Nanu atītaṃ rūpaṃ aniccaṃ adhuvaṃ asassataṃ vipariṇāmadhamman ti?

Āmantā.

Hañci atītaṃ rūpaṃ aniccaṃ—pe—vipariṇāmadhammaṃ, no vata re vattabbe "Atītaṃ rūpaṃ atthi, atītaṃ rūpaṃ atītabhāvaṃ na jahatīti."

16. Nibbānaṃ atthi, nibbānaṃ nibbānabhāvaṃ na jahati, nibbānam niccaṃ dhuvaṃ sassataṃ avipariṇāmadhamman ti?

Āmantā.

Atītaṃ rūpaṃ atthi, atītaṃ rupaṃ atītabhāvaṃ na jahati, atītaṃ rūpaṃ niccaṃ dhuvaṃ sassataṃ avipariṇāmadhamman ti?

Na h'evaṃ vattabbe.

Atītaṃ rūpaṃ atthi, atītaṃ rūpaṃ atītabhāvaṃ na jahati, atītaṃ rūpaṃ aniccaṃ adhuvaṃ asassataṃ vipariṇāmadhamman ti?

Āmantā.

Nibbānaṃ atthi, nibbānaṃ nibbānabhāvaṃ na jahati, nibbānaṃ aniccaṃ adhuvaṃ asassataṃ vipariṇāmadhamman ti?

Na h'evaṃ vattabbe—pe—

17. Atītā vedanā atthi, atītā saññā atthi, atītā saṃkhārā atthi, atītaṃ viññāṇaṃ atthi, atītaṃ viññāṇaṃ atītabhāvaṃ na jahatīti?

Āmantā.

Anāgataṃ viññāṇaṃ atthi, anāgataṃ viññāṇaṃ anāgatabhāvaṃ na jahatīti?

Na h'evaṃ vattabbe.

Atītaṃ viññāṇaṃ atthi, atītaṃ viññāṇaṃ atītabhāvaṃ na jahatīti?

Āmantā.

Paccuppannaṃ viññāṇaṃ atthi, paccuppannaṃ viññāṇaṃ paccuppannabhāvaṃ na jahatīti?

Na h'evaṃ vattabbe.

18. Anāgataṃ viññāṇaṃ atthi, anāgataṃ viññāṇaṃ anāgatabhāvaṃ na jahatīti?

Āmantā.

Atītaṃ viññāṇaṃ atthi, atītaṃ viññāṇaṃ atītabhāvaṃ na jahatīti?

Na h'evaṃ vattabbe—pe—

Paccuppannaṃ viññāṇaṃ atthi, paccuppannaṃ viññāṇaṃ paccuppannabhāvaṃ na jahatīti?

Āmantā.

Atītaṃ viññāṇaṃ atthi, atītaṃ viññāṇaṃ atītabhāvaṃ na jahatīti?

Na h'evaṃ vattabbe—pe—

19. Atītaṃ viññāṇaṃ atthi, atītaṃ viññāṇaṃ atītabhāvaṃ na jahatīti?

Āmantā.

Atītaṃ viññāṇaṃ niccaṃ dhuvaṃ sassataṃ avīpariṇāmadhamman ti?

Na h'evaṃ vattabbe—pe—

Nanu atītaṃ viññāṇaṃ aniccaṃ adhuvaṃ asassataṃ vipariṇāmadhamman ti?

Āmantā.

Hañci atītaṃ viññāṇaṃ aniccaṃ—pe—vipariṇāmadhammaṃ, no vata re vattabbe "Atītaṃ viññāṇaṃ atthi, atītaṃ viññāṇaṃ atītabhāvaṃ na jahatīti."

20. Nibbānaṃ atthi nibbānaṃ nibbānabhāvaṃ na jahati, nibbānaṃ niccaṃ dhuvaṃ sassataṃ avipariṇāmadhamman ti?

Āmantā.

Atītaṃ viññāṇaṃ atthi, atītaṃ viññāṇaṃ viññāṇabhāvaṃ na jahati, atītaṃ viññāṇaṃ niccaṃ dhuvaṃ sassataṃ avipariṇāmadhamman ti?

Na h'evam vattabbe.

Atītaṃ viññāṇaṃ atthi, atītaṃ viññāṇaṃ atītabhāvaṃ na jahati, atītaṃ viññāṇaṃ aniccaṃ adhuvaṃ asassataṃ vipariṇamadhamman ti?

Āmantā.

Nibbānaṃ atthi, nibbānaṃ nibbānabhāvaṃ na jahati, nibbānaṃ aniccaṃ adhuvaṃ asassataṃ vipariṇāmadhamman ti?

Na h'evaṃ vattabbe—pe—

21. Atītaṃ nv'atthīti? [1]

Āmantā.

Hañci atītaṃ nv'atthi,[2] atītaṃ atthīti micchā, hañci vā pana atthi nvātītaṃ,[3] atthi atītan ti micchā.

Anāgataṃ nv'atthīti?

Āmantā.

Hañci anāgataṃ nv'atthi, anāgataṃ atthīti micchā, hañci vā pana atthi nvānāgataṃ,[4] atthi anāgatan ti micchā.

22. Anāgataṃ hutvā paccuppannaṃ hotīti?

Āmantā.

Tañ ñeva anāgataṃ taṃ paccuppannan ti?

Na h'evaṃ vattabbe—pe—

Tañ ñeva anāgataṃ taṃ paccuppannan ti?

Āmantā.

Hutvā hoti hutvā hotīti?

Na h'evaṃ vattabbe—pe—

Hutvā hoti hutvā hotīti?

Āmantā.

Na hutvā na hoti na hutvā na hotīti?

Na h'evaṃ vattabbe—pe—

Paccuppannaṃ hutvā atītaṃ hotīti?

Āmantā.

Tañ ñeva paccuppannaṃ taṃ atītan ti?

Na h'evaṃ vattabbe.

Tañ ñeva paccuppannaṃ taṃ atītan ti?

---

[1] n'atthīti, P.S. [2] n'atthi, P.

[3] natthitan, P. [4] nanāgataṃ, P.

Āmantā.
Hutvā hoti hutvā hotīti?
Na h'evaṃ vattabbe.
Hutvā hoti hutvā hotīti?
Āmantā.
Na hutvā na hoti na hutvā na hotīti?
Na h'evaṃ vattabbe.
Anāgataṃ hutvā paccuppannaṃ hoti, paccuppannaṃ hutvā atītaṃ hotīti?
Āmantā.
Tañ ñeva anāgataṃ taṃ paccuppannaṃ taṃ atītan ti?
Na h'evaṃ vattabbe.
Tañ ñeva anāgataṃ taṃ paccuppannaṃ taṃ atītan ti?
Āmantā.
Hutvā hoti hutvā hotīti?
Na h'evaṃ vattabbe—pe—
Hutvā hoti hutvā hotīti?
Āmantā.
Na hutvā na hoti na hutvā na hotīti?
Na h'evaṃ vattabbe—pe—

23. Atītaṃ cakkhuṃ atthi rūpā[1] atthi cakkhuviññāṇaṃ atthi āloko atthi manasikāro atthīti?
Āmantā.
Atītena cakkhunā atītaṃ rūpaṃ passatīti?
Na h'evaṃ vattabbe.
Atītaṃ sotaṃ atthi saddā[2] atthi sotaviññāṇaṃ atthi ākāso atthi manasikāro atthīti?
Āmantā.
Atītena sotena atītaṃ saddaṃ suṇotīti?
Na h'evaṃ vattabbe.
Atītaṃ ghānaṃ atthi gandhā atthi ghānaviññāṇaṃ atthi vāyo atthi manasikāro atthīti?
Āmantā.
Atītena ghānena atītaṃ gandhaṃ ghāyatīti?
Na h'evaṃ vattabbe.
Atītā jivhā atthi rasā atthi jivhāviññāṇaṃ atthi āpo atthi manasikāro atthīti?

---

[1] rūpaṃ, P. [2] saddo, P.

Āmantā.

Atītāya jivhāya atītaṃ rasaṃ sāyatīti?

Na h'evaṃ vattabbe.

Atīto kāyo atthi phoṭṭhabbā atthi kāyaviññāṇaṃ atthi pathavī atthi manasikāro atthīti?

Āmantā.

Atītena kāyena atītaṃ phoṭṭhabbaṃ phusatīti?

Na h'evaṃ vattabbe.

Atīto mano atthi dhammā atthi manoviññāṇaṃ atthi vatthuṃ atthi manasikāro atthīti?

Āmantā.

Atītena manena atītaṃ dhammaṃ vijānātīti?

Na h'evaṃ vattabbe.

24. Anāgatam cakkhuṃ atthi rūpā atthi cakkhuviññāṇaṃ atthi āloko atthi manasikāro atthīti?

Āmantā.

Anāgatena cakkhunā anāgataṃ rūpaṃ passatīti?

Na h'evaṃ vattabbe.

Anāgataṃ sotaṃ atthi saddā atthi sotaviññāṇaṃ atthi ākāso atthi manasikāro atthīti?

Āmantā.

Anāgatena sotena anāgataṃ saddaṃ suṇotīti?

Na h'evaṃ vattabbe.

Anāgataṃ ghānaṃ atthi gandhā atthi ghānaviññāṇaṃ atthi vāyo atthi manasikāro atthīti?

Āmantā.

Anāgatena ghānena anāgataṃ gandhaṃ ghāyatīti?

Na h'evaṃ vattabbe.

Atītā jivhā atthi rasā atthi jivhāviññāṇaṃ atthi āpo atthi manasikāro atthīti?

Āmantā.

Anāgatāya jivhāya anāgataṃ rasaṃ sāyatīti?

Na h'evaṃ vattabbe.

Anāgato kāyo atthi phoṭṭhabbā atthi kāyaviññāṇaṃ atthi pathavī atthi manasikāro atthīti?

Āmantā.

Anāgatena kāyena anāgataṃ phoṭṭhabbaṃ phusatīti?

Na h'evaṃ vattabbe.

Anāgato mano atthi dhammā atthi manoviññāṇaṃ atthi vatthuṃ atthi manasikāro atthīti?

Āmantā.

Anāgatena manena anāgataṃ dhammaṃ vijānātīti?

Na h'evaṃ vattabbe.

25. Paccuppannaṃ cakkhuṃ atthi rūpā atthi cakkhuviññāṇaṃ atthi āloko atthi manasikāro atthi, paccuppannena cakkhunā paccuppannaṃ rūpaṃ passatīti?

Āmantā.

Atītaṃ cakkhuṃ atthi rūpā atthi cakkhuviññāṇaṃ atthi āloko atthi manasikāro atthi, atītena cakkhunā atītaṃ rūpaṃ passatīti?

Na h'evaṃ vattabbe.

Paccuppannaṃ sotaṃ atthi ghānaṃ atthi jivhā atthi kāyo atthi mano atthi dhammā atthi manoviññāṇaṃ atthi vatthuṃ atthi manasikāro atthi, paccuppannena manena paccuppannaṃ dhammaṃ vijānātīti?

Āmantā.

Atīto mano atthi dhammā atthi manoviññāṇaṃ atthi vatthuṃ atthi manasikāro atthi, atītena manena atītaṃ dhammaṃ vijānātīti?

Na h'evaṃ vattabbe—pe—

26. Paccuppannaṃ cakkhuṃ atthi rūpā atthi cakkhuviññāṇaṃ atthi āloko atthi manasikāro atthi, paccuppannena cakkhunā paccuppannaṃ rūpaṃ passatīti?

Āmantā.

Anāgataṃ cakkhuṃ atthi rūpā atthi cakkhuviññāṇaṃ atthi āloko atthi manasikāro atthi, anāgatena cakkhunā anāgataṃ rūpaṃ passatīti?

Na h'evaṃ vattabbe.

Paccuppannaṃ sotaṃ atthi ghānaṃ atthi jivhā atthi kāyo atthi mano atthi dhammā atthi manoviññāṇaṃ atthi vatthuṃ atthi manasikāro atthi, paccuppannena manena paccuppannaṃ dhammaṃ vijānātīti?

Āmantā.

Atīto mano atthi dhammā atthi manoviññāṇaṃ atthi vatthuṃ atthi manasikāro atthi, anāgatena manena anāgataṃ dhammaṃ vijānātīti?

Na h'evaṃ vattabbe—pe—

27. Atītaṃ cakkhuṃ atthi rūpā atthi cakkhuviññāṇaṃ atthi āloko atthi manasikāro atthi, na ca atītena cakkhunā atītaṃ rūpaṃ passatīti?

Āmantā.

Paccuppannaṃ cakkhuṃ atthi rūpā atthi cakkhuviññāṇaṃ atthi āloko atthi manasikāro atthi, na ca paccuppannena cakkhunā paccuppannaṃ rūpaṃ passatīti?

Na h'evaṃ vattabbe.

Atītaṃ sotaṃ atthi ghānaṃ atthi jivhā atthi kāyo atthi mano atthi dhammā atthi manoviññāṇaṃ atthi vatthuṃ atthi manasikāro atthi, na ca atītena manena atītaṃ dhammaṃ vijānātīti?

Āmantā.

Paccuppanno mano atthi dhammā atthi manoviññāṇaṃ atthi vatthuṃ atthi manasikāro atthi, na ca paccuppanena manena paccuppannaṃ dhammaṃ vijānātīti?

Na h'evaṃ vattabbe—pe—

28. Anāgataṃ cakkhuṃ atthi rūpā atthi cakkhuviññāṇaṃ atthi āloko atthi manasikāro atthi, na ca anāgatena cakkhunā anāgataṃ rūpaṃ passatīti?

Āmantā.

Paccuppannaṃ cakkhuṃ atthi rūpā atthi cakkhuviññāṇaṃ atthi āloko atthi manasikāro atthi, na ca paccuppannena cakkhunā paccuppannaṃ rūpaṃ passatīti?

Na h'evaṃ vattabbe.

Anāgataṃ sotaṃ atthi ghānaṃ atthi jivhā atthi kāyo atthi mano atthi dhammā atthi manoviññāṇaṃ atthi vatthuṃ atthi manasikāro atthi, na ca anāgatena manena anāgataṃ dhammaṃ vijānātīti?

Āmantā.

Paccuppanno mano atthi dhammā atthi manoviññāṇaṃ atthi vatthuṃ atthi manasikāro atthi, na ca paccuppanena manena paccuppannaṃ dhammaṃ vijānātīti?

Na h'evaṃ vattabbe—pe—

29. Atītaṃ ñāṇaṃ atthīti?

Āmantā.

Tena ñāṇena ñāṇakaraṇīyaṃ karotīti?

Na h'evaṃ vattabbe.

Tena ñāṇena ñāṇakaraṇīyaṃ karotīti?

Āmantā.

Tena ñāṇena dukkhaṃ parijānāti samudayaṃ pajahati nirodhaṃ sacchikaroti maggaṃ bhāvetīti?

Na h'evaṃ vattabbe.

30. Anāgataṃ ñāṇaṃ atthīti?

Āmantā.

Tena ñāṇena ñāṇakaraṇīyaṃ karotīti?

Na h'evaṃ vattabbe.

Tena ñāṇena ñāṇakaraṇīyaṃ karotīti?

Āmantā.

Tena ñāṇena dukkhaṃ parijānāti samudayaṃ pajahati nirodhaṃ sacchikaroti maggaṃ bhāvetīti?

Na h'evaṃ vattabbe.

31. Paccuppannaṃ ñāṇaṃ atthi, tena ñāṇena ñāṇakaraṇīyaṃ karotīti?

Āmantā.

Atītaṃ ñāṇaṃ atthi, tena ñāṇena ñāṇakaraṇīyaṃ karotīti?

Na h'evaṃ vattabbe—pe—

Paccuppannaṃ ñāṇaṃ atthi, tena ñāṇena dukkhaṃ parijānāti samudayaṃ pajahati nirodhaṃ sacchikaroti maggaṃ bhāvetīti?

Āmantā.

Atītaṃ ñāṇaṃ atthi, tena ñāṇena dukkhaṃ parijānāti samudayaṃ pajahati nirodhaṃ sacchikaroti maggaṃ bhāvetīti?

Na h'evaṃ vattabbe—pe—

32. Paccuppannaṃ ñāṇaṃ atthi, tena ñāṇena ñāṇakaraṇīyaṃ karotīti?

Āmantā.

Anāgataṃ ñāṇaṃ atthi, tena ñāṇena ñāṇakaraṇīyaṃ karotīti?

Na h'evaṃ vattabbe—pe—

Paccuppannaṃ ñāṇaṃ atthi, tena ñāṇena dukkhaṃ parijānāti samudayaṃ pajahati nirodhaṃ sacchikaroti maggaṃ bhāvetīti?

Āmantā.

Anāgataṃ ñāṇaṃ atthi, tena ñāṇena dukkhaṃ parijānāti samudayaṃ pajahati nirodhaṃ sacchikaroti maggaṃ bhāvetīti?

Na h'evaṃ vattabbe—pe—

33. Atītaṃ ñāṇaṃ atthi, na ca tena ñāṇena ñāṇakaraṇīyaṃ karotīti?

Āmantā.

Paccuppannaṃ ñāṇaṃ atthi, na ca tena ñāṇena ñāṇakaraṇīyaṃ karotīti?

Na h'evaṃ vattabbe—pe—

Atītaṃ ñāṇaṃ atthi, na ca tena ñāṇena dukkhaṃ parijānāti samudayaṃ pajahati nirodhaṃ sacchikaroti maggaṃ bhāvetīti?

Āmantā.

Paccuppannaṃ ñāṇaṃ atthi, na ca tena ñāṇena dukkhaṃ parijānāti samudayaṃ pajahati nirodhaṃ sacchikaroti maggaṃ bhāvetīti?

Na h'evaṃ vattabbe—pe—

34. Anāgataṃ ñāṇaṃ atthi, na ca tena ñāṇena ñāṇakaraṇīyaṃ karotīti?

Āmantā.

Paccuppannaṃ ñāṇaṃ atthi, na ca tena ñāṇena ñāṇakaraṇīyaṃ karotīti?

Na h'evaṃ vattabbe—pe—

Anāgataṃ ñāṇaṃ atthi, na ca tena ñāṇena dukkhaṃ parijānāti samudayaṃ pajahati nirodhaṃ sacchikaroti maggaṃ bhāvetīti?

Āmantā.

Paccuppannaṃ ñāṇaṃ atthi, na ca tena ñāṇena dukkhaṃ parijānāti samudayaṃ pajahati nirodhaṃ sacchikaroti maggaṃ bhāvetīti?

Na h'evaṃ vattabbe—pe—

35. Arahato atīto rāgo atthīti?

Āmantā.

Arahā tena rāgena sarāgo ti?

Na h'evaṃ vattabbe—pe—

Arahato atīto doso atthīti?

Āmantā.
Arahā tena dosena sadoso ti?
Na h'evaṃ vattabbe—pe—
Arahatā atīto moho atthīti?
Āmantā.
Arahā tena mohena samoho ti?
Na h'evaṃ vattabbe—pe—
Arahato atīto māno atthīti?
Āmantā.
Arahā tena mānena samāno ti?
Na h'evaṃ vattabbe—pe—
Arahato atītā diṭṭhi atthīti?
Āmantā.
Arahā tāya diṭṭhiyā sadiṭṭhiko ti?
Na h'evaṃ vattabbe—pe—
Arahato atītā vicikicchā atthīti?
Āmantā.
Arahā tāya vicikicchāya savicchikicchā ti?
Na h'evaṃ vattabbe.
Arahato atītaṃ thīnaṃ atthīti?
Āmantā.
Arahā tena thīnena sathīno ti?
Na h'evaṃ vattabbe—pe—
Arahato atītaṃ uddhaccaṃ atthīti?
Āmantā.
Arahā tena uddhaccena sa-uddhaccako[1] ti?
Na h'evaṃ vattabbe—pe—
Arahato atītaṃ ahirikaṃ atthīti?
Āmantā.
Arahā tena ahirikena sa-ahiriko ti?
Na h'evaṃ vattabbe.
Arahato atītaṃ anottappaṃ atthīti?
Āmantā.
Arahā tena anottappena sa-anottāpī ti?
Na h'evaṃ vattabbe—pe—
36. Anāgāmissa atītā sakkāyadiṭṭhi atthīti?

---

[1] S. has Arahato tena uddhaccena uddhaccaṃ hoti.

Āmantā.

Anāgāmī tāya diṭṭhiyā sadiṭṭhiko ti?

Na h'evaṃ vattabbe—pe—

Anāgāmissa atītā vicikicchā atthi, atīto sīlabbataparāmāso atthi, atīto aṇusahagato kāmarāgo atthi, atīto aṇusahagato byāpādo atthīti?

Āmantā.

Anāgāmī tena byāpādena byāpannacitto ti?

Na h'evaṃ vattabbe—pe—

37. Sakadāgāmissa atītā sakkāyadiṭṭhi atthīti?

Āmantā.

Sakadāgāmī tāya diṭṭhiyā sadiṭṭhiko ti?

Na h'evaṃ vattabbe—pe—

Sakadāgāmissa atītā vicikicchā atthi, atīto sīlabbataparāmāso atthi, atīto oḷāriko kāmarāgo atthi, atīto oḷāriko byāpādo atthīti?

Āmantā.

Sakadāgāmī tena byāpādena byāpannacitto ti?

Na h'evaṃ vattabbe—pe—

38. Sotāpannassa atītā sakkāyadiṭṭhi atthīti?

Āmantā.

Sotāpanno tāya diṭṭhiyā sadiṭṭhiko ti?

Na h'evaṃ vattabbe—pe—

Sotāpannassa atītā vicikicchā atthi, atīto sīlabbataparāmāso atthi atīto apāyagamanīyo rāgo atthi, atīto apāyagamanīyo doso atthi, atīto apāyagamanīyo moho atthīti?

Āmantā.

Sotāpanno teña mohena samoho ti?

Na h'evaṃ vattabbe—pe—

39. Puthujjanassa atīto rāgo atthi, puthujjano tena rāgena sarāgo ti?

Āmantā.

Arahato atīto rāgo atthi Arahā tena rāgena sarāgo ti?

Na h'evaṃ vattabbe—pe—

Puthujjanassa atīto doso atthi—pe—atītaṃ anottappaṃ atthi, puthujjano tena anottappena anottāpī ti?

Āmantā.

Arahato atītaṃ anottappaṃ atthi, Arahā tena anottappena anottāpī ti?

Na h'evaṃ vattabbe—pe—

40. Puthujjanassa atītā sakkāyadiṭṭhi atthi, puthujjano tāya diṭṭhiyā sadiṭṭhiko ti?

Āmantā.

Anāgāmissa atītā sakkāyadiṭṭhi atthi, anāgāmī tāya diṭṭhiyā sadiṭṭhiko ti?

Na h'evaṃ vattabbe—pe—

Puthujjanassa atītā vicikicchā atthi—pe—atīto aṇusahagato byāpādo atthi, puthujjano tena byāpādena byāpannacitto ti?

Āmantā.

Anāgāmissa atīto aṇusahagato byāpādo atthi, anāgāmī tena byāpādena byāpannacitto ti?

Na h'evaṃ vattabbe—pe—

41. Puthujjanassa atītā sakkāyadiṭṭhi atthi, puthujjano tāya diṭṭhiyā sadiṭṭhiko ti?

Āmantā.

Sakadāgāmissa atītā sakkāyadiṭṭhi atthi, sakadāgāmī tāya diṭṭhiyā sadiṭṭhiko ti?

Na h'evaṃ vattabbe—pe—

Puthujjanassa atītā vicikicchā atthi—pe—atīto oḷāriko byāpādo atthi, puthujjano tena byāpādena byāpannacitto ti?

Āmantā.

Sakadāgāmissa atīto oḷāriko byāpādo atthi, sakadāgāmī tena byāpādena byāpannacitto ti?

Na h'evaṃ vattabbe—pe—

42. Puthujjanassa atītā sakkāyadiṭṭhi atthi, puthujjano tāya diṭṭhiyā sadiṭṭhiko ti?

Āmantā.

Sotāpannassa atītā sakkāyadiṭṭhi atthi, sotāpanno tāya diṭṭhiyā sadiṭṭhiko ti?

Na h'evaṃ vattabbe—pe—

Puthujjanassa atītā vicikicchā atthi—pe—atīto apāyagamanīyo moho atthi, puthujjano tena mohena samoho ti?

Āmantā.

Sotāpannassa atīto apāyagamanīyo moho atthi, sotāpanno tena mohena samoho ti?

Na h'evaṃ vattabbe—pe—

43. Arahato atīto rāgo atthi, na ca Arahā tena rāgena sarāgo ti?

Āmantā.

Puthujjanassa atīto rāgo atthi, na ca puthujjano tena rāgena sarāgo ti?

Na h'evaṃ vattabbe—pe—

Arahato atīto doso atthi—pe—atītaṃ anottappaṃ atthi, na ca Arahā tena anottappena anottāpī ti?

Āmantā.

Puthujjanassa atītaṃ anottappaṃ atthi, na ca puthujjano tena anottappena anottāpī ti?

Na h'evaṃ vattabbe—pe—

44. Anāgāmissa atītā sakkāyadiṭṭhi atthi, na ca anāgāmī tāya diṭṭhiyā sadiṭṭhiko ti?

Āmantā.

Puthujjanassa atītā sakkāyadiṭṭhi atthi, na ca puthujjano tāya diṭṭhiyā sadiṭṭhiko ti?

Na h'evaṃ vattabbe—pe—

Anāgāmissa atītā vicikicchā atthi—pe—atīto aṇusahagato byāpādo atthi, na ca anāgamī tena byāpādena byāpannacitto ti?

Āmantā.

Puthujjanassa atīto aṇusahagato byāpādo atthi, na ca puthujjano tena byāpādena byāpannacitto ti?

Na h'evaṃ vattabbe—pe—

45. Sakadāgāmissa atītā sakkayadiṭṭhi atthi, na ca sakadāgāmī tāya diṭṭhiyā sadiṭṭhiko ti?

Āmantā.

Puthujjanassa atītā sakkāyadiṭṭhi atthi, na ca puthujjano tāya diṭṭhiyā sadiṭṭhiko ti?

Na h'evaṃ vattabbe—pe—

Sakadāgāmissa atītā vicikicchā atthi—pe—atīto oḷāriko byāpādo atthi, na ca sakadāgāmī tena byāpādena byāpannacitto ti?

Āmantā.

Puthujjanassa atīto oḷāriko byāpādo atthi, na ca puthujjano tena byāpādena byāpannacitto ti?

Na h'evaṃ vattabbe—pe—

46. Sotāpannassa atītā sakkāyadiṭṭhi atthi, na ca sotāpanno tāya diṭṭhiyā sadiṭṭhiko ti?

Āmantā.

Puthujjanassa atītā sakkāyadiṭṭhi atthi, na ca puthujjano tāya diṭṭhiyā sadiṭṭhiko ti?

Na h'evaṃ vattabbe—pe—

Sotāpannassa atītā vicikicchā atthi—pe—atīto apāyagamanīyo moho atthi, na ca sotāpanno tena mohena samoho ti?

Āmantā.

Puthujjanassa atīto apāyagamanīyo moho atthi, na ca puthujjano tena mohena samoho ti?

Na h'evaṃ vattabbe—pe—

47. Atītā hatthā atthīti?

Āmantā.

Atītesu hatthesu sati ādānanikkhepanaṃ [1] paññāyatīti?

Na h'evaṃ vattabbe—pe—

Atītā pādā atthīti?

Āmantā.

Atītesu pādesu sati abhikkamapaṭikkamo paññāyatīti?

Na h'evaṃ vattabbe—pe—

Atītā pabbā atthīti?

Āmantā.

Atītesu pabbesu sati samiñjanapasāraṇaṃ paññāyatīti?

Na h'evaṃ vattabbe—pe—

Atīto kucchi atthīti?

Āmantā.

Atītasmiṃ kucchismiṃ sati jighacchāpipāsā paññāyatī ti?

Na h'evaṃ vattabbe—pe—

48. Atīto kāyo atthīti?

Āmantā.

Atīto kāyo paggahaniggahūpago [2] chedanabhedanūpago kākehi gijjhehi kulalehi sādhāraṇo ti?

Na h'evaṃ vattabbe—pe—

---

[1] ādīnaṃ P. and S.; nikkhamanaṃ (P. only).

[2] pagganha°, P.

Atīte kāye visaṃ kameyya, satthaṃ kameyya, aggi kameyyāti?

Na h'evaṃ vattabbe—pe—

Labbhā atīto kāyo anubandhanena[1] bandhituṃ rajjubandhanena bandhituṃ saṃkhalikabandhanena bandhituṃ gāmabandhanena bandhituṃ nigamabandhanena bandhituṃ nagarabandhanena bandhituṃ janapadabandhanena bandhituṃ kaṇṭhapañcamehi[2] bandanehi bandhitun ti?

Na h'evaṃ vattabbe—pe—

49. Atīto āpo atthīti?

Āmantā.

Tena āpena āpakaraṇīyaṃ karotīti?

Na h'evaṃ vattabbe—pe—

Atīto tejo atthīti?

Āmantā.

Tena tejena tejakaraṇīyaṃ karotīti?

Na h'evaṃ vattabbe—pe—

Atīto vāyo atthiti?

Āmantā.

Tena vāyena vāyakaraṇīyaṃ karotīti?

Na h'evaṃ vattabbe—pe—

50. Atīto rūpakkhando atthi, anāgato rūpakkhando atthi, paccuppanno rūpakkhando atthīti?

Āmantā.

Tayo rūpakkhandā ti?

Na h'evaṃ vattabbe—pe—

Atītā pañcakkhandā atthi, anāgatā pañcakkhandā atthi, paccuppannā pañcakkhandā atthīti?

Āmantā.

Pannarasakkhandā ti?

Na h'evaṃ vattabbe—pe—

51. Atītaṃ cakkhāyatanaṃ atthi, anāgataṃ cakkhāyatanaṃ atthi, paccuppannaṃ cakkhāyatanaṃ atthīti?

Āmantā.

Tīṇi cakkhāyatanānīti?

Na h'evaṃ vattabbe—pe—

---

[1] addubandh°, M. K. [2] kaṇḍa, M.; kaṇha, P.S.

Atītāni dvādas'āyatanāni atthi, anāgatāni dvādas'āyatanāni atthi, paccuppannāni dvādas'āyatanāni atthīti?

Āmantā.

Chattiṃs'āyatanānīti?

Na h'evaṃ vattabbe—pe—

52. Atītā cakkhudhātu atthi, anāgatā cakkhudhātu atthi, paccuppannā cakkhudhātu atthīti?

Āmantā.

Tisso cakkhudhātuyo ti?

Na h'āvaṃ vattabbe—pe—

Atītā aṭṭhārasa dhātuyo atthi, anāgatā aṭṭhārasa dhātuyo atthi, paccuppannā aṭṭhārasa dhātuyo atthīti?

Āmantā.

Catupaññāsa dhātuyo ti?

Na h'evaṃ vattabbe—pe—

53. Atītaṃ cakkhundriyaṃ atthi, anāgataṃ cakkhundriyaṃ atthi, paccuppannaṃ cakkhundriyaṃ atthīti?

Āmantā.

Tīṇi cakkhundriyānīti?

Na h'evaṃ vattabbe—pe—

Atītāni bāvīsat' indriyāni atthi, anāgatāni bāvīsat' indriyāni atthi, paccuppannāni bāvīsat' indriyāni atthīti?

Āmantā.

Chasaṭṭh' indriyānīti?

Na h'evaṃ vattabbe—pe—

54. Atīto rājā cakkavattī atthi, anāgato rājā cakkavattī atthi, paccuppanno rājā cakkavattī atthīti?

Āmantā.

Tiṇṇannaṃ rājānaṃ cakkavattīnaṃ sammukhībhāvo hotīti?

Na h'evaṃ vattabbe—pe—

Atīto Sammāsambuddho atthi, anāgato Sammāsambuddho atthi, paccuppanno Sammāsambuddho atthīti?

Āmantā.

Tiṇṇannaṃ Sammāsambuddhānaṃ sammukkhībhāvo hotīti?

Na h'evaṃ vattabbe—pe—

55. Atītaṃ atthīti?

Āmantā.

Atthi atītan ti?

Atthi siyā atītaṃ siyā nvātītan ti.

Ājānāhi niggahaṃ—hañci atītaṃ atthi, atthi siyā atītaṃ siyā nvātītaṃ, tenātītaṃ nvātītaṃ nvātītaṃ atītan ti. Yaṃ tattha vadesi, "Vattabbe kho—Atītaṃ atthi, atthi siyā atītaṃ siyā nvātītan ti, tenātītaṃ nvātītaṃ nvātītaṃ atītan ti," micchā. No ce pana atītaṃ nvātītaṃ nvātītaṃ atītan ti, no vata re vattabbe "Atītaṃ atthi, atthi siyā atītaṃ siyā nvātītan ti." Yaṃ tattha vadesi, "Vattabbe kho—Atītaṃ atthi, atthi siyā atītaṃ siyā nvātītaṃ, tenātītaṃ nvātītaṃ nvātītaṃ atītan ti," micchā.

56. Anāgataṃ atthīti?

Āmantā.

Atthi anāgatan ti?

Atthi siyā anāgataṃ siyā nvānāgatan ti.

Ājānāhi niggahaṃ—hañci anāgataṃ atthi, atthi siyā anāgataṃ siyā nvānāgataṃ, tenānāgataṃ nvānāgataṃ nvānāgataṃ anāgatan ti. Yaṃ tattha vadesi, "Vattabbe kho—Anāgataṃ atthi, atthi siyā anāgataṃ siyā nvānāgatan ti, tenānāgataṃ nvānāgataṃ nvānāgataṃ anāgatan ti," micchā. No ce pana anāgataṃ nvānāgataṃ nvānāgataṃ anāgatan ti, no vata re vattabbe "Anāgataṃ atthi, atthi siyā anāgataṃ siyā nvānāgatan ti." Yaṃ tattha vadesi, "Vattabbe kho—Anāgataṃ atthi, atthi siyā anāgataṃ siyā nvānāgataṃ, tenānāgataṃ nvānāgataṃ nvānāgataṃ anāgatan ti," micchā.

57. Paccuppannaṃ atthīti?

Āmantā.

Atthi paccuppannan ti?

Atthi siyā paccuppannaṃ siyā no paccuppannan ti.

Ājānāhi niggahaṃ—hañci paccuppannaṃ atthi, atthi siyā paccuppannaṃ siyā no paccuppannaṃ, tena paccuppannaṃ no paccuppannaṃ no paccuppannaṃ paccuppannan ti. Yaṃ tattha vadesi, "Vattabbe kho—Paccuppannaṃ atthi, atthi siyā paccuppannaṃ siyā no paccuppannan ti, tena paccuppannaṃ no paccuppannaṃ no paccuppannaṃ paccuppannan ti," micchā. No ce pana paccuppannaṃ no paccuppannaṃ no paccuppannaṃ paccuppannan ti, no vata re vattabbe "Paccuppannaṃ atthi, atthi siyā paccuppannaṃ siyā no paccuppannan ti." Yaṃ tattha vadesi, "Vattabbe kho—Paccuppannaṃ atthi, atthi siyā paccuppannaṃ siyā no paccuppannaṃ, tena paccuppannaṃ no paccuppannaṃ no paccuppannaṃ paccuppannan ti," micchā.

58. Nibbānaṃ atthīti?

Āmantā.

Atthi atītan ti?

Atthi siyā nibbānaṃ siyā no nibbānan ti.

Ājānāhi niggahaṃ—hañci nibbānaṃ atthi, atthi siyā nibbānaṃ siyā no nibbānaṃ, tena nibbānaṃ no nibbānaṃ no nibbānaṃ nibbānan ti. Yaṃ tattha vadesi, "Vattabbe kho—Nibbānaṃ atthi, atthi siyā nibbānaṃ siyā no nibbānan ti, tena nibbānaṃ no nibbānaṃ no nibbānaṃ nibbānan ti," micchā. No ce pana nibbānaṃ no nibbānaṃ no nibbānaṃ nibbānan ti, no vata re vattabbe "Nibbānaṃ atthi, atthi siyā nibbānaṃ siyā no nibbānan ti." Yaṃ tattha vadesi, "Vattabbe kho—Nibbānaṃ atthi, atthi siyā nibbānaṃ siyā no nibbānan ti, tena nibbānaṃ no nibbānaṃ no nibbānaṃ nibbānan ti," micchā.

59. Na vattabbaṃ "Atītaṃ atthi anāgataṃ atthīti?"

Āmantā.

Nanu vuttaṃ Bhagavata — "Yaṃ kiñci Bhikkhave rūpaṃ atītānāgatapaccuppannaṃ ajjhattaṃ vā bahiddhā vā oḷārikaṃ vā sukhumaṃ vā hīnaṃ vā paṇītaṃ vā yaṃ dure santike vā, ayaṃ vuccati rūpakkhandho, yā kāci vedanā, yā kāci saññā, ye keci saṃkhārā, yaṃ kiñci viññāṇaṃ atītānāgatapaccuppannaṃ ajjhattaṃ vā bahiddhā vā oḷārikaṃ vā sukhumaṃ vā hīnaṃ vā paṇītaṃ vā yaṃ dure santike vā, ayaṃ vuccati viññāṇakkhandho ti." Atth'eva suttanto ti?

Āmantā.

Tena hi atītaṃ atthi anāgataṃ atthīti.

60. Atītaṃ atthi anāgataṃ atthīti?

Āmantā.

Nanu vuttaṃ Bhagavatā—"Tayo'me Bhikkhave niruttipathā adhivacanapathā paññattipathā asaṃkiṇṇā asaṃkiṇṇapubbā na saṃkīyanti na saṃkīyissanti appaṭikuṭṭhā[1] samaṇehi brahmaṇehi viññūhi. Katame tayo? Yaṃ Bhikkhave rūpaṃ atītaṃ niruddhaṃ vigataṃ vipariṇataṃ, ahosīti tassa saṅkhā, ahosīti tassa samaññā, ahosīti tassa paññatti, na tassa saṅkhā atthīti na tassa saṅkhā bhavissatīti, yā vedanā—pe, yā saññā—pe—ye saṃkhārā—pe—yaṃ viññāṇaṃ atītaṃ niruddhaṃ vigataṃ vipariṇataṃ, ahosīti tassa saṅkhā, ahosīti tassa samaññā, ahosīti tassa paññatti, na tassa saṅkhā atthīti na tassa saṅkhā ahosīti. Yaṃ Bhikkhave rūpaṃ ajātaṃ apātūbhūtaṃ, bhavissatīti tassa saṅkhā, bhavissatīti tassa samaññā, bhavissatīti tassa paññatti, na tassa saṅkhā atthīti na tassa saṅkhā ahosīti, yā vedanā—pe—yā saññā—ye saṃkhārā—pe—yaṃ viññāṇaṃ ajātaṃ apātubhūtaṃ, bhavissatīti tassa saṅkhā, bhavissatīti tassa samaññā, bhavissatīti tassa paññatti, na tassa saṅkhā atthīti na tassa saṅkhā ahosīti. Yaṃ Bhikkhave rūpaṃ jātaṃ pātubhūtaṃ, atthīti tassa saṅkhā, atthīti tassa samaññā, atthīti tassa paññatti, na tassa saṅkhā ahosīti na tassa saṅkhā bhavissatīti, yā vedanā—pe—yā saññā—pe—ye saṃkhārā—pe—yaṃ viññāṇaṃ jātaṃ pātubhūtaṃ, atthīti tassa saṅkhā, atthīti tassa samaññā, atthīti tassa paññatti, na tassa saṅkhā ahosīti na tassa saṅkhā bhavissatīti. Ime kho Bhikkhave tayo niruttipathā adhivacanapathā paññattipathā asaṃkiṇṇā asaṃkiṇṇapubbā na saṃkīyanti na saṃkīyissanti appaṭikuṭṭhā samaṇehi brahmaṇehi viññūhi. Ye pi te Bhikkhave ahesuṃ ukkalavassabhaññā[2] ahetukavādā akiriyavādā n'atthikavādā te pi'me tayo niruttipathe adhivacanapathe paññattipathe na garahitabbaṃ na paṭikkositabbaṃ amaññiṃsu. Taṃ kissa hetu? Nindābyārosanā-upārambhabhayā[3] ti." Atth'eva suttanto ti?

Āmantā.

Tena hi na vattabbaṃ "Atītaṃ atthi anāgataṃ atthīti."

---

[1] appaṭikuṭo, P.

[2] ukkaṇā°, P; ukkanavassabhaññā, S.S₂.

[3] upārabbha°, M.

61. Atītaṃ atthīti?

Āmantā.

Nanu āyasmā Phagguno[1] Bhagavantaṃ etad avoca; "Atthi nu kho taṃ bhante cakkhuṃ yena cakkhunā atīte Buddhe parinibbute chinnapapañce chinnavaṭume[2] pariyādiṇṇavatte sabbadukkhavītivatte paññāpayamāno paññāpeyyāti, atthi nu kho sā bhante jivhā—pe—atthi nu kho so bhante mano yena manena atīte Buddhe parinibbute chinnapapañce chinnavaṭume pariyādiṇṇavatte sabbadukkhavītivatte paññāpayamāno paññāpeyyāti?"

"N'atthi kho taṃ Phagguṇa cakkhuṃ yena cakkhunā atīte Buddhe parinibbute chinnapapañce chinnavaṭume pariyādiṇṇavatte sabbadukkhavītivatte paññāpayamāno paññāpeyyāti, n'atthi kho sā Phagguṇa jivhā--pe—n'atthi kho so Phagguṇa mano yena manena atīte Buddhe parinibbute chinnapapañce chinnavaṭume pariyādiṇṇavatte sabbadukkhavītivatte paññāpayamāno paññāpeyyāti." Atth'eva suttanto ti?

Āmantā.

Tena hi na vattabbaṃ "Atītaṃ atthīti."

62. Atītaṃ atthīti?

Āmantā.

Nanu āyasmā Nandako etad avoca "Ahu pubbe lobho tad ahu akusalaṃ so etarahi n'atthi icc'etaṃ kusalaṃ, ahu pubbe doso, ahu pubbe moho tad ahu akusalaṃ so etarahi n'atthi icc'etaṃ kusalan ti." Atth'eva suttanto ti?

Āmantā.

Tena hi na vattabbaṃ "Atītaṃ atthīti."

63. Na vattabbaṃ "Anāgataṃ atthīti"?

Āmantā.

Nanu vuttaṃ Bhagavatā—"Kabaliṃkāre[3] ce Bhikkhave āhāre atthi rāgo atthi nandi atthi taṇhā, patiṭṭhitaṃ tattha viññāṇaṃ virūḷhaṃ, yattha patiṭṭhitaṃ viññāṇaṃ virūḷhaṃ, atthi tattha nāmarūpassa avakkanti, yattha atthi

---

[1] Anaño, S. [2] vathume, P.; vaṭṭame, S.

[3] Kabalīkā°, M.

nāmarūpassa avakkanti atthi tattha saṃkhārānaṃ buddhi, yattha atthi saṃkhārānaṃ buddhi atthi tattha āyatiṃ punabbhavābhinibbatti, yattha atthi āyatiṃ punabbhavābhinibbatti atthi tattha āyatiṃ jātijarāmaraṇaṃ, yattha atthi āyatiṃ jātijarāmaraṇaṃ sasokan ti Bhikkhave sarajaṃ sa-upāyāsan ti vadāmi, phasse ce Bhikkhave āhāre, manosañcetanāya ce Bhikkhave āhāre, viññāṇe ce Bhikkhave āhāre atthi rāgo atthi nandi—pe—sarajaṃ sa-upāyāsan ti vadāmīti." Atth'eva suttanto ti?

Āmantā.

Tena hi na vattabbaṃ "Anāgataṃ atthīti."

64. Anāgataṃ atthīti?

Āmantā.

Nanu vuttaṃ Bhagavatā—"Kabaliṃkāre ce Bhikkhave āhāre n'atthi rāgo n'atthi nandi n'atthi taṇhā appatiṭṭhitaṃ tattha viññāṇaṃ avirūḷhaṃ, yattha appatiṭṭhitaṃ viññāṇaṃ avirūḷhaṃ n'atthi tattha nāmarūpassa avakkanti, yattha n'atthi nāmarūpassa avakkanti n'atthi tattha saṃkhārānaṃ buddhi, yattha n'atthi saṃkhārānaṃ buddhi n'atthi tattha āyatiṃ punabbhavābhinibbatti, yattha n'atthi āyatiṃ punabbhavābhinibbatti n'atthi tattha āyatiṃ jātijarāmaraṇaṃ, yattha n'atthi ayatiṃ jātijarāmaraṇaṃ asokanti Bhikkhave arajaṃ anupāyāsan ti vadāmi, phasse ce Bhikkhave āhāre, manosañcetanāya ce Bhikkhave āhāre, viññāṇe ce Bhikkhave āhāre n'atthi rāgo n'atthi nandi—pe—arajaṃ anupāyāsan ti vadāmīti." Atth'eva suttanto ti?

Āmantā.

Tena hi na vattabbaṃ "Anāgataṃ atthīti."

Sabbamatthītikathā.

I. 7.

1. Atītaṃ khandhā ti?

Āmantā.

Atītaṃ atthīti?

Na h'evaṃ vattabbe—pe—

Atītaṃ āyatanan ti?
Āmantā.
Atītaṃ atthīti?
Na h'evaṃ vattabbe—pe—
Atītaṃ dhātūti?
Āmantā.
Atītaṃ atthīti?
Na h'evaṃ vattabbe—pe—
Atītaṃ khandhādhātuāyatanan ti?
Āmantā.
Atītaṃ atthīti?
Na h'evaṃ vattabbe—pe—
2. Anāgataṃ khandhā ti?
Āmantā.
Anāgataṃ atthīti?
Na h'evaṃ vattabbe—pe—
Anāgataṃ āyatanan ti?
Āmantā.
Anāgataṃ atthīti?
Na h'evaṃ vattabbe—pe—
Anāgataṃ dhātūti?
Āmantā.
Anāgataṃ atthīti?
Na h'evaṃ vattabbe—pe—
Anāgataṃ khandhādhātuāyatanan ti?
Āmantā.
Anāgataṃ atthīti?
Na h'evaṃ vattabbe—pe—
3. Paccuppannaṃ khandhā paccuppannaṃ atthīti?
Āmantā.
Atītaṃ khandhā atītaṃ atthīti?
Na h'evaṃ vattabbe—pe—
Paccuppannaṃ āyatanaṃ paccuppannaṃ atthīti?
Āmantā.
Atītaṃ āyatanaṃ atītaṃ atthīti?
Na h'evaṃ vattabbe—pe—
Paccuppannaṃ dhātu paccuppannaṃ atthīti?
Āmantā.

Atītaṃ dhātu atītaṃ atthīti?
Na h'evaṃ vattabbe—pe—
Paccuppannaṃ khandhādhātuāyatanaṃ paccuppannaṃ atthīti?
Āmantā.
Atītaṃ khandhādhātuāyatanaṃ atītaṃ atthīti?
Na h'evaṃ vattabbe—pe—
4. Paccuppannaṃ khandhā paccuppannaṃ atthīti?
Āmantā.
Anāgataṃ khandhā anāgataṃ atthīti?
Na h'evaṃ vattabbe—pe—
Paccuppannaṃ āyatanaṃ paccuppannaṃ atthīti?
Āmantā.
Anāgataṃ āyatanaṃ anāgataṃ atthīti?
Na h'evaṃ vattabbe—pe—
Paccuppannaṃ dhātu paccuppannaṃ atthīti?
Āmantā.
Anāgataṃ dhātu anāgataṃ atthīti?
Na h'evaṃ vattabbe—pe—
Paccuppannaṃ khandhādhātuāyatanaṃ paccuppannaṃ atthīti?
Āmantā.
Anāgataṃ khandhādhātuāyatanaṃ anāgataṃ atthīti?
Na h'evaṃ vattabbe—pe—
5. Atītaṃ khandhā atītaṃ n'atthīti?
Āmantā.
Paccuppannaṃ khandhā paccuppannaṃ n'atthīti?
Na h'evaṃ vattabbe.
Atītaṃ āyatanaṃ atītaṃ n'atthīti?
Āmantā.
Paccuppannaṃ āyatanaṃ paccuppannaṃ n'atthīti?
Na h'evaṃ vattabbe.
Atītaṃ dhātu atītaṃ n'atthīti?
Āmantā.
Paccuppannaṃ dhātu paccuppannaṃ n'atthīti?
Āmantā.
Atītaṃ khandhādhātuāyatanaṃ atītaṃ n'atthīti?
Āmantā.

Paccuppannaṃ khandhādhātuāyatanaṃ paccuppannaṃ n'atthīti?
Na h'evaṃ vattabbe—pe—
6. Anāgataṃ khandhā anāgataṃ n'atthīti?
Āmantā.
Paccuppannaṃ khandhā paccuppannaṃ n'atthīti?
Na h'evaṃ vattabbe.
Anāgataṃ āyatanaṃ anāgataṃ n'atthīti?
Āmantā.
Paccuppannaṃ āyatanaṃ paccuppannaṃ n'atthīti?
Na h'evaṃ vattabbe.
Anāgataṃ dhātu anāgataṃ n'atthīti?
Āmantā.
Paccuppannaṃ dhātu paccuppannaṃ n'atthīti?
Āmantā.
Anāgataṃ khandhādhātuāyatanaṃ anāgataṃ n'atthīti?
Āmantā.
Paccuppannaṃ khandhādhātuāyatanaṃ paccuppannaṃ n'atthīti?
Na h'evaṃ vattabbe—pe—
7. Atītaṃ rūpaṃ khandho ti?
Āmantā.
Atītaṃ rūpaṃ atthīti?
Na h'evaṃ vattabbe—pe—
Atītaṃ rūpaṃ āyatanan ti?
Āmantā.
Atītaṃ rūpaṃ atthīti?
Na h'evaṃ vattabbe—pe—
Atītaṃ rūpaṃ dhatūti?
Āmantā.
Atītaṃ rūpaṃ atthīti?
Na h'evaṃ vattabbe—pe—
Atītaṃ rūpaṃ khandhādhātuāyatanan ti?
Āmantā.
Atītaṃ rūpaṃ atthīti?
Na h'evaṃ vattabbe—pe—
8. Anāgataṃ rūpaṃ khandho ti?
Āmantā.

Anāgataṃ rūpaṃ atthīti?
Na h'evaṃ vattabbe—pe—
Anāgataṃ rūpaṃ āyatanan ti?
Āmantā.
Anāgataṃ rūpaṃ atthīti?
Na h'evaṃ vattabbe—pe—
Anāgataṃ rūpaṃ dhatūti?
Āmantā.
Anāgataṃ rūpaṃ atthīti?
Na h'evaṃ vattabbe—pe—
Anāgataṃ rūpaṃ khandhādhātuāyatanan ti?
Āmantā.
Anāgataṃ rūpaṃ atthīti?
Na h'evaṃ vattabbe—pe—

9. Paccuppannaṃ rūpaṃ khandho, paccuppannaṃ rūpaṃ atthīti?
Āmantā.
Atītaṃ rūpaṃ khandho, atītaṃ rūpaṃ atthīti?
Na h'evaṃ vattabbe.
Paccuppannaṃ rūpaṃ āyatanaṃ—pe—paccuppannaṃ rūpaṃ dhātu—pe—paccuppannaṃ rūpaṃ khandhādhātu-āyatanaṃ, paccuppannaṃ rūpaṃ atthīti?
Āmantā.
Atītaṃ rūpaṃ khandhādhātuāyatanaṃ, atītaṃ rūpaṃ atthīti?
Na h'evaṃ vattabbe—pe—

10. Paccuppannaṃ rūpaṃ khandho, paccuppannaṃ rūpaṃ atthīti?
Āmantā.
Anāgataṃ rūpaṃ khandho, anāgataṃ rūpaṃ atthīti?
Na h'evaṃ vattabbe.
Paccuppannaṃ rūpaṃ āyatanaṃ—pe—paccuppannaṃ rūpaṃ dhātu—pe—paccuppannaṃ rūpaṃ khandhādhātu-āyatanaṃ, paccuppannaṃ rūpaṃ atthīti?
Āmantā.
Anāgataṃ rūpaṃ khandhādhātuāyatanaṃ, anāgataṃ rūpaṃ atthīti?
Na h'evaṃ vattabbe—pe—

11. Atītaṃ rūpaṃ khandho, atītaṃ rūpaṃ n'atthīti?

Āmantā.

Paccuppannaṃ rūpaṃ khandho, paccuppannaṃ rūpaṃ n'atthīti?

Na h'evaṃ vattabbe—pe—

Atītaṃ rūpaṃ āyatanaṃ—pe—atītaṃ rūpaṃ dhātu—pe—atītaṃ rūpaṃ khandhādhātuāyatanaṃ, atītaṃ rūpaṃ n'atthīti?

Āmantā.

Paccuppannaṃ rūpaṃ khandhādhātuāyatanaṃ, paccuppannaṃ rūpaṃ n'atthīti?

Na h'evaṃ vattabbe—pe—

12. Anāgataṃ rūpaṃ khandho, anāgataṃ rūpaṃ n'atthīti?

Āmantā.

Paccuppannaṃ rūpaṃ khandho, paccuppannaṃ rūpaṃ n'atthīti?

Na h'evaṃ vattabbe—pe—

Anāgataṃ rūpaṃ āyatanaṃ—pe—anāgataṃ rūpaṃ dhātu—pe—anāgataṃ rūpaṃ khandhādhātuāyatanaṃ, anāgataṃ rūpaṃ n'atthīti?

Āmantā.

Paccuppannaṃ rūpaṃ khandhādhātuāyatanaṃ, paccuppannaṃ rūpaṃ n'atthīti?

Na h'evaṃ vattabbe—pe—

13. Atītā vedanā, atītā saññā, atītā saṃkhārā, atītaṃ viññāṇaṃ khandho ti?

Āmantā.

Atītaṃ viññāṇaṃ atthīti?

Na h'evaṃ vattabbe—pe—

Atītaṃ viññāṇaṃ āyatanaṃ — pe — atītaṃ viññāṇaṃ dhātu—pe—atītaṃ viññāṇaṃ khandhādhātuāyatanan ti?

Āmantā.

Atītaṃ viññāṇaṃ atthīti?

Na h'evaṃ vattabbe—pe—

14. Anāgatā vedanā, anāgatā saññā, anāgatā saṃkhārā, anāgataṃ viññāṇaṃ khandho ti?

Āmantā.

Anāgataṃ viññāṇaṃ atthīti?

Na h'evaṃ vattabbe—pe—

Anāgataṃ viññāṇāṃ āyatanaṃ—pe—anāgataṃ viññāṇaṃ dhātu—pe—anāgataṃ viññāṇaṃ khandhādhātuāyatanan ti?

Āmantā.

Anāgataṃ viññāṇaṃ atthīti?

Na h'evaṃ vattabbe—pe—

15. Paccuppannaṃ viññāṇaṃ khandho paccuppannaṃ viññāṇaṃ atthīti?

Amantā.

Atītaṃ viññāṇaṃ khandho atītaṃ viññāṇaṃ atthīti?

Na h'evaṃ vattabbe—pe—

Paccuppannaṃ viññāṇaṃ āyatanaṃ—pe—paccuppannaṃ viññāṇaṃ dhātu—pe—paccuppannaṃ viññāṇaṃ khandhādhātuāyatanaṃ paccuppannaṃ viññāṇaṃ atthīti?

Āmantā.

Atītaṃ viññāṇaṃ khandhādhātuāyatanaṃ atītaṃ viññāṇaṃ atthīti?

Na h'evaṃ vattabbe—pe—

16. Paccuppannaṃ viññāṇaṃ khandho, paccuppannaṃ viññāṇaṃ atthīti?

Āmantā.

Anāgataṃ viññāṇaṃ khandho, anāgataṃ viññāṇaṃ atthīti?

Na h'evaṃ vattabbe—pe—

Paccuppannaṃ viññāṇaṃ āyatanaṃ—pe—paccuppannaṃ viññāṇaṃ dhātu—pe—paccuppannaṃ viññāṇaṃ khandhādhātuāyatanaṃ, paccuppannaṃ viññāṇaṃ atthīti?

Āmantā.

Anāgataṃ viññāṇaṃ khandhādhātuāyatanaṃ, anāgataṃ viññāṇaṃ atthīti?

Na h'evaṃ vattabbe—pe—

17. Atītaṃ viññāṇaṃ khandho, atītaṃ viññāṇaṃ n'atthīti?

Āmantā.

Paccuppannaṃ viññāṇaṃ khandho, paccuppannaṃ viññāṇaṃ n'atthīti?

Na h'evaṃ vattabbe—pe—

Atītaṃ viññāṇaṃ āyatanaṃ—pe—atītaṃ viññāṇaṃ dhātu—pe—atītaṃ viññāṇaṃ khandhādhātuāyatanaṃ, atītaṃ viññāṇaṃ n'atthīti?

Āmantā.

Paccuppannaṃ viññāṇaṃ khandhādhātuāyatanaṃ, paccuppannaṃ viññāṇaṃ n'atthīti?

Na h'evaṃ vattabbe—pe—

18. Anāgataṃ viññāṇaṃ khandho, anāgataṃ viññāṇaṃ n'atthīti?

Āmantā.

Paccuppannaṃ viññāṇaṃ khandho, paccuppannaṃ viññāṇaṃ n'atthīti?

Na h'evaṃ vattabbe—pe—

Anāgataṃ viññāṇaṃ āyatanaṃ—pe—anāgataṃ viññāṇaṃ dhātu—pe—anāgataṃ viññāṇaṃ khandhādhātuāyatanaṃ, anāgataṃ viññāṇaṃ n'atthīti?

Āmantā.

Paccuppannaṃ viññāṇaṃ khandhādhātuāyatanaṃ, paccuppannaṃ viññāṇaṃ n'atthīti?

Na h'evaṃ vattabbe—pe—

19. Na vattabbaṃ "Atītānāgatā khandhādhātuāyatanaṃ n'atthi c'ete ti"?

Āmantā.

Nanu vuttaṃ Bhagavatā "Tayo'me Bhikkhave niruttipathā adhivacanapathā paññattipathā—pe—viññūhīti." Atth'eva suttanto ti?

Āmantā.

Tena hi na vattabbaṃ "Atītānāgatā khandhādhātuāyatanaṃ n'atthi c'ete ti."

20. Atītānāgatā khandhādhātuāyatanaṃ n'atthi c'ete ti?

Āmantā.

Nanu vuttaṃ Bhagavatā—"Yaṃ kiñci Bhikkhave rūpaṃ atītānāgatapaccuppannaṃ ajjhattaṃ vā bahiddhā vā oḷārikaṃ vā sukhumaṃ vā hīnaṃ vā paṇītaṃ vā yaṃ dure santike vā, ayaṃ vuccati rūpakkhandho, yā kāci vedanā, yā kāci saññā, ye keci saṃkhārā, yaṃ kiñci viññāṇaṃ atītānāgatapaccuppannaṃ ajjhattaṃ vā bahiddhā vā oḷārikaṃ vā sukhumaṃ vā hīnaṃ vā paṇītaṃ vā yaṃ dure santike vā, ayaṃ vuccati viññāṇakkhandho ti." Atth'eva suttanto ti?

Āmantā.

Tena hi na vattabbaṃ "Atītānāgatā khandhādhātuāyatanaṃ n'atthi c'ete ti."

Atītaṃ khandhā ti kathā.

I. 8.

1. Atītaṃ atthīti?

Ekaccaṃ atthi ekaccaṃ n'atthīti.

Ekaccaṃ niruddhaṃ ekaccaṃ na niruddhaṃ, ekaccaṃ vigataṃ ekaccaṃ na vigataṃ, ekaccaṃ atthaṅgataṃ ekaccaṃ na atthaṅgataṃ, ekaccaṃ abbhatthaṅgataṃ ekaccaṃ na abbhatthaṅgatan ti?

Na h'evaṃ vattabbe—pe—

2. Atītaṃ ekaccaṃ atthi ekaccaṃ n'atthīti?

Āmantā.

Atītā avipakkavipākā dhammā ekacce atthi ekacce n'atthīti?

Na h'evaṃ vattabbe—pe—

Atītaṃ ekaccaṃ atthi ekaccaṃ n'atthīti?

Āmantā.

Atītā vipakkavipākā dhammā ekacce atthi ekacce n'atthīti?

Na h'evaṃ vattabbe—pe—

Atītaṃ ekaccaṃ atthi ekaccaṃ n'atthīti?

Āmantā.

Atītā avipākā dhammā ekacce atthi ekacce n'atthīti?

Na h'evaṃ vattabbe—pe—

3. Atītaṃ ekaccaṃ atthi ekaccaṃ n'atthīti?

Āmantā.

Kiṃ atthi kiṃ n'atthīti?

Atītā avipakkavipākā dhammā te atthi, atītā vipakkavipākā dhammā te n' atthīti.

Atītā avipakkavīpākā dhammā te atthīti?

Āmantā.
Atītā vipakkavipākā dhammā te atthīti?
Na h'evam vattabbe.
Atītā avipakkavipākā dhammā te atthīti?
Āmantā.
Atītā avipākā dhammā te atthīti?
Na h'evaṃ vattabbe.
Atītā vipakkavipākā dhammā te n'atthīti?
Āmantā.
Atītā avipakkavipākā dhammā te n'atthīti?
Na h'evaṃ vattabbe.
Atītā vipakkavipākā dhammā te n'atthīti?
Āmantā.
Atītā avipākā dhammā te n'atthīti?
Na h'evaṃ vattabbe.
Atītā avipakkavipākā dhammā te atthīti?
Āmantā.
Nanu atītā avipakkavipākā dhammā niruddhā ti?
Āmantā.
Hañci atītā avipakkavipākā dhammā niruddhā, no vata re vattabbe "Atītā avipakkavipākā dhammā te atthīti."
4. Atītā avipakkavipākā dhammā niruddhā te atthīti?
Āmantā.
Atītā vipakkavipākā dhammā niruddhā te atthīti?
Na h'evaṃ vattabbe.
Atītā avipakkavipākā dhammā niruddhā te atthīti?
Āmantā.
Atītā avipākā dhammā niruddhā te atthīti?
Na h'evaṃ vattabbe.
Atītā vipakkavipākā dhammā niruddhā te n'atthīti?
Āmantā.
Atītā avipakkavipākā dhammā niruddhā te n'atthīti?
Na h'evaṃ vattabbe.
Atītā vipakkavipākā dhammā niruddhā te n'atthīti?
Āmantā.
Atītā avipākā dhammā niruddhā te n'atthīti?
Na h'evaṃ vattabbe.
Atītā avipakkavipākā dhammā niruddhā te atthīti?

Āmantā.

Atītā vipakkavipākā dhammā niruddhā te n'atthīti?

Āmantā.

Atītā ekadesaṃ vipakkavipākā dhammā ekadesaṃ avipakkavipākā dhammā niruddhā te ekacce atthi ekacce n'atthīti?

Na h'evaṃ vattabbe—pe—

5. Na vattabbaṃ "Atītā avipakkavipākā dhammā te atthīti"?

Āmantā.

Nanu atītā avipakkavipākā dhammā vipaccissantīti?

Āmantā.

Hañci atītā avipakkavipākā dhammā vipaccissanti, tena vata re vattabbe "Atītā avipakkavipākā dhammā te atthīti."

Atītā avipakkavipākā dhammā vipaccissantīti katvā te atthīti?

Āmantā.

Vipaccissantīti katvā paccuppannā ti?

Na h'evaṃ vattabbe—pe—

Vipaccissantīti katvā paccuppannā ti?

Āmantā.

Paccuppannā dhammā nirujjhissantīti katvā te n'atthīti?

Na h'evaṃ vattabbe—pe—

6. Anāgataṃ atthīti?

Ekaccaṃ atthi ekaccaṃ n'atthīti.

Ekaccaṃ jātaṃ ekaccaṃ ajātaṃ, ekaccaṃ sañjātaṃ ekaccaṃ asañjātaṃ, ekaccaṃ nibbattaṃ ekaccaṃ anibbattaṃ, ekaccaṃ pātubhūtaṃ ekaccaṃ apātubhūtan ti?

Na h'evaṃ vattabbe—pe—

Anāgataṃ ekaccaṃ atthi ekaccaṃ n'atthīti?

Āmantā.

Anāgatā uppādino dhammā ekacce atthi ekacce n'atthīti?

Na h'evaṃ vattabbe—pe—

Anāgataṃ ekaccaṃ atthi ekaccaṃ n'atthīti?

Āmantā.

Anāgatā anuppādino dhammā ekacce atthi ekacce n'atthīti?

Na h'evaṃ vattabbe—pe—

7. Anāgataṃ ekaccaṃ atthi ekaccaṃ n'atthīti?

Āmantā.

Kiṃ atthi kiṃ n'atthīti?

Anāgatā uppādino dhammā te atthi, anāgatā anuppādino dhammā te n'atthīti.

Anāgatā uppādino dhammā te atthīti?

Āmantā.

Anāgatā anuppādino dhammā te atthīti?

Na h'evaṃ vattabbe—pe—

Anāgatā anuppādino dhammā te n'atthīti?

Āmantā.

Anāgatā uppādino dhammā te n'atthīti?

Na h'evaṃ vattabbe.

Anāgatā uppādino dhammā te atthīti?

Āmantā.

Nanu anāgatā uppādino dhammā ajātā ti?

Āmantā.

Hañci anāgatā uppādino dhammā ajātā, no vata re vattabbe "Anāgatā uppādino dhammā te atthīti."

8. Anāgatā uppādino dhammā ajātā te atthīti?

Āmantā.

Anāgatā anuppādino dhammā ajātā te atthīti?

Na h'evaṃ vattabbe—pe—

Anāgatā anuppādino dhammā ajātā te n'atthīti?

Āmantā.

Anāgatā uppādino dhammā ajātā te n'atthīti?

Na h'evaṃ vattabbe—pe—

9. Na vattabbaṃ "Anāgatā uppādino dhammā te atthīti"?

Āmantā.

Nanu anāgatā uppādino dhammā uppajjissantīti?

Āmantā.

Hañci anāgatā uppādino dhammā uppajjissanti, tena vata re vattabbe "Anāgatā uppādino dhammā te atthīti."

10. Anāgatā uppādino dhammā uppajjissantīti katvā te atthīti?

Āmantā.

Uppajjissantīti katvā paccuppannā ti?
Na h'evaṃ vattabbe—pe—
Uppajjissantīti katvā paccuppannā ti?
Āmantā.
Paccuppannā dhammā nirujjhissantīti katvā te n'atthīti?
Na h'evaṃ vattabbe—pe—

Ekaccaṃ atthītikathā.

I. 9.

1. Sabbe dhammā satipaṭṭhānā[1] ti?
Āmantā.
Sabbe dhammā sati satindriyaṃ satibalaṃ sammāsati satibojjhaṅgo, ekāyanamaggo khayagāmī bodhagāmī apacayagāmī, anāsavā asaññojaniyā aganthanīyā anoghanīyā ayoganīyā anīvaraṇīyā aparāmaṭṭhā anuppādāniyā asaṃkilesikā, sabbe dhammā buddhānussati dhammānussati saṃghānussati sīlānussati cāgānussati devatānussati ānāpānasati[2] maraṇānussati kāyagatāsati[3] upasamānussatīti?
Na h'evaṃ vattabbe.
2. Sabbe dhammā satipaṭṭhānā ti?
Āmantā.
Cakkhāyatanaṃ satipaṭṭhānan ti?
Na h'evaṃ vattabbe—pe—
Cakkhāyatanaṃ satipaṭṭhānan ti?
Āmantā.
Cakkhāyatanaṃ sati satindriyaṃ satibalaṃ sammāsati satibojjhaṅgo ekāyanamaggo khayagāmī bodhagāmī apacayagāmī, anāsavaṃ asaññojanīyaṃ aganthanīyaṃ anoghanīyaṃ ayoganīyaṃ anīvaraṇīyaṃ aparāmaṭṭhaṃ anupādāniyaṃ asaṃkilesikaṃ, cakkhāyatanaṃ buddhānussati dhammānussati saṃghānussati sīlānussati cāgānussati devatānussati ānāpānasati maraṇānussati kāyagatāsati upasamānussatīti?

[1] °paṭhānā, M. always. [2] ānāpānānussati, P. and S.
[3] kāyagatānussati, P. and S.

Na h'evaṃ vattabbe—pe—

3. Sotāyatanaṃ ghānāyatanaṃ jivhāyatanaṃ kāyāyatanaṃ rūpāyatanaṃ saddāyatanaṃ gandhāyatanaṃ rasāyatanaṃ phoṭṭhabbāyatanaṃ, rāgo doso moho māno diṭṭhi vicikicchā thīnaṃ uddhaccaṃ ahirikaṃ anottappaṃ satipaṭṭhānan ti?

Na h'evaṃ vattabbe—pe—

Anottappaṃ satipaṭṭhānan ti?

Āmantā.

Anottappaṃ sati satindriyaṃ satibalaṃ sammāsati satibojjhaṅgo ekāyanamaggo khayagāmī bodhagāmī apacayagāmī anāsavaṃ asaññojanīyaṃ aganthanīyaṃ anoghanīyaṃ ayoganīyaṃ anīvaraṇīyaṃ aparāmaṭṭhaṃ anupādāniyaṃ asaṃkilesikaṃ, anottappaṃ buddhānussati dhammānussati saṃghānussati sīlānussati cāgānussati devatānussati ānāpānasati maraṇānussati kāyagatāsati upasamānussatīti?

Na h'evaṃ vattabbe—pe—

4. Sati satipaṭṭhānā sā ca satīti?[1]

Āmantā.

Cakkhāyatanaṃ satipaṭṭhānaṃ tañ ca satīti?

Na h'evaṃ vattabbe—pe—

Sati satipaṭṭhānā sā ca satīti?

Āmantā.

Sotāyatanaṃ ghānāyatanaṃ jivhāyatanaṃ kāyāyatanaṃ rūpāyatanaṃ saddāyatanaṃ gandhāyatanaṃ rasāyatanaṃ phoṭṭhabbāyatanaṃ, rāgo doso moho māno diṭṭhi vicikicchā thīnaṃ uddhaccaṃ ahirikaṃ anottappaṃ satipaṭṭhānaṃ tañ ca satīti?

Na h'evaṃ vattabbe—pe—

Cakkhāyatanaṃ satipaṭṭhānaṃ tañ ca na satīti?

Āmantā.

Sati satipaṭṭhānā sā ca na satīti?

Na h'evaṃ vattabbe—pe—

Sotāyatanaṃ ghānāyatanaṃ—pe—anottappaṃ satipaṭṭhānaṃ tañ ca na satīti?

---

[1] P.S., S_2 omit sec. 4.

Āmantā.

Sati satipaṭṭhānā sā ca na satīti?

Na h'evaṃ vattabbe—pe—

5. Na vattabbaṃ "Sabbe dhammā satipaṭṭhānā ti?"

Āmantā.

Nanu sabbe dhamme ārabbha sati santiṭṭhatīti?

Āmantā.

Hañci sabbe dhamme ārabbha sati santiṭṭhati,[1] tena vata re vattabbe "Sabbe dhammā satipaṭṭhānā ti."

Sabbaṃ dhammaṃ ārabbha sati santiṭṭhatīti, sabbe dhammā satipaṭṭhānā ti?

Āmantā.

Sabbaṃ dhammaṃ ārabbha phasso santiṭṭhatīti, sabbe dhammā phassapaṭṭhānā ti?

Na h'evaṃ vattabbe—pe—

Sabbaṃ dhammaṃ ārabbha sati santiṭṭhatīti, sabbe dhammā satipaṭṭhānā ti?

Āmantā.

Sabbaṃ dhammaṃ ārabbha vedanā santiṭṭhati, saññā santiṭṭhati, cetanā santiṭṭhati, cittaṃ santiṭṭhatīti, sabbe dhammā cittapaṭṭhānā ti?

Na h'evaṃ vattabbe—pe—

6. Sabbe dhammā satipaṭṭhānā ti?

Āmantā.

Sabbe sattā upaṭṭhitasatino satiyā samannāgatā satiyā samohitā sabbesaṃ sattānaṃ sati paccupaṭṭhitā ti?

Na h'evaṃ vattabbe—pe—

Sabbe dhammā satipaṭṭhānā ti?

Āmantā.

Nanu vuttaṃ Bhagavatā "Amatan te Bhikkhave na paribhuñjanti ye kāyagataṃ satiṃ na paribhuñjanti, amatan te Bhikkhave paribhuñjanti ye kāyagataṃ satiṃ paribhuñjantīti." Atth'eva suttanto ti?

Āmantā.

Sabbe sattā kayāgataṃ satiṃ paribhuñjanti paṭilabhanti āsevanti bhāventi bahulīkarontīti?

---

[1] santiṭṭhatīti, M.

Na h'evaṃ vattabbe—pe—

7. Sabbe dhammā satipaṭṭhānā ti?

Āmantā.

Nanu vuttaṃ Bhagavatā—"Ekāyano ayaṃ Bhikkhave maggo sattānaṃ visuddhiyā sokaparidevānaṃ samatikkamāya dukkhadomanassānaṃ aṭṭhaṅgamāya ñāyassa adhigamāya nibbānassa sacchikiriyāya yadidaṃ cattāro satipaṭṭhānā ti." Atth'eva suttanto ti?

Āmantā.

Sabbe dhammā ekāyanamaggo ti?

Na h'evaṃ vattabbe—pe—

8. Sabbe dhammā satipaṭṭhānā ti?

Āmantā.

Nanu vuttaṃ Bhagavatā "Rañño Bhikkhave Cakkavattissa pātubhāvā[1] sattannaṃ ratanānaṃ pātubhāvo hoti. Katamesaṃ sattannaṃ? Cakkaratanassa pātubhāvo hoti, hatthiratanassa pātubhāvo hoti, assaratanassa, maṇiratanassa, itthiratanassa, gahapatiratanassa, pariṇāyakaratanassa pātubhāvo hoti, rañño Bhikkhave Cakkavattissa pātubhāvā imesaṃ sattannaṃ ratanānaṃ pātubhāvo hoti. Tathāgatassa Bhikkhave pātubhāvā Arahato Sammāsambuddhassa sattannaṃ bojjhaṅgaratanānaṃ pātubhāvo hoti. Katamesaṃ sattannaṃ? Satisambojjhaṅgaratanassa pātubhāvo hoti, dhammavicayasambojjhaṅgaratanassa pātubhāvo hoti, viriyasambojjhaṅgaratanassa pātubhāvo hoti, pītisambojjhaṅgaratanassa pātubhāvo hoti, passaddhisambojjhaṅgaratanassa pātubhāvo hoti, samādhisambojjhaṅgaratanassa pātubhāvo hoti, upekkhāsambojjhaṅgaratanassa pātubhāvo hoti, Tathāgatassa Bhikkhave Arahato Sammāsambuddhassa imesaṃ sattannaṃ bojjhaṅgaratanānaṃ pātubhāvo hotīti." Atth'eva suttanto ti?

Āmantā.

Tathāgatassa pātubhāvā sammāsambuddhassa sabbe dhammā satisambojjhaṅgaratanā va hontīti?

Na h'evaṃ vattabbe—pe—

---

[1] bhāvāya (but vā afterwards) P.

9. Sabbe dhammā satipaṭṭhānā ti?
Āmantā.
Sabbe dhammā sammappadhānā, iddhipādā, indriyā, balā, bojjhaṅgā ti?
Na h'evaṃ vattabbe—pe—

Satipaṭṭhānakathā.

I. 10.

1. Atītaṃ atthīti?
H'ev'atthi h'eva n'atthīti.
S'ev'atthi s'eva n'atthīti?
Na h'evaṃ vattabbe—pe—
S'ev'atthi s'eva n'atthīti?
Āmantā.
Atthaṭṭho n'atthaṭṭho n'atthaṭṭho atthaṭṭho, atthibhāvo n'atthibhāvo n'atthibhāvo atthibhāvo, atthīti vā n'atthīti vā n'atthīti vā atthīti vā, esese ekaṭṭhe same samabhāge tajjāte ti?
Na h'evaṃ vattabbe—pe—
2. Anāgataṃ atthīti?
H'ev'atthi h'eva n'atthīti.
S'ev'atthi s'eva n'atthīti?
Na h'evaṃ vattabbe—pe—
S'ev'atthi s'eva n'atthīti?
Āmantā.
Atthaṭṭho n'atthaṭṭho n'atthaṭṭho atthaṭṭho, atthibhāvo n'atthibhāvo n'atthibhāvo atthibhāvo, atthīti vā n'atthīti vā n'atthīti vā atthīti vā, esese ekaṭṭhe same samabhāge tajjāte ti?
Na h'evaṃ vattabbe—pe—
3. Paccuppannaṃ atthīti?
H'ev'atthi h'eva n'atthīti.
S'ev'atthi s'eva n'atthīti?
Na h'evaṃ vattabbe—pe—
S'ev'atthi s'eva n'atthīti?

Āmantā.

Atthaṭṭho n'atthaṭṭho n'atthaṭṭho atthaṭṭho, atthibhāvo n'atthibhāvo n'atthibhāvo atthibhāvo, atthīti vā n'atthīti vā n'atthīti vā atthīti vā, esese ekaṭṭhe same samabhāge tajjāte ti?

Na h'evaṃ vattabbe—pe—

4. Atītaṃ h'ev'atthi h'eva n'atthīti?

Āmantā.

Kint'atthi kinti n'atthīti?

Atītaṃ atītan ti h'ev'atthi, atītaṃ anāgatan ti h'eva n'atthi, atītaṃ paccuppannan ti h'eva n'atthīti.

S'ev'atthi s'eva n'atthīti?

Na h'evaṃ vattabbe—pe—

S'ev'atthi s'eva n'atthīti?

Āmantā.

Atthaṭṭho n'atthaṭṭho n'atthaṭṭho atthaṭṭho, atthibhāvo n'atthibhāvo n'atthibhāvo atthibhāvo, atthīti vā n'atthīti vā n'atthīti vā atthīti vā, esese ekaṭṭhe same samabhāge tajjāte ti?

Na h'evaṃ vattabbe—pe—

5. Anāgataṃ h'ev'atthi h'eva n'atthīti?

Āmantā.

Kint'atthi kinti n'atthīti?

Anāgataṃ anāgatan ti h'ev'atthi, anāgataṃ atītan ti h'eva n'atthi, anāgataṃ paccuppannan ti h'eva n'atthīti.

S'ev'atthi s'eva n'atthīti?

Na h'evaṃ vattabbe—pe—

S'ev'atthi s'eva n'atthīti?

Āmantā.

Atthaṭṭho n'atthaṭṭho n'atthaṭṭho atthaṭṭho, atthibhāvo n'atthibhāvo n'atthibhāvo atthibhāvo, atthīti vā n'atthīti vā n'atthīti vā atthīti vā, esese ekaṭṭhe same samabhāge tajjāte ti?

Na h'evaṃ vattabbe—pe—

6. Paccuppannaṃ h'ev' atthi h'eva n'atthīṭi?

Āmantā.

Kint'atthi kinti n'atthīti?

Paccuppannaṃ paccuppannan ti h'ev'atthi, paccuppannaṃ atītan ti h'eva n'atthi, paccuppannaṃ anāgatan ti h'eva n'atthīti.

S'ev'atthi s'eva n'atthīti?

Na h'evaṃ vattabbe—pe—

S'ev'atthi s'eva n'atthīti?

Āmantā.

Atthaṭṭho n'atthaṭṭho n'atthaṭṭho atthaṭṭho, atthibhāvo n'atthibhāvo n'atthibhāvo atthibhāvo, atthīti vā n'atthīti vā n'atthīti vā atthīti vā, esese ekaṭṭhe same samabhāge tajjāte ti?

Na h'evaṃ vattabbe—pe—

7. Na vattabbaṃ "Atītaṃ h'ev'[1] atthi h'eva n'atthi, anāgataṃ h'ev'atthi h'eva n'atthi, paccuppannaṃ h'ev' atthi h'eva n'atthīti"?

Āmantā.

Atītaṃ anāgatan ti h'ev'atthi, atītaṃ paccuppannan ti h'ev'atthi, anāgataṃ atītan ti h'ev'atthi, anāgataṃ paccuppannan ti h'ev'atthi, paccuppannaṃ atītan ti h'ev'atthi, paccuppannaṃ anāgatan ti h'ev' atthīti?

Na h'evaṃ vattabbe—pe—

Tena hi atītaṃ h'ev'atthi h'eva n'atthi, anāgataṃ h'ev'atthi h'eva n'atthi, paccuppannaṃ h'ev'atthi h'eva n'atthīti.

8. Rūpaṃ atthīti?

H'ev'atthi h'eva n'atthīti.

S'ev'atthi s'eva n'atthīti?

Na h'evaṃ vattabbe—pe—

S'ev'atthi s'eva n'atthīti?

Āmantā.

Atthaṭṭho n'atthaṭṭho n'atthaṭṭho atthaṭṭho, atthibhāvo n'atthibhāvo n'atthibhāvo atthibhāvo, atthīti vā n'atthīti vā n'atthīti vā atthīti vā, esese ekaṭṭhe same samabhāge tajjāte ti?

Na h'evaṃ vattabbe—pe—

9. Vedanā, saññā, saṃkhārā, viññāṇaṃ atthīti?

H'ev'atthi h'eva n'atthīti.

---

[1] So'va, P.

S'ev'atthi s'eva n'atthīti?

Na h'evaṃ vattabbe—pe—

S'ev'atthi s'eva n'atthīti?

Āmantā.

Atthaṭṭho n'atthaṭṭho n'atthaṭṭho atthaṭṭho, atthibhāvo n'atthibhāvo n'atthibhāvo atthibhāvo, atthīti vā n'atthīti vā n'atthīti vā atthīti vā, esese ekaṭṭhe same samabhāge tajjāte ti?

Na h'evaṃ vattabbe—pe—

10. Rūpaṃ h'ev'atthi h'eva n'atthīti?

Āmantā.

Kint'atthi kinti n'atthīti?

Rūpaṃ rūpan ti h'ev'atthi, rūpaṃ vedanā ti h'eva n'atthi—pe—rūpaṃ saññā ti h'eva n'atthi—pe—rūpaṃ saṃkhārā ti h'eva n'atthi, rūpaṃ viññāṇan ti h'eva n'atthīti.

S'ev'atthi s'eva n'atthīti?

Na h'evaṃ vattabbe—pe—

S'ev'atthi s'eva n'atthīti?

Āmantā.

Atthaṭṭho n'atthaṭṭho n'atthaṭṭho atthaṭṭho, atthibhāvo n'atthibhāvo n'atthibhāvo atthibhāvo, atthīti vā n'atthīti vā n'atthīti vā atthīti vā, esese ekaṭṭhe same samabhāge tajjāte ti?

Na h'evaṃ vattabbe—pe—

11. Vedanā, saññā, saṃkhārā, viññāṇaṃ h'ev'atthi h'eva n'atthīti?

Āmantā.

Kint'atthi kinti n'atthīti?

Viññāṇaṃ viññāṇan ti h'ev'atthi, viññāṇaṃ rūpan ti h'eva n'atthi—pe—viññāṇaṃ vedanā ti h'eva n'atthi—pe—viññāṇaṃ saññā ti h'eva n'atthi—pe—viññāṇaṃ saṃkhārā ti h'eva n'atthīti.

S'ev'atthi s'eva n'atthīti?

Na h'evaṃ vattabbe—pe—

S'ev'atthi s'eva n'atthīti?

Āmantā.

Atthaṭṭho n'atthaṭṭho—pe—tajjāte ti?

Na h'evaṃ vattabbe—pe—

12. Na vattabbaṃ "Rūpaṃ h'ev'atthi h'eva n'atthīti, vedanā h'ev'atthi h'eva n'atthīti, saññā h'ev' atthi h'eva n'atthīti, saṃkhārā h'ev'atthi h'eva n'atthīti, viññāṇaṃ h'ev'atthi h'eva n'atthīti?"

Āmantā.

Rūpaṃ vedanā ti h'ev'atthi—pe—rūpaṃ saññā ti h'ev' atthi—pe—rūpaṃ saṃkhārā ti h'ev' atthi—pe—rūpaṃ viññāṇan ti h'ev'atthi—pe—vedanā, saññā, saṃkhārā, viññāṇaṃ rūpan ti h'ev'atthi—pe—viññāṇaṃ vedanā ti h'ev'atthi—pe—viññāṇaṃ saññā ti h'ev'atthi—pe—viññāṇaṃ saṃkhārā ti h'ev'atthīti?

Na h'evaṃ vattabbe—pe—

Tena hi rūpaṃ h'ev'atthi h'eva n'atthi, vedanā h'ev' atthi h'eva n'atthi, saññā h'ev'atthi h'eva n'atthi, saṃkhārā h'ev'atthi h'eva n'atthi, viññāṇaṃ h'ev'atthi h'eva n'atthīti.

H'ev'atthikathā.

Tassa uddānaṃ

Upalabbho, Parihānaṃ, Brahmacariyavāso, Odhiso,
Pariññakāmarāgappahānaṃ, Sabbatthivādo, Āyatanaṃ,
Atītānāgatesu bhāgo,[1] Sabbe dhammā satipaṭṭhānā,
H'ev'atthi h'eva n'atthīti.

Mahāvaggo.

II. 1.

1. Atthi Arahato asucisukkavisaṭṭhīti?

Āmantā.

---

[1] anāgatesu rāgo, P.S_2.

Atthi Arahato rāgo kāmarāgo kāmarāgapariyuṭṭhānaṃ kāmarāgasaññojanaṃ kāmogho kāmayogo kāmacchandanīvaraṇan ti?

Na h'evaṃ vattabbe—pe—

N'atthi Arahato rāgo kāmarāgo kāmarāgapariyuṭṭhānaṃ kāmarāgasaññojanaṃ kāmogho kāmayogo kāmacchandanīvaraṇan ti?

Āmantā.

Hañci n'atthi Arahato rāgo kāmarāgo kāmarāgapariyuṭṭhānaṃ kāmarāgasaññojanaṃ kāmogho kāmayogo kāmacchandanīvaraṇaṃ, no vata re vattabbe "Atthi Arahato asucisukkavisaṭṭhīti."

2. Atthi puthujjanassa asucisukkavisaṭṭhi, atthi tassa rāgo kāmarāgo kāmarāgapariyuṭṭhānaṃ kāmarāgasaññojanaṃ kāmogho kāmayogo kāmacchandanīvaraṇan ti?

Āmantā.

Atthi Arahato asucisukkavisaṭṭhi, atthi tassa rāgo kāmarāgo kāmarāgapariyuṭṭhānaṃ—pe—kāmacchandanīvaraṇan ti?

Na h'evaṃ vattabbe—pe—

Atthi Arahato asucisukkavisaṭṭhi, n'atthi tassa rāgo kāmarāgo kāmarāgapariyuṭṭhānaṃ—pe—kāmacchandanīvaraṇan ti?.

Āmantā.

Atthi puthujjanassa asucisukkavisaṭṭhi, n'atthi tassa rāgo kāmarāgo kāmarāgapariyuṭṭhānaṃ—pe—kāmacchandanīvaraṇan ti?

Na h'evaṃ vattabbe—pe—

3. Atthi Arahato asucisukkavisaṭṭhīti?

Āmantā.

Ken'atthenāti?[1] Handa hi Mārakāyikā devatā Arahato asucisukkavisaṭṭhiṃ[2] upasaṃharantīti.

Mārakāyikā devatā Arahato asucisukkavisaṭṭhiṃ upasaṃharantīti?

Āmantā.

Atthi Mārakāyikānaṃ devatānaṃ asucisukkavisaṭṭhīti?

---

[1] aṭṭh°, P.S₂. [2] asuciṃ, M.

Na h'evaṃ vattabbe—pe—

N'atthi Mārakāyikānaṃ devatānaṃ asucisukkavisaṭṭhīti?

Āmantā.

Hañci n'atthi Mārakāyikānaṃ devatānaṃ asucisukkavisaṭṭhi, no vata re vattabbe "Mārakāyikānaṃ devatānaṃ Arahato asucisukkavisaṭṭhiṃ upasaṃharantīti."

4. Mārakāyikā devatā Arahato asucisukkavisaṭṭhiṃ upasaṃharantīti?

Āmantā.

Mārakāyikā devatā attano asucisukkavisaṭṭhiṃ upasaṃharanti, aññesaṃ asucisukkavisaṭṭhiṃ upasaṃharanti, tassa asucisukkavisaṭṭhiṃ upasaṃharantīti?

Na h'evaṃ vattabbe—pe—

Mārakāyikā devatā n'ev'attano na aññesaṃ na tassa asucisukkavisaṭṭhiṃ upasaṃharantīti?

Āmantā.

Hañci Mārakāyikā devatā n'ev'[1] attano na aññesaṃ na tassa asucisukkavisaṭṭhiṃ upasaṃharanti, no vata re vattabbe "Mārakāyikā devatā Arahato asucisukkavisaṭṭhiṃ upasaṃharantīti."

5. Mārakāyikā devatā Arahato asucisukkavisaṭṭhiṃ upasaṃharantīti?

Āmantā.

Lomakupehi upasaṃharantīti?

Na h'evaṃ vattabbe—pe—

Mārakāyikā devatā Arahato asucisukkavisaṭṭhiṃ upasaṃharantīti?

Āmantā.

Kiṃkāraṇā ti? Handa hi vimatiṃ gāhayissāmāti.[2]

Atthi Arahato vimatīti?

Na h'evaṃ vattabbe—pe—

Atthi Arahato vimatīti?

Āmantā.

Atthi Arahato Satthari vimati, Dhamme vimati, Saṃghe vimati, sikkhāya vimati, pubbante vimati, aparante

---

[1] n'eva attano, P. [2] vimatigahissāmāti, P.S_2.

vimati, pubbantāparante vimati, idappaccayatāpaṭicca-samupannesu dhammesu vimatīti?

Na h'evaṃ vattabbe—pe—

N'atthi Arahato Satthari vimati, Dhamme vimati, Saṃghe vimati, sikkhāya vimati, pubbante vimati, aparante vimati, pubbantāparante vimati, idappaccayatā-paṭiccasamuppannesu dhammesu vimatīti?

Āmantā.

Hañci n'atthi Arahato Satthari vimati—pe—idappacca-yatāpaṭiccasamuppannesu dhammesu vimati, no vata re vattabbe "Atthi Arahato vimatīti."

6. Atthi puthujjanassa vimati, atthi tassa Satthari vimati—pe—idappaccayatāpaṭiccasamuppannesu dhammesu vimatīti?

Āmantā.

Atthi Arahato vimati, atthi tassa Satthari vimati—pe—idappaccayatāpaṭiccasamuppannesu dhammesu vimatīti?

Na h'evaṃ vattabbe—pe—

Atthi Arahato vimati, n'atthi tassa Satthari vimati—pe—idappaccayatāpaṭiccasamuppannesu dhammesu vimatīti?

Āmantā.

Atthi puthujjanassa vimati, n'atthi tassa Satthari vimati—pe—idappaccayatāpaṭiccasamuppannesu dhammesu vimatīti?

Na h'evaṃ vattabbe—pe—

7. Atthi Arahato asucisukkavisaṭṭhīti?

Āmantā.

Arahato asucisukkavisaṭṭhi kissa nissando ti? Asita-pitakhāyitasāyitassa nissando ti.

Arahato asucisukkavisaṭṭhi asitapitakhāyitasāyitassa[1] nissando ti?

Āmantā.

Ye keci asanti, pivanti, khāyanti, sāyanti, sabbesañ ñeva atthi asucisukkavisaṭṭhīti?

---

[1] asītapīta°, P.S.S_2.

Na h'evaṃ vattabbe—pe—

Ye keci asanti, pivanti, khāyanti, sāyanti, sabbesañ ñeva atthi asucisukkavisaṭṭhīti?

Āmantā.

Dārakā asanti, pivanti, khāyanti, sāyanti, atthi dārakānaṃ asucisukkavisaṭṭhīti?

Na h'evaṃ vattabbe—pe—

Paṇḍakā asanti, pivanti, khāyanti, sāyanti, atthi paṇḍakānaṃ asucisukkavisaṭṭhīti?

Na h'evaṃ vattabbe—pe—

Devā asanti, pivanti, khāyanti, sāyanti, atthi devatānaṃ asucisukkavisaṭṭhīti?

Na h'evaṃ vattabbe—pe—

8. Arahato asucisukkavisaṭṭhi asitapitakhāyitasāyitassa nissando ti?

Āmantā.

Atthi tassa āsayo ti?

Na h'evaṃ vattabbe—pe—

Arahato uccārapassāvo asitapitakhāyitasāyitassa nissando, atthi tassa āsayo ti?

Āmantā.

Arahato asucisukkavisaṭṭhi asitapitakhāyitasāyitassa nissando, atthi tassa āsayo ti?

Na h'evaṃ vattabbe—pe—

Arahato asucisukkavisaṭṭhi asitapitakhāyitasāyitassa nissando, n'atthi tassa āsayo ti?

Āmantā.

Arahato uccārapassāvo asitapitakhāyitasāyitassa nissando, n'atthi tassa āsayo ti?

Na h'evaṃ vattabbe—pe—

9. Atthi Arahato asucisukkavisaṭṭhīti?

Āmantā.

Arahā methunaṃ dhammaṃ paṭiseveyya, methunaṃ[1] dhammaṃ uppādeyya, puttasambādhasayanaṃ ajjhāvaseyya, kāsikacandanaṃ paccanubhaveyya, mālāgandhavilepanaṃ dhāreyya, jātarūparajataṃ sādiyeyyāti?

---

[1] M. omits.

Na h'evaṃ vattabbe—pe—

Atthi puthujjanassa asucisukkavisaṭṭhi, puthujjano methunaṃ dhammaṃ paṭiseveyya, methunaṃ dhammaṃ uppādeyya—pe—jātarūparajataṃ sādiyeyyāti?

Āmantā.

Atthi Arahato asucisukkavisaṭṭhi, Arahā methunaṃ dhammaṃ paṭiseveyya, methunaṃ dhammaṃ uppādeyya—pe—jātarūparajataṃ sādiyeyyāti?

Na h'evaṃ vattabbe—pe—

Atthi Arahato asucisukkavisaṭṭhi, na ca Arahā methunaṃ dhammaṃ paṭiseveyya, methunaṃ dhammaṃ uppādeyya—pe—jātarūparajataṃ sādiyeyyāti?

Āmantā.

Atthi puthujjanassa asucisukkavisaṭṭhi, na ca puthujjano methunaṃ dhammaṃ paṭiseveyya, methunaṃ dhammaṃ uppādeyya, puttasambādhasayanaṃ ajjhāvaseyya, kāsikacandanaṃ paccanubhaveyya, mālāgandhavilepanaṃ dhāreyya, jātarūparajataṃ sādiyeyyāti?

Na h'evaṃ vattabbe—pe—

10. Atthi Arahato asucisukkavisaṭṭhīti?

Āmantā.

Nanu Arahato rāgo pahīno ucchinnamūlo tālāvatthukato anabhāvaṃkato āyatiṃ anuppādadhammo ti?

Āmantā.

Hañci Arahato rāgo pahīno ucchinnamūlo tālāvatthukato[1] anabhāvaṃkato āyatiṃ anuppādadhammo, no vata re vattabbe "Atthi Arahato asucisukkavisaṭṭhīti."

Atthi Arahato asucisukkavisaṭṭhīti?

Āmantā.

Nanu Arahato doso pahīno—pe—moho pahīno, māno pahīno, diṭṭhi pahīnā, vicikicchā pahīnā, thīnaṃ pahīnaṃ, uddhaccaṃ pahīnaṃ, ahirikaṃ pahīnaṃ—pe—anottappaṃ pahīnaṃ ucchinnamūlaṃ tālāvatthukataṃ anabhāvaṃkataṃ āyatiṃ anuppādadhamman ti?

Āmantā.

Hañci Arahato anottappaṃ pahīnaṃ ucchinnamūlaṃ

---

[1] tālavatthukato, P.

tālāvatthukataṃ anabhāvaṃkataṃ āyatiṃ anuppādadhammaṃ, no vata re vattabbe "Atthi Arahato asucisukkavisaṭṭhīti."

11. Atthi Arahato asucisukkavisaṭṭhīti?

Āmantā.

Nanu Arahato rāgappahānāya maggo bhāvito ti?

Āmantā.

Hañci Arahato rāgappahānāya maggo bhāvito, no vata re vattabbe "Atthi Arahato asucisukkavisaṭṭhīti."

Atthi Arahato asucisukkavisaṭṭhīti?

Āmantā.

Nanu Arahato rāgappahānāya satipaṭṭhānā bhāvitā—pe—sammappadhānā bhāvitā, iddhipādā bhāvitā, indriyā bhāvitā, balā bhāvitā—pe—bojjhaṅgā bhāvitā ti?

Āmantā.

Hañci Arahato rāgappahānāya bojjhaṅgā bhāvitā, no vata re vattabbe "Atthi Arahato asucisukkavisaṭṭhīti."

12. Atthi Arahato asucisukkavisaṭṭhīti?

Āmantā.

Nanu Arahato dosappahānāya—pe—mohappahānāya—pe—anottappappahānāya maggo bhāvito—pe—bojjhaṅgā bhāvitā ti?

Āmantā.

Hañci Arahato anottappappahānāya bojjhaṅgā bhāvitā, no vata re vattabbe "Atthi Arahato asucisukkavisaṭṭhīti."

13. Atthi Arahato asucisukkavisaṭṭhīti?

Āmantā.

Nanu Arahā vītarāgo[1] vītadoso vītamoho katakaraṇīyo ohitabhāro anuppattasadattho parikkhīṇabhavasaññojano sammadaññā vimutto ukkhittapaligho saṃkiṇṇaparikho abbuḷhesiko[2] niraggaḷo[3] ariyo pannaddhajo pannabhāro visaññutto suvijitavijayo, dukkhaṃ tassa[4] pariññātaṃ, samudayo pahīno, nirodho sacchikato, maggo bhāvito, abhiññeyyaṃ abhiññātaṃ, pariññeyyaṃ pariññātaṃ,

---

[1] vita°, M. [2] abbuḷesito, M.
[3] niggalo, P.S₂. [4] dukkhantassa, P.S.S₂.

pahātabbaṃ pahīnaṃ, bhāvetabbaṃ bhāvitaṃ, sacchikātabbaṃ sacchikatan ti?

Āmantā.

Hañci Araha vītarāgo vītadoso vītamoho katakaraṇīyo —pe—sacchikātabbaṃ sacchikataṃ, no vata re vattabbe "Atthi Arahato asucisukkavisaṭṭhīti."

14. Atthi Arahato asucisukkavisaṭṭhīti? Sadhammakusalassa Arahato atthi asucisukkavisaṭṭhi, paradhammakusalassa Arahato n'atthi asucisukkavisaṭṭhīti.

Sadhammakusalassa Arahato atthi asucisukkavisaṭṭhīti?

Āmantā.

Paradhammakusalassa Arahato atthi asucisukkavisaṭṭhīti?

Na h'evaṃ vattabbe—pe—

Paradhammakusalassa Arahato n'atthi asucisukkavisaṭṭhīti?

Āmantā.

Sadhammakusalassa Arahato n'atthi asucisukkavisaṭṭhīti?

Na h'evaṃ vattabbe—pe—

15. Sadhammakusalassa Arahato rāgo pahīno, atthi tassa asucisukkavisaṭṭhīti?

Āmantā.

Paradhammakusalassa Arahato rāgo pahīno, atthi tassa asucisukkavisaṭṭhīti?

Na h'evaṃ vattabbe—pe—

Sadhammakusalassa Arahato doso pahīno, moho pahīno —pe—anottappaṃ pahīnaṃ, atthi tassa asucisukkavisaṭṭhīti?

Āmantā.

Paradhammakusalassa Arahato anottappaṃ pahīnaṃ, atthi tassa asucisukkavisaṭṭhīti?

Na h'evaṃ vattabbe—pe—

16. Sadhammakusalassa Arahato rāgappahānāya maggo bhāvito—pe—bojjhaṅgā bhāvitā—pe—dosappahānāya—pe —mohappahānāya—pe—anottappappahānāya maggo bhāvito—pe—bojjhaṅgā bhāvitā, atthi tassa asucisukkavisaṭṭhīti?

Āmantā.

Paradhammakusalassa Arahato anottappappahānāya bojjhaṅgā bhāvitā, atthi tassa asucisukkavisaṭṭhīti?

Na h'evaṃ vattabbe—pe—

17. Sadhammakusalo Arahā vītarāgo vītadoso—pe—sacchikātabbaṃ sacchikataṃ, atthi tassa asucisukkavisaṭṭhīti?

Āmantā.

Paradhammakusalo Arahā vītarāgo vītadoso—pe—sacchikātabbaṃ sacchikataṃ, atthi tassa asucisukkavisaṭṭhīti?

Na h'evaṃ vattabbe—pe—

18. Paradhammakusalassa Arahato rāgo pahīno, n'atthi tassa asucisukkavisaṭṭhīti?

Āmantā.

Sadhammakusalassa Arahato rāgo pahīno, n'atthi tassa asucisukkavisaṭṭhīti?

Na h'evaṃ vattabbe—pe—

Paradhammakusalassa Arahato doso pahīno—pe—moho pahīno—pe—anottappaṃ pahīnaṃ, n'atthi tassa asucisukkavisaṭṭhīti?

Āmantā.

Sadhammakusalassa Arahato anottappaṃ pahīnaṃ, n'atthi tassa asucisukkavisaṭṭhīti?

Na h'evaṃ vattabbe—pe—

19. Paradhammakusalassa Arahato rāgappahānāya maggo bhāvito—pe—bojjhaṅgā bhāvitā—pe—dosappahānāya—pe—mohappahānāya—pe—anottappappahānāya maggo bhāvito—pe—bojjhaṅgā bhāvitā, n'atthi tassa asucisukkavisaṭṭhīti?

Āmantā.

Sadhammakusalassa Arahato anottappappahānāya bojjhaṅgā bhāvitā, n'atthi tassa asucisukkavisaṭṭhīti?

Na h'evaṃ vattabbe—pe—

20. Paradhammakusalo Arahā vītarāgo vītadoso vītamoho—pe—sacchikātabbaṃ sacchikataṃ, n'atthi tassa asucisukkavisaṭṭhīti?

Āmantā.

Sadhammakusalo Arahā vītarāgo vītadoso vītamoho—pe—sacchikātabbaṃ sacchikataṃ, n'atthi tassa asucisukkavisaṭṭhīti?

Na h'evaṃ vattabbe—pe—

21. Atthi Arahato asucisukkavisaṭṭhīti?

Āmantā.

Nanu vuttaṃ Bhagavatā—"Ye te Bhikkhave bhikkhū puthujjanā sīlasampannā satisampajānā[1] niddaṃ okkamanti, tesaṃ asuci na muccati. Ye pi te Bhikkhave bāhirakā[2] isayo kāmesu vītarāgā, tesaṃ pi asuci na muccati. Aṭṭhānam etaṃ Bhikkhave anavakāso, yaṃ[3] Arahato asuci mucceyyāti." Atth'eva suttanto ti?

Āmantā.

Tena hi na vattabbaṃ "Atthi Arahato asucisukkavisaṭṭhīti."

22. Na vattabbaṃ "Atthi Arahato asucisukkavisaṭṭhīti"?

Āmantā.

Nanu Arahato cīvarapiṇḍapātasenāsanagilānapaccayabhesajjaparikkhāraṃ pare upasaṃhareyyun ti?

Āmantā.

Hañci Arahato cīvarapiṇḍapātasenāsanagilānapaccayabhesajjaparikkhāraṃ pare upasaṃhareyyuṃ, tena vata re vattabbe "Atthi Arahato asucisukkavisaṭṭhīti."

23. Arahato cīvarapiṇḍapātasenāsanagilānapacccayabhesajjaparikkhāraṃ pare upasaṃhareyyun ti; atthi Arahato parūpahāro ti?

Āmantā.

Arahato sotāpattiphalaṃ vā sakadāgāmiphalaṃ vā anāgāmiphalaṃ vā arahattaṃ vā pare upasaṃhareyyun ti?

Na h'evaṃ vattabbe—pe—

Parūpahārakathā.

---

[1] satā°, M. [2] bāhīrakā, M.

[3] P. and S. omit yaṃ.

II. 2.

1. Atthi Arahato aññāṇan ti?

Āmantā.

Atthi Arahato avijjā avijjogho avijjāyogo avijjānusayo avijjāpariyuṭṭhānaṃ avijjāsaññojanaṃ avijjānīvaraṇan ti?

Na h'evaṃ vattabbe—pe—

N'atthi Arahato avijjā avijjogho avijjāyogo avijjānusayo avijjāpariyuṭṭhānaṃ avijjāsaññojanaṃ avijjānīvaraṇan ti?

Āmantā.

Hañci n'atthi Arahato avijjā—pe—avijjānīvaraṇaṃ, no vata re vattabbe "Atthi Arahato aññāṇan ti."

2. Atthi puthujjanassa aññāṇaṃ, atthi tassa avijjā avijjogho avijjāyogo avijjānusayo avijjāpariyuṭṭhānaṃ avijjāsaññojanaṃ avijjānīvaraṇan ti?

Āmantā.

Atthi Arahato aññāṇaṃ, atthi tassa avijjā avijjogho avijjāyogo avijjānusayo avijjāpariyuṭṭhānaṃ avijjāsaññojanaṃ avijjānīvaraṇan ti?

Na h'evaṃ vattabbe—pe—

3. Atthi Arahato aññāṇaṃ, n'atthi tassa avijjā—pe—avijjānīvaraṇan ti?

Āmantā.

Atthi puthujjanassa aññāṇaṃ, n'atthi tassa avijjā—pe—avijjānīvaraṇan ti?

Na h'evaṃ vattabbe—pe—

4. Atthi Arahato aññāṇan ti?

Āmantā.

Arahā aññāṇapakato pāṇaṃ haneyya, adinnaṃ ādiyeyya, musā bhaṇeyya, pisuṇaṃ bhaṇeyya, pharusaṃ bhaṇeyya, samphappalapeyya, sandhiṃ chindeyya, nillopaṃ hareyya, ekagārikaṃ[1] kareyya, paripanthe tiṭṭheyya, paradāraṃ gaccheyya, gāmaghātaṃ kareyya, nigamaghātaṃ kareyyāti?

Na h'evaṃ vattabbe—pe—

Atthi puthujjanassa aññāṇaṃ, puthujjano aññāṇapakato

---

[1] ekagāriyaṃ, M.

pāṇaṃ haneyya, adinnaṃ ādiyeyya—pe—nigamaghātaṃ kareyyāti?

Āmantā.

Atthi Arahato aññāṇaṃ, Arahā aññāṇapakato pāṇaṃ haneyya, adinnaṃ ādiyeyya—pe—nigamaghātaṃ kareyyāti?

Na h'evaṃ vattabbe—pe—

5. Atthi Arahato aññāṇaṃ, na ca Arahā aññāṇapakato pāṇaṃ haneyya, adinnaṃ ādiyeyya—pe—nigamaghātaṃ kareyyāti?

Āmantā.

Atthi puthujjanassa aññāṇaṃ, na ca puthujjano aññāṇapakato pāṇaṃ haneyya, adinnaṃ ādiyeyya—pe—nigamaghātaṃ kareyyāti?

Na h'evaṃ vattabbe—pe—

6. Atthi Arahato aññāṇan ti?

Āmantā.

Atthi Arahato Satthari aññāṇaṃ, Dhamme aññāṇaṃ, Saṃghe aññāṇaṃ, sikkhāya aññāṇaṃ, pubbante aññāṇaṃ, aparante aññāṇaṃ, pubbantāparante aññāṇaṃ, idappaccayatāpaṭiccasamuppannesu dhammesu aññāṇan ti?

Na h'evaṃ vattabbe—pe—

N'atthi Arahato Satthari aññāṇaṃ, Dhamme aññāṇaṃ, Saṃghe aññāṇaṃ, sikkhāya aññāṇaṃ, pubbante aññāṇaṃ, aparante aññāṇaṃ, pubbantāparante aññāṇaṃ, idappaccayatāpaṭiccasamuppannesu dhammesu aññāṇan ti?

Āmantā.

Hañci n'atthi Arahato Satthari aññāṇaṃ, Dhamme aññāṇaṃ, Saṃghe aññāṇaṃ—pe—idappaccayatāpaṭiccasamuppannesu dhammesu aññāṇaṃ, no vata re vattabbe "Atthi Arahato aññāṇan ti."

7. Atthi puthujjanassa aññāṇaṃ, atthi tassa Satthari aññāṇaṃ, Dhamme aññāṇaṃ, Saṃghe aññāṇaṃ—pe—idappaccayatāpaṭiccasamuppannesu dhammesu aññāṇan ti?

Āmantā.

Atthi Arahato aññāṇaṃ, atthi tassa Satthari aññāṇaṃ, Dhamme aññāṇaṃ, Saṃghe aññāṇaṃ—pe—idappaccayatāpaṭiccasamuppannesu dhammesu aññāṇan ti?

Na h'evaṃ vattabbe—pe—

Atthi Arahato aññāṇaṃ, n'atthi tassa Satthari aññāṇaṃ, Dhamme aññāṇaṃ, Saṃghe aññāṇaṃ—pe—idappaccayatāpaṭiccasamuppannesu dhammesu aññāṇan ti?

Āmantā.

Atthi puthujjanassa aññāṇaṃ, n'atthi tassa Satthari aññāṇaṃ, Dhamme aññāṇaṃ, Saṃghe aññāṇaṃ—pe—idappaccayatāpaṭiccasamuppannesu dhammesu aññāṇan ti?

Na h'evaṃ vattabbe—pe—

8. Atthi Arahato aññāṇan ti?

Āmantā.

Nanu Arahato rāgo pahīno ucchinnamūlo tālāvatthukato anabhāvaṃkato āyatiṃ anuppādadhammo ti?

Āmantā.

Hañci Arahato rāgo pahīno ucchinnamūlo tālāvatthukato anabhāvaṃkato āyatiṃ anuppādadhammo, no vata re vattabbe "Atthi Arahato aññāṇan ti."

Nanu Arahato doso pahīno—pe— moho pahīno—pe—anottappaṃ pahīnaṃ ucchinnamūlaṃ tālāvatthukataṃ anabhāvaṃkataṃ āyatiṃ anuppādadhamman ti?

Āmantā.

Hañci Arahato anottappaṃ pahīnaṃ ucchinnamūlaṃ tālāvatthukataṃ anabhāvaṃkataṃ āyatiṃ anuppādadhammaṃ, no vata re vattabbe "Atthi Arahato aññāṇan ti."

9. Atthi Arahato aññāṇan ti?

Āmantā.

Nanu Arahato rāgappahānāya maggo bhāvito—pe—bojjhaṅgā bhāvitā ti?

Āmantā.

Hañci Arahato rāgappahānāya bojjhaṅgā bhāvitā, no vata re vattabbe "Atthi Arahato aññāṇan ti."

Atthi Arahato aññāṇan ti?

Āmantā.

Nanu Arahato dosappahānāya—pe—anottappappahānāya maggo bhāvito—pe—bojjhaṅgā bhāvitā ti?

Āmantā.

Hañci anottappappahānāya bojjhaṅgā bhāvitā, no vata re vattabbe "Atthi Arahato aññāṇan ti."

10. Atthi Arahato aññāṇan ti?

Āmantā.

Nanu Arahā vītarāgo vītadoso vītamoho—pe—sacchikātabbaṃ sacchikatan ti?

Āmantā.

Hañci Arahā vītarāgo—pe—sacchikātabbaṃ sacchikataṃ, no vata re vattabbe "Atthi Arahato aññāṇan ti."

11. Atthi Arahato aññāṇan ti? Sadhammakusalassa Arahato atthi aññāṇaṃ, paradhammakusalassa Arahato n'atthi aññāṇan ti.

Sadhammakusalassa Arahato atthi aññāṇan ti?

Āmantā.

Paradhammakusalassa Arahato atthi aññāṇan ti?

Na h'evam vattabbe—pe—

Paradhammakusalassa Arahato n'atthi aññāṇan ti?

Āmantā.

Sadhammakusalassa Arahato n'atthi aññāṇan ti?

Na h'evaṃ vattabbe—pe—

12. Sadhammakusalassa Arahato rāgo pahīno, atthi tassa aññāṇan ti?

Āmantā.

Paradhammakusalassa Arahato rāgo pahīno, atthi tassa aññāṇan ti?

Na h'evaṃ vattabbe—pe—

Sadhammakusalassa Arahato doso pahīno, moho pahīno—pe—anottappaṃ pahīnaṃ, atthi tassa aññāṇan ti?

Āmantā.

Paradhammakusalassa Arahato anottappaṃ pahīnaṃ, atthi tassa aññāṇan ti?

Na h'evaṃ vattabbe—pe—

13. Sadhammakusalassa Arahato rāgappahānāya maggo bhāvito—pe—bojjhaṅgā bhāvitā, atthi tassa aññāṇan ti?

Āmantā.

Paradhammakusalassa Arahato rāgappahānāya maggo bhāvito—pe—bojjhaṅgā bhāvitā, atthi tassa aññāṇan ti?

Na h'evaṃ vattabbe—pe—

Sadhammakusalassa Arahato dosappahānāya—pe—anottappappahānāya maggo bhāvito—pe—bojjhaṅgā bhāvitā, atthi tassa aññāṇan ti?

Āmantā.

Paradhammakusalassa Arahato anottappappahānāya bojjhaṅgā bhāvitā, atthi tassa aññāṇan ti?

Na h'evaṃ vattabbe—pe—

14. Sadhammakusalo Arahā vītarāgo vītadoso vītamoho —pe— sacchikātabbaṃ sacchikataṃ, atthi tassa aññāṇan ti?

Āmantā.

Paradhammakusalo Arahā vītarāgo —pe—sacchikātabbaṃ sacchikataṃ, atthi tassa aññāṇan ti?

Na h'evaṃ vattabbe—pe—

15. Paradhammakusalassa Arahato rāgo pahīno, n'atthi tassa aññāṇan ti?

Āmantā.

Sadhammakusalassa Arahato rāgo pahīno, n'atthi tassa aññāṇan ti?

Na h'evaṃ vattabbe—pe—

Paradhammakusalassa Arahato doso pahīno—pe—anottappaṃ pahīnaṃ, n'atthi tassa aññāṇan ti?

Āmantā.

Sadhammakusalassa Arahato doso pahīno—pe—anottappaṃ pahīnaṃ, n'atthi tassa aññāṇan ti?

Na h'evaṃ vattabbe—pe—

16. Paradhammakusalassa Arahato rāgappahānāya maggo bhāvito—pe—bojjhaṅgā bhāvitā—pe—anottappappahānāya maggo bhāvito—pe—bojjhaṅgā bhāvitā, n'atthi tassa aññāṇan ti?

Āmantā.

Sadhammakusalassa Arahato anottappappahānāya bojjhaṅgā bhāvitā, n'atthi tassa aññāṇan ti?

Na h'evaṃ vattabbe—pe—

Paradhammakusalo Arahā vītarāgo vītadoso vītamoho —pe—sacchikātabbaṃ sacchikataṃ, n'atthi tassa aññāṇan ti?

Āmantā.

Sadhammakusalo Arahā vītarāgo—pe—sacchikātabbaṃ sacchikataṃ, n'atthi tassa aññāṇan ti?

Na h'evaṃ vattabbe—pe—

17. Atthi Arahato aññāṇan ti?

Āmantā.

Nanu vuttaṃ Bhagavatā—"Jānatvāhaṃ[1] Bhikkhave passato āsavānaṃ khayaṃ vadāmi, no ajānato no apassato. Kiñ ca[2] Bhikkhave jānato kiṃ passato āsavānaṃ khayo hoti? Iti rūpaṃ, iti rūpassa samudayo, iti rūpassa atthaṅgamo[3]; iti vedanā —pe— iti saññā —pe— iti saṃkhārā —pe— iti viññāṇaṃ, iti viññāṇassa samudayo, iti viññāṇassa atthaṅgamo ti. Evaṃ kho Bhikkhave jānato evaṃ passato āsavānaṃ khayo hotīti." Atth'eva suttanto ti?

Āmantā.

Tena hi na vattabbaṃ "Atthi Arahato aññāṇan ti."

18. Atthi Arahato aññāṇan ti?

Āmantā.

Nanu vuttaṃ Bhagavatā—"Jānatvāhaṃ Bhikkhave passato āsavānaṃ khayaṃ vadāmi, no ajānato no apassato. Kiñ ca Bhikkhave jānato kiṃ passato āsavānaṃ khayo hoti? Idaṃ dukkhan ti Bhikkhave jānato passato āsavānaṃ khayo hoti, ayaṃ dukkhasamudayo ti jānato passato āsavānaṃ khayo hoti, ayaṃ dukkhanirodho ti jānato passato āsavānaṃ khayo hoti, ayaṃ dukkhanirodhagāminīpaṭipadā ti jānato passato āsavānaṃ khayo hoti. Evaṃ kho Bhikkhave jānato evaṃ passato āsavānaṃ khayo hotīti." Atth'eva suttanto ti?

Āmantā.

Tena hi na vattabbaṃ "Atthi Arahato aññāṇan ti."

19. Atthi Arahato aññāṇan ti?

Āmantā.

Nanu vuttaṃ Bhagavatā—"Sabbaṃ Bhikkhave anabhijānaṃ aparijānaṃ avirājayaṃ appajahaṃ abhabbo dukkhakkhāyāya. Sabbañ ca kho Bhikkhave abhijānaṃ

[1] Jānatāhaṃ, M. [2] ci, P. [3] atthagamo, P.S.

parijānaṃ virājayaṃ pajahaṃ bhabbo dukkhakkhāyāyāti." Atth'eva suttanto ti?

Āmantā.

Tena hi na vattabbaṃ "Atthi Arahato aññāṇan ti."

20. Atthi Arahato aññāṇan ti?

Āmantā.

Nanu vuttaṃ Bhagavatā—

" Sahā v'assa dassanasampadāya [1]
Tayas su[2] dhammā jahitā bhavanti
Sakkāyadiṭṭhi vicikicchitañ ca
Sīlabbataṃ vāpi yad atthi kiñci,
Catūh' apāyehi ca vippamutto
Cha cābhiṭhānāni [3] abhabbo kātun ti."

Atth'eva suttanto ti?

Āmantā.

Tena hi na vattabbaṃ "Atthi Arahato aññāṇan ti."

21. Atthi Arahato aññāṇan ti?

Āmantā.

Nanu vuttaṃ Bhagavatā—"Yasmiṃ Bhikkhave samaye ariyasāvakassa virajaṃ vītamalaṃ dhammacakkhuṃ udapādi, 'yaṃ kiñci samudayadhammaṃ sabban taṃ nirodhadhamman ti,' saha dassanuppādā Bhikkhave ariyasāvakassa tīṇi saññojanāni pahīyanti, sakkāyadiṭṭhi vicikicchā sīlabbataparāmāso ti." Atth'eva suttanto ti?

Āmantā.

Tena hi na vattabbaṃ "Atthi Arahato aññāṇan ti."

22. Na vattabbaṃ "Atthi Arahato aññāṇan ti"?

Āmantā.

Nanu Arahā iṭṭhipurisānaṃ [4] nāmagottaṃ na jāneyya, maggāmaggaṃ na jāneyya, tiṇakaṭṭhavanappatīnaṃ [5] nāmaṃ na jāneyyāti?

Āmantā.

Hañci Arahā iṭṭhipurisānaṃ nāmagottaṃ na jāneyya,

---

[1] Sahāva saddassana, M.; Sahavassa dassana, P.; Sahā yassa, S_2. [2] Tassa su, P.

[3] Chaccābbi°, M.; chachābi°, S_2. [4] itthi°, P.S.S_2.

[5] °pahīnaṃ, P.

maggāmaggaṃ na jāneyya, tiṇakaṭṭhavanappatīnaṃ nāmaṃ na jāneyya, tena vata re vattabbe "Atthi Arahato aññāṇan ti."

23. Arahā iṭṭhipurisānaṃ nāmagottaṃ na jāneyya, maggāmaggaṃ na jāneyya, tiṇakaṭṭhavanappatīnaṃ nāmaṃ na jāneyyāti, atthi Arahato aññāṇan ti?

Āmantā.

Arahā sotāpattiphalaṃ vā sakadāgāmiphalaṃ vā anāgāmiphalaṃ vā arahattaṃ vā na jāneyyāti?

Na h'evaṃ vattabbe—pe—.

Aññāṇakathā.

II. 3.

1. Atthi Arahato kaṅkhā ti?

Āmantā.

Atthi Arahato vicikicchā vicikicchāpariyuṭṭhānaṃ vicikicchāsaññojanaṃ vicikicchānīvaraṇan ti?

Na h'evaṃ vattabbe—pe—

N'atthi Arahato vicikicchā vicikicchāpariyuṭṭhānaṃ vicikicchāsaññojanaṃ vicikicchānīvaraṇan ti?

Āmantā.

Hañci n'atthi Arahato vicikicchā vicikicchāpariyuṭṭhānaṃ vicikicchāsaññojanaṃ vicikicchānīvaraṇaṃ, no vata re vattabbe "Atthi Arahato kaṅkhā ti."

2. Atthi puthujjanassa kaṅkhā, atthi tassa vicikicchā vicikicchāpariyuṭṭhānaṃ vicikicchāsaññojanaṃ vicikicchānīvaraṇan ti?

Āmantā.

Atthi Arahato kaṅkhā, atthi tassa vicikicchā vicikicchāpariyuṭṭhānaṃ vicikicchāsaññojanaṃ vicikicchānīvaraṇan ti?

Na h'evaṃ vattabbe—pe—

3. Atthi Arahato kaṅkhā, n'atthi tassa vicikicchā vicikicchāpariyuṭṭhānaṃ vicikicchāsaññojanaṃ vicikicchānīvaraṇan ti?

Āmantā.

Atthi puthujjanassa kaṅkhā, n'atthi tassa vicikicchā vicikicchāpariyuṭṭhānaṃ vicikicchāsaññojanaṃ vicikicchānīvaraṇan ti?

Na h'evaṃ vattabbe—pe—

4. Atthi Arahato kaṅkhā ti?

Āmantā.

Atthi Arahato Satthari kaṅkhā, Dhamme kaṅkhā, Saṃghe kaṅkhā, sikkhāya kaṅkhā, pubbante kaṅkhā, aparante kaṅkhā, pubbantāparante kaṅkhā, idappaccayatāpaṭiccasamuppannesu dhammesu kaṅkhā ti?

Na h'evaṃ vattabbe—pe—

N'atthi Arahato Satthari kaṅkhā, Dhamme kaṅkhā, Saṃghe kaṅkhā, sikkhāya kaṅkhā, pubbante kaṅkhā, aparante kaṅkhā, pubbantāparante kaṅkhā, idappaccayatāpaṭiccasamuppannesu dhammesu kaṅkhā ti?

Āmantā.

Hañci n'atthi Arahato Satthari kaṅkhā, Dhamme kaṅkhā Saṃghe kaṅkhā—pe—idappaccayatāpaṭiccasamuppannesu dhammesu kaṅkhā, no vata re vattabbe "Atthi Arahato kaṅkhā ti."

5. Atthi puthujjanassa kaṅkhā, atthi tassa Satthari kaṅkhā, Dhamme kaṅkhā, Saṃghe kaṅkhā—pe—idappaccayatāpaṭiccasamuppannesu dhammesu kaṅkhā ti?

Āmantā.

Atthi Arahato kaṅkhā, atthi tassa Satthari kaṅkhā, Dhamme kaṅkhā, Saṃghe kaṅkhā—pe—idappaccayatāpaṭiccasamuppannesu dhammesu kaṅkhā ti?

Na h'evaṃ vattabbe—pe—

Atthi Arahato kaṅkhā, n'atthi tassa Satthari kaṅkhā, Dhamme kaṅkhā, Saṃghe kaṅkhā—pe—idappaccayatāpaṭiccasamuppannesu dhammesu kaṅkhā ti?

Āmantā.

Atthi puthujjanassa kaṅkhā, n'atthi tassa Satthari kaṅkhā, Dhamme kaṅkhā, Saṃghe kaṅkhā—pe—idappaccayatāpaṭiccasamuppannesu dhammesu kaṅkhā ti?

Na h'evaṃ vattabbe—pe—

6. Atthi Arahato kaṅkhā ti?

Āmantā.

Nanu Arahato rāgo pahīno ucchinnamūlo tālāvatthukato anabhāvaṃkato āyatiṃ anuppādadhammo ti?

Āmantā.

Hañci Arahato rāgo pahīno ucchinnamūlo tālāvatthukato anabhāvaṃkato āyatiṃ anuppādadhammo, no vata re vattabbe "Atthi Arahato kaṅkhā ti."

Nanu Arahato doso pahīno—pe—moho pahīno—pe—anottappaṃ pahīnaṃ ucchinnamūlaṃ tālāvatthukataṃ anabhāvaṃkataṃ āyatiṃ anuppādadhamman ti?

Āmantā.

Hañci Arahato anottappaṃ pahīnaṃ ucchinnamūlaṃ tālāvatthukataṃ anabhāvaṃkataṃ āyatiṃ anuppādadhammaṃ, no vata re vattabbe "Atthi Arahato kaṅkhā ti."

7. Atthi Arahato kaṅkhā ti?

Āmantā.

Nanu Arahato rāgappahānāya maggo bhāvito—pe—bojjhaṅgā bhāvitā ti?

Āmantā.

Hañci Arahato rāgappahānāya bojjhaṅgā bhāvitā, no vata re vattabbe "Atthi Arahato kaṅkhā ti."

Atthi Arahato kaṅkhā ti?

Āmantā.

Nanu Arahato dosappahānāya—pe—anottappappahānāya maggo bhāvito—pe—bojjhaṅgā bhāvitā ti?

Āmantā.

Hañci anottappappahānāya bojjhaṅgā bhāvitā, no vata re vattabbe "Atthi Arahato kaṅkhā ti."

8. Atthi Arahato kaṅkhā ti?

Āmantā.

Nanu Arahā vītarāgo vītadoso vītamoho—pe—sacchikātabbaṃ sacchikatan ti?

Āmantā.

Hañci Arahā vītarāgo—pe—sacchikātabbaṃ sacchikataṃ, no vata re vattabbe "Atthi Arahato kaṅkhā ti."

9. Atthi Arahato kaṅkhā ti? Sadhammakusalassa

Arahato atthi kaṅkhā, paradhammakusalassa Arahato n'atthi kaṅkhā ti.

Sadhammakusalassa Arahato atthi kaṅkhā ti?

Āmantā.

Paradhammakusalassa Arahato atthi kaṅkhā ti?

Na h'evaṃ vattabbe—pe—

Paradhammakusalassa Arahato n'atthi kaṅkhā ti?

Āmantā.

Sadhammakusalassa Arahato n'atthi kaṅkhā ti?

Na h'evaṃ vattabbe—pe—

10. Sadhammakusalassa Arahato rāgo pahīno, atthi tassa kaṅkhā ti?

Āmantā.

Paradhammakusalassa Arahato rāgo pahīno, atthi tassa kaṅkhā ti?

Na h'evaṃ vattabbe—pe—

Sadhammakusalassa Arahato doso pahīno, moho pahīno —pe—anottappaṃ pahīnaṃ, atthi tassa kaṅkhā ti?

Āmantā.

Paradhammakusalassa Arahato anottappaṃ pahīnaṃ atthi tassa kaṅkhā ti?

Na h'evaṃ vattabbe—pe—

11. Sadhammakusalassa Arahato rāgappahānāya maggo bhāvito — pe — bojjhaṅgā bhāvitā, atthi tassa kaṅkhā ti?

Āmantā.

Paradhammakusalassa Arahato rāgappahānāya maggo bhāvito — pe — bojjhaṅgā bhāvitā, atthi tassa kaṅkhā ti?

Na h'evaṃ vattabbe—pe—

Sadhammakusalassa Arahato dosappahānāya — pe — anottappappahānāya maggo bhāvito — pe — bojjhaṅgā bhāvitā, atthi tassa kaṅkhā ti?

Āmantā.

Paradhammakusalassa Arahato anottappappahānāya bojjhaṅgā bhāvitā, atthi tassa kaṅkhā ti?

Na h'evaṃ vattabbe—pe—

12. Sadhammakusalo Arahā vītarāgo vītadoso vītamoho

—pe—sacchikātabbaṃ sacchikataṃ, atthi tassa kaṅkhā ti?

Āmantā.

Paradhammakusalo Arahā vītarāgo—pe—sacchikātabbaṃ sacchikataṃ, atthi tassa kaṅkhā ti?

Na h'evaṃ vattabbe—pe—

13. Paradhammakusalassa Arahato rāgo pahīno, n'atthi tassa kaṅkhā ti?

Āmantā.

Sadhammakusalassa Arahato rāgo pahīno, n'atthi tassa kaṅkhā ti?

Na h'evaṃ vattabbe—pe—

Paradhammakusalassa Arahato doso pahīno—pe—anottappaṃ pahīnaṃ, n'atthi tassa kaṅkhā ti?

Āmantā.

Sadhammakusalassa Arahato doso pahīno—pe—anottappaṃ pahīnaṃ, n'atthi tassa kaṅkhā ti?

Na h'evaṃ vattabbe—pe—

14. Paradhammakusalassa Arahato rāgappahānāya maggo bhāvito—pe—bojjhaṅgā bhāvitā—pe—anottappappahānāya maggo bhāvito—pe—bojjhaṅgā bhāvitā, n'atthi tassa kaṅkhā ti?

Āmantā.

Sadhammakusalassa Arahato anottappappahānāya bojjhaṅgā bhāvitā, n'atthi tassa kaṅkhā ti?

Na h'evaṃ vattabbe—pe—

Paradhammakusalo Arahā vītarāgo vītadoso vītamoho —pe—sacchikātabbaṃ sacchikataṃ, n'atthi tassa kaṅkhā ti?

Āmantā.

Sadhammakusalo Arahā vītarāgo—pe—sacchikātabbaṃ sacchikataṃ, n'atthi tassa kaṅkhā ti?

Na h'evaṃ vattabbe—pe—

15. Atthi Arahato kaṅkhā ti?

Āmantā.

Nanu vuttaṃ Bhagavatā—"Jānatvāhaṃ Bhikkhave passato āsavānaṃ khayaṃ vadāmi, no ajānato no apassato. Kiñ ca Bhikkhave jānato kiṃ passato āsavānaṃ khayo hoti? Iti rūpaṃ, iti rūpassa samudayo, iti rūpassa atthaṅgamo; iti vedanā—pe—iti saññā—pe—iti saṃkhārā—pe—iti viññāṇaṃ, iti viññāṇassa samudayo, iti viññāṇassa atthaṅgamo ti. Evaṃ kho Bhikkhave jānato evaṃ passato āsavānaṃ khayo hotīti." Atth'eva suttanto ti?

Āmantā.

Tena hi na vattabbaṃ "Atthi Arahato kaṅkhā ti."

16. Atthi Arahato kaṅkhā ti?

Āmantā.

Nanu vuttaṃ Bhagavatā—"Jānatvāhaṃ Bhikkhave passato āsavānaṃ khayaṃ vadāmi, no ajānato no apassato. Kiñ ca Bhikkhave jānato kiṃ passato āsavānaṃ khayo hotī? Idaṃ dukkhan ti Bhikkhave jānato passato āsavānaṃ khayo hoti, ayaṃ dukkhasamudayo ti jānato passato āsavānaṃ khayo hoti, ayaṃ dukkhanirodho ti jānato passato āsavānaṃ khayo hoti, ayaṃ dukkhanirodhagāminīpaṭipadā ti jānato passato āsavānaṃ khayo hoti. Evaṃ kho Bhikkhave jānato evaṃ passato āsavānaṃ khayo hotīti." Atth'eva suttanto ti?

Āmantā.

Tena hi na vattabbaṃ "Atthi Arahato kaṅkhā ti."

17. Atthi Arahato kaṅkhā ti?

Āmantā.

Nanu vuttaṃ Bhagavatā—"Sabbaṃ Bhikkhave anabhijānaṃ aparijānaṃ avirājayaṃ appajahaṃ abhabbo dukkhakkhāyāya. Sabbañ ca kho Bhikkhave abhijānaṃ parijānaṃ virājayaṃ pajahaṃ bhabbo dukkhakkhāyāyāti.' Atth'eva suttanto ti?

Āmantā.

Tena hi na vattabbaṃ "Atthi Arahato kaṅkhā ti."

18. Atthi Arahato kaṅkhā ti?

Āmantā.

Nanu vuttaṃ Bhagavatā—

> Sahā v'assa dassanasampadāya
> Tayas su dhammā jahitā bhavanti
> Sakkāyadiṭṭhi vicikicchitañ ca
> Sīlabbataṃ vāpi yad atthi kiñci,

Catūh'apāyehi ca vippamutto
Cha cābhiṭhānāni abhabbo kātun" ti.

Atth'eva suttanto ti?

Āmantā.

Tena hi na vattabbaṃ "Atthi Arahato kaṅkhā ti."

19. Atthi Arahato kaṅkhā ti?

Āmantā.

Nanu vuttaṃ Bhagavatā—"Yasmiṃ Bhikkhave samaye ariyasāvakassa virajaṃ vītamalaṃ dhammacakkhuṃ udapādi, 'yaṃ kiñci samudayadhammaṃ sabbaṃ taṃ nirodhadhamman ti,' saha dassanuppādā Bhikkhave ariyasāvakassa tīṇi saññojanāni pahīyanti, sakkāyadiṭṭhi vicikicchā sīlabbataparāmāso ti." Atth'eva suttanto ti?

Āmantā.

Tena hi na vattabbaṃ "Atthi Arahato kaṅkhā ti."

20. Atthi Arahato kaṅkhā ti?

Āmantā.

Nanu vuttaṃ Bhagavatā—

"Yadā have pātubhavanti dhammā
Ātāpino jhāyato brāhmaṇassa,
Ath'assa kaṅkhā vapayanti sabbā
Yato pajānāti sahetudhamman ti.
Yadā have pātubhavanti dhammā
Ātāpino jhāyato brāhmaṇassa,
Ath'assa kaṅkhā vapayanti sabbā
Yato khayaṃ paccayānaṃ avedīti.
Yadā have pātubhavanti dhammā
Ātāpino jhāyato brāhmaṇassa
Vidhūpayaṃ [1] tiṭṭhati Mārasenaṃ
Suriyo [2] va obhāsayaṃ antalikkhan ti.
Yā kāci kaṅkhā idha vā huraṃ vā
Sakavediyā [3] vā paravediyā vā,
Jhāyino [4] tā pajahanti [5] sabbā

[1] avidhupayaṃ, S. [2] Sūriyo, M. [3] veriyā, P.S.S₂.
[4] jāyaṃ no, S. [5] pajahatanti, P.

Ātāpino brahmacariyaṃ carantā ti."
"Ye kaṅkhā samatikkantā[1] kaṅkhābhūtesu pāṇisu
Asaṃsayā visaṃyuttā[2] tesu dinnaṃ mahapphalan ti."
"Etādisī[3] dhammapakāsanettha[4]
Kin nu tattha[5] kaṅkhati koci sāvako,
Nitiṇṇa-oghaṃ[6] vicikicchachinnaṃ[7]
Buddhaṃ namassāma[8] jinaṃ janindā ti."
Atth'eva suttanto ti?
Āmantā.
Tena hi na vattabbaṃ "Atthi Arahato kaṅkhā ti."
21. Na vattabbaṃ "Atthi Arahato kaṅkhā ti"?
Āmantā.
Nanu Arahā itthipurisānaṃ nāmagotte kaṅkheyya, maggāmagge kaṅkheyya, tiṇakaṭṭhavanappatīnaṃ nāme kaṅkheyyāti?
Āmantā.
Hañci Arahā itthipurisānaṃ nāmagotte—pe—tiṇakaṭṭhavanappatīnaṃ nāme kaṅkheyya, tena vata re vattabbe "Atthi Arahato kaṅkhā ti."
22. Arahā itthipurisānaṃ nāmagotte—pe—tiṇakaṭṭhavanappatīnaṃ nāme kaṅkheyya, atthi Arahato kaṅkhā ti?
Āmantā.
Arahā sotāpattiphale vā sakadāgāmiphale vā anāgāmiphale vā arahatte vā kaṅkheyyāti?
Na h'evaṃ vattabbe—pe—

Kaṅkhākathā.

II. 4.

1. Atthi Arahato paravitāraṇā[9] ti?

---

[1] saha°, S. [2] °yutto, S.
[3] ekādisi, P.S_2.; kocisi, S. [4] pakāsanetta, S.
[5] na tattha kiṃ, M.; kiṃ kaṅkhāti, P.S.S_2.
[6] titiṇṇa°, P.; nattinna°, S. [7] vicikicchānani, P.
[8] passāma, S. [9] pari°, P.

Āmantā.

Arahā paraneyyo parapattiyo parapaccayo parapaṭibbaddhabhū[1] na jānāti, na passati, sammuḷho[2] asampajāno ti?

Na h'evaṃ vattabbe—pe—

Nanu Arahā na paraneyyo, na parapattiyo, na parapaccayo, na parapaṭibaddhabhū jānāti, passati, asammuḷho sampajāno ti?

Āmantā.

Hañci Arahā na paraneyyo, na parapattiyo, na parapaccayo, na parapaṭibaddhabhū jānāti, passati, asammuḷho sampajāno, no vata re vattabbe "Atthi Arahato paravitāraṇā ti."

2. Atthi puthujjanassa paravitāraṇā, so ca paraneyyo parapattiyo parapaccayo parapaṭibaddhabhū na jānāti, na passati, asammuḷho sampajāno ti?

Āmantā.

Atthi Arahato paravitāraṇā, so ca paraneyyo parapattiyo parapaccayo parapaṭibaddhabhū na jānāti, na passati, asammuḷho sampajāno ti?

Na h'evaṃ vattabbe—pe—

3. Atthi Arahato paravitāraṇā, so ca na paraneyyo na parapattiyo na parapaccayo na parapaṭibaddhabhū jānāti, passati, asammuḷho sampajāno ti?

Āmantā.

Atthi puthujjanassa paravitāraṇā, so ca na paraneyyo na parapattiyo na parapaccayo na parapaṭibaddhabhū jānāti, passati, asammuḷho sampajāno ti?

Na h'evaṃ vattabbe—pe—

4. Atthi Arahato paravitāraṇā ti?

Āmantā.

Atthi Arahato Satthari paravitāraṇā, Dhamme paravitāraṇā, Saṃghe paravitāraṇā, sikkhāya paravitāraṇā, pubbante paravitāraṇā, aparante paravitāraṇā, pubbantāparante paravitāraṇā, idappaccayatāpaṭiccasamuppannesu dhammesu paravitāraṇā ti?

---

[1] paraparibuddhābu, P. [2] samuḷho, P.S.

Na h'evaṃ vattabbe—pe—

N'atthi Arahato Satthari paravitāraṇā, Dhamme paravitāraṇā, Saṃghe paravitāraṇā, sikkhāya paravitāraṇā, pubbante paravitāraṇā, aparante paravitāraṇa, pubbantāparaute paravitāraṇā, idappaccayatāpaṭiccasamuppannesu dhammesu paravitāraṇā ti?

Āmantā.

Hañci n'atthi Arahato Satthari paravitāraṇā, Dhamme paravitāraṇā, Saṃgho paravitāraṇā—pe—idappaccayatāpaṭiccasamuppannesu dhammesu paravitāraṇā, no vata re vattabbe "Atthi Arahato paravitāraṇā ti."

5. Atthi puthujjanassa paravitāraṇā, atthi tassa Satthari paravitāraṇā, Dhamme paravitāraṇā, Saṃghe paravitāraṇā—pe—idappaccayatāpaṭiccasamuppannesu dhammesu paravitāraṇā ti?

Āmantā.

Atthi Arahato paravitāraṇā, atthi tassa Satthari paravitāraṇā, Dhamme paravitāraṇā, Saṃghe paravitāraṇā—pe—idappaccayatāpaṭiccasamuppannesu dhammesu paravitāraṇā ti?

Na h'evaṃ vattabbe—pe—

Atthi Arahato paravitāraṇā, n'atthi tassa Satthari paravitāraṇā, Dhamme paravitāraṇā, Saṃghe paravitāraṇā — pe — idappaccayatāpaṭiccasamuppannesu dhammesu paravitāraṇā ti?

Āmantā.

Atthi puthujjanassa paravitāraṇā, n'atthi tassa Satthari paravitāraṇā, Dhamme paravitāraṇā, Saṃghe paravitāraṇā — pe — idappaccayatāpaṭiccasamuppannesu dhammesu paravitāraṇā ti?

Na h'evaṃ vattabbe—pe—

6. Atthi Arahato paravitāraṇā ti?

Āmantā.

Nanu Arahato rāgo pahīno ucchinnamūlo tālāvatthukato anabhāvaṃkato āyatiṃ anuppādadhammo ti?

Āmantā.

Hañci Arahato rāgo pahīno ucchinnamūlo tālāvatthukato anabhāvaṃkato āyatiṃ anuppādadhammo, no vata re vattabbe "Atthi Arahato paravitāraṇā ti."

Nanu Arahato doso pahīno—pe—moho pahīno—pe—anottappaṃ pahīnaṃ ucchinnamūlaṃ tālāvatthukataṃ anabhāvaṃkataṃ āyatiṃ anuppādadhamman ti?

Āmantā.

Hañci Arahato anottappaṃ pahīnaṃ ucchinnamūlaṃ tālāvatthukataṃ anabhāvaṃkataṃ āyatiṃ anuppādadhammaṃ, no vata re vattabbe "Atthi Arahato parivitāraṇā ti."

7. Atthi Arahato paravitāraṇā ti?

Āmantā.

Nanu Arahato rāgappahānāya maggo bhāvito—pe—bojjhaṅgā bhāvitā ti?

Āmantā.

Hañci Arahato rāgappahānāya bojjhaṅgā bhāvitā, no vata re vattabbe "Atthi Arahato paravitāraṇā ti."

Atthi Arahato paravitāraṇā ti?

Āmantā.

Nanu Arahato dosappahānāya—pe—anottappappahānāya maggo bhāvito—pe—bojjhaṅgā bhāvitā ti?

Āmantā.

Hañci anottappappahānāya bojjhaṅgā bhāvitā, no vata re vattabbe "Atthi Arahato paravitāraṇā ti."

8. Atthi Arahato paravitāraṇā ti?

Āmantā.

Nanu Arahā vītarāgo vītadoso vītamoho—pe—sacchikātabbaṃ sacchikatan ti?

Āmantā.

Hañci Arahā vītarāgo—pe—sacchikātabbaṃ sacchikataṃ, no vata re vattabbe "Atthi Arahato paravitāraṇā ti."

9. Atthi Arahato paravitāraṇā ti? Sadhammakusalassa Arahato atthi paravitāraṇā, paradhammakusalassa Arahato n'atthi paravitāraṇā ti.

Sadhammakusalassa Arahato atthi paravitāraṇā ti?

Āmantā.

Paradhammakusalassa Arahato atthi paravitāraṇā ti?

Na h'evaṃ vattabbe—pe—

Paradhammakusalassa Arahato n'atthi paravitāraṇā ti?

Āmantā.

Sadhammakusalassa Arahato n'atthi paravitāraṇā ti?

Na h'evaṃ vattabbe—pe—

10. Sadhammakusalassa Arahato rāgo pahīno, atthi tassa paravitāraṇā ti?

Āmantā.

Paradhammakusalassa Arahato rāgo pahīno, atthi tassa paravitāraṇā ti?

Na h'evaṃ vattabbe—pe—

Sadhammakusalassa Arahato doso pahīno, moho pahīno —pe—anottappaṃ pahīnaṃ, atthi tassa paravitāraṇā ti?

Āmantā.

Paradhammakusalassa Arahato anottappaṃ pahīnaṃ, atthi tassa paravitāraṇā ti?

Na h'evaṃ vattabbe—pe—

11. Sadhammakusalassa Arahato rāgappahānāya maggo bhāvito—pe—bojjhaṅgā bhāvitā, atthi tassa paravitāraṇā ti?

Āmantā.

Paradhammakusalassa Arahato rāgappahānāya maggo bhāvito—pe—bojjhaṅgā bhāvitā, atthi tassa paravitāraṇā ti?

Na h'evaṃ vattabbe—pe—

Sadhammakusalassa Arahato dosappahānāya—pe—anottappappahānāya maggo bhāvito—pe—bojjhaṅgā bhāvitā, atthi tassa paravitāraṇā ti?

Āmantā.

Paradhammakusalassa Arahato anottappappahānāya bojjhaṅgā bhāvitā, atthi tassa paravitāraṇā ti?

Na h'evaṃ vattabbe—pe—

12. Sadhammakusalo Arahā vītarāgo vītadoso vītamoho—pe—sacchikātabbaṃ sacchikataṃ, atthi tassa paravitāraṇā ti?

Āmantā.

Paradhammakusalo Arahā vītarāgo—pe—sacchikātabbaṃ sacchikataṃ, atthi tassa paravitāraṇā ti?

Na h'evaṃ vattabbe—pe—

13. Paradhammakusalassa Arahato rāgo pahīno, n'atthi tassa paravitāraṇā ti?

Āmantā.

Sadhammakusalassa Arahato rāgo pahīno, n'atthi tassa paravitāraṇā ti?

Na h'evaṃ vattabbe—pe—

Paradhammakusalassa Arahato doso pahīno—pe—anottappaṃ pahīnaṃ, n'atthi tassa paravitāraṇā ti?

Āmantā.

Sadhammakusalassa Arahato doso pahīno—pe—anottappaṃ pahīnaṃ, n'atthi tassa paravitāraṇā ti?

Na h'evaṃ vattabbe—pe—

14. Paradhammakusalassa Arahato rāgappahānāya maggo bhāvito—pe—bojjhaṅgā bhāvitā—pe—anottappappahānāya maggo bhāvito—pe—bojjhaṅgā bhāvitā, n'atthi tassa paravitāraṇā ti?

Āmantā.

Sadhammakusalassa Arahato anottappappahānāya bojjhaṅgā bhāvitā, n'atthi tassa paravitāraṇā ti?

Na h'evaṃ vattabbe—pe—

Paradhammakusalo Arahā vītarāgo vītadoso vītamoho—pe—sacchikātabbaṃ sacchikataṃ, n'atthi tassa paravitāraṇā ti?

Āmantā.

Sadhammakusalo Arahā vītarāgo—pe—sacchikātabbaṃ sacchikataṃ, n'atthi tassa paravitāraṇā ti?

Na h'evaṃ vattabbe—pe—

15. Atthi Arahato paravitāraṇā ti?

Āmantā.

Nanu vuttaṃ Bhagavatā—"Jānatvāhaṃ Bhikkhave passato āsavānaṃ khayaṃ vadāmi, no ajānato no apassato. Kiñ ca Bhikkhave jānato kiṃ passato āsavānaṃ khayo hoti? Iti rūpaṃ, iti rūpassa samudayo, iti rūpassa atthaṅgamo; iti vedanā—pe—iti saññā—pe—iti saṃkhārā—pe—iti viññāṇaṃ, iti viññāṇassa samudayo, iti viññāṇassa atthaṅgamo ti. Evaṃ kho Bhikkhave jānato evaṃ passato āsavānaṃ khayo hotīti." Atth'eva suttanto ti?

Āmantā.

Tena hi na vattabbaṃ "Atthi Arahato paravitāraṇā ti."

16. Atthi Arahato paravitāraṇā ti.

Āmantā.

Nanu vuttaṃ Bhagavatā—"Jānatvāhaṃ Bhikkhave passato āsavānaṃ khayaṃ vadāmi, no ajānato no apassato. Kiñ ca Bhikkhave jānato kiṃ passato āsavānaṃ khayo hoti? Idaṃ dukkhan ti Bhikkhave jānato passato āsavānaṃ khayo hoti, ayaṃ dukkhasamudayo ti jānato passato āsavānaṃ khayo hoti, ayaṃ dukkhanirodho ti jānato passato āsavānaṃ khayo hoti, ayaṃ dukkhanirodhagāminīpaṭipadā ti jānato passato āsavānaṃ khayo hoti. Evaṃ kho Bhikkhave jānato evaṃ passato āsavānaṃ khayo hotīti." Atth'eva suttanto ti?

Āmantā.

Tena hi na vattabbaṃ "Atthi Arahato paravitāraṇā ti."

17. Atthi Arahato paravitāraṇā ti?

Āmantā.

Nanu vuttaṃ Bhagavatā—"Sabbaṃ Bhikkhave anabhijānaṃ aparijānaṃ avirājayaṃ appajahaṃ abhabbo dukkhakkhāyāya. Sabbañ ca kho Bhikkhave abhijānaṃ parijānaṃ virājayaṃ pajahaṃ bhabbo dukkhakkhāyāyāti." Atth'eva suttanto ti?

Āmantā.

Tena hi na vattabbaṃ "Atthi Arahato paravitāraṇā ti."

18. Atthi Arahato paravitāraṇā ti?

Āmantā.

Nanu vuttaṃ Bhagavatā—

> Sahā v'assa dassanasampadāya
> Tayas su dhammā jahitā bhavanti
> Sakkāyadiṭṭhi vicikicchitañ ca
> Sīlabbataṃ vāpi yad atthi kiñci,
> Catūh' apāyehi ca vippamutto
> Cha cābhiṭhānāni abhabbo kātun ti."

Atth'eva suttanto ti?

Āmantā.

Tena hi na vattabbaṃ "Atthi Arahato paravitāraṇā ti."

19. Atthi Arahato paravitāraṇā ti?

Āmantā.

Nanu vuttaṃ Bhagavatā—"Yasmiṃ Bhikkhave samaye ariyasāvakassa virajaṃ vītamalaṃ dhammacakkhuṃ udapādi, 'yaṃ kiñci samudayadhammaṃ sabban taṃ nirodhadhamman ti,' saha dassanuppādā Bhikkhave ariyasāvakassa tīṇi saññojanāni pahīyanti, sakkāyadiṭṭhi vicikicchā sīlabbataparāmāso ti." Atth'eva suttanto ti?

Āmantā.

Tena hi na vattabbaṃ "Atthi Arahato paravitāraṇā ti."

20. Atthi Arahato paravitāraṇā ti?

Āmantā.

Nanu vuttaṃ Bhagavatā—

"Nāhaṃ[1] gamissāmi pamocanāya[2]
Kathaṃkathiṃ Dhotaka kañci[3] loke,
Dhammañ ca seṭṭhaṃ abhijānamāno
Evaṃ tuvaṃ[4] oghaṃ imaṃ taresīti."

Atth'eva suttanto ti?

Āmantā.

Tena hi na vattabbaṃ "Atthi Arahato paravitāraṇā ti."

21. Na vattabbaṃ "Atthi Arahato paravitāraṇā ti"?

Āmantā.

Nanu Arahato iṭṭhipurisānaṃ nāmagottaṃ pare vitāreyyuṃ, maggāmaggaṃ pare vitāreyyuṃ, tiṇakaṭṭhavanappatīnaṃ nāmaṃ pare vitāreyyun ti?

Āmantā.

Hañci Arahato iṭṭhipurisānaṃ nāmagottaṃ pare vitāreyyuṃ, maggāmaggaṃ pare vitāreyyuṃ, tiṇakaṭṭhava-

---

[1] nā paraṃ, P.S.S_2. [2] pamojanāya, P.S_2.
[3] Kathaṃ kathī kenaka kiñci, M.
[4] duvaṃ, S_2; dhuvaṃ, P.

nappatīnaṃ nāmaṃ pare vitāreyyuṃ, tena vata re vattabbe "Atthi Arahato paravitāraṇā ti."

22. Arahato itthipurisānaṃ nāmagottaṃ pare vitāreyyuṃ, maggāmaggaṃ pare vitāreyyuṃ, tiṇakaṭṭhavanappatīnaṃ nāmaṃ pare vitāreyyuṃ, atthi Arahato paravitāraṇā ti?

Āmantā.

Arahato sotāpattiphalaṃ vā sakadāgāmiphalaṃ vā anāgāmiphalaṃ vā arahattaṃ vā pare vitāreyyuṃ ti?

Na h'evaṃ vattabbe—pe—

Paravitāraṇakathā

II. 5.

1. Samāpannassa atthi vacībhedo ti?

Āmantā.

Sabbattha[1] samāpannānaṃ atthi vacībhedo ti?

Na h'evaṃ vattabbe—pe—

Samāpannassa atthi vacībhedo ti?

Āmantā.

Sabbadā samāpannānaṃ atthi vacībhedo ti?

Na h'evaṃ vattabbe—pe—

Samāpanassa atthi vacībhedo ti?

Āmantā.

Sabbesaṃ samāpannānaṃ atthi vacībhedo ti?

Na h'evaṃ vattabbe—pe—

Samāpannassa atthi vacībhedo ti?

Āmantā.

Sabbasamāpattīsu atthi vacībhedo ti?

Na h'evaṃ vattabbe—pe—

2. Samāpannassa atthi vacībhedo ti?

Āmantā.

Samāpannassa atthi kāyabhedo ti?

Na h'evaṃ vattabbe—pe—

---

[1] Sabbatta, P.

Samāpannassa n'atthi kāyabhedo ti?
Āmantā.
Samāpannassa n'atthi vacībhedo ti?
Na h'evaṃ vattabbe—pe—
3. Samāpannassa atthi vācā, atthi vacībhedo ti?
Āmantā.
Samāpannassa atthi kāyo, atthi kāyabhedo ti?
Na h'evaṃ vattabbe—pe—
Samāpannassa atthi kāyo, n'atthi kāyabhedo ti?
Āmantā.
Samāpannassa atthi vācā, n'atthi vacībhedo ti?
Na h'evaṃ vattabbe—pe—
4. Dukkhan ti jānanto dukkhan ti vācaṃ bhāsatīti?
Āmantā.
Samudayo ti jānanto samudayo ti vācaṃ bhāsatīti?
Na h'evaṃ vattabbe—pe—
Dukkhan ti jānanto dukkhan ti vācaṃ bhāsatīti?
Āmantā.
Nirodho ti jānanto nirodho ti vācaṃ bhāsatīti?
Na h'evaṃ vattabbe—pe—
Dukkhan ti jānanto dukkhan ti vācaṃ bhāsatīti?
Āmantā.
Maggo ti jānanto maggo ti vācaṃ bhāsatīti?
Na h'evaṃ vattabbe—pe—
5. Samudayo ti jānanto na ca samudayo ti vācaṃ bhāsatīti?
Āmantā.
Dukkhan ti jānanto na ca dukkhan ti vācaṃ bhāsatīti?
Na h'evaṃ vattabbe—pe—
Nirodho ti jānanto na ca nirodho ti vācaṃ bhāsatīti?
Āmantā.
Dukkhan ti jānanto na ca dukkhan ti vācaṃ bhāsatīti?
Na h'evaṃ vattabbe—pe—
Maggo ti jānanto na ca maggo ti vācaṃ bhāsatīti?
Āmantā.
Dukkhan ti jānanto na ca dukkhan ti vācaṃ bhāsatīti?
Na h'evaṃ vattabbe—pe—
6. Samāpannassa atthi vacībhedo ti?

Āmantā.
Ñāṇaṃ kiṃgocaran ti?
Ñāṇaṃ saccagocaran ti.
Sotaṃ saccagocaran ti?
Na h'evaṃ vattabbe—pe—
Samāpannassa atthi vacībhedo ti?
Āmantā.
Sotaṃ kiṃgocaran ti?
Sotaṃ saddagocaran ti.
Ñāṇaṃ saddagocaran ti?
Na h'evaṃ vattabbe—pe—

7. Samāpannassa atthi vacībhedo, ñāṇaṃ saccagocaraṃ, sotaṃ saddagocaran ti?
Āmantā.
Hañci ñāṇaṃ saccagocaraṃ, sotaṃ saddagocaraṃ, no vata re vattabbe "Samāpannassa atthi vacībhedo ti."
Samāpannassa atthi vacībhedo, ñāṇaṃ saccagocaraṃ, sotaṃ saddagocaran ti?
Āmantā.
Dvinnaṃ phassānaṃ dvinnaṃ vedanānaṃ dvinnaṃ saññānaṃ dvinnaṃ cetanānaṃ dvinnaṃ cittānaṃ samodhānaṃ hotīti?
Na h'evaṃ vattabbe—pe—

8. Samāpannassa atthi vacībhedo ti?
Āmantā.
Paṭhavīkasiṇaṃ samāpattiṃ[1] samāpannassa atthi vacībhedo ti?
Na h'evaṃ vattabbe—pe—
Samāpannassa atthi vacībhedo ti?
Āmantā.
Āpokasiṇaṃ—pe—tejokasiṇaṃ, vāyokasiṇaṃ, nīlakasiṇaṃ, pītakasiṇaṃ, lohitakasiṇaṃ, odātakasiṇaṃ samāpattiṃ—pe—ākāsānañcāyatanaṃ, viññāṇañcāyatanaṃ, ākiñcaññāyatanaṃ — pe — nevasaññānāsaññāyatanaṃ samāpannassa atthi vacībhedo ti?
Na h'evaṃ vattabbe—pe—

---

[1] Paṭhavikasiṇasamāpatti°, P.S_2.

9. Paṭhavīkasiṇaṃ samāpattiṃ samāpannassa n'atthi vacībhedo ti?

Āmantā.

Hañci paṭhavīkasiṇaṃ samāpattiṃ samāpannassa n'atthi vacībhedo, no vata re vattabbe "Samāpannassa atthi vacībhedo ti."

Āpokasiṇaṃ—pe—odātakasiṇaṃ samāpattiṃ—pe—ākāsānañcāyatanaṃ, viññāṇañcāyatanaṃ, ākiñcaññāyatanaṃ—pe—nevasaññānāsaññāyatanaṃ samāpannassa n'atthi vacībhedo ti?

Āmantā.

Hañci nevasaññānāsaññāyatanaṃ samāpannassa n'atthi vacībhedo, no vata re vattabbe "Samāpannassa atthi vacībhedo ti."

10. Samāpannassa atthi vacībhedo ti?

Āmantā.

Lokiyaṃ samāpattiṃ samāpannassa atthi vacībhedo ti?

Na h'evaṃ vattabbe—pe—

Samāpannassa atthi vacībhedo ti?

Āmantā.

Lokiyaṃ paṭhamaṃ jhānaṃ samāpannassa atthi vacībhedo ti?

Na h'evaṃ vattabbe—pe—

Samāpannassa atthi vacībhedo ti?

Āmantā.

Lokiyaṃ dutiyaṃ jhānaṃ—pe—tatiyaṃ jhānaṃ—pe—catutthaṃ jhānaṃ samāpannassa atthi vacībhedo ti?

Na h'evaṃ vattabbe—pe—

11. Lokiyaṃ samāpattiṃ samāpannassa n'atthi vacībhedo ti?

Āmantā.

Hañci lokiyaṃ samāpattiṃ samāpannassa n'atthi vacībhedo, no vata re vattabbe "Samāpannassa atthi vacībhedo ti."

Lokiyaṃ paṭhamaṃ jhānaṃ[1] samāpannassa n'atthi vacībhedo ti?

---

[1] paṭhamajjhānaṃ, P.S.S₂.

Āmantā.

Hañci lokiyaṃ paṭhamaṃ jhānaṃ samāpannassa n'atthi vacībhedo, no vata re vattabbe "Samāpannassa atthi vacībhedo ti."

Lokiyaṃ dutiyaṃ—pe—catutthaṃ jhānaṃ samāpannassa n'atthi vacībhedo ti?

Āmantā.

Hañci lokiyaṃ dutiyaṃ—pe—catutthaṃ jhānaṃ samāpannassa n'atthi vacībhedo, no vata re vattabbe "Samāpannassa atthi vacībhedo ti."

12. Lokuttaraṃ paṭhamaṃ jhānaṃ samāpannassa atthi vacībhedo ti?

Āmantā.

Lokiyaṃ paṭhamaṃ jhānam samāpannassa atthi vacībhedo ti?

Na h'evaṃ vattabbe—pe—

Lokuttaraṃ paṭhamaṃ jhānaṃ samāpannassa atthi vacībhedo ti?

Āmantā.

Lokiyaṃ dutiyaṃ—pe—tatiyaṃ—pe—catutthaṃ jhānaṃ samāpannassa atthi vacībhedo ti?

Na h'evaṃ vattabbe—pe—

Lokiyaṃ paṭhamaṃ jhānaṃ samāpannassa n'atthi vacībhedo ti?

Āmantā.

Lokuttaraṃ paṭhamaṃ jhānaṃ samāpannassa n'atthi vacībhedo ti?

Na h'evaṃ vattabbe—pe—

Lokiyaṃ dutiyaṃ—pe—catutthaṃ jhānaṃ samāpannassa n'atthi vacībhedo ti?

Āmantā.

Lokuttaraṃ paṭhamaṃ jhānaṃ samāpannassa n'atthi vacībhedo ti?

Na h'evaṃ vattabbe—pe—

13. Lokuttaraṃ paṭhamaṃ jhānaṃ samāpannassa atthi vacībhedo ti?

Āmantā.

Lokuttaraṃ dutiyaṃ jhānaṃ samāpannassa atthi vacībhedo ti?

Na h'evaṃ vattabbe—pe—

Lokuttaraṃ paṭhamaṃ jhānaṃ samāpannassa atthi vacībhedo ti?

Āmantā.

Lokuttaraṃ tatiyaṃ—pe—catutthaṃ jhānaṃ samāpannassa atthi vacībhedo ti?

Na h'evaṃ vattabbe—pe—

Lokuttaraṃ dutiyaṃ jhānaṃ samāpannassa n'atthi vacībhedo ti?

Āmantā.

Lokuttaraṃ paṭhamaṃ jhānaṃ samāpannassa n'atthi vacībhedo ti?

Na h'evaṃ vattabbe—pe—

Lokuttaraṃ tatiyaṃ—pe—catutthaṃ jhānaṃ samāpannassa n'atthi vacībhedo ti?

Āmantā.

Lokuttaraṃ paṭhamaṃ jhānaṃ samāpannassa n'atthi vacībhedo ti?

Na h'evaṃ vattabbe—pe—

14. Na vattabbaṃ "Samāpannassa atthi vacībhedo ti"?

Āmantā.

Nanu vitakkavicārā vacīsaṃkhārā vuttā Bhagavatā, paṭhamaṃ jhānaṃ samāpannassa atthi vitakkavicārā ti?

Āmantā.

Hañci vitakkavicārā vacīsaṃkhārā vuttā Bhagavatā, paṭhamaṃ jhānaṃ samāpannassa atthi vitakkavicārā, tena vata re vattabbe "Samāpannassa atthi vacībhedo ti."

15. Vitakkavicārā vacīsaṃkhārā vuttā Bhagavatā, paṭhamaṃ jhānaṃ samāpannassa atthi vitakkavicārā, atthi tassa vacībhedo ti?

Āmantā.

Paṭhavīkasiṇaṃ paṭhamaṃ jhānaṃ samāpannassa atthi vitakkavicārā, atthi tassa vacībhedo ti?

Na h'evaṃ vattabbe—pe—

Vitakkavicārā vacīsaṃkhārā vuttā Bhagavatā, paṭhamaṃ jhānaṃ samāpannassa atthi vitakkavicārā, atthi tassa vacībhedo ti?

Āmantā.

Āpokasiṇaṃ—pe—tejokasiṇaṃ, vāyokasiṇaṃ, nīlakasiṇaṃ, pītakasiṇaṃ, lohitakasiṇaṃ—pe—odātakasiṇaṃ paṭhamaṃ jhānaṃ samāpannassa atthi vitakkavicārā, atthi tassa vacībhedo ti?

Na h'evaṃ vattabbe—pe—

16. Na vattabbaṃ "Samāpannassa atthi vacībhedo ti"?

Āmantā.

Nanu vitakkasamuṭṭhānā[1] vācā vuttā Bhagavatā, paṭhamaṃ jhānaṃ samāpannassa atthi vitakkavicārā ti?

Āmantā.

Hañci vitakkasamuṭṭhānā vācā vuttā Bhagavatā, paṭhamaṃ jhānaṃ samāpannassa atthi vitakkavicārā, tena vata re vattabbe "Samāpannassa atthi vacībhedo ti."

17. Vitakkasamuṭṭhānā vācā vuttā Bhagavatā, paṭhamaṃ jhānaṃ samāpannassa atthi vitakkavicārā, atthi tassa vacībhedo ti?

Āmantā.

Saññāsamuṭṭhānā vācā vuttā Bhagavatā, dutiyaṃ jhānaṃ samāpannassa atthi saññā, atthi tassa vitakkavicārā ti?

Na h'evaṃ vattabbe—pe—

Vitakkasamuṭṭhānā vācā vuttā Bhagavatā, paṭhamaṃ jhānaṃ samāpannassa atthi vitakkavicārā, atthi tassa vacībhedo ti?

Āmantā.

Saññāsamuṭṭhānā vācā vuttā Bhagavatā, tatiyaṃ jhānaṃ—pe—catutthaṃ jhānaṃ, ākāsānañcāyatanaṃ, viññāṇañcāyatanaṃ, ākiñcaññāyatanaṃ samāpannassa atthi saññā, atthi tassa vitakkavicārā ti?

Na h'evaṃ vattabbe—pe—

18. Samāpannassa atthi vacībhedo ti?

Āmantā.

Nanu "paṭhamaṃ jhānaṃ samāpannassa vācā niruddhā hotīti," atth'eva suttanto ti?

---

[1] °samuṭṭhāṇā, P.S.

Āmantā.

Hañci "paṭhamaṃ jhānaṃ samāpannassa vācā niruddhā hotīti," atth'eva suttanto, no vata re vattabbe "Samāpannassa atthi vacībhedo ti."

19. "Paṭhamaṃ jhānaṃ samāpannassa vācā niruddhā hotīti," atth'eva suttanto ti, atthi tassa vacībhedo ti?

Āmantā.

"Dutiyaṃ jhānaṃ samāpannassa vitakkavicārā niruddhā hontīti," atth'eva suttanto ti, atthi tassa vitakkavicārā ti?

Na h'evaṃ vattabbe—pe—

"Paṭhamaṃ jhānaṃ samāpannassa vācā niruddhā hotīti," atth'eva suttanto ti, atthi tassa vacībhedo ti?

Āmantā.

"Tatiyaṃ jhānaṃ samāpannassa pīti[1] niruddhā hoti —pe—catutthaṃ jhānaṃ samāpannassa assāsapassāsā niruddhā honti, ākāsānañcāyatanaṃ samāpannassa rūpasaññā niruddhā hoti, viññāṇañcāyatanaṃ samāpannassa ākāsānañcāyatanasaññā niruddhā hoti, ākiñcaññāyatanaṃ samāpannassa viññāṇañcāyatanasaññā niruddhā hoti—pe —nevasaññānāsaññāyatanaṃ samāpannassa ākiñcaññāyatanasaññā niruddhā hoti, saññāvedayitanirodhaṃ samāpannassa saññā ca vedanā ca niruddhā hontīti," atth'eva suttanto ti, atthi tassa saññā ca vedanā cāti?

Na h'evaṃ vattabbe—pe—

20. Na vattabbaṃ "Samāpannassa atthi vacībhedo ti"?

Āmantā.

Nanu paṭhamassa jhānassa saddo kaṇṭhako[2] vutto Bhagavatā ti?

Āmantā.

Hañci paṭhamassa jhānassa saddo kaṇṭhako vutto Bhagavatā, tena vata re vattabbe "Samāpannassa atthi vacībhedo ti."

21. Paṭhamassa jhānassa saddo kaṇṭhako vutto Bhagavatā ti, samāpannassa atthi vacībhedo ti?

Āmantā.

---

[1] piti, M.

[2] kanṭako, P.; kandako, S_2.

Dutiyassa jhānassa vitakkavicārā kaṇṭhako vuttā Bhagavatā—pe— tatiyassa jhānassa pīti kaṇṭhako vuttā Bhagavatā—pe—catutthassa jhānassa assāsapassāsā kaṇṭhako vuttā Bhagavatā, ākāsānañcāyatanaṃ samāpannassa rūpasaññā kaṇṭhako vuttā Bhagavatā, viññāṇañcāyatanaṃ samāpannassa ākāsānañcāyatanasaññā kaṇṭhako vuttā Bhagavatā, ākiñcaññāyatanaṃ samāpannassa viññāṇañcāyatanasaññā kaṇṭhako vuttā Bhagavatā, nevasaññānāsaññāyatanaṃ samāpannassa ākiñcaññāyatanasaññā kaṇṭhako vuttā Bhagavatā—pe—saññāvedayitanirodhaṃ samāpannassa saññā ca vedanā ca kaṇṭhako vuttā Bhagavatā, atthi tassa saññā ca vedanā cāti?

Na h'evaṃ vattabbe—pe—

22. Na vattabbaṃ "Samāpannassa atthi vacībhedo ti"?

Āmantā.

Nanu vuttaṃ Bhagavatā—"Sikhissa Ānanda Bhagavato Arahato Sammāsambuddhassa abhibhū nāma sāvako brahmaloke ṭhito sahassilokadhātuṃ[1] sarena viññāpesi.

Ārabbhatha nikkamatha
Yuñjatha[2] Buddhasāsane,
Dhunātha maccuno senaṃ
Naḷāgāraṃ[3] va kuñjaro.
Yo imasmiṃ dhammavinaye
Appamatto viharissati,
Pahāya[4] jātisaṃsāraṃ
Dukkhass'antaṃ karissatīti."

Atth'eva suttanto ti?

Āmantā.

Tena hi samāpannassa atthi vacībhedo ti.

Vacībhedakathā.

II. 6.

1. Dukkhāhāro maggaṅgaṃ[5] maggapariyāpannan ti?

---

[1] dasasahassi°, M. [2] yuñcatha, P.
[3] nāḷagāraṃ, P.S. [4] pahāti, P.S. [5] maggaṃ, P.

Āmantā.

Ye keci "dukkhan ti" vācaṃ bhāsanti, sabbe te maggaṃ bhāventīti?

Na h'evaṃ vattabbe—pe—

Ye keci "dukkhan ti" vācaṃ bhāsanti, sabbe te maggaṃ bhāventīti?

Āmantā.

Bālaputhujjanā "dukkhan ti" vācaṃ bhāsanti, bālaputhujjanā maggaṃ bhāventīti?

Na h'evaṃ vattabbe—pe—

Mātughātakā — pe — pitughātakā, arahantaghātakā, rūhiruppādakā[1] — pe — saṃghabhedakā "dukkhan ti" vācaṃ bhāsanti, saṃghabhedakā maggaṃ bhāventīti?

Na h'evaṃ vattabbe—pe—

Dukkhāhārakathā.

II. 7.

1. Ekaṃ cittaṃ divasaṃ tiṭṭhatīti?

Āmantā.

Upaḍḍhadivaso uppādakkhaṇo,[2] upaḍḍhadivaso vayakkhaṇo ti?

Na h'evaṃ vattabbe—pe—

Ekaṃ cittaṃ dve divase tiṭṭhatīti?

Āmantā.

Divaso uppādakkhaṇo, divaso vayakkhaṇo ti?

Na h'evaṃ vattabbe—pe—

Ekaṃ cittaṃ cattāro divase tiṭṭhati—pe—aṭṭha divase tiṭṭhati, dasa divase tiṭṭhati, vīsati divase tiṭṭhati, māsaṃ tiṭṭhati, dve māse tiṭṭhati, cattāro māse tiṭṭhati, aṭṭha māse tiṭṭhati, dasa māse tiṭṭhati, saṃvaccharaṃ tiṭṭhati, dve vassāni tiṭṭhati, cattāri vassāni tiṭṭhati, aṭṭha vassāni tiṭṭhati, dasa vassāni tiṭṭhati, vīsati vassāni tiṭṭhati, tiṃsa vassāni tiṭṭhati, cattārīsa vassāni tiṭṭhati, paññāsa vassāni tiṭṭhati, vassasataṃ tiṭṭhati, dve vassa-

---

[1] lohituppādakā, M. [2] °khaṇe, P.

satāni tiṭṭhati, cattāri vassasatāni tiṭṭhati, pañca vassasatāni tiṭṭhati, vassasahassaṃ tiṭṭhati, dve vassasahassāni tiṭṭhati, cattāri vassasahassāni tiṭṭhati, aṭṭha vassasahassāni tiṭṭhati, soḷasa vassasahassāni tiṭṭhati, kappaṃ tiṭṭhati, dve kappe tiṭṭhati, aṭṭha kappe tiṭṭhati, soḷasa kappe tiṭṭhati, battiṃsa kappe tiṭṭhati, catusaṭṭhī kappe tiṭṭhati, pañca kappasatāni tiṭṭhati, kappasahassaṃ tiṭṭhati, dve kappasahassāni tiṭṭhati, aṭṭha kappasahassāni tiṭṭhati, soḷasa kappasahassāni tiṭṭhati, vīsati kappasahassāni tiṭṭhati, cattārīsa kappasahassāni tiṭṭhati, saṭṭhikappasahassāni tiṭṭhati,—pe—caturāsīti vassaahasahassāni tiṭṭhatīti?

Āmantā.

Dve cattārīsa kappasahassāni uppādakkhaṇo, dve cattārīsa kappasahassāni vayakkhaṇo ti?

Na h'evaṃ vattabbe—pe—

2. Ekaṃ cittaṃ divasaṃ tiṭṭhatīti?

Āmantā.

Atth'aññe dhammā ekāhaṃ bahu pi[1] uppajjitvā nirujjhantīti?

Āmantā.

Te dhammā cittena lahuparivattā ti?

Na h'evaṃ vattabbe—pe—

Te dhammā cittena lahuparivattā ti?

Āmantā.

Nanu vuttaṃ Bhagavatā—"Nāhaṃ Bhikkhave aññaṃ ekaṃ dhammaṃ pi samanupassāmi evaṃ lahuparivattaṃ yathayidaṃ[2] cittam. Yāvañ c'idaṃ Bhikkhave upamā pi na sukarā yāva lahuparivattaṃ cittan ti." Atth'eva suttanto ti?

Āmantā.

Tena hi na vattabbaṃ "Te dhammā cittena lahuparivattā ti."

3. Te dhammā cittena lahuparivattā ti?

Āmantā.

Nanu vuttaṃ Bhagavatā—" Seyyathāpi Bhikkhave

[1] bahuppi, M. [2] M. inserts bhikkhave after yathayidaṃ.

makkaṭo[1] araññe pavane caramāno sākhaṃ gaṇhāti, taṃ muñcitvā aññaṃ gaṇhāti, taṃ muñcitvā aññaṃ gaṇhāti, evameva kho Bhikkhave yadidaṃ vuccati "cittaṃ iti pi," "mano iti pi," "viññāṇaṃ iti pi," taṃ rattiyā ca divasassa ca aññad eva uppajjati, aññaṃ nirujjhatīti." Atth'eva suttanto ti?

Āmantā.

Tena hi na vattabbaṃ "Te dhammā cittena lahuparivattā ti."

4. Ekaṃ cittaṃ divasaṃ tiṭṭhatīti?

Āmantā.

Cakkhuviññāṇaṃ divasaṃ tiṭṭhatīti?

Na h'evaṃ vattabbe—pe—

Sotaviññāṇaṃ—pe—ghānaviññāṇaṃ, jivhāviññāṇaṃ, kāyaviññāṇaṃ, akusalaṃ cittaṃ, rāgasahagataṃ dosasahagataṃ mohasahagataṃ mānasahagataṃ diṭṭhisahagataṃ vicikicchāsahagataṃ thīnasahagataṃ uddhaccasahagataṃ ahirikasahagataṃ anottappasahagataṃ cittaṃ divasaṃ tiṭṭhatīti?

Na h'evaṃ vattabbe—pe—

5. Ekaṃ cittaṃ divasaṃ tiṭṭhatīti?

Āmantā.

Yen'eva cittena cakkhunā rūpaṃ passati, ten'eva cittena sotena saddaṃ suṇāti—pe—ghānena gandhaṃ ghāyati, jivhāya rasaṃ sāyati, kāyena phoṭṭhabbaṃ phusati—pe—manasā dhammaṃ vijānāti—pe—yen'eva cittena manasā dhammaṃ vijānāti, ten'eva cittena cakkhunā rūpaṃ passati—pe—sotena saddaṃ suṇāti, ghānena gandhaṃ ghāyati, jivhāya rasaṃ sāyati, kāyena phoṭṭhabbaṃ phusatīti?

Na h'evaṃ vattabbe—pe—

6. Ekaṃ cittaṃ divasaṃ tiṭṭhatīti?

Āmantā.

Yen'eva cittena abhikkamati ten'eva cittena paṭikkamati, yen'eva cittena paṭikkamati ten'eva cittena abhikkamati, yen'eva cittena āloketi ten'eva cittena viloketi,

---

[1] maggato, P.S.

yen'eva cittena viloketi ten'eva cittena āloketi, yen'eva cittena sammiñjeti[1] ten'eva cittena pasāreti, yen'eva cittena pasāreti ten'eva cittena sammiñjetīti?

Na h'evaṃ vattabbe—pe—

7. Ākāsānañcāyatanūpagānaṃ devānaṃ ekaṃ cittaṃ yāvatāyukaṃ tiṭṭhatīti?

Āmantā.

Manussānaṃ ekaṃ cittaṃ yāvatāyukaṃ tiṭṭhatīti?

Na h'evaṃ vattabbe—pe—

Ākāsānañcāyatanūpagānaṃ devānaṃ ekaṃ cittaṃ yāvatāyukaṃ tiṭṭhatīti?

Āmantā.

Cātummahārājikānaṃ devānaṃ—pe—Tāvatiṃsānaṃ devānaṃ, Yāmānaṃ devānaṃ, Tusitānaṃ devānaṃ, Nimmānaratīnaṃ devānaṃ, Paranimmitavasavattīnaṃ devānaṃ, Brahmapārisajjānaṃ devānaṃ, Brahmaparohitānaṃ devānaṃ, Mahābrahmānaṃ devānaṃ, Parittābhānaṃ devānaṃ, Appamāṇābhānaṃ devānaṃ, Ābhassarānaṃ devānaṃ, Parittasubhānaṃ devānaṃ, Appamāṇasubhānaṃ, devānaṃ, Subhakiṇṇānaṃ devānaṃ, Vehapphalānaṃ devānaṃ, Avihānaṃ devānaṃ, Atappānaṃ devānaṃ, Sudassānaṃ devānaṃ, Sudassīnaṃ devānaṃ—pe—Akaniṭṭhānaṃ devānaṃ ekaṃ cittaṃ yāvatāyukaṃ tiṭṭhatīti?

Na h'evaṃ vattabbe—pe—

8. Ākāsānañcāyatanūpagānaṃ devānaṃ vīsati kappasahassāni āyuppamāṇaṃ, ākāsānañcāyatanūpagānaṃ devānaṃ ekaṃ cittaṃ vīsati kappasahassāni tiṭṭhatīti?

Āmantā.

Manussānaṃ vassasataṃ āyuppamāṇaṃ, manussānaṃ ekaṃ cittaṃ vassasataṃ tiṭṭhatīti?

Na h'evaṃ vattabbe—pe—

Ākāsānañcāyatanūpagānaṃ devānaṃ vīsati kappasahassāni āyuppamāṇaṃ, ākāsānañcāyatanūpagānaṃ devānaṃ ekaṃ cittaṃ vīsati kappasahassāni tiṭṭhatīti?

Āmantā.

---

[1] āsammiñjeti, P.

Cātummahārājikānaṃ devānaṃ pañca vassasatāni āyuppamāṇaṃ, cātummahārājikānaṃ devānaṃ ekaṃ cittaṃ pañca vassasatāni tiṭṭhati—pe—vassasahassaṃ tiṭṭhati, dve vassasahassāni tiṭṭhati, cattāri vassasahassāni tiṭṭhati, aṭṭha vassasahassāni tiṭṭhati, soḷasa vassasahassāni tiṭṭhati, kappassa tatiyabhāgaṃ tiṭṭhati, upaḍḍhakappaṃ tiṭṭhati, ekaṃ kappaṃ tiṭṭhati, dve kappe tiṭṭhati, cattāro kappe tiṭṭhati, aṭṭha kappe tiṭṭhati, soḷasa kappe tiṭṭhati, battiṃsa kappe tiṭṭhati, catusatthī kappe tiṭṭhati, pañca kappasatāni tiṭṭhati, kappasahassaṃ tiṭṭhati, dve kappasahassāni tiṭṭhati, cattāri kappasahassāni tiṭṭhati, aṭṭha kappasahassāni tiṭṭhati—pe—Akaniṭṭhagānaṃ devānaṃ soḷasa kappasahassāni āyuppamāṇaṃ, Akaniṭṭhagānaṃ devānaṃ ekaṃ cittaṃ soḷasa kappasahassāni tiṭṭhatīti?

Na h'evaṃ vattabbe—pe—

9. Ākāsānañcāyatanūpagānaṃ devānaṃ cittaṃ muhuttaṃ muhuttaṃ uppajjati, muhuttaṃ muhuttaṃ nirujjhatīti?

Āmantā.

Ākāsānañcāyatanūpagā devā muhuttaṃ muhuttaṃ cavanti, muhuttaṃ muhuttaṃ uppajjantīti?

Na h'evaṃ vattabbe—pe—

10. Ākāsānañcāyatanūpagānaṃ devānaṃ ekaṃ cittaṃ yāvatāyukaṃ tiṭṭhatīti?

Āmantā.

Ākāsānañcāyatanūpagā devā yen'eva cittena uppajjanti, ten'eva cittena cavantīti?

Na h'evaṃ vattabbe—pe—

Cittaṭṭhikathā.

II. 8.

1. Sabbe saṃkhārā anodhikatvā[1] kukkuḷā ti?

Āmantā.

Nanu atthi sukhā vedanā, kāyikaṃ sukhaṃ, cetasikaṃ

---

[1] anodhiṃ katvā, M.

sukhaṃ, dibbaṃ sukhaṃ, mānusakaṃ sukhaṃ, lābha-
sukhaṃ, sakkārasukhaṃ, yānasukhaṃ, sayanasukhaṃ,
issariyasukhaṃ, adhipaccasukhaṃ, gīhisukhaṃ, sāmañña-
sukhaṃ, sāsavaṃ sukhaṃ, anāsavaṃ sukhaṃ, upadhi-
sukhaṃ, nirupadhisukhaṃ, sāmisaṃ sukhaṃ, nisāmisaṃ
sukhaṃ, sappītikaṃ sukhaṃ, nippītikaṃ sukhaṃ, jhāna-
sukhaṃ, vimuttasukhaṃ, kāmasukhaṃ, nekkhammasu-
khaṃ, pavivekasukhaṃ, upasamasukhaṃ, sambodhisu-
khan ti?
Āmantā.
Hañci atthi sukhā vedanā—pe—sambodhisukhaṃ, no
vata re vattabbe "Sabbe saṃkhārā anodhikatvā kuk-
kuḷā ti."
2. Na vattabbaṃ "Sabbe saṃkhārā anodhikatvā kuk-
kuḷā ti"?
Āmantā.
Nanu vuttaṃ Bhagavatā—"Sabbaṃ Bhikkhave ādit-
taṃ. Kiñ ca Bhikkhave sabbaṃ ādittaṃ? Cakkhuṃ
Bhikkhave ādittaṃ, rūpā ādittā, cakkhuviññāṇaṃ ādittaṃ,
cakkhusaṃphasso āditto, yaṃ p'idaṃ[1] cakkhusaṃphas-
sapaccayā uppajjati vedayitaṃ sukhaṃ vā dukkhaṃ vā
adukkhamasukhaṃ vā, taṃ pi ādittaṃ. Kena ādittaṃ?[2]
Rāgagginā dosagginā mohagginā ādittaṃ, jātiyā jarā-
maraṇena, sokehi paridevehi dukkhehi domanassehi
upāyāsehi ādittan ti vadāmi. Sotaṃ ādittaṃ, saddā
ādittā—pe—ghānaṃ ādittaṃ, gandhā ādittā—pe—jivhā
ādittā, rasā ādittā—pe—kāyo āditto, phoṭṭhabbā ādittā—
pe—mano āditto, dhammā ādittā, manoviññāṇaṃ ādittaṃ,
manosaṃphasso āditto, yaṃ p'idaṃ manosaṃphassapac-
cayā uppajjati vedayitaṃ sukhaṃ vā dukkhaṃ vā aduk-
khamasukhaṃ vā, taṃ pi ādittaṃ. Kena ādittaṃ?
Rāgagginā dosagginā mohagginā ādittaṃ, jātiyā jarā-
maraṇena, sokehi paridevehi dukkhehi domanassehi
upāyāsehi ādittan ti vadāmīti."
Atth'eva suttanto ti?
Āmantā.

---

[1] yaṃ idaṃ, M.   [2] P.S.S.₂ omit Kena ādittaṃ.

Tena hi sabbe saṃkhārā anodhikatvā kukkuḷā ti.

3. Sabbe saṃkhārā anodhikatvā kukkuḷā ti?

Āmantā.

Nanu vuttaṃ Bhagavatā—"Pañc'ime Bhikkhave kāmaguṇā. Katame pañca? Cakkhuviññeyyā rūpā iṭṭhā kantā manāpā piyarūpā kāmūpasaṃhitā rajanīyā, sotaviññeyyā saddā—pe—ghānaviññeyyā gandhā—pe—jivhāviññeyyā rasā—pe—kāyaviññeyyā phoṭṭhabbā iṭṭhā kantā manāpā piyarūpā kāmūpasaṃhitā rajanīyā: ime kho Bhikkhave pañca kāmaguṇā ti." Atth'eva suttanto ti?

Āmantā.

Tena hi na vattabbaṃ "Sabbe saṃkhārā anodhikatvā kukkuḷā ti."

4. Na vattabbaṃ "Sabbe saṃkhārā anodhikatvā kukkuḷā ti"?

Āmantā.

Nanu vuttaṃ Bhagavatā—"Lābhā vo[1] Bhikkhave, suladdhaṃ vo[2] Bhikkhave, khaṇo vo paṭividdho brahmacariyavāsāya. Diṭṭhā mayā Bhikkhave cha phassāyatanikā nāma nirayā, tattha yaṃ kiñci cakkhunā rūpaṃ passati, aniṭṭharūpañ ñeva passati, no iṭṭharūpaṃ; akantarūpañ ñeva passati, no kantarūpaṃ; amanāparūpañ ñeva passati, no manāparūpaṃ: yaṃ kiñci sotena saddaṃ suṇāti—pe—ghānena gandhaṃ ghāyati—pe—jivhāya rasaṃ sāyati—pe—kāyena phoṭṭhabbaṃ phusati—pe—manasā dhammaṃ vijānāti, aniṭṭharūpañ ñeva vijānāti, no iṭṭharūpaṃ; akantarūpañ ñeva vijānāti, no kantarūpaṃ; amanāparūpañ ñeva vijānāti, no manāparūpan ti." Atth'eva suttanto ti?

Āmantā.

Tena hi sabbe saṃkhārā anodhikatvā kukkuḷā ti.

5. Sabbe saṃkhārā anodhikatvā kukkuḷā ti?

Āmantā.

Nanu vuttaṃ Bhagavatā—"Lābhā vo Bhikkhave, suladdhaṃ vo Bhikkhave, khaṇo vo paṭividdho brahmacariyavāsāya. Diṭṭhā mayā Bhikkhave cha phassāya-

---

[1] te, P.S₂. [2] suladdhan to, P.

tanikā nāma saggā, tattha yaṃ kiñci cakkhunā rūpaṃ passati, iṭṭharūpañ ñeva passati, no aniṭṭharūpaṃ; kantarūpañ ñeva passati, no akantarūpaṃ; manāparūpañ ñeva passati, no amanāparūpaṃ: yaṃ kiñci sotena saddaṃ suṇāti—pe—ghānena gandhaṃ ghāyati—pe—jivhāya rasaṃ sāyati—pe—kāyena phoṭṭhabbaṃ phusati—pe—manasā dhammaṃ vijānāti, iṭṭharūpañ ñeva vijānāti, no aniṭṭharūpaṃ; kantarūpañ ñeva passati, no akantarūpaṃ; manāparūpañ ñeva passati, no amanāparūpan ti." Atth'eva suttanto ti?

Āmantā.

Tena hi na vattabbaṃ "Sabbe saṃkhārā anodhikatvā kukkuḷā ti."

6. Na vattabbaṃ "Sabbe saṃkhārā anodhikatvā kukkuḷā ti"?

Āmantā.

Nanu yad aniccaṃ taṃ dukkhaṃ vuttaṃ Bhagavatā, sabbe saṃkhārā aniccā ti?

Āmantā.

Hañci yad aniccaṃ taṃ dukkhaṃ vuttaṃ Bhagavatā, sabbe saṃkhārā aniccā, tena vata re vattabbe "Sabbe saṃkhārā anodhikatvā kukkuḷā ti."

7. Sabbe saṃkhārā anodhikatvā kukkuḷā ti?

Āmantā.

Dānaṃ aniṭṭhaphalaṃ akantaphalaṃ amanuññaphalaṃ secanakaphalaṃ dukkhindriyaṃ[1] dukkhavipākan ti?

Na h'evaṃ vattabbe—pe—

Sīlaṃ—pe—uposatho—pe—bhāvanā—pe—brahmacariyaṃ aniṭṭhaphalaṃ akantaphalaṃ amanuññaphalaṃ secanakaphalaṃ dukkhindriyaṃ dukkhavipākan ti?

Na h'evaṃ vattabbe—pe—

Nanu dānaṃ iṭṭhaphalaṃ kantaphalaṃ manuññaphalaṃ asecanakaphalaṃ sukhindriyaṃ sukhavipākan ti?

Āmantā.

Hañci dānaṃ iṭṭhaphalaṃ kantaphalaṃ manuññaphalaṃ asecanakaphalaṃ sukhindriyaṃ sukhavipākaṃ,

[1] dukkhudrayaṃ, M. always.

no vata re vattabbe "Sabbe saṃkhārā anodhikatvā kukkuḷā ti."

Nanu sīlaṃ—pe—uposatho—pe—bhāvanā—pe—brahmacariyaṃ iṭṭhaphalaṃ kantaphalaṃ manuññaphalaṃ asecanakaphalaṃ sukhindriyaṃ sukhavipākan ti?

Āmantā.

Hañci brahmacariyaṃ iṭṭhaphalaṃ kantaphalaṃ manuññaphalaṃ asecanakaphalaṃ sukhindriyaṃ sukhavipākaṃ, no vata re vattabbe "Sabbe saṃkhārā anodhikatvā kukkuḷā ti."

8. Sabbe saṃkhārā anodhikatvā kukkuḷā ti?

Āmantā.

Nanu vuttaṃ Bhagavatā—

"Sukho viveko[1] tuṭṭhassa
Sutadhammassa passato
Abyāpajjhaṃ sukhaṃ loke
Pāṇabhūtesu saññamo.
Sukhā virāgatā loke
Kāmānaṃ samatikkamo
Asmimānassa yo vinayo
Etaṃ ve paramaṃ sukhaṃ.
Taṃ sukhena sukhaṃ pattaṃ
Accantaṃ sukhaṃ eva taṃ
Tisso vijjā anuppattā
Etaṃ ve[2] paramaṃ sukhan ti."

Atth'eva suttanto ti?

Āmantā.

Tena hi na vattabbaṃ "Sabbe saṃkhārā anodhikatvā kukkuḷā ti."

Kukkuḷakathā.

II. 9.

1. Anupubbābhisamayo ti?

Āmantā.

---

[1] vipāko, P. [2] ce, P.

Anupubbena sotāpattimaggaṃ bhāvetīti?
Na h'evaṃ vattabbe—pe—
Anupubbena sotāpattimaggaṃ bhāvetīti?
Āmantā.
Anupubbena sotāpattiphalaṃ sacchikarotīti?
Na h'evaṃ vattabbe—pe—
2. Anupubbābhisamayo ti?
Āmantā.
Anupubbena sakadāgāmimaggaṃ bhāvetīti?
Na h'evaṃ vattabbe—pe—
Anupubbena sakadāgāmimaggaṃ bhāvetīti?
Āmantā.
Anupubbena sakadāgāmiphalaṃ sacchikarotīti?
Na h'evaṃ vattabbe—pe—
3. Anupubbābhisamayo ti?
Āmantā.
Anupubbena anāgāmimaggaṃ bhāvetīti?
Na h'evaṃ vattabbe—pe—
Anupubbena anāgāmimaggaṃ bhāvetīti?
Āmantā.
Anupubbena anāgāmiphalaṃ sacchikarotīti?
Na h'evaṃ vattabbe—pe—
4. Anupubbābhisamayo ti?
Āmantā.
Anupubbena arahattamaggaṃ bhāvetīti?
Na h'evaṃ vattabbe—pe—
Anupubbena arahattamaggaṃ bhāvetīti?
Āmantā.
Anupubbena arahattaphalaṃ sacchikarotīti?
Na h'evaṃ vattabbe—pe—

5. Sotāpattiphalasacchikiriyāya paṭipanno puggalo dukkhadassanena kiṃ jahatīti?

Sakkāyadiṭṭhiṃ vicikicchaṃ sīlabbataparāmāsaṃ tadekaṭṭhe ca kilese catubhāgaṃ jahatīti.

Catubhāgaṃ sotāpanno, catubhāgaṃ na sotāpanno; catubhāgaṃ sotāpattiphalappatto paṭiladdho adhigato[1]

[1] avikato, P.S₂.

sacchikato upasampajja viharati, kāyena phusitvā[1] viharati, catubhāgaṃ na kāyena phusitvā viharati; catubhāgaṃ sattakkhattuparamo, kolaṃkolo, ekabījī,[2] Buddhe aveccappasādena samannāgato, Dhamme—pe—Saṃghe—pe—ariyakantehi sīlehi samannāgato, catubhāgaṃ na ariyakantehi sīlehi samannāgato ti?

Na h'evaṃ vattabbe—pe—

6. Samudayadassanena—pe—nirodhadassanena—pe—maggadassanena kiṃ jahatīti?

Sakkāyadiṭṭhiṃ vicikicchaṃ sīlabbataparāmāsaṃ tadekaṭṭhe ca kilese catubhāgaṃ jahatīti.

Catubhāgaṃ sotāpanno, catubhāgaṃ na sotāpanno; catubhāgaṃ sotāpattiphalappatto paṭiladdho adhigato sacchikato upasampajja viharati, kāyena phusitvā viharati, catubhāgaṃ na kāyena phusitvā viharati; catubhāgaṃ sattakkhattuparamo, kolaṃkolo, ekabījī, Buddhe aveccappasādena samannāgato, Dhamme—pe—Saṃghe—pe—ariyakantehi sīlehi samannāgato, catubhāgaṃ na ariyakantehi sīlehi samannāgato ti?

Na h'evaṃ vattabbe—pe—

7. Sakadāgāmiphalasacchikiriyāya paṭipanno puggalo dukkhadassanena kiṃ jahatīti?

Oḷārikaṃ kāmarāgaṃ oḷārikaṃ byāpādaṃ tadekaṭṭhe ca kilese catubhāgaṃ jahatīti.

Catubhāgaṃ sakadāgāmī, catubhāgaṃ na sakadāgāmī; catubhāgaṃ sakadāgāmiphalappatto paṭiladdho adhigato sacchikato upasampajja viharati, kāyena phusitvā viharati, catubhāgaṃ na kāyena phusitvā viharatīti?

Na h'evaṃ vattabbe—pe—

Samudayadassanena — pe — nirodhadassanena — pe — maggadassanena kiṃ jahatīti?

Oḷārikaṃ kāmarāgaṃ oḷārikaṃ byāpādaṃ tad ekaṭṭhe ca kilese catubhāgaṃ jahatīti.

Catubhāgaṃ sakadāgāmī, catubhāgaṃ na sakadāgāmī; catubhāgaṃ sakadāgāmiphalappatto paṭiladdho adhigato

[1] phussitvā, P.S.S_2. [2] ekabīji, P.S_2.

sacchikato upasampajja viharati, kāyena phusitvā viharati, catubhāgaṃ na kāyena phusitvā viharatīti?

Na h'evaṃ vattabbe—pe—

8. Anāgāmiphalasacchikiriyāya paṭipanno puggalo dukkhadassanena kiṃ jahatīti?

Aṇusahagataṃ kāmarāgaṃ aṇusahagataṃ byāpādaṃ tadekaṭṭhe ca kilese catubhāgaṃ jahatīti.

Catubhāgaṃ anāgāmī, catubhāgaṃ na anāgāmī; catubhāgaṃ anāgāmiphalappatto paṭiladdho adhigato sacchikato upasampajja viharati, kāyena phusitvā viharati, catubhāgaṃ na kāyena phusitvā viharati; catubhāgaṃ antarāparinibbāyī[1] — pe — upahaccaparinibbāyī — pe — asaṃkhāraparinibbāyī—pe—sasaṃkhāraparinibbāyī—pe uddhaṃsoto akaniṭṭhagāmī, catubhāgaṃ na uddhaṃsoto na akaniṭṭhagāmī ti?

Na h'evaṃ vattabbe—pe—

Samudayadassanena — pe — nirodhadassanena — pe — maggadassanena kiṃ jahatīti?

Aṇusahagataṃ kāmarāgaṃ aṇusahagataṃ byāpādaṃ tadekaṭṭhe ca kilese catubhāgaṃ jahatīti.

Catubhāgaṃ anāgāmī, catubhāgaṃ na anāgāmī; catubhāgaṃ anāgāmiphalappatto paṭiladdho adhigato sacchikato upasampajja viharati, kāyena phusitvā viharati, catubhāgaṃ na kāyena phusitvā viharati; catubhāgaṃ antarāparinibbāyī — pe — upahaccaparinibbāyī — pe — asaṃkhāraparinibbāyī—pe—sasaṃkhāraparinibbāyī—pe —uddhaṃsoto akaniṭṭhagāmī, catubhāgaṃ na uddhaṃsoto na akaniṭṭhagāmī ti?

Na h'evaṃ vattabbe—pe—

9. Arahattasacchikiriyāya paṭipanno puggalo dukkhadassanena kiṃ jahatīti?

Rūparāgaṃ arūparāgaṃ mānaṃ uddhaccaṃ avijjaṃ tadekaṭṭhe ca kilese catubhāgaṃ jahatīti.

Catubhāgaṃ Arahā, catubhāgaṃ na Arahā; catubhāgaṃ arahattappatto paṭiladdho adhigato sacchikato upasampajja viharati, kāyena phusitvā viharati, catubhāgaṃ na

[1] °parinibbāyi, P.S.S₂.

kāyena phusitvā viharati; catubhāgaṃ vītarāgo vītadoso vītamoho katakaraṇīyo ohitabhāro anuppattasadattho parikkhīṇabhavasaññojano sammadaññā vimutto ukkhittapaligho saṃkiṇṇaparikho abbuḷhesiko niraggalo ariyo pannaddhajo pannabhāro visaññutto suvijitavijayo, dukkhan tassa pariññātaṃ, samudayo pahīno, nirodho sacchikato, maggo bhāvito, abhiññeyyaṃ abhiññātaṃ, pariññeyyaṃ pariññātaṃ, pahātabbaṃ pahīnaṃ, bhāvetabbaṃ bhāvitaṃ—pe—sacchikātabbaṃ sacchikataṃ, catubhāgaṃ sacchikātabbaṃ na sacchikatan ti?

Na h'evaṃ vattabbe—pe—

Samudayadassanena — pe — nirodhadassanena — pe — maggadassanena kiṃ jahatīti?

Rūparāgaṃ arūparāgaṃ mānaṃ uddhaccaṃ avijjaṃ tadekaṭṭhe ca kilese catubhāgaṃ jahatīti.

Catubhāgaṃ Arahā, catubhāgaṃ na Arahā; catubhāgaṃ arahattappatto paṭiladdho adhigato sacchikato upasampajja viharati, kāyena phusitvā viharati, catubhāgaṃ na kāyena phusitvā viharati; catubhāgaṃ vītarāgo vītadoso vītamoho katakaraṇīyo ohitabhāro anuppattasadattho parikkhīṇabhavasaññojano sammadaññā vimutto ukkhittapaligho saṃkiṇṇaparikho abbuḷhesiko niraggalo ariyo pannaddhajo pannabhāro visaññutto suvijitavijayo, dukkhan tassa pariññātaṃ, samudayo pahīno, nirodho sacchikato, maggo bhāvito, abhiññeyyaṃ abhiññātaṃ, pariññeyyaṃ pariññātaṃ, pahātabbaṃ pahīnaṃ, bhāvetabbaṃ bhāvitaṃ—pe—sacchikātabbaṃ sacchikataṃ, catubhāgaṃ sacchikātabbaṃ na sacchikatan ti?

Na h'evaṃ vattabbe—pe—

10. Sotāpattiphalasacchikiriyāya paṭipanno puggalo dukkhaṃ dakkhanto "paṭipannako ti" vattabbo ti[1]?

Āmantā.

Dukkhe diṭṭhe "phale ṭhito ti" vattabbo ti?

Na h'evaṃ vattabbe—pe—

Samudayaṃ dakkhanto — pe — nirodhaṃ dakkhanto "paṭipannako ti" vattabbo ti?

---

[1] vattabbako ti, P.

Āmantā.

Nirodhe diṭṭhe "phale ṭhito ti" vattabbo ti?

Na h'evaṃ vattabbe—pe—

11. Sotāpattiphalasacchikiriyāya paṭipanno puggalo maggaṃ dakkhanto "paṭipannako ti" vattabbo, magge diṭṭhe "phale ṭhito ti" vattabbo ti?

Āmantā.

Dukkhaṃ dakkhanto "paṭipannako ti" vattabbo, dukkhe diṭṭhe "phale ṭhito ti" vattabbo ti?

Na h'evaṃ vattabbe—pe—

Maggaṃ dakkhanto "paṭipannako ti" vattabbo, magge diṭṭhe "phale ṭhito ti" vattabbo ti?

Āmantā.

Samudayaṃ dakkhanto—pe—nirodhaṃ dakkhanto "paṭipannako ti" vattabbo, nirodhe diṭṭhe "phale ṭhito ti" vattabbo ti?

Na h'evaṃ vattabbe—pe—

12. Sotāpattiphalasacchikiriyāya paṭipanno puggalo dukkhaṃ dakkhanto "paṭipannako ti" vattabbo, dukkhe diṭṭhe na vattabbaṃ "phale ṭhito ti" vattabbo ti?

Āmantā.

Maggaṃ dakkhanto "paṭipannako ti" vattabbo, magge diṭṭhe na vattabbaṃ "phale ṭhito ti" vattabbo ti?

Na h'evaṃ vattabbe—pe—

Samudayaṃ dakkhanto—pe—nirodhaṃ dakkhanto "paṭipannako ti" vattabbo, nirodhe diṭṭhe na vattabbaṃ "phale ṭhito ti" vattabbo ti?

Āmantā.

Maggaṃ dakkhanto "paṭipannako ti" vattabbo, magge diṭṭhe na vattabbaṃ "phale ṭhito ti" vattabbo ti?

Na h'evaṃ vattabbe—pe—

13. Sotāpattiphalasacchikiriyāya paṭipanno puggalo dukkhaṃ dakkhanto "paṭipannako ti" vattabbo dukkhe diṭṭhe na vattabbaṃ "phale ṭhito ti" vattabbo ti?

Āmantā.

Niratthiyaṃ[1] dukkhadassanaṃ ti?

---

[1] nidattiyaṃ, M.; niraṭṭhiyaṃ, P.S₂.

Na h'evaṃ vattabbe—pe—

Samudayaṃ dakkhanto — pe — nirodhaṃ dakkhanto "paṭipannako ti" vattabbo nirodhe diṭṭhe na vattabbaṃ "phale ṭhito ti" vattabbo ti?

Āmantā.

Niratthiyaṃ nirodhadassanan ti?

Na h'evaṃ vattabbe—pe—

14. Dukkhe diṭṭhe cattāri saccāni diṭṭhāni hontīti?

Āmantā.

Dukkhasaccaṃ cattāri saccānīti?

Na h'evaṃ vattabbe—pe—

Rūpakkhandhe aniccato diṭṭhe pañcakkhandhā aniccato diṭṭhā hontīti?

Āmantā.

Rūpakkhandho pañcakkhandhā ti?

Na h'evaṃ vattabbe—pe—

15. Cakkhāyatane aniccato diṭṭhe dvādasāyatanāni aniccato diṭṭhāni hontīti?

Āmantā.

Cakkhāyatanaṃ dvādasāyatanānīti?

Na h'evaṃ vattabbe—pe—

Cakkhudhātuyā aniccato diṭṭhāya aṭṭhārasa dhātuyo aniccato diṭṭhā hontīti?

Āmantā.

Cakkhudhātu aṭṭhārasa dhātuyo ti?

Na h'evaṃ vattabbe—pe—

Cakkhundriye aniccato diṭṭhe bāvīsatindriyāni aniccato diṭṭhāni hontīti?

Āmantā.

Cakkhundriyaṃ bāvīsatindriyānīti?

Na h'evaṃ vattabbe—pe—

16. Catūhi ñāṇehi[1] sotāpattiphalaṃ sacchikarotīti?

Āmantā.

Cattāri sotāpattiphalānīti?

Na h'evaṃ vattabbe—pe—

Aṭṭhahi ñāṇehi sotāpattiphalaṃ sacchikarotīti?

---

[1] viññāṇehi, P.

Āmantā.

Aṭṭha sotāpattiphalānīti?

Na h'evaṃ vattabbe—pe—

Dvādasahi ñāṇehi sotāpattiphalaṃ sacchikarotīti?

Āmantā.

Dvādasa sotāpattiphalānīti?

Na h'evaṃ vattabbe—pe—

Catucattārīsāya ñāṇehi sotāpattiphalaṃ sacchikarotīti?

Āmantā.

Catucattārīsa sotāpattiphalānīti?

Na h'evaṃ vattabbe—pe—

Sattasattatiyā ñāṇehi sotāpattiphalaṃ sacchikarotīti?

Āmantā.

Sattasattati sotāpattiphalānīti?

Na h'evaṃ vattabbe—pe—

17. Na vattabbaṃ "Anupubbābhisamayo ti"?

Āmantā.

Nanu vuttaṃ Bhagavatā—"Seyyathāpi Bhikkhave mahāsamuddo anupubbaninno anupubbapoṇo anupubbapabbhāro na[1] āyataken' eva papāto,[2] evameva kho Bhikkhave imasmiṃ Dhammavinaye anupubbasikkhā anupubbakiriyā anupubbapaṭipadā na āyataken' eva aññāpaṭivedho ti." Atth'eva suttanto ti?

Āmantā.

Tena hi anupubbābhisamayo ti.

18. Na vattabbaṃ "Anupubbābhisamayo ti"?

Āmantā.

Nanu vuttaṃ Bhagavatā—

"Anupubbena medhāvī
Thokaṃ thokaṃ[3] khaṇe khaṇe
Kammāro rajatass'[4] eva
Niddhame malaṃ attano ti."

Atth'eva suttanto ti?

Āmantā.

Tena hi anupubbābhisamayo ti.

---

[1] P. omits na. [2] pāto, P.
[3] thokathokam, P.S.S_1. [4] rajakass'eva, P.S_2.

19. Anupubbābhisamayo[1] ti?

Āmantā.

Nanvāyasmā Gavampatī thero bhikkhū[2] etad avoca—"Sammukhā me taṃ āvuso Bhagavato sutaṃ, sammukhā paṭiggahītaṃ—'Yo Bhikkhave dukkhaṃ passati, dukkhasamudayaṃ pi so passati, dukkhanirodhaṃ pi passati, dukkhanirodhagaminipatipadaṃ pi passati. Yo dukkhasamudayaṃ passati, dukkhaṃ pi so passati, dukkhanirodhaṃ pi passati, dukkhanirodhagāminipaṭipadaṃ pi passati. Yo dukkhanirodhaṃ passati, dukkhaṃ pi so passati, dukkhasamudayaṃ pi passati, dukkhanirodhagāminipaṭipadaṃ pi passati. Yo dukkhanirodhagāminipaṭipadaṃ passati, dukkhaṃ pi so passati, dukkhasamudayaṃ pi passati, dukkhanirodhaṃ pi passatīti.'" Atth'eva suttanto ti?

Āmantā.

Tena hi na vattabbaṃ, "Anupubbābhisamayo ti."

20. Anupubbābhisamayo ti?

Āmantā.

Nanu vuttaṃ Bhagavatā—

"Sahā v'assa dassanasampadāya —pe— cha cābhiṭhānāni abhabbo kātun ti." Atth'eva suttanto ti?

Āmantā.

Tena hi na vattabbaṃ "Anupubbābhisamayo ti."

21. Anupubbābhisamayo ti?

Āmantā.

Nanu vuttaṃ Bhagavatā—"Yasmiṃ Bhikkhave samaye ariyasāvakassa virajaṃ vītamalaṃ dhammacakkhuṃ udapādi, 'yaṃ kiñci samudayadhammaṃ, sabban taṃ nirodhadhamman ti,' saha dassanuppādā Bhikkhave ariyasāvakassa tīṇi saññojanāni pahīyanti, sakkāyadiṭṭhi, vicikicchā, sīlabbataparāmāso ti." Atth'eva suttanto ti?

Āmantā.

Tena hi na vattabbaṃ "Anupubbābhisamayo ti."

Anupubbābhisamayakathā.

---

[1] M. K. insert na vattabbaṃ. [2] bhikkhu, P.

II. 10.

1. Buddhassa bhagavato vohāro lokuttaro ti?

Āmantā.

Lokuttare sote paṭihaññati no lokiye, lokuttarena viññāṇena paṭivijānanti no lokiyena, sāvakā paṭivijānanti no puthujjanā ti?

Na h'evaṃ vattabbe—pe—

Nanu Buddhassa bhagavato vohāro lokiye sote paṭihaññatīti?

Āmantā.

Hañci Buddhassa bhagavato vohāro lokiye sote paṭihaññati, no vata re vattabbe "Buddhassa bhagavato vohāro lokuttaro ti."

Nanu Buddhassa bhagavato vohāraṃ lokiyena viññāṇena paṭivijānantīti?

Āmantā.

Hañci Buddhassa bhagavato vohāraṃ lokiyena viññāṇena paṭivijānanti, no vata re vattabbe "Buddhassa bhagavato vohāro lokuttaro ti."

Nanu Buddhassa bhagavato vohāraṃ puthujjanā paṭivijānantīti?

Āmantā.

Hañci Buddhassa bhagavato vohāraṃ puthujjanā paṭivijānanti, no vata re vattabbe "Buddhassa bhagavato vohāro lokuttaro ti."

2. Buddhassa bhagavato vohāro lokuttaro ti?

Āmantā.

Maggo, phalaṃ, nibbānaṃ, sotāpattimaggo, sotāpattiphalaṃ, sakadāgāmimaggo, sakadāgāmiphalaṃ, anāgāmimaggo, anāgāmiphalaṃ, arahattamaggo, arahattaphalaṃ, satipaṭṭhānaṃ, sammappadhānaṃ, iddhipādā, indriyaṃ, balaṃ, bojjhaṅgo ti?

Na h'evaṃ vattabbe—pe—

3. Buddhassa bhagavato vohāro lokuttaro ti?

Āmantā.

Atthi keci Buddhassa bhagavato vohāraṃ suṇantīti?

Āmantā.

Lokuttaro dhammo sotaviññeyyo, sotasmiṃ paṭihaññati, sotassa āpāthaṃ[1] āgacchatīti?

Na h'evaṃ vattabbe—pe—

Nanu lokuttaro dhammo na sotaviññeyyo, na sotasmiṃ paṭihaññati, na sotassa āpāthaṃ āgacchatīti?

Āmantā.

Hañci lokuttaro dhammo na sotaviññeyyo, na sotasmiṃ paṭihaññati, na sotassa āpāthaṃ āgacchati, no vata re vattabbe "Buddhassa bhagavato vohāro lokuttaro ti."

4. Buddhassa bhagavato vohāro lokuttaro ti?

Āmantā.

Atthi keci Buddhassa bhagavato vohāre rajjeyyuṃ[2] ti?

Āmantā.

Lokuttaro dhammo rāgaṭṭhānīyo, rajanīyo, kamanīyo, madanīyo, bandhanīyo, mucchanīyo ti?

Na h'evaṃ vattabbe—pe—

Nanu lokuttaro dhammo na rāgaṭṭhānīyo, na rajanīyo, na kamanīyo, na madanīyo, na bandhanīyo, na mucchanīyo ti?

Āmantā.

Hañci lokuttaro dhammo na rāgaṭṭhānīyo, na rajanīyo, na kamanīyo, na madanīyo, na bandhanīyo, na mucchanīyo, no vata re vattabbe "Buddhassa bhagavato vohāro lokuttaro ti."

5. Buddhassa bhagavato vohāro lokuttaro ti?

Āmantā.

Atthi keci Buddhassa bhagavato vohāraṃ dusseyyun ti?

Āmantā.

Lokuttaro dhammo dosaṭṭhānīyo, kopaṭṭhānīyo, paṭighaṭṭhānīyo ti?

Na h'evaṃ vattabbe—pe—

Nanu lokuttaro dhammo na dosaṭṭhānīyo, na kopaṭṭhānīyo, na paṭighaṭṭhānīyo ti?

Āmantā.

Hañci lokuttaro dhammo na dosaṭṭhānīyo, na kopaṭṭhā-

---

[1] ābādhaṃ, P.S₂. [2] dajj°, P.

nīyo, na paṭighaṭṭhānīyo, no vata re vattabbe "Buddhassa bhagavato vohāro lokuttaro ti."

6. Buddhassa bhagavato vohāro lokuttaro ti?

Āmantā.

Atthi keci Buddhassa bhagavato vohāre muyheyyun [1] ti?

Āmantā.

Lokuttaro dhammo mohaṭṭhānīyo, aññāṇakaraṇo, acakkhukaraṇo, paññānirodhiko, vighātapakkhiko, anibbānasaṃvattaniko ti?

Na h'evaṃ vattabbe—pe—

Nanu lokuttaro dhammo na mohaṭṭhānīyo, na aññāṇakaraṇo, na acakkhukaraṇo, paññāvuddhiko,[2] avighātapakkhiko, nibbānasaṃvattaniko ti?

Āmantā.

Hañci lokuttaro dhammo na mohaṭṭhānīyo, na aññāṇakaraṇo, na acakkhukaraṇo, paññāvuddhiko, avighātapakkhiko, nibbānasaṃvattaniko, no vata re vattabbe "Buddhassa bhagavato vohāro lokuttaro ti."

7. Buddhassa bhagavato vohāro lokuttaro ti?

Āmantā.

Ye keci Buddhassa bhagavato vohāraṃ suṇanti, sabbe te maggaṃ bhāventīti?

Na h'evaṃ vattabbe—pe—

Ye keci Buddhassa bhagavato vohāraṃ suṇanti, sabbe te maggaṃ bhāventīti?

Āmantā.

Bālaputhujjanā Buddhassa bhagavato vohāraṃ suṇanti, bālaputhujjanā maggaṃ bhāventīti?

Na h'evaṃ vattabbe—pe—

Mātughātakā — pe — pitughātakā, arahantaghātakā, rubiruppādakā [3]—pe—saṃghabhedakā Buddhassa bhagavato vohāraṃ suṇanti, saṃghabhedakā maggaṃ bhāventīti?

Na h'evaṃ vattabbe—pe—

[1] muyhantīti, P.S.S₂. [2] buddhiko, P.S₂.
[3] lohituppādakā, P.S₂.

8. Labbhā sovaṇṇayāya[1] laṭṭhiyā dhaññapuñjo pi suvaṇṇapuñjo pi ācikkhituṃ ti?

Āmantā.

Evameva Bhagavā lokuttarena vohārena lokiyaṃ pi lokuttaraṃ pi dhammaṃ voharatīti.

Labbhā elaṇḍiyāya[2] laṭṭhiyā dhaññapuñjo pi suvaṇṇapuñjo pi ācikkhituṃ ti?

Āmantā.

Evameva Bhagavā lokiyena vohārena lokiyaṃ pi lokuttaraṃ pi dhammaṃ voharatīti.

9. Buddhassa bhāgavato vohāro lokiyaṃ voharantassa lokiyo hoti, lokuttaraṃ voharantassa lokuttaro hotīti?

Āmantā.

Lokiyaṃ voharantassa so lokiye sote paṭihaññati, lokuttaraṃ voharantassa lokuttare sote paṭihaññati; lokiyaṃ voharantassa lokiyena viññāṇena paṭivijānanti, lokuttaraṃ voharantassa lokuttarena viññāṇena paṭivijānanti; lokiyaṃ voharantassa puthujjanā paṭivijānanti lokuttaraṃ voharantassa sāvakā paṭivijānantīti?

Na h'evaṃ vattabbe—pe—

10. Na vattabbaṃ "Buddhassa bhagavato vohāro lokiyaṃ voharantassa lokiyo hoti, lokuttaraṃ voharantassa lokuttaro hotīti"?

Āmantā.

Nanu Bhagavā lokiyaṃ pi lokuttaraṃ pi dhammaṃ voharatīti?

Āmantā.

Hañci Bhagavā lokiyaṃ pi lokuttaraṃ pi dhammaṃ voharati, tena vata re vattabbe "Buddhassa bhagavato vohāro lokiyaṃ voharantassa lokiyo hoti, lokuttaraṃ voharantassa lokuttaro hotīti."

11. Buddhassa bhagavato vohāro lokiyaṃ voharantassa lokiyo hoti, lokuttaraṃ voharantassa lokuttaro hotīti?

Āmantā.

Maggaṃ voharantassa maggo hoti, amaggaṃ voharan-

---

[1] sovaṇṇamayāya, M.K.

[2] elaṇḍhatiyāya, P.; elaṇḍhayāya, S_2.

tassa amaggo hoti; phalaṃ voharantassa phalaṃ hoti, aphalaṃ voharantassa aphalaṃ hoti; nibbānaṃ voharantassa nibbānaṃ hoti, anibbānaṃ voharantassa anibbānaṃ hoti; saṃkhataṃ voharantassa saṃkhataṃ hoti, asaṃkhataṃ voharantassa asaṃkhataṃ hoti; rūpaṃ voharantassa rūpaṃ hoti, arūpaṃ voharantassa arūpaṃ hoti; vedanaṃ voharantassa vedanā hoti, avedanaṃ voharantassa avedanā hoti; saññaṃ voharantassa saññā hoti, asaññaṃ voharantassa asaññā hoti; saṃkhāre voharantassa saṃkhārā honti, asaṃkhāre voharantassa asaṃkhārā honti; viññāṇaṃ voharantassa viññāṇaṃ hoti, aviññāṇaṃ voharantassa aviññāṇaṃ hotīti?

Na h'evaṃ vattabbe—pe—

Vohārakathā.

II. 11.

1. Dve nirodhā ti?

Āmantā.

Dve[1] dukkhanirodhā ti?

Na h'evaṃ vattabbe—pe—

Dve dukkhanirodhā ti?

Āmantā.

Dve nirodhasaccānīti?

Na h'evaṃ vattabbe—pe—

Dve nirodhasaccānīti?

Āmantā.

Dve dukkhasaccānīti?

Na h'evaṃ vattabbe—pe—

Dve nirodhasaccānīti?

Āmantā.

Dve samudayasaccānīti?

Na h'evaṃ vattabbe—pe—

Dve nirodhasaccānīti?

Āmantā.

---

[1] P.S.S_2. omit dve.

Dve maggasaccānīti?

Na h'evaṃ vattabbe—pe—

Dve nirodhasaccānīti?

Āmantā.

Dve tāṇāni [1]—pe—dve leṇāni, dve saraṇāni, dve parāyanāni, dve accutāni,[2] dve amatāni—pe—, dve nibbānānīti?

Na h'evaṃ vattabbe—pe—

Dve nibbānānīti?

Āmantā.

Atthi dvinnaṃ nibbānānaṃ uccanīcatā hīnapaṇītatā ukkaṃsāvakaṃso sīmā vā bhedo vā rājī vā antarikā [3] vā ti?

Na h'evaṃ vattabbe—pe—

2. Dve nirodhā ti?

Āmantā.

Nanu appaṭisaṃkhāniruddhe [4] saṃkhāre paṭisaṃkhā nirodhentīti?

Āmantā.

Hañci appaṭisaṃkhāniruddhe saṃkhāre paṭisaṃkhā nirodhenti, no vata re vattabbe "Dve nirodhā ti."

3. Na vattabbaṃ "Dve nirodhā ti"?

Āmantā.

Nanu appaṭisaṃkhāniruddhā saṃkhārā accantabhaggā, paṭisaṃkhāniruddhā saṃkhārā accantabhaggā ti?

Āmantā.

Hañci appaṭisaṃkhāniruddhā saṃkhārā accantabhaggā, paṭisaṃkhāniruddhā saṃkhārā accantabhaggā, tena vata re vattabbe "Dve nirodhā ti."

4. Dve nirodhā ti?

Āmantā.

Paṭisaṃkhāniruddhā saṃkhārā ariyamaggaṃ āgamma [5] niruddhā ti?

Āmantā.

---

[1] tānāni, P. [2] accuttāni, P.
[3] anantarikā, P.; anantarikā, S_2. [4] °ddhā, P.
[5] āramma, P.S_2.

Appaṭisaṃkhāniruddhā saṃkhārā ariyamaggaṃ āgamma niruddhā ti?

Na h'evaṃ vattabbe—pe—

5. Dve nirodhā ti?

Āmantā.

Paṭisaṃkhāniruddhā saṃkhārā na puna uppajjantīti?

Āmantā.

Appaṭisaṃkhāniruddhā saṃkhārā na puna uppajjantīti?

Na h'evaṃ vattabbe—pe—

Tena hi na vattabbaṃ "Dve nirodhā ti."

Nirodhakathā

Tassa uddānaṃ

Parūpahāro, Aññāṇaṃ, Kaṃkhā, Paravitāraṇā,
Vacībhedo, Dukkhāhāro, Ṭhiti, Kukkuḷā, Saṃkhārā,
Eko abhisamayo, Eko vohāro, Eko nirodho ti.

Dutiyo Vaggo.

III. 1.

1. Tathāgatabalaṃ sāvakasādhāraṇan ti?
Āmantā.
Tathāgatabalaṃ sāvakabalaṃ, sāvakabalaṃ Tathāgatabalan[1] ti?
Na h'evaṃ vattabbe—pe—
Tathāgatabalaṃ sāvakasādhāraṇan ti?
Āmantā.
Tañ ñeva Tathāgatabalaṃ taṃ sāvakabalaṃ, taṃ sāvakabalaṃ taṃ Tathāgatabalan ti?
Na h'evaṃ vattabbe—pe—
Tathāgatabalaṃ sāvakasādhāraṇan ti?
Āmantā.
Yādisaṃ Tathāgatabalaṃ, tādisaṃ sāvakabalaṃ; yādisaṃ sāvakabalaṃ, tādisaṃ Tathāgatabalan ti?
Na h'evaṃ vattabbe—pe—
Tathāgatabalaṃ sāvakasādhāraṇan ti?
Āmantā.
Yādiso Tathāgatassa pubbayogo pubbacariyā, dhammakkhānaṃ dhammadesanā, tādiso sāvakassa pubbayogo pubbacariyā, dhammakkhānaṃ dhammadesanā ti?
Na h'evaṃ vattabbe—pe—
2. Tathāgatabalaṃ sāvakasādhāraṇan ti?
Āmantā.
Tathāgato Jino Satthā Sammāsambuddho Sabbaññū Sabbadassāvī[2] Dhammasāmī Dhammapaṭisaraṇo ti?
Āmantā.
Sāvako Jino Satthā Sammāsambuddho Sabbaññū Sabbadassāvī Dhammasāmī Dhammapaṭisaraṇo ti?
Na h'evaṃ vattabbe—pe—
Tathāgatabalaṃ sāvakasādhāraṇan ti?
Āmantā.
Tathāgato anuppannassa maggassa uppādetā asañjātassa

---

[1] P.S.S.₂ omit Tathāgatabalan ti.
[2] °dayāvi, P.

maggassa sañjanetā anakkhātassa maggassa akkhātā maggaññū maggavidū maggakovido[1] ti?

Āmantā.

Sāvako anuppannassa maggassa uppādetā asañjātassa maggassa sañjanetā anakkhātassa maggassa akkhātā maggaññū maggavidū maggakovido ti?

Na h'evaṃ vattabbe—pe—

3. Indriyaparopariyattaṃ yathābhūtaṃ ñāṇaṃ Tathāgatabalaṃ sāvakasādhāraṇan ti?

Āmantā.

Sāvako sabbaññū sabbadassāvī ti?

Na h'evaṃ vattabbe—pe—

4. Sāvako ṭhānāṭhānaṃ jānātīti?

Āmantā.

Hañci sāvako ṭhānāṭhānaṃ jānāti, tena vata re vattabbe "Ṭhānāṭhānaṃ yathābhūtaṃ ñāṇaṃ Tathāgatabalaṃ sāvakasādhāraṇan ti."

5. Sāvako atītānāgatapaccuppannānaṃ kammasamādānānaṃ ṭhānaso hetuso vipākaṃ jānātīti?

Āmantā.

Hañci sāvako atītānāgatapaccuppannānaṃ kammasamādānānaṃ ṭhānaso hetuso vipākaṃ jānāti, tena vata re vattabbe "Atītānāgatapaccuppannānaṃ kammasamādānānaṃ ṭhānaso hetuso vipākaṃ yathābhūtaṃ ñāṇaṃ Tathāgatabalaṃ sāvakasādhāraṇan ti."

6. Sāvako sabbatthagāminipaṭipadaṃ jānātīti?

Āmantā.

Hañci sāvako sabbatthagāminipaṭipadaṃ jānāti, tena vata re vattabbe "Sabbatthagāminipaṭipadaṃ yathābhūtaṃ ñāṇaṃ Tathāgatabalaṃ sāvakasādhāraṇan ti."

7. Sāvako anekadhātuṃ nānādhātuṃ lokaṃ jānātīti?

Āmantā.

Hañci sāvako anekadhātuṃ nānādhātuṃ lokaṃ jānāti, tena vata re vattabbe "Anekadhātuṃ nānādhātuṃ lokaṃ yathābhūtaṃ ñāṇaṃ Tathāgatabalaṃ sāvakasādhāraṇan ti."

---

[1] kovidho, P.S$_2$.

8. Sāvako sattānaṃ nānādhimuttikataṃ jānātīti?

Āmantā.

Hañci sāvako sattānaṃ nānādhimuttikataṃ jānāti, tena vata re vattabbe "Sattānaṃ nānādhimuttikataṃ yathābhūtaṃ ñāṇaṃ Tathāgatabalaṃ sāvakasādhāraṇan ti."

9. Sāvako jhānavimokkhasamādhisamāpattīnaṃ[1] saṃkilesaṃ vohānaṃ vuṭṭhānaṃ jānātīti?

Āmantā.

Hañci sāvako jhānavimokkhasamādhisamāpattīnaṃ saṃkilesaṃ vohānaṃ vuṭṭhānaṃ jānāti, tena vata re vattabbe "Jhānavimokkhasamādhisamāpattīnaṃ saṃkilesaṃ vohānaṃ vuṭṭhānaṃ yathābhūtaṃ ñāṇaṃ Tathāgatabalaṃ sāvakasādhāraṇan ti."

10. Sāvako pubbenivāsānussatiṃ jānātīti?

Āmantā.

Hañci sāvako pubbenivāsānussatiṃ jānāti, tena vata re vattabbe "Pubbenivāsānussatiṃ yathābhūtaṃ ñāṇaṃ Tathāgatabalaṃ sāvakasādhāraṇan ti."

11. Sāvako sattānaṃ cutūpapātaṃ jānātīti?

Āmantā.

Hañci sāvako sattānaṃ cutūpapātaṃ jānāti, tena vata re vattabbe "Sattānaṃ cutūpapātaṃ yathābhūtaṃ ñāṇaṃ Tathāgatabalaṃ sāvakasādhāraṇan ti."

12. Nanu Tathāgatassāpi[2] āsavā khīṇā, sāvakassāpi āsavā khīṇā ti?

Āmantā.

Atthi kiñci nānākaraṇaṃ Tathāgatassa vā sāvakassa vā āsavakkhayena vā āsavakkhayaṃ vimuttiyā vā vimuttīti?

N'atthi.

Hañci n'atthi kiñci nānākaraṇaṃ Tathāgatassa vā sāvakassa vā āsavakkhayena vā āsavakkhayaṃ vimuttiyā vā vimutti, tena vata re vattabbe "Āsavānaṃ khaye yathābhūtaṃ ñāṇaṃ Tathāgatabalaṃ sāvakasādhāraṇan ti."

13. Āsavānaṃ khaye yathābhūtaṃ ñāṇaṃ Tathāgatabalaṃ sāvakasādhāraṇan ti?

---

[1] vimokkha°, P.S_2.

[2] Tathāgatassāti, P.S_2.

Āmantā.

Ṭhānāṭhāne yathābhūtaṃ ñāṇaṃ Tathāgatabalaṃ sāvakasādhāraṇan ti?

Na h'evaṃ vattabbe—pe—

Āsavānaṃ khaye yathābhūtaṃ ñāṇaṃ Tathāgatabalaṃ sāvakasādhāraṇan ti?

Āmantā.

Sattānaṃ cutūpapāte yathābhūtaṃ ñāṇaṃ Tathāgatabalaṃ sāvakasādhāraṇan ti?

Na h'evaṃ vattabbe—pe—

14. Ṭhānāṭhāne yathābhūtaṃ ñāṇaṃ Tathāgatabalaṃ sāvaka-asādhāraṇan ti?

Āmantā.

Āsavānaṃ khaye yathābhūtaṃ ñāṇaṃ Tathāgatabalaṃ sāvaka-asādhāraṇan ti?

Na h'evaṃ vattabbe—pe—

Sattānaṃ cutūpapāte yathābhūtaṃ ñāṇaṃ Tathāgatabalaṃ sāvaka-asādhāraṇan ti?

Āmantā.

Āsavānaṃ khaye yathābhūtaṃ ñāṇaṃ Tathāgatabalaṃ sāvaka-asādhāraṇan ti?

Na h'evaṃ vattabbe—pe—

15. Indriyaparopariyattaṃ yathābhūtaṃ ñāṇaṃ Tathāgatabalaṃ sāvaka-asādhāraṇan ti?

Āmantā.

Ṭhānāṭhāne yathābhūtaṃ ñāṇaṃ Tathāgatabalaṃ sāvaka-asādhāraṇan ti?

Na h'evaṃ vattabbe—pe—

Indriyaparopariyattaṃ yathābhūtaṃ ñāṇaṃ Tathāgatabalaṃ sāvaka-asādhāraṇan ti?

Āmantā.

Āsavānaṃ khaye yathābhūtaṃ ñāṇaṃ Tathāgatabalaṃ sāvaka-asādhāraṇan ti?

Na h'evaṃ vattabbe—pe—

16. Ṭhānāṭhāne yathābhūtaṃ ñāṇaṃ Tathāgatabalaṃ sāvakasādhāraṇan ti?

Āmantā.

Indriyaparopariyattaṃ yathābhūtaṃ ñāṇaṃ Tathāgatabalaṃ sāvakasādhāraṇan ti?

Na h'evaṃ vattabbe—pe—

Āsavānaṃ khaye yathābhūtaṃ ñāṇaṃ Tathāgatabalaṃ sāvakasādhāraṇan ti?

Āmantā.

Indriyaparopariyattaṃ yathābhūtaṃ ñāṇaṃ Tathāgatabalaṃ sāvakasādhāraṇan ti?

Na h'evaṃ vattabbe—pe—

Balakathā.

III. 2.

1. Ṭhānāṭhāne yathābhūtaṃ ñāṇaṃ Tathāgatabalaṃ ariyan ti?

Āmantā.

Maggo phalaṃ nibbānaṃ sotāpattimaggo sotāpattiphalaṃ sakadāgāmimaggo sakadāgāmiphalaṃ anāgāmimaggo anāgāmiphalaṃ arahattamaggo arahattaphalaṃ saṭipaṭṭhānaṃ sammappadhānaṃ iddhipādā indriyaṃ balaṃ bojjhaṅgo ti?

Na h'evaṃ vattabbe—pe—

2. Ṭhānāṭhāne yathābhūtaṃ ñāṇaṃ Tathāgatabalaṃ ariyan ti?

Āmantā.

Suññatārammaṇan ti?

Na h'evaṃ vattabbe—pe—

Suññatārammaṇan ti?

Āmantā.

Ṭhānāṭhānañ ca manasikaroti, suññatañ ca manasikarotīti?

Na h'evaṃ vattabbe—pe—

Ṭhānāṭhānañ ca manasikaroti, suññatañ ca manasikarotīti?

Āmantā.

Dvinnaṃ phassānaṃ dvinnaṃ cittānaṃ samodhānaṃ hotīti?

Na h'evaṃ vattabbe—pe—

3. Ṭhānāṭhāne yathābhūtaṃ ñāṇaṃ Tathāgatabalaṃ ariyan ti?

Āmantā.

Animittārammaṇaṃ—pe—appaṇihitārammaṇan ti?

Na h'evaṃ vattabbe—pe—

Appaṇihitārammaṇan ti?

Āmantā.

Ṭhānāṭhānañ ca manasikaroti, appaṇihitañ ca manasikarotīti?

Na h'evaṃ vattabbe—pe—

Ṭhānāṭhānañ ca manasikaroti, appaṇihitañ ca manasikarotīti?

Āmantā.

Dvinnaṃ phassānaṃ dvinnaṃ cittānaṃ samodhānaṃ hotīti?

Na h'evaṃ vattabbe—pe—

4. Satipaṭṭhānā ariyā suññatārammaṇā ti?

Āmantā.

Ṭhānāṭhāne yathābhūtaṃ ñāṇaṃ Tathāgatabalaṃ ariyaṃ suññatārammaṇan ti?

Na h'evaṃ vattabbe—pe—

Satipaṭṭhānā ariyā animittārammaṇā—pe—appaṇihitārammaṇā ti?

Āmantā.

Ṭhānāṭhāne yathābhūtaṃ ñāṇaṃ Tathāgatabalaṃ ariyaṃ appaṇihitārammaṇan ti?

Na h'evaṃ vattabbe—pe—

5. Sammappadhānā, iddhipādā,[1] indriyā, balā, bojjhaṅgā ariyā suññatārammaṇā ti?

Āmantā.

Ṭhānāṭhāne yathābhūtaṃ ñāṇaṃ Tathāgatabalaṃ ariyaṃ suññatārammaṇan ti?

Na h'evaṃ vattabbe—pe—

Bojjhaṅgā ariyā animittārammaṇā—pe—appaṇihitārammaṇā ti?

---

[1] iddhippādā, P.S.

Āmantā.

Ṭhānāṭhāne yathābhūtaṃ ñāṇaṃ Tathāgatabalaṃ ariyaṃ appaṇihitārammaṇan ti?

Na h'evaṃ vattabbe—pe—

6. Ṭhānāṭhāne yathābhūtaṃ ñāṇaṃ Tathāgatabalaṃ ariyaṃ, na vattabbaṃ "suññatārammaṇan ti"?

Āmantā.

Satipaṭṭhānā ariyā, na vattabbā "suññatārammaṇā ti"?

Na h'evaṃ vattabbe—pe—

Ṭhānāṭhāne yathābhūtaṃ ñāṇaṃ Tathāgatabalaṃ ariyaṃ, na vattabbaṃ "animittārammaṇaṃ —pe— appaṇihitārammaṇan ti"?

Āmantā.

Satipaṭṭhānā ariyā, na vattabbā "appaṇihitārammaṇā ti"?

Na h'evaṃ vattabbe—pe—

Ṭhānāṭhāne yathābhūtaṃ ñāṇaṃ Tathāgatabalaṃ ariyaṃ, na vattabbaṃ "suññatārammaṇaṃ —pe— animittārammaṇaṃ—pe—appaṇihitārammaṇan ti"?

Āmantā.

Sammappadhānā—pe—bojjhaṅgā ariyā, na vattabbā "appaṇihitārammaṇā ti"?

Na h'evaṃ vattabbe—pe—

7. Sattānaṃ cutūpapāte yathābhūtaṃ ñāṇaṃ Tathāgatabalaṃ ariyan ti?

Āmantā.

Maggo phalaṃ nibbānaṃ sotāpattimaggo sotāpattiphalaṃ sakadāgāmimaggo sakadāgāmiphalaṃ anāgāmimaggo anāgāmiphalaṃ arahattamaggo arahattaphalaṃ satipaṭṭhānaṃ sammappadhānaṃ iddhipādā indriyaṃ balaṃ bojjhaṅgo ti?

Na h'evaṃ vattabbe—pe—

8. Sattānaṃ cutūpapāte yathābhūtaṃ ñāṇaṃ Tathāgatabalaṃ ariyan ti?

Āmantā.

Suññatārammaṇan ti?

Na h'evaṃ vattabbe—pe—

Suññatārammaṇan ti?

Āmantā.

Sattānaṃ cutūpapātañ ca manasikaroti, suññatañ ca manasikarotīti?

Na h'evaṃ vattabbe—pe—

Sattānaṃ cutūpapātañ ca manasikaroti, suññatañ ca manasikarotīti?

Āmantā.

Dvinnaṃ phassānaṃ dvinnaṃ cittānaṃ samodhānaṃ hotīti?

Na h'evaṃ vattabbe—pe—

9. Sattānaṃ cutūpapāte yathābhūtaṃ ñāṇaṃ Tathāgatabalaṃ ariyan ti?

Āmantā.

Animittārammaṇaṃ—pe—appaṇihitārammaṇan ti?

Na h'evaṃ vattabbe—pe—

Appaṇihitārammaṇan ti?

Āmantā.

Sattānaṃ cutūpapātañ ca manasikaroti, appaṇihitañ ca manasikarotīti?

Na h'evaṃ vattabbe—pe—

Sattānaṃ cutūpapātañ ca manasikaroti, appaṇihitañ ca manasikarotīti?

Āmantā.

Dvinnaṃ phassānaṃ dvinnaṃ cittānaṃ samodhānaṃ hotīti?

Na h'evaṃ vattabbe—pe—

10. Satipaṭṭhānā ariyā suññatārammaṇā ti?

Āmantā.

Sattānaṃ cutūpapāte yathābhūtaṃ ñāṇaṃ Tathāgatabalaṃ ariyaṃ suññatārammaṇan ti?

Na h'evaṃ vattabbe—pe—

Satipaṭṭhānā ariyā animittārammaṇā—pe—appaṇihitārammaṇā ti?

Āmantā.

Sattānaṃ cutūpapāte yathābhūtaṃ ñāṇaṃ Tathāgatabalaṃ ariyaṃ appaṇihitārammaṇan ti?

Na h'evaṃ vattabbe—pe—

11. Sammappadhānā, iddhipādā, indriyā, balā, bojjhaṅgā ariyā suññatārammaṇā ti?

Āmantā.

Sattānaṃ cutūpapāte yathābhūtaṃ ñāṇaṃ Tathāgatabalaṃ ariyaṃ suññatārammaṇan ti?

Na h'evaṃ vattabbe—pe—

Bojjhaṅgā ariyā animittārammaṇā—pe—appaṇihitārammaṇā ti?

Āmantā.

Sattānaṃ cutūpapāte yathābhūtaṃ ñāṇaṃ Tathāgatabalaṃ ariyaṃ appaṇihitārammaṇan ti?

Na h'evaṃ vattabbe—pe—

12. Sattānaṃ cutūpapāte yathābhūtaṃ ñāṇaṃ Tathāgatabalaṃ ariyaṃ, na vattabbaṃ "suññatārammaṇan ti"?

Āmantā.

Satipaṭṭhānā ariyā, na vattabbā "suññatārammaṇā ti"?

Na h'evaṃ vattabbe—pe—

Sattānaṃ cutūpapāte yathābhūtaṃ ñāṇaṃ Tathāgatabalaṃ ariyaṃ, na vattabbaṃ "animittārammaṇaṃ—pe—appaṇihitārammaṇan ti"?

Āmantā.

Satipaṭṭhānā ariyā, na vattabbā "appaṇihitārammaṇā ti"?

Na h'evaṃ vattabbe—pe—

Sattānaṃ cutūpapāte yathābhūtaṃ ñāṇaṃ Tathāgatabalaṃ ariyaṃ, na vattabbaṃ "suññatārammaṇaṃ—pe—animittārammaṇaṃ—pe—appaṇihitārammaṇan ti"?

Āmantā.

Sammappadhānā—pe—bojjhaṅgā ariyā, na vattabbā "appaṇihitārammaṇā ti"?

Na h'evaṃ vattabbe—pe—

13. Āsavānaṃ khaye yathābhūtaṃ ñāṇaṃ Tathāgatabalaṃ ariyan ti?

Āmantā.

Ṭhānāṭhāne yathābhūtaṃ ñāṇaṃ Tathāgatabalaṃ ariyan ti?

Na h'evaṃ vattabbe—pe—

Āsavānaṃ khaye yathābhūtaṃ ñāṇaṃ Tathāgatabalaṃ ariyan ti?

Āmantā.

Sattānaṃ cutūpapāte yathābhūtaṃ ñāṇaṃ Tathāgatabalaṃ ariyan ti?

Na h'evaṃ vattabbe—pe—

14. Ṭhānāṭhāne yathābhūtaṃ ñāṇaṃ Tathāgatabalaṃ na vattabbaṃ "ariyan ti"?

Āmantā.

Āsavānaṃ khaye yathābhūtaṃ ñāṇaṃ Tathāgatabalaṃ na vattabbaṃ "ariyan ti"?

Na h'evaṃ vattabbe—pe—

Sattānaṃ cutūpapāte yathābhūtaṃ ñāṇaṃ Tathāgatabalaṃ na vattabbaṃ "ariyan ti"?

Āmantā.

Āsavānaṃ khaye yathābhūtaṃ ñāṇaṃ Tathāgatabalaṃ na vattabbaṃ "ariyan ti"?

Na h'evaṃ vattabbe—pe—

15. Āsavānaṃ khaye yathābhūtaṃ ñāṇaṃ Tathāgatabalaṃ ariyaṃ suññatārammaṇan ti?

Āmantā.

Ṭhānāṭhāne yathābhūtaṃ ñāṇaṃ Tathāgatabalaṃ ariyaṃ suññatārammaṇan ti?

Āmantā.

Āsavānaṃ khaye yaṭhābhūtaṃ ñāṇaṃ Tathāgatabalaṃ ariyaṃ animittārammaṇaṃ—pe—appaṇihitārammaṇan ti?

Āmantā.

Ṭhānāṭhāne yathābhūtaṃ ñāṇaṃ Tathāgatabalaṃ ariyaṃ appaṇihitārammaṇan ti?

Na h'evaṃ vattabbe—pe—

Āsavānaṃ khaye yathābhūtaṃ ñāṇaṃ Tathāgatabalaṃ ariyaṃ suññatārammaṇaṃ —pe— animittārammaṇaṃ —pe— appaṇihitārammaṇan ti?

Āmantā.

Sattānaṃ cutūpapāte yathābhūtaṃ ñāṇaṃ Tathāgatabalaṃ ariyaṃ appaṇihitārammaṇan ti?

Na h'evaṃ vattabbe—pe—

16. Ṭhānāṭhāne yathābhūtaṃ ñāṇaṃ Tathāgatabalaṃ ariyaṃ na vattabbaṃ "suññatārammaṇan ti"?

Āmantā.

Āsavānaṃ khaye yathābhūtaṃ ñāṇaṃ Tathāgatabalaṃ ariyaṃ na vattabbaṃ "suññatārammaṇan ti"?

Na h'evaṃ vattabbe—pe—

Ṭhānāṭhāne yathābhūtaṃ ñāṇaṃ Tathāgatabalaṃ ariyaṃ na vattabbaṃ "animittārammaṇaṃ —pe— appaṇihitārammaṇan ti"?

Āmantā.

Āsavānaṃ khaye yathābhūtaṃ ñāṇaṃ Tathāgatabalaṃ ariyaṃ na vattabbaṃ "appaṇihitārammaṇan ti"?

Na h'evaṃ vattabbe—pe—

Sattānaṃ cutūpapāte yathābhūtaṃ ñāṇaṃ Tathāgatabalaṃ ariyaṃ na vattabbaṃ "suññatārammaṇaṃ —pe— animittārammaṇaṃ —pe— appaṇihitārammaṇan ti"?

Āmantā.

Āsavānaṃ khaye yathābhūtaṃ ñāṇaṃ Tathāgatabalaṃ ariyaṃ na vattabbaṃ "appaṇihitārammaṇan ti"?

Na h'evaṃ vattabbe—pe—

Ariyan ti kathā.

III. 3.

1. Sarāgaṃ cittaṃ vimuccatīti?

Āmantā.

Rāgasahagataṃ rāgasahajātaṃ rāgasaṃsaṭṭhaṃ rāgasampayuttaṃ rāgasahabhū rāgānuparivatti akusalaṃ[1] lokiyaṃ sāsavaṃ saññojanīyaṃ ganthanīyaṃ oghanīyaṃ yoganīyaṃ nīvaraṇīyaṃ parāmaṭṭhaṃ upadāniyaṃ saṃkilesikaṃ[2] cittaṃ vimuccatīti?

Na h'evaṃ vattabbe—pe—

2. Saphassaṃ cittaṃ vimuccati, phasso ca cittañ ca ubho vimuccantīti?

Āmantā.

---

[1] kusalaṃ, P. [2] saṃkilesiyaṃ, P.S_2.

Sarāgaṃ cittaṃ vimuccati, rāgo ca cittañ ca ubho vimuccantīti?

Na h'evaṃ vattabbe—pe—

Savedanaṃ—pe—sasaññaṃ—pe—sacetanaṃ—pe—sapaññaṃ cittaṃ vimuccati, paññā ca cittañ ca ubho vimuccantīti?

Āmantā.

Sarāgaṃ cittaṃ vimuccati, rāgo ca cittañ ca ubho vimuccantīti?

Na h'evaṃ vattabbe—pe—.

3. Saphassaṃ sarāgaṃ cittaṃ vimuccati, phasso ca cittañ ca ubho vimuccantīti?

Āmantā.

Rāgo ca cittañ ca ubho vimuccantīti?

Na h'evaṃ vattabbe—pe—

Savedanaṃ sarāgaṃ—pe—sasaññaṃ sarāgaṃ—pe—sacetanaṃ sarāgaṃ—pe—sapaññaṃ sarāgaṃ cittaṃ vimuccati, paññā ca cittañ ca ubho vimuccantīti?

Āmantā.

Rāgo ca cittañ ca ubho vimuccantīti?

Na h'evaṃ vattabbe—pe—

4. Sadosam cittaṃ vimuccatīti?

Āmantā.

Dosasahagataṃ dosasahajātaṃ dosasaṃsaṭṭhaṃ dosasampayuttaṃ dosasahabhū dosānuparivatti akusalaṃ lokiyaṃ sāsavaṃ saññojanīyaṃ ganthanīyaṃ oghanīyaṃ yoganīyaṃ nīvaraṇīyaṃ parāmaṭṭhaṃ upādāniyaṃ saṃkilesikam cittaṃ vimuccatīti?

Na h'evaṃ vattabbe—pe—

5. Saphassaṃ cittaṃ vimuccati, phasso ca cittañ ca ubho vimuccantīti?

Āmantā.

Sadosam cittaṃ vimuccati, doso ca cittañ ca ubho vimuccantīti?

Na h'evaṃ vattabbe—pe—

Savedanaṃ—pe—sasaññaṃ—pe—sacetanaṃ—pe—sapaññaṃ cittaṃ vimuccati, paññā ca cittañ ca ubho vimuccantīti?

Āmantā.

Sadosaṃ cittaṃ vimuccati, doso ca cittañ ca ubho vimuccantīti?

Na h'evaṃ vattabbe—pe—

6. Saphassaṃ sadosaṃ cittaṃ vimuccati, phasso ca cittañ ca ubho vimuccantīti?

Āmantā.

Doso ca cittañ ca ubho vimuccantīti?

Na h'evaṃ vattabbe—pe—

Savedanaṃ sadosaṃ—pe—sasaññaṃ sadosaṃ—pe—sacetanaṃ sadosaṃ—pe—sapaññaṃ sadosaṃ cittaṃ vimuccati, paññā ca cittañ ca ubho vimuccantīti?

Āmantā.

Doso ca cittañ ca ubho vimuccantīti?

Na h'evaṃ vattabbe—pe—

7. Samohaṃ cittaṃ vimuccatīti?

Āmantā.

Mohasahagataṃ mohasahajātaṃ mohasaṃsaṭṭhaṃ mohasampayuttaṃ mohasahabhū mohānuparivatti akusalaṃ lokiyaṃ sāsavaṃ saññojanīyaṃ ganthanīyaṃ oghanīyaṃ yoganīyaṃ nīvaraṇīyaṃ parāmaṭṭhaṃ upādāniyaṃ saṃkilesikaṃ cittaṃ vimuccatīti?

Na h'evaṃ vattabbe—pe—

8. Saphassaṃ cittaṃ vimuccati, phasso ca cittañ ca ubho vimuccantīti?

Āmantā.

Samohaṃ cittaṃ vimuccati, moho ca cittañ ca ubho vimuccantīti?

Na h'evaṃ vattabbe—pe—

Savedanaṃ—pe—sasaññaṃ—pe—sacetanaṃ—pe—sapaññaṃ cittaṃ vimuccati, paññā ca cittañ ca ubho vimuccantīti?

Āmantā.

Samohaṃ cittaṃ vimuccati, moho ca cittañ ca ubho vimuccantīti?

Na h'evaṃ vattabbe—pe—

9. Saphassaṃ samohaṃ cittaṃ vimuccati, phasso ca cittañ ca ubho vimuccantīti?

Āmantā.

Moho ca cittañ ca ubho vimuccantīti?

Na h'evaṃ vattabbe—pe—

Savedanaṃ samohaṃ—pe—sasaññaṃ samohaṃ—pe—sacetanaṃ samohaṃ—pe—sapaññaṃ samohaṃ cittaṃ vimuccati, paññā ca cittañ ca ubho vimuccantīti?

Āmantā.

Moho ca cittañ ca ubho vimuccantīti?

Na h'evaṃ vattabbe—pe—

10. Na vattabbaṃ "Sarāgaṃ sadosaṃ samohaṃ cittaṃ vimuccatīti"?

Āmantā.

Vītarāgaṃ vītadosaṃ vītamohaṃ nikkilesaṃ cittaṃ vimuccatīti?

Na h'evaṃ vattabbe—pe—

Tena hi sarāgaṃ sadosaṃ samohaṃ cittaṃ vimuccatīti.

Vimuttikathā.

III. 4.

1. Vimuttaṃ vimuccamānan ti?

Āmantā.

Ekadesaṃ vimuttaṃ, ekadesaṃ avimuttan ti?

Na h'evaṃ vattabbe—pe—

Ekadesaṃ vimuttaṃ, ekadesaṃ avimuttan ti?

Āmantā.

Ekadesaṃ sotāpanno, ekadesaṃ na sotāpanno; ekadesaṃ sotāpattiphalappatto paṭiladdho adhigato sacchikato upasampajja viharati, kāyena phusitvā viharati, ekadesaṃ na kāyena phusitvā viharati; ekadesaṃ sattakkhattuparamo, kolaṃkolo, ekabījī; Buddhe aveccappasādena samannāgato, Dhamme—pe—Saṃghe—pe—ariyakantehi sīlehi samannāgato, ekadesaṃ ariyakantehi sīlehi na samannāgato ti?

Na h'evaṃ vattabbe—pe—

2. Ekadesaṃ vimuttaṃ, ekadesaṃ avimuttan ti?

Āmantā.

Ekadesaṃ sakadāgāmī, ekadesaṃ na sakadāgāmī; ekadesaṃ sakadāgāmiphalappatto paṭiladdho adhigato sacchikato upasampajja viharati, kāyena phusitvā viharati, ekadesaṃ na kāyena phusitvā viharatīti?

Na h'evaṃ vattabbe—pe—

3. Ekadesaṃ vimuttaṃ, ekadesaṃ avimuttan ti?

Āmantā.

Ekadesaṃ anāgāmī, ekadesaṃ na anāgāmī; ekadesaṃ anāgāmiphalappatto paṭiladdho adhigato sacchikato upasampajja viharati, kāyena phusitvā viharati, ekadesaṃ na kāyena phusitvā viharati; ekadesaṃ antarāparinibbāyī, upahaccaparinibbāyī, asaṃkhāraparinibbāyī, sasaṃkhāraparinibbāyī, uddhaṃsoto akaniṭṭhagāmī, ekadesaṃ na uddhaṃsoto na akaniṭṭhagāmī ti?

Na h'evaṃ vattabbe—pe—

4. Ekadesaṃ vimuttaṃ, ekadesaṃ avimuttan ti?

Āmantā.

Ekadesaṃ Arahā, ekadesaṃ na Arahā; ekadesaṃ arahattappatto paṭiladdho adhigato sacchikato upasampajja viharati, kāyena phusitvā viharati, ekadesaṃ kāyena na phusitvā viharati; ekadesaṃ vītarāgo vītadoso vītamoho —pe—ekadesaṃ sacchikātabbaṃ sacchikataṃ, ekadesaṃ sacchikātabbaṃ na sacchikatan ti?

Na h'evaṃ vattabbe—pe—

5. Vimuttaṃ vimuccamānan ti?

Āmantā.

Uppādakkhaṇe vimuttaṃ, vayakkhaṇe[1] vimuccamānan ti?

Na h'evaṃ vattabbe—pe—

6. Na vattabbaṃ "Vimuttaṃ vimuccamānan ti"?

Āmantā.

Nanu vuttaṃ Bhagavatā—"Tassa evaṃ jānato evaṃ passato kāmāsavā pi cittaṃ vimuccati, bhavāsavā pi cittaṃ vimuccati, avijjāsavā pi cittaṃ vimuccatīti." Atth'eva suttanto ti?

---

[1] bhaṅgakkhaṇe, M.

Āmantā.

Tena hi vimuttaṃ vimuccamānan ti.

7. Vimuttaṃ vimuccamānan ti?

Āmantā.

Nanu vuttaṃ Bhagavatā—"So evaṃ samāhite citte parisuddhe pariyodāte anaṅgaṇe vigatūpakkilese mudubhūte kammanīye ṭhite āneñjappatte āsavānaṃ khayañāṇāya cittaṃ abhininnāmetīti." Atth'eva suttanto ti?

Āmantā.

Tena hi na vattabbaṃ " Vimuttaṃ vimuccamānan ti."

8. Atthi cittaṃ vimuccamānan ti?

Āmantā.

Atthi cittaṃ rajjamānaṃ dussamānaṃ muyhamānaṃ kilissamānan ti?

Na h'evaṃ vattabbe—pe—

Nanu rattañ c'eva arattañ ca, duṭṭhañ c'eva aduṭṭhañ ca, muḷhañ c'eva amuḷhañ ca, chinnañ c'eva achinnañ ca, bhinnañ c'eva abhinnañ ca, katañ c'eva akatañ cāti?

Āmantā.

Hañci rattañ c'eva arattañ ca, duṭṭhañ c'eva aduṭṭhañ ca, muḷhañ c'eva amuḷhañ ca, chinnañ c'eva achinnañ ca, bhinnañ c'eva abhinnañ ca, katañ c'eva akatañ ca, no vata re vattabbe "Atthi cittaṃ vimuccamānan ti."

Vimuccamānakathā.

III. 5.

1. Aṭṭhamakassa puggalassa diṭṭhipariyuṭṭhānaṃ pahīnan ti?

Āmantā.

Aṭṭhamako puggalo sotāpanno sotāpattiphalappatto paṭiladdho adhigato sacchikato upasampajja viharati, kāyena phusitvā viharatīti?

Na h'evaṃ vattabbe—pe—

Aṭṭhamakassa puggalassa vicikicchāpariyuṭṭhānaṃ pahīnan ti?

Āmantā.

Aṭṭhamako puggalo sotāpanno sotāpattiphalappatto—pe—kāyena phusitvā viharatīti?

Na h'evaṃ vattabbe—pe—

2. Aṭṭhamakassa puggalassa diṭṭhipariyuṭṭhānaṃ pahīnan ti?

Āmantā.

Aṭṭhamakassa puggalassa diṭṭhānusayo pahīno ti?

Na h'evaṃ vattabbe—pe—

Aṭṭhamakassa puggalassa diṭṭhipariyuṭṭhānaṃ pahīnan ti?

Āmantā.

Aṭṭhamakassa puggalassa vicikicchānusayo—pe—sīlabbataparāmāso pahīno ti?

Na h'evaṃ vattabbe—pe—

3. Aṭṭhamakassa puggalassa vicikicchāpariyuṭṭhānaṃ pahīnan ti?

Āmantā.

Aṭṭhamakassa puggalassa vicikicchānusayo pahīno ti?

Na h'evaṃ vattabbe—pe—

Aṭṭhamakassa puggalassa vicikicchāpariyuṭṭhānaṃ pahīnan ti?

Āmantā.

Aṭṭhamakassa puggalassa diṭṭhānusayo—pe—sīlabbataparāmāso pahīno ti?

Na h'evaṃ vattabbe—pe—

4. Aṭṭhamakassa puggalassa diṭṭhānusayo appahīno ti?

Āmantā.

Aṭṭhamakassa puggalassa diṭṭhipariyuṭṭhānaṃ appahīnan ti?

Na h'evaṃ vattabbe—pe—

Aṭṭhamakassa puggalassa diṭṭhānusayo appahīno ti?

Āmantā.

Aṭṭhamakassa puggalassa vicikicchāpariyuṭṭhānaṃ appahīnan ti?

Na h'evaṃ vattabbe—pe—

Aṭṭhamakassa puggalassa vicikicchānusayo—pe—sīlabbataparāmāso appahīno ti?

Āmantā.

Aṭṭhamakassa puggalassa diṭṭhipariyuṭṭhānaṃ appahīnan ti?

Na h'evaṃ vattabbe—pe—

Aṭṭhamakassa puggalassa sīlabbataparāmāso appahīno ti?

Āmantā.

Aṭṭhamakassa puggalassa vicikicchāpariyuṭṭhānaṃ appahīnan ti?

Na h'evaṃ vattabbe—pe—

5. Aṭṭhamakassa puggalassa diṭṭhipariyuṭṭhānaṃ pahīnan ti?

Āmantā.

Aṭṭhamakassa puggalassa diṭṭhipariyuṭṭhānappahānāya maggo bhāvito ti?

Na h'evaṃ vattabbe—pe—

Aṭṭhamakassa puggalassa diṭṭhipariyuṭṭhānaṃ pahīnan ti?

Āmantā.

Aṭṭhamakassa puggalassa diṭṭhipariyuṭṭhānappahānāya satipaṭṭhānā bhāvitā—pe—sammappadhānā—pe—bojjhaṅgā bhāvitā ti?

Na h'evaṃ vattabbe—pe—

Aṭṭhamakassa puggalassa vicikicchāpariyuṭṭhānaṃ pahīnan ti?

Āmantā.

Aṭṭhamakassa puggalassa vicikicchāpariyuṭṭhānappahānāya maggo bhāvito—pe—bojjhaṅgā bhāvitā ti?

Na h'evaṃ vattabbe—pe—

6. Aṭṭhamakassa puggalassa diṭṭhipariyuṭṭhānappahānāya maggo abhāvito ti?

Āmantā.

Amaggena pahīnaṃ lokiyena sāsavena—pe—saṃkilesikenāti?

Na h'evaṃ vattabbe—pe—

Aṭṭhamakassa puggalassa diṭṭhipariyuṭṭhānappahānāya satipaṭṭhānā—pe—bojjhaṅgā abhāvitā ti?

Āmantā.

Amaggena pahīnaṃ lokiyena sāsavena—pe—saṃkilesikenāti?

Na h'evaṃ vattabbe—pe—

Aṭṭhamakassa puggalassa vicikicchāpariyuṭṭhānap-[illegible] maggo abhāvito—pe—bojjhaṅgā abhāvitā

Āma[illegible]..

Amaggena pahīnaṃ lokiyena sāsavena—pe—saṃkilesikenāti?

Na h'evaṃ vattabbe—pe—

7. Na vattabbaṃ "Aṭṭhamakassa puggalassa diṭṭhipariyuṭṭhānaṃ pahīnan ti"?

Āmantā.

Uppajjissatīti? N'uppajjissatīti.

Hañci n'uppajjissati, tena vata re vattabbe "Aṭṭhamakassa puggalassa diṭṭhipariyuṭṭhānaṃ pahīnan ti."

8. Na vattabbaṃ "Aṭṭhamakassa puggalassa vicikicchāpariyuṭṭhānaṃ pahīnan ti"?

Āmantā.

Uppajjissatīti? N'uppajjissatīti.

Hañci n'uppajjissati, tena vata re vattabbe "Aṭṭhamakassa puggalassa vicikicchāpariyuṭṭhānaṃ pahīnan ti."

9. Aṭṭhamakassa puggalassa diṭṭhipariyuṭṭhānaṃ n'uppajjissatīti katvā, pahīnan ti?

Āmantā.

Aṭṭhamakassa puggalassa diṭṭhānusayo n'uppajjissatīti katvā, pahīno ti?

Na h'evaṃ vattabbe—pe—

Aṭṭhamakassa puggalassa diṭṭhipariyuṭṭhānaṃ n'uppajjissatīti katvā, pahīnan ti?

Āmantā.

Aṭṭhamakassa puggalassa vicikicchānusayo—pe—sīlabbataparāmāso n'uppajjissatīti katvā, pahīno ti?

Na h'evaṃ vattabbe—pe—

10. Aṭṭhamakassa puggalassa vicikicchāpariyuṭṭhānaṃ n'uppajjissatīti katvā, pahīnan ti?

Āmantā.

Aṭṭhamakassa puggalassa vicikicchānusayo—pe—sīlabbataparāmāso n'uppajjissatīti katvā, pahīno ti?

Na h'evaṃ vattabbe—pe—

11. Aṭṭhamakassa puggalassa diṭṭhipariyuṭṭhānaṃ n'uppajjissatīti katvā, pahīnan ti?

Āmantā.

Gotrabhuno puggalassa diṭṭhipariyuṭṭhānaṃ n'uppajjissatīti katvā, pahīnan ti?

Na h'evaṃ vattabbe—pe—

Aṭṭhamakassa puggalassa vicikicchāpariyuṭṭhānaṃ n'uppajjjissatīti katvā, pahīnan ti?

Āmantā.

Gotrabhuno puggalassa vicikicchāpariyuṭṭhānaṃ n'uppajjissatīti katvā, pahīnan ti?

Na h'evaṃ vattabbe—pe—

Aṭṭhamakakathā.

III. 6.

1. Aṭṭhamakassa puggalassa n'atthi saddhindriyan ti?

Āmantā.

Aṭṭhamakassa puggalassa n'atthi saddhā ti?

Na h'evaṃ vattabbe—pe—

Aṭṭhamakassa puggalassa n'atthi viriyindriyaṃ—pe—n'atthi satindriyaṃ—pe—n'atthi samādhindriyaṃ—pe—n'atthi paññindriyan ti?

Āmantā.

Aṭṭhamakassa puggalassa n'atthi paññā ti?

Na h'evaṃ vattabbe—pe—

2. Aṭṭhamakassa puggalassa atthi saddhā ti?

Āmantā.

Aṭṭhamakassa puggalassa atthi saddhindriyan ti?

Na h'evaṃ vattabbe—pe—

Aṭṭhamakassa puggalassa atthi viriyaṃ—pe—atthi sati, atthi samādhi, atthi paññā ti?

Āmantā.

Aṭṭhamakassa puggalassa atthi paññindriyan ti?

Na h'evaṃ vattabbe—pe—

3. Aṭṭhamakassa puggalassa atthi mano, atthi manindriyan ti?

Āmantā.

Aṭṭhamakassa puggalassa atthi saddhā, atthi saddhindriyan ti?

Na h'evaṃ vattabbe—pe—

Aṭṭhamakassa puggalassa atthi mano, atthi manindriyan ti?

Āmantā.

Aṭṭhamakassa puggalassa atthi paññā, atthi paññindriyan ti?

Na h'evaṃ vattabbe—pe—

4. Aṭṭhamakassa puggalassa atthi somanassaṃ, atthi somanassindriyaṃ—pe—atthi jīvitaṃ, atthi jīvitindriyan ti?

Āmantā.

Aṭṭhamakassa puggalassa atthi saddhā, atthi saddhindriyan ti?

Na h'evaṃ vattabbe—pe—

Aṭṭhamakassa puggalassa atthi jīvitaṃ, atthi jīvitindriyan ti?

Āmantā.

Aṭṭhamakassa puggalassa atthi viriyaṃ—pe—atthi paññā, atthi paññindriyan ti?

Na h'evaṃ vattabbe—pe—

5. Aṭṭhamakassa puggalassa atthi saddhā, n'atthi saddhindriyan ti?

Āmantā.

Aṭṭhamakassa puggalassa atthi mano, n'atthi manindriyan ti?

Na h'evaṃ vattabbe—pe—

Aṭṭhamakassa puggalassa atthi saddhā, n'atthi saddhindriyan ti?

Āmantā.

Aṭṭhamakassa puggalassa atthi somanassaṃ, n'atthi somanassindriyaṃ—pe—atthi jīvitaṃ, n'atthi jīvitindriyan ti?

Na h'evaṃ vattabbe—pe—

6. Aṭṭhamakassa puggalassa atthi paññā, n'atthi paññindriyan ti?

Āmantā.

Aṭṭhamakassa puggalassa atthi mano, n'atthi manindriyaṃ—pe—atthi somanassaṃ n'atthi somanassindriyaṃ—pe—atthi jīvitaṃ, n'atthi jīvitindriyan ti?

Na h'evaṃ vattabbe—pe—

7. Aṭṭhamakassa puggalassa n'atthi saddhindriyan ti?

Āmantā.

Aṭṭhamako puggalo asaddho ti?

Na h'evaṃ vattabbe—pe—

Aṭṭhamakassa puggalassa n'atthi viriyindriyan ti?

Āmantā.

Aṭṭhamako puggalo kusīto hīnaviriyo ti?

Na h'evaṃ vattabbe—pe—

Aṭṭhamakassa puggalassa n'atthi satindriyan ti?

Āmantā.

Aṭṭhamako puggalo muṭṭhassati asampajāno ti?

Na h'evaṃ vattabbe—pe—

Aṭṭhamakassa puggalassa n'atthi samādhindriyan ti?

Āmantā.

Aṭṭhamako puggalo asamāhito vibbhantacitto ti?

Na h'evaṃ vattabbe—pe—

Aṭṭhamakassa puggalassa n'atthi paññindriyan ti?

Āmantā.

Aṭṭhamako puggalo duppañño eḷamūgo ti?

Na h'evaṃ vattabbe—pe—

8. Aṭṭhamakassa puggalassa atthi saddhā, sā ca saddhā niyyānikā ti?

Āmantā.

Hañci aṭṭhamakassa puggalassa atthi saddhā, sā ca saddhā niyyānikā, no vata re vattabbe "Aṭṭhamakassa puggalassa n'atthi saddhindriyan ti."

Aṭṭhamakassa puggalassa atthi viriyaṃ, tañ ca viriyaṃ niyyānikaṃ—pe—atthi sati, sā ca sati niyyānikā—pe—atthi samādhi, so ca samādhi niyyāniko—pe—atthi paññā, sā ca paññā niyyānikā ti?

Āmantā.

Hañci aṭṭhamakassa puggalassa atthi paññā, sā ca paññā niyyānikā, no vata re vattabbe "Aṭṭhamakassa puggalassa atthi paññindriyan ti."

9. Sakadāgāmiphalasacchikiriyāya paṭipannassa puggalassa atthi saddhā, atthi saddhindriyan ti?

Āmantā.

Aṭṭhamakassa puggalassa atthi saddhā, atthi saddhindriyan ti?

Na h'evaṃ vattabbe—pe—

Sakadāgāmiphalasacchikiriyāya paṭipannassa puggalassa atthi paññā, atthi paññindriyan ti?

Āmantā.

Aṭṭhamakassa puggalassa atthi paññā, atthi paññindriyan ti?

Na h'evaṃ vattabbe—pe—

10. Anāgāmiphalasacchikiriyāya paṭipannassa puggalassa—pe—arahattasacchikiriyāya paṭipannassa puggalassa atthi saddhā, atthi saddhindriyaṃ—pe—atthi paññā, atthi paññindriyan ti?

Āmantā.

Aṭṭhamakassa puggalassa atthi paññā, atthi paññindriyan ti?

Na h'evaṃ vattabbe—pe—

11. Aṭṭhamakassa puggalassa atthi saddhā, n'atthi saddhindriyan ti?

Āmantā.

Sakadāgāmiphalasacchikiriyāya paṭipannassa puggalassa atthi saddhā, n'atthi saddhindriyan ti?

Na h'evaṃ vattabbe—pe—

Aṭṭhamakassa puggalassa atthi paññā, n'atthi paññindriyan ti?

Āmantā.

Sakadāgāmiphalasacchikiriyāya paṭipannassa puggalassa atthi paññā, n'atthi paññindriyan ti?

Na h'evaṃ vattabbe—pe—

12. Aṭṭhamakassa puggalassa atthi saddhā, n'atthi saddhindriyaṃ—pe—atthi paññā, n'atthi paññindriyan ti?

Āmantā.

Anāgāmiphalasacchikiriyāya paṭipannassa puggalassa—pe—arahattasacchikiriyāya paṭipannassa puggalassa atthi paññā, n'atthi paññindriyan ti?

Na h'evaṃ vattabbe—pe—

13. Aṭṭhamakassa puggalassa n'atthi pañc'indriyānīti?

Āmantā.

Nanu vuttaṃ Bhagavatā—"Pañc'imāni Bhikkhave indriyāni. Katamāni pañca? Saddhindriyaṃ, viriyindriyaṃ, satindriyaṃ, samādhindriyaṃ, paññindriyaṃ. Imāni kho Bhikkhave pañc'indriyāni. Imesaṃ kho Bhikkhave pañcannaṃ indriyānaṃ samattā paripūrattā[1] Arahā hoti. Tato mudutarehi arahattasacchikiriyāya paṭipanno hoti; tato mudutarehi anāgāmī hoti; tato mudutarehi anāgāmiphalasacchikiriyāya paṭipanno hoti; tato mudutarehi sakadāgāmī hoti; tato mudutarehi sakadāgāmiphalasacchikiriyāya paṭipanno hoti; tato mudutarehi sotāpanno hoti; tato mudutarehi sotāpattiphalasacchikiriyāya paṭipanno hoti. Yassa kho Bhikkhave imāni pañc'indriyāni sabbena sabbaṃ sabbathā sabbaṃ n'atthi, tam ahaṃ 'bāhiro puthujjanapakkhe[2] ṭhito ti' vadāmīti." Atth'eva suttanto ti?

Āmantā.

Aṭṭhamako puggalo bāhiro puthujjanapakkhe ṭhito ti?

Na h'evaṃ vattabbe—pe—

Tena hi aṭṭhamakassapuggalassa atthi pañc'indriyānīti.

Aṭṭhamakassa indriyakathā.

III. 7.

1. Maṃsacakkhuṃ dhammupatthaddhaṃ dibbacakkhuṃ hotīti?

Āmantā.

Maṃsacakkhuṃ dibbacakkhuṃ, dibbacakkhuṃ maṃsacakkhun ti?

---

[1] paripurato, P.S₂. [2] pakkho, P.S₂.

Na h'evaṃ vattabbe—pe—

Maṃsacakkhuṃ dhammupatthaddhaṃ dibbacakkhuṃ hotīti?

Āmantā.

Yādisaṃ maṃsacakkhuṃ, tādisaṃ dibbacakkhuṃ; yādisaṃ dibbacakkhuṃ, tādisaṃ maṃsacakkhun ti?

Na h'evaṃ vattabbe—pe—

Maṃsacakkhuṃ dhammupatthaddhaṃ dibbacakkhuṃ hotīti?

Āmantā.

Tañ ñeva maṃsacakkhuṃ taṃ[1] dibbacakkhuṃ, taṃ dibbacakkhuṃ taṃ maṃsacakkhun ti?

Na h'evaṃ vattabbe—pe—

Maṃsacakkhuṃ dhammupatthaddhaṃ dibbacakkhuṃ hotīti?

Āmantā.

Yādiso maṃsacakkhussa visayo ānubhāvo gocaro, tādiso dibbassa cakkhussa visayo ānubhāvo gocaro ti?

Na h'evaṃ vattabbe—pe—

2. Maṃsacakkhuṃ dhammupatthaddhaṃ dibbacakkhuṃ hotīti?

Āmantā.

Upādinnaṃ hutvā anupādinnaṃ hotīti?

Na h'evaṃ vattabbe—pe—

Upādinnaṃ hutvā anupādinnaṃ hotīti?

Āmantā.

Kāmāvacaraṃ hutvā rūpāvacaraṃ hotīti?

Na h'evaṃ vattabbe—pe—

Kāmāvacaraṃ hutvā rūpāvacaraṃ hotīti?

Āmantā.

Rūpāvacaraṃ hutvā arūpāvacaraṃ hotīti?

Na h'evaṃ vattabbe—pe—

Rūpāvacaraṃ hutvā arūpāvacaraṃ hotīti?

Āmantā.

Pariyāpannaṃ hutvā apariyāpannaṃ hotīti?

Na h'evaṃ vattabbe—pe—

---

[1] taṃ om. P.S.S₂.

3. Maṃsacakkhuṃ dhammupatthaddhaṃ dibbacakkhuṃ hotīti?

Āmantā.

Dibbacakkhuṃ dhammupatthaddhaṃ maṃsacakkhuṃ hotīti?

Na h'evaṃ vattabbe—pe—

Maṃsacakkhuṃ dhammupatthaddhaṃ dibbacakkhuṃ hotīti?

Āmantā.

Dibbacakkhuṃ dhammupatthaddhaṃ paññācakkhuṃ hotīti?

Na h'evaṃ vattabbe—pe—

Maṃsacakkhuṃ dhammupatthaddhaṃ dibbacakkhuṃ hotīti?

Āmantā.

Dibbacakkhuṃ dhammupatthaddhaṃ maṃsacakkhuṃ hotīti?

Na h'evaṃ vattabbe—pe—

4. Maṃsacakkhuṃ dhammupatthaddhaṃ dibbacakkhuṃ hotīti?

Āmantā.

Dve'va cakkhūnīti?

Na h'evaṃ vattabbe—pe—

Dve'va cakkhūnīti?

Āmantā.

Nanu tīṇi cakkhūni vuttāni Bhagavatā, maṃsacakkhuṃ, dibbacakkhuṃ, paññācakkhun ti?

Āmantā.

Hañci tīṇi cakkhūni vuttāni Bhagavatā, maṃsacakkhum, dibbacakkhuṃ, paññācakkhuṃ, no vata re vattabbe "Dve'va cakkhūnīti"?

Dve'va cakkhūnīti?

Āmantā.

Nanu vuttaṃ Bhagavatā "Tīṇ'imāni Bhikkhave cakkhūni. Katamāni tīṇi? Maṃsacakkhuṃ, dibbacakkhuṃ, paññācakkhuṃ. Imāni kho Bhikkhave tīṇi cakkhūnīti."

"Maṃsacakkhuṃ dibbacakkhuṃ
Paññācakkhuṃ anuttaraṃ,
Etāni tīni cakkhūni
Akkhāsi purisattamo.
Maṃsacakkhussa uppādo
Maggo dibbassa cakkhuno,
Yathā ca ñāṇaṃ udapādi
Paññācakkhuṃ anuttaraṃ.
Tassa cakkhussa paṭilābhā
Sabbadukkhā pamuccatīti."

Atth'eva suttanto ti?

Āmantā.

Tena hi na vattabbaṃ "Dve'va cakkhūnīti."

Dibbacakkhukathā.

III. 8.

1. Maṃsasotaṃ dhammupatthaddhaṃ dibbasotaṃ hotīti?

Āmantā.

Maṃsasotaṃ dibbasotaṃ, dibbasotaṃ maṃsasotan ti?

Na h'evaṃ vattabbe—pe—

Maṃsasotaṃ dhammupatthaddhaṃ dibbasotaṃ hotīti?

Āmantā.

Yādisaṃ maṃsasotaṃ, tādisaṃ dibbasotaṃ: yādisaṃ dibbasotaṃ, tadisaṃ maṃsasotan ti?

Na h'evaṃ vattabbe—pe—

Maṃsasotaṃ dhammupatthaddhaṃ dibbasotaṃ hotīti?

Āmantā.

Tañ ñeva maṃsasotaṃ taṃ dibbasotaṃ, taṃ dibbasotaṃ taṃ maṃsasotan ti?

Na h'evaṃ vattabbe—pe—

Maṃsasotaṃ dhammupatthaddhaṃ dibbasotaṃ hotīti?

Āmantā.

Yādiso maṃsacakkhussa visayo ānubhāvo gocaro, tādiso dibbassa cakkhussa visayo ānubhāvo gocaro ti?

Na h'evaṃ vattabbe—pe—

2. Maṃsasotaṃ dhammupatthaddhaṃ dibbasotaṃ hotīti?

Āmantā.

Upādinnaṃ hutvā anupādinnaṃ hotīti?

Na h'evaṃ vattabbe—pe—

Upādinnaṃ hutvā anupādinnaṃ hotīti?

Āmantā.

Kāmāvacaraṃ hutvā rūpāvacaraṃ hotīti?

Na h'evaṃ vattabbe—pe—

Kāmāvacaraṃ hutvā rūpāvacaraṃ hotīti?

Āmantā.

Rūpāvacaraṃ hutvā arūpāvacaraṃ hotīti?

Na h'evaṃ vattabbe—pe—

Rūpāvacaraṃ hutvā arūpāvacaraṃ hotīti?

Āmantā.

Pariyāpannaṃ hutvā apariyāpannaṃ hotīti?

Na h'evaṃ vattabbe—pe—

3. Maṃsasotaṃ dhammupatthaddhaṃ dibbasotaṃ hotīti?

Āmantā.

Dibbasotaṃ dhammupatthaddhaṃ maṃsasotaṃ hotīti?

Na h'evaṃ vattabbe—pe—

Maṃsasotaṃ dhammupatthaddhaṃ dibbasotaṃ hotīti?

Āmantā.

Ekañ ñeva[1] sotan ti?

Na h'evaṃ vattabbe—pe—

Ekañ ñeva sotan ti?

Āmantā.

Nanu dve sotāni vuttāni Bhagavatā, maṃsasotaṃ dibbasotan ti?

Āmantā.

Hañci dve sotāni vuttāni Bhagavatā, maṃsasotaṃ dibbasotaṃ, no vata re vattabbe "Ekañ ñeva sotan ti."

Dibbasotakathā.

---

[1] Ekaṃ yeva, P.S.S₂.

III. 9.

1. Yathākammūpagataṃ ñāṇaṃ dibbacakkhun ti?
Āmantā.
Yathākammūpagatañ ca manasikaroti, dibbena cakkhunā rūpaṃ passatīti?
Na h'evaṃ vattabbe—pe—
Yathākammūpagatañ ca manasikaroti, dibbena cakkhunā rūpaṃ passatīti?
Āmantā.
Dvinnaṃ phassānaṃ dvinnaṃ cittānaṃ samodhānaṃ hotīti?
Na h'evaṃ vattabbe—pe—
2. Yathākammūpagataṃ ñāṇaṃ dibbacakkhun ti?
Āmantā.
Ime vata[1] bhonto sattā ti ca manasikaroti, kāyaduccaritena[2] samannāgatā ti ca manasikaroti, vacīduccaritena samannāgatā ti ca manasikaroti, manoduccaritena samannāgatā ti ca manasikaroti, ariyānaṃ upavādakā ti ca manasikaroti, micchādiṭṭhikā ti ca manasikaroti, micchādiṭṭhikammasamādānā ti ca manasikaroti, te kāyassa bhedā paraṃ maraṇā apāyaṃ duggatiṃ vinipātaṃ nirayaṃ upapannā ti ca manasikaroti, ime vā pana bhonto sattā ti ca manasikaroti, kāyasucaritena[3] samannāgatā ti ca manasikaroti, vacīsucaritena samannāgatā ti ca manasikaroti, manosucaritena samannāgatā ti ca manasikaroti, ariyānaṃ anupavādakā ti ca manasikaroti, sammādiṭṭhikā ti ca manasikaroti, sammādiṭṭhikammasamādānā ti ca manasikaroti, te kāyassa bhedā paraṃ maraṇā sugatim saggaṃ lokaṃ upapannā ti ca manasikaroti, dibbena cakkhunā rūpaṃ passatīti?
Na h'evaṃ vattabbe—pe—
Yathākammūpagataṃ ñāṇaṃ dibbacakkhun ti?
Āmantā.
Ime vata bhonto sattā ti ca manasikaroti,—pe—, te

---

[1] taṃ, P. [2] °carite, P.S. [3] °duccaritena, P.

kāyassa bhedā paraṃ maraṇā sugatiṃ saggaṃ lokaṃ upapannā ti ca manasikaroti, dibbena cakkhunā rūpaṃ passatīti?

Āmantā.

Dvinnaṃ phassānaṃ dvinnaṃ cittānaṃ samodhānaṃ hotīti?

Na h'evaṃ vattabbe—pe—

3. Yathākammūpagataṃ ñāṇaṃ dibbacakkhun ti?

Āmantā.

Atthi koci adibbacakkhuko dibbacakkhuṃ appaṭiladdho[1] anadhigato asacchikato yathākammūpagataṃ jānātīti?

Āmantā.

Hañci atthi koci adibbacakkhuko dibbacakkhuṃ appaṭiladdho anadhigato asacchikato yathākammūpagataṃ jānāti, no vata re vattabbe "Yathākammūpagataṃ ñāṇaṃ dibbacakkhun ti."

4. Yathākammūpagataṃ ñāṇaṃ dibbacakkhun ti?

Āmantā.

Āyasmā Sāriputto yathākammūpagataṃ jānātīti?

Āmantā.

Hañci āyasmā Sāriputto yathākammūpagataṃ jānāti, no vata re vattabbe "Yathākammūpagataṃ ñāṇaṃ dibbacakkhun ti."

5. Āyasmā Sāriputto yathākammūpagataṃ jānātīti?

Āmantā.

Atth'āyasmato Sāriputtassa dibbacakkhun ti?

Na h'evaṃ vattabbe—pe—

Atth'āyasmato Sāriputtassa dibbacakkhun ti?

Āmantā.

Nanu āyasmā Sāriputto etad avoca—

"N'eva pubbenivāsāya
Nāpi dibbassa cakkhuno
Cetopariyāya iddhiyā
Sotadhātuvisuddhiyā
Cutiyā upapattiyā
Paṇidhī me na vijjatīti."

[1] paṭi°, P.S$_2$.

Atth'eva suttanto ti?

Āmantā.

Tena hi na vattabbaṃ "Yathākammūpagataṃ ñāṇaṃ dibbacakkhun ti."

Yathākammūpagatañāṇakathā.

III. 10.

1. Atthi devesu saṃvaro ti?

Āmantā.

Atthi devesu asaṃvaro ti?

Na h'evaṃ vattabbe—pe—

N'atthi devesu asaṃvaro ti?

Āmantā.

N'atthi devesu saṃvaro ti?

Na h'evaṃ vattabbe—pe—

2. Nanu asaṃvarā saṃvaro sīlaṃ, atthi devesu saṃvaro ti?

Āmantā.

Atthi devesu asaṃvaro, yamhā asaṃvarā[1] saṃvaro sīlan ti?

Na h'evaṃ vattabbe.

Ājānāhi niggahaṃ: hañci asaṃvarā saṃvaro sīlaṃ, atthi devesu saṃvaro, tena vata re vattabbe "Atthi devesu asaṃvaro, yamhā asaṃvarā saṃvaro sīlan ti."

Yaṃ tattha vadesi "Vattabbe kho 'asaṃvarā saṃvaro sīlaṃ, atthi devesu saṃvaro,' no ca vattabbe 'atthi devesu asaṃvaro yamhā asaṃvarā saṃvaro sīlan ti,'" micchā.

No ce pana vattabbe "Atthi devesu asaṃvaro yamhā asaṃvarā saṃvaro sīlan ti," no vata re vattabbe "Asaṃvarā saṃvaro sīlaṃ, atthi devesu saṃvaro ti."

Yaṃ tattha vadesi "Vattabbe kho 'asaṃvarā saṃvaro sīlaṃ, atthi devesu saṃvaro,' no ca vattabbe 'atthi devesu asaṃvaro yamhā asaṃvarā saṃvaro sīlan ti,'" micchā.

---

[1] asaṃvaro, P.

3. Atthi manussesu saṃvaro, atthi tattha asaṃvaro ti?
Āmantā.
Atthi devesu saṃvaro, atthi tattha asaṃvaro ti?
Na h'evaṃ vattabbe—pe—
Atthi devesu saṃvaro, n'atthi tattha asaṃvaro ti?
Āmantā.
Atthi manussesu saṃvaro, n'atthi tattha asaṃvaro ti?
Na h'evaṃ vattabbe—pe—
4. Atthi devesu pāṇātipātā veramaṇīti?
Āmantā.
Atthi devesu pāṇātipāto ti?
Na h'evaṃ vattabbe—pe—
Atthi devesu surāmerayamajjapamādaṭṭhānā veramaṇīti?
Āmantā.
Atthi devesu surāmerayamajjapamādaṭṭhānan ti?
Na h'evaṃ vattabbe—pe—
5. N'atthi devesu pāṇātipāto ti?
Āmantā.
N'atthi devesu pāṇātipātā veramaṇīti?
Na h'evaṃ vattabbe—pe—
N'atthi devesu surāmerayamajjapamādaṭṭhānan ti?
Āmantā.
N'atthi devesu surāmerayamajjapamādaṭṭhānā veramaṇīti?
Na h'evaṃ vattabbe—pe—
6. Atthi manussesu pāṇātipātā veramaṇī, atthi tattha pāṇātipāto ti?
Āmantā.
Atthi devesu pāṇātipātā veramaṇī, atthi tattha pāṇātipāto ti?
Na h'evaṃ vattabbe—pe—
Atthi manussesu surāmerayamajjapamādaṭṭhānā veramaṇī, atthi tattha surāmerayamajjapamādaṭṭhānan ti?
Āmantā.
Atthi devesu surāmerayamajjapamādaṭṭhānā veramaṇī, atthi tattha surāmerayamajjapamādaṭṭhānan ti?
Na h'evaṃ vattabbe—pe—

7. Atthi devesu pāṇātipātā veramaṇī, n'atthi tattha pāṇātipāto ti?

Āmantā.

Atthi manussesu pāṇātipātā veramaṇī, n'atthi tattha pāṇātipāto ti?

Na h'evaṃ vattabbe—pe—

Atthi devesu surāmerayamajjapamādaṭṭhānā veramaṇī, n'atthi tattha surāmerayamajjapamādaṭṭhānan ti?

Āmantā.

Atthi manussesu surāmerayamajjapamādaṭṭhānā veramaṇī, n'atthi tattha surāmerayamajjapamādaṭṭhānan ti?

Na h'evaṃ vattabbe—pe—

8. N'atthi devesu saṃvaro ti?

Āmantā.

Sabbe devā pāṇāṭipātino adinnādāyino kāmesu micchācārino musāvādino surāmerayamajjapamādaṭṭhāyino ti?

Na h'evaṃ vattabbe—pe—

Tena hi atthi devesu saṃvaro ti.

Saṃvarakathā.

III. 11.

1. Asaññasattesu saññā atthīti?

Āmantā.

Saññabhavo[1] saññagati saññasattāvāso saññasaṃsāro saññayoni saññattabhāvapaṭilābho[2] ti?

Na h'evaṃ vattabbe—pe—

Nanu asaññabhavo asaññagati asaññasattāvāso asaññasaṃsāro asaññayoni asaññattabhāvapaṭilābho ti?

Āmantā.

Hañci asaññabhavo asaññagati asaññasattāvāso asaññasaṃsāro asaññayoni asaññattabhāvapaṭilābho, no vata re vattabbe "Asaññasattesu saññā atthīti."

2. Asaññasattesu saññā atthīti?

---

[1] saññāsavo, P. [2] °attatāvapaṭilābho, P.S₂.

Āmantā.

Pañcavokārabhavo gati sattāvāso saṃsāro yoni attabhāvapaṭilābho ti?

Na h'evaṃ vattabbe—pe—

Nanu ekavokārabhavo gati sattāvāso saṃsāro yoni attabhāvapaṭilābho ti?

Āmantā.

Hañci ekavokārabhavo gati sattāvāso saṃsāro yoni attabhāvapaṭilābho, no vata re vattabbe "Asaññasattesu saññā atthīti."

3. Asaññasattesu saññā atthīti?

Āmantā.

Tāya saññāya saññakaraṇīyaṃ karotīti?

Na h'evaṃ vattabbe—pe—

Manussesu saññā atthi, so ca saññabhavo saññagati saññasattāvāso saññasaṃsāro saññayoni saññattabhāvapaṭilābho ti?

Āmantā.

Asaññasattesu saññā atthi, so ca saññabhavo saññagati saññasattāvāso saññasaṃsāro saññayoni saññattabhāvapaṭilābho ti?

Na h'evaṃ vattabbe—pe—

Manussesu saññā atthi, so ca pañcavokārabhavo gati sattāvāso saṃsāro yoni attabhāvapaṭilābho ti?

Āmantā.

Asaññasattesu saññā atthi, so ca pañcavokārabhavo gati sattāvāso saṃsāro yoni attabhāvapaṭilābho ti?

Na h'evaṃ vattabbe—pe—

Manussesu saññā atthi, tāya saññāya saññākaraṇīyaṃ karotīti?

Āmantā.

Asaññasattesu saññā atthi, tāya saññāya saññākaraṇīyaṃ karotīti?

Na h'evaṃ vattabbe—pe—

4. Asaññasattesu saññā atthi, so ca asaññabhavo asaññagati asaññāsattāvāso asaññasaṃsāro asaññayoni asaññattabhāvapaṭilābho ti?

Āmantā.

Manussesu saññā atthi, so ca asaññabhavo—pe—asaññattabhāvapaṭilābho ti?

Na h'evaṃ vattabbe—pe—

Asaññasattesu saññā atthi, so ca ekavokārabhavo gati—pe—attabhāvapaṭilābho ti?

Āmantā.

Manussesu saññā atthi, so ca ekavokārabhavo gati—pe—attabhāvapaṭilābho ti?

Na h'evaṃ vattabbe—pe—

Asaññasattesu saññā atthi, na ca tāya saññāya saññākaraṇīyaṃ karotīti?

Āmantā.

Manussesu saññā atthi, na ca tāya saññāya saññākaraṇīyaṃ karotīti?

Na h'evaṃ vattabbe—pe—

5. Na vattabbaṃ "Asaññasattesu saññā atthīti"?

Āmantā.

Nanu vuttaṃ Bhagavatā—"Santi Bhikkhave Asaññasattā nāma devā, saññuppādā ca pana te devā tamhā kāyā cavantīti." Atth'eva suttanto ti?

Āmantā.

Tena hi Asaññasattesu saññā atthīti.

6. Asaññasattesu saññā atthīti?

Kañci kāle atthi kañci kāle n'atthīti.

Kañci kāle saññasattā, kañci kāle asaññasattā; kañci kāle saññabhavo, kañci kāle asaññabhavo; kañci kāle pañcavokārabhavo, kañci kāle ekavokārabhavo ti?

Na h'evaṃ vattabbe—pe—

7. Asaññasattesu saññā kañci kāle atthi, kañci kāle n'atthīti?

Āmantā.

Kaṃ kālaṃ atthi, kaṃ kālaṃ n'atthīti?

Cutikāle uppattikāle atthi, ṭhitikāle n'atthīti.

Cutikāle ca uppattikāle saññasattā, ṭhitikāle asaññasattā; cutikāle uppattikāle saññabhavo, ṭhitikāle asaññabhavo; cutikāle uppattikāle pañcavokārabhavo, ṭhitikāle ekavokārabhavo ti?

Na h'evaṃ vattabbe—pe—

Asaññakathā.

III. 12.

1. Nevasaññānāsaññāyatane na vattabbaṃ "Saññā atthīti"?

Āmantā.

Asaññabhavo asaññagati asaññasattāvāso asaññasaṃsāro asaññayoni asaññattabhāvapaṭilābho ti?

Āmantā.

Hañci asaññabhavo asaññagati—pe—asaññattabhāvapaṭilābho, no vata re vattabbe "Nevasaññānāsaññāyatane na vattabbaṃ 'Saññā atthīti.'"

2. Nevasaññānāsaññāyatane na vattabbaṃ "Saññā atthīti"?

Āmantā.

Ekavokārabhavo gati—pe—attabhāvapaṭilābho ti?

Na h'evaṃ vattabbe—pe—

Nanu catuvokārabhavo gati—pe—attabhāvapaṭilābho ti?

Āmantā.

Hañci catuvokārabhavo gati—pe—attabhāvapaṭilābho, no vata re vattabbe "Nevasaññānāsaññāyatane na vattabbaṃ 'Saññā athīti.'"

3. Asaññasattesu na vattabbaṃ "Saññā atthi," so ca asaññabhavo asaññagati asaññasattāvāso asaññasaṃsāro asaññayoni asaññattabhāvapaṭilābho ti?

Āmantā.

Nevasaññānāsaññāyatane na vattabbaṃ "Saññā atthi," so ca asaññabhavo asaññagati asaññasattāvāso asaññasaṃsāro asaññayoni asaññattabhāvapaṭilābho ti?

Na h'evaṃ vattabbe—pe—

Asaññasattesu na vattabbaṃ "Saññā atthi," so ca ekavokārabhavo gati—pe—attabhāvapaṭilābho ti?

Āmantā.

Nevasaññānāsaññāyatane na vattabbaṃ "Saññā atthi," so ca ekavokārabhavo gati—pe—attabhāvapaṭilābho ti?

Na h'evaṃ vattabbe—pe—

4. Nevasaññānāsaññāyatane na vattabbaṃ "Saññā atthi," so ca saññabhavo saññagati—pe—saññattabhāvapaṭilābho ti?

Āmantā.

Asaññasattesu na vattabbaṃ "Saññā atthi," so ca saññabhavo saññagati—pe—saññattabhāvapaṭilābho ti?

Na h'evaṃ vattabbe—pe—

Nevasaññānāsaññāyatane na vattabbaṃ "Saññā atthi," so ca catuvokārabhavo gati—pe—attabhāvapaṭilābho ti?

Āmantā.

Asaññasattesu na vattabbaṃ "Saññā atthi," so ca catuvokārabhavo gati—pe—attabhāvapaṭilābho ti?

Na h'evaṃ vattabbe—pe—

5. Nevasaññānāsaññāyatane na vattabbaṃ "Saññā atthīti?"

Āmantā.

Nanu nevasaññānāsaññāyatanaṃ catuvokārabhavo ti?

Āmantā.

Hañci nevasaññānāsaññāyatanaṃ catuvokārabhavo, no vata re vattabbe "Nevasaññānāsaññāyatane na vattabbaṃ 'Saññā atthīti.'"

6. Nevasaññānāsaññāyatanaṃ catuvokārabhavo, nevasaññānāsaññāyatane na vattabbaṃ "Saññā atthīti?"

Āmantā.

Ākāsānañcāyatanaṃ catuvokārabhavo, ākāsānañcāyatane na vattabbaṃ "Saññā atthīti"?

Na h'evaṃ vattabbe—pe—

Nevasaññānāsaññāyatanaṃ catuvokārabhavo, nevasaññānāsaññāyatane na vattabbaṃ "Saññā atthīti"?

Āmantā.

Viññāṇañcāyatanaṃ—pe—ākiñcaññāyatanaṃ catuvokārabhavo, ākiñcaññāyatane na vattabbaṃ "Saññā atthīti"?

Na h'evaṃ vattabbe—pe—

7. Ākāsānañcāyatanaṃ catuvokārabhavo, atthi tattha saññā ti?

Āmantā.

Nevasaññānāsaññāyatanaṃ catuvokārabhavo, atthi tattha saññā ti?

Na h'evaṃ vattabbe—pe—

Viññāṇañcāyatanaṃ—pe—ākiñcaññāyatanaṃ catuvokārabhavo, atthi tattha saññā ti?

Āmantā.

Nevasaññānāsaññāyatanaṃ catuvokārabhavo, atthi tattha saññā ti?

Na h'evaṃ vattabbe—pe—

8. Nevasaññānāsaññāyatane na vattabbaṃ "Saññā atthīti vā n'atthīti vā ti"?

Āmantā.

Nanu nevasaññānāsaññāyatanaṃ catuvokārabhavo ti?

Āmantā.

Hañci nevasaññānāsaññāyatanaṃ catuvokārabhavo, no vata re vattabbe "Nevasaññānāsaññāyatane na vattabbaṃ 'Saññā atthīti vā n'atthīti vā ti.'"

9. Nevasaññānāsaññāyatanaṃ catuvokārabhavo, nevasaññānāsaññāyatane na vattabbaṃ "Saññā atthīti vā n'atthīti vā ti"?

Āmantā.

Ākāsānañcāyatanaṃ—pe—viññāṇañcāyatanaṃ—pe—ākiñcaññāyatanaṃ catuvokārabhavo, ākiñcaññāyatane na vattabbaṃ "Saññā atthīti vā n'atthīti vā ti."

10. Ākāsānañcāyatanaṃ catuvokārabhavo, atthi tattha saññā ti?

Āmantā.

Nevasaññānāsaññāyatanaṃ catuvokārabhavo, atthi tattha saññā ti?

Na h'evaṃ vattabbe—pe—

Viññāṇañcāyatanaṃ—pe—ākiñcaññāyatanaṃ catuvokārabhavo, atthi tattha saññā ti?

Āmantā.

Nevasaññānāsaññāyatanaṃ catuvokārabhavo, atthi tattha saññā ti?

Na h'evaṃ vattabbe—pe—.

11. Nevasaññānāsaññāyatane na vattabbaṃ "Saññā atthīti vā n'atthīti vā ti"?

Āmantā.

Nanu nevasaññānāsaññāyatanan ti?

Āmantā.

Hañci nevasaññānāsaññāyatanaṃ, tena vata re vattabbe "Nevasaññānāsaññāyatane na vattabbaṃ 'Saññā atthīti vā n'atthīti vā ti.'"

12. Nevasaññānāsaññāyatanan ti katvā, nevasaññānāsaññāyatane na vattabbaṃ "Saññā atthīti vā n'atthīti vā ti"?

Āmantā.

Adukkhamasukhā vedanā ti katvā, adukkhamasukhāya[1] vedanāya[2] na vattabbaṃ "Vedanā ti vā, avedanā ti vā ti"?

Na h'evaṃ vattabbe—pe—

Nevasaññānāsaññāyatanakathā.

Tatiyo Vaggo.

Balaṃ sādhāraṇaṃ, Ariyaṃ, Sarāgaṃ cittaṃ vimuccati,
Vimuttaṃ vimuccamānaṃ, Atthi cittaṃ vimuccamānaṃ,
Aṭṭhamakassa puggalassa diṭṭhipariyuṭṭhānaṃ pahīnaṃ,
Aṭṭhamakassa puggalassa n'atthi pañcindriyāni,
Cakkhuṃ, Sotaṃ dhammupatthaddhaṃ, Yathākammūpagatañāṇaṃ,
Devesu saṃvaro, Asaññasattesu saññā, evameva bhavaggan ti.

---

[1] sukhā, P.K. [2] vedanā, P.S.

IV. 1.

1. Gihī[1]'ssa Arahā ti?
Āmantā.
Atthi Arahato gihisaññojanan ti?
Na h'evaṃ vattabbe—pe—
N'atthi Arahato gihisaññojanan ti?
Āmantā.
Hañci n'atthi Arahato gihisaññojanaṃ no vata re vattabbe "Gihī'ssa Arahā ti."

2. Gihī'ssa Arahā ti?
Āmantā.
Nanu Arahato gihisaññojanaṃ pahīnaṃ ucchinnamūlaṃ tālāvatthukataṃ anabhāvaṃ kataṃ āyatiṃ anuppādadhamman ti?
Āmantā.
Hañci Arahato gihisaññojanaṃ pahīnaṃ ucchinnamūlaṃ tālāvatthukataṃ anabhāvaṃ kataṃ āyatiṃ anuppādadhammaṃ, no vata re vattabbe "Gihī'ssa Arahā ti."

3. Gihī'ssa Arahā ti?
Āmantā.
Atthi koci gihī gihisaññojanaṃ appahāya diṭṭh'eva dhamme dukkhass'antaṃ karotīti?
N'atthi.
Hañci n'atthi koci gihī gihisaññojanaṃ appahāya diṭṭh'eva dhamme dukkhass'antaṃ karoti, no vata re vattabbe "Gihī'ssa Arahā ti."

4. Gihī'ssa Arahā ti?
Āmantā.
Nanu Vacchagotto paribbājako Bhagavantaṃ etad avoca—"Atthi nu kho bho Gotama koci gihī gihisaññojanaṃ appahāya kāyassa bhedā dukkhass'antaṃ karotīti"? "N'atthi kho Vaccha koci gihī gihisaññojanaṃ appahāya kāyassa bhedā dukkhass'antaṃ karotīti." Atth'eva suttanto ti?

---

[1] Gihi, P.S₂.

Āmantā.

Tena hi na vattabbaṃ "Gihī'ssa Arahā ti."

5. Gihī'ssa Arahā ti?

Āmantā.

Arahā methunaṃ dhammaṃ paṭiseveyya, methunaṃ dhammaṃ uppādeyya, puttasambādhasayanaṃ ajjhāvaseyya, kāsikacandanaṃ paccanubhaveyya, mālāgandhavilepanaṃ dhāreyya, jātarūparajataṃ sādiyeyya, ajeḷakaṃ paṭigaṇheyya, kukkuṭasūkaraṃ paṭigaṇheyya, hatthigavassavaḷavaṃ paṭigaṇheyya, tittiravaṭṭakamorakapiñjalaṃ[1] paṭigaṇheyya, pitavaṇṭavālamolikaṃ[2] dhāreyya, odātāni vatthāni dīghadasāni dhāreyya, yāvajīvaṃ agāriyabhūto assāti?

Na h'evaṃ vattabbe—pe—

6. Na vattabbaṃ "Gihī'ssa Arahā ti"?

Āmantā.

Nanu Yaso kulaputto, Uttiyo gahapati, Setu māṇavo gihissa byañjanena arahattaṃ pattā ti?

Āmantā.

Hañci Yaso kulaputto, Uttiyo gahapati, Setu māṇavo gihissa byañjanena arahattaṃ pattā, tena vata re vattabbe "Gihī'ssa Arahā ti."

Gihī'ssa Arahā ti kathā.

IV. 2.

1. Saha uppattiyā Arahā ti?

Āmantā.

Saha uppattiyā sotāpanno hotīti?

Na h'evaṃ vattabbe—pe—

Saha uppattiyā Arahā ti?

---

[1] piñjaraṃ, M.

[2] cittavaṭṭandhavālamoli, P; cittavaṇḍavālamoliṃ, M.

Āmantā.

Saha uppattiyā sakadāgāmī hotīti?

Na h'evaṃ vattabbe—pe—

Saha uppattiyā Arahā ti?

Āmantā.

Saha uppattiyā anāgāmī hotīti?

Na h'evaṃ vattabbe—pe—.

2. Saha uppattiyā sotāpanno na hotīti?

Āmantā.

Hañci saha uppattiyā sotāpanno na hoti, no vata re vattabbe "Saha uppattiyā Arahā ti."

Saha uppattiyā sakadāgāmī na hotīti?

Āmantā.

Hañci saha uppattiyā sakadāgāmī na hoti, no vata re vattabbe "Saha uppattiyā Arahā ti."

Saha uppattiyā anāgāmī na hotīti?

Āmantā.

Hañci saha uppattiyā anāgāmī na hoti, no vata re vattabbe "Saha uppattiyā Arahā ti."

3. Saha uppattiyā Arahā ti?

Āmantā.

Sāriputto thero saha uppattiyā Arahā ti?

Na h'evaṃ vattabbe—pe—

Mahā Moggallāno thero—pe—Mahā Kassapo thero—pe—Mahā Kaccāyano thero—pe—Mahā Koṭṭhiko thero—pe—Mahā Panthako[1] thero saha uppattiyā Arahā ti?

Na h'evaṃ vattabbe—pe—

4. Sāriputto thero na saha uppattiyā Arahā ti?

Āmantā.

Hañci Sāriputto thero na saha uppattiyā Arahā, no vata re vattabbe "Saha uppattiyā Arahā ti."

Mahā Moggallāno thero—pe—Mahā Kassapo thero, Mahā Kaccāyano thero, Mahā Koṭṭhiko thero—pe—Mahā Panthako thero na saha uppattiyā Arahā ti?

Āmantā.

---

[1] Mahābandhiko, P.

Hañci Mahā Paṇṭhako thero na saha upapattiyā Arahā, no vata re vattabbe "Saha uppattiyā Arahā ti."

5. Saha uppattiyā Arahā ti?

Āmantā.

Uppattesiyena cittena arahattaṃ sacchikaroti lokiyena sāsavena—pe—saṃkilesikenāti?

Na h'evaṃ vattabbe—pe—

Saha uppattiyā Arahā ti?

Āmantā.

Uppattesiyaṃ cittaṃ niyyānikaṃ khayagāmī bodhagāmī apacayagāmī anāsavaṃ—pe—asaṃkilesikan ti?

Na h'evaṃ vattabbe—pe—

Nanu uppattesiyaṃ cittaṃ aniyyānikaṃ, na khayagāmī, na bodhagāmī, na apacayagāmī, sāsavaṃ—pe—saṃkilesikan ti?

Āmantā.

Hañci uppattesiyaṃ cittaṃ aniyyānikaṃ, na khayagāmī, na bodhagāmī, na apacayagāmī, sāsavaṃ—pe—saṃkilesikaṃ, no vata re vattabbe "Saha uppattiyā Arahā ti."

6. Saha uppattiyā Arahā ti?

Āmantā.

Uppattesiyena cittena rāgaṃ pajahati, dosaṃ pajahati, mohaṃ pajahati,—pe—anottappaṃ pajahatīti?

Na h'evaṃ vattabbe—pe—

Saha uppattiyā Arahā ti?

Āmantā.

Uppattesiyaṃ cittaṃ maggo—pe—satipaṭṭhānaṃ sammappadhānaṃ iddhipādo indriyaṃ balaṃ—pe—bojjhaṅgo ti?

Na h'evaṃ vattabbe—pe—

Saha uppattiyā Arahā ti?

Āmantā.

Uppattesiyena cittena dukkhaṃ parijānāti, samudayaṃ pajahati, nirodhaṃ sacchikaroti, maggaṃ bhāvetīti?

Na h'evaṃ vattabbe—pe—

Saha uppattiyā Arahā ti?

Āmantā.

Cuticittaṃ, maggacittaṃ, uppattesiyaṃ cittaṃ, phalacittan ti?

Na h'evaṃ vattabbe—pe—

Uppattikathā.

IV. 3.

1. Arahato sabbe dhammā anāsavā ti?

Āmantā.

Maggo phalaṃ nibbānaṃ sotāpattimaggo sotāpattiphalaṃ sakadāgāmimaggo sakadāgāmiphalaṃ anāgāmimaggo anāgāmiphalaṃ arahattamaggo arahattaphalaṃ satipaṭṭhānaṃ sammappadhānaṃ iddhipādo indriyaṃ balaṃ bojjhaṅgo ti?

Na h'evaṃ vattabbe—pe—

2. Arahato sabbe dhammā anāsavā ti?

Āmantā.

Arahato cakkhuṃ anāsavan ti?

Na h'evaṃ vattabbe—pe—

Arahato cakkhuṃ anāsavan ti?

Āmantā.

Maggo phalaṃ nibbānaṃ—pe—bojjhaṅgo ti?

Na h'evaṃ vattabbe—pe—

Arahato sotaṃ—pe—Arahato ghānaṃ—pe—Arahato jivhā—pe—Arahato kāyo anāsavo ti?

Na h'evaṃ vattabbe—pe—

Arahato kāyo anāsavo ti?

Āmantā.

Maggo phalaṃ—pe—bojjhaṅgo ti?

Na h'evaṃ vattabbe—pe—

3. Arahato kāyo anāsavo ti?

Āmantā.

Arahato kāyo paggahaniggahūpago[1] chedanabhedanūpago kākehi gijjhehi kulalehi sādhāraṇo ti?

Āmantā.

---

[1] °ūpako, P.

Anāsavo dhammo paggahaniggahūpago chedanabhedanūpago kākehi gijjhehi kulalehi sādhārano ti?

Na h'evaṃ vattabbe—pe—

4. Arahato kāye visaṃ kameyya, satthaṃ kameyya aggi kameyyāti?

Āmantā.

Anāsave dhamme visaṃ kameyya, satthaṃ kameyya, aggi kameyyāti?

Na h'evaṃ vattabbe—pe—

Labbhā[1] Arahato kāyo addubandhanena bandhituṃ, rajjubandhanena bandhituṃ, saṃkhalikabandhanena bandhituṃ, gāmabandhanena bandhituṃ, nigamabandhanena bandhituṃ, nagarabandhanena bandhituṃ, janapadabandhanena bandhituṃ, kaṇhapañcamehi[2] bandhanehi bandhitun ti?

Āmantā.

Labbhā anāsavo dhammo addubandhanena bandhituṃ, rajjubandhanena bandhituṃ, saṃkhalikabandhanena bandhituṃ, gāmabandhanena bandhituṃ, nigamabandhanena bandhituṃ, nagarabandhanena bandhituṃ, janapadabandhanena bandhituṃ, kaṇhapañcamehi bandhanehi bandhitun ti?

Na h'evaṃ vattabbe—pe—

5. Yadi Arahā puthujjanassa cīvaraṃ deti, anāsavaṃ hutvā sāsavaṃ hotīti?

Na h'evaṃ vattabbe—pe—

Anāsavaṃ hutvā sāsavaṃ hotīti?

Āmantā.

Tañ ñeva anāsavaṃ, taṃ sāsavan ti?

Na h'evaṃ vattabbe—pe—

Tañ ñeva anāsavaṃ, taṃ sāsavan ti?

Āmantā.

Maggo anāsavo hutvā sāsavo hotīti?

Na h'evaṃ vattabbe—pe—

Phalaṃ, satipaṭṭhānaṃ, sammappadhānaṃ, iddhipādo, indriyaṃ, balaṃ, bojjhaṅgo anāsavo hutvā sāsavo hotīti?

---

[1] Laddho, P. [2] kaṇṭhapañcamehi, K.

Na h'evaṃ vattabbe—pe—

6. Yadi Arahā puthujjanassa piṇḍapātaṃ deti, senāsanaṃ deti, gilānapaccayabhesajjaparikkhāraṃ deti, anāsavo hutvā sāsavo hotīti?

Na h'evaṃ vattabbe—pe—

Anāsavo hutvā sāsavo hotīti?

Āmantā.

Tañ ñeva anāsavaṃ, taṃ sāsavan ti?

Na h'evaṃ vattabbe—pe—

Tañ ñeva anāsavaṃ, taṃ sāsavan ti?

Āmantā.

Maggo anāsavo hutvā sāsavo hotīti?

Na h'evaṃ vattabbe—pe—

Phalaṃ, satipaṭṭhānaṃ, sammappadhānaṃ, iddhipādo, indriyaṃ, balaṃ, bojjhaṅgo anāsavo hutvā sāsavo hotīti?

Na h'evaṃ vattabbe—pe—

7. Yadi[1] puthujjano Arahato cīvaraṃ deti, sāsavaṃ hutvā anāsavaṃ hotīti?

Na h'evaṃ vattabbe—pe—

Sāsavaṃ hutvā anāsavaṃ hotīti?

Āmantā.

Tañ ñeva sāsavaṃ, taṃ anāsavan ti?

Na h'evaṃ vattabbe—pe—

Tañ ñeva sāsavaṃ, taṃ anāsavan ti?

Āmantā.

Rāgo sāsavo hutvā anāsavo hotīti?

Na h'evaṃ vattabbe—pe—

Doso—pe—moho—pe—anottappaṃ sāsavaṃ hutvā anāsavaṃ hotīti?

Na h'evaṃ vattabbe—pe—

8. Yadi puthujjano Arahato piṇḍapātaṃ deti, senāsanaṃ deti, gilānapaccayabhesajjaparikkhāraṃ deti, sāsavo hutvā anāsavo hotīti?

Na h'evaṃ vattabbe—pe—

Sāsavo hutvā anāsavo hotīti?

Āmantā.

---

[1] Nanu, P.S₂.

Tañ ñeva sāsavaṃ, taṃ anāsavan ti?
Na h'evaṃ vattabbe—pe—
Tañ ñeva sāsavaṃ, taṃ anāsavan ti?
Āmantā.
Rāgo sāsavo hutvā anāsavo hotīti?
Na h'evaṃ vattabbe—pe—
Doso—pe—moho—pe—anottappaṃ sāsavaṃ hutvā anāsavaṃ hotīti?
Na h'evaṃ vattabbe—pe—
9. Na vattabbaṃ "Arahato sabbe dhammā anāsavā ti"?
Āmantā.
Nanu Arahā anāsavo ti?
Āmantā.
Hañci Arahā anāsavo, tena vata re vattabbe "Arahato sabbe dhammā anāsavā ti."

Anāsavakathā.

IV. 4.

1. Arahā catūhi phalehi samannāgato ti?
Āmantā.
Arahā catūhi phassehi catūhi vedanāhi catūhi saññāhi catūhi cetanāhi catūhi cittehi catūhi saddhāhi catūhi viriyehi catūhi satīhi catūhi samādhīhi catūhi paññāhi samannāgato ti?
Na h'evaṃ vattabbe—pe—
2. Anāgāmī tīhi phalehi samannāgato ti?
Āmantā.
Anāgāmī tīhi phassehi—pe—tīhi paññāhi samannāgato ti?
Na h'evaṃ vattabbe—pe—
Sakadāgāmī dvīhi phalehi samannāgato ti?
Āmantā.
Sakadāgāmī dvīhi phassehi—pe—dvīhi paññāhi samannāgato ti?
Na h'evaṃ vattabbe—pe—

3. Arahā sotāpattiphalena samannāgato ti?

Āmantā.

Arahā sotāpanno sattakkhattuparamo, kolaṃkolo, ekabījī ti?

Na h'evaṃ vattabbe—pe—

Arahā sakadāgāmiphale samannāgato ti?

Āmantā.

Arahā sakadāgāmī ti?

Na h'evaṃ vattabbe—pe—

Arahā anāgāmiphalena samannāgato ti?

Āmantā.

Arahā anāgāmī antarāparinibbāyī, upahaccaparinibbāyī, asaṃkhāraparinibbāyī, sasaṃkhāraparinibbāyī, uddhaṃsoto akaniṭṭhagāmī ti?

Na h'evaṃ vattabbe—pe—

4. Anāgāmī sotāpattiphalena samannāgato ti?

Āmantā.

Anāgāmī sotāpanno sattakkhattuparamo, kolaṃkolo, ekabījī ti?

Na h'evaṃ vattabbe—pe—

Anāgāmī sakadāgāmiphalena samannāgato ti?

Āmantā.

Anāgāmī sakadāgāmī ti?

Na h'evaṃ vattabbe—pe—

Sakadāgāmī sotāpattiphalena samannāgato ti?

Āmantā.

Sakadāgāmī sotāpanno sattakkhattuparamo, kolaṃkolo, ekabījī ti?

Na h'evaṃ vattabbe—pe—

5. Sotāpattiphalena samannāgato "sotāpanno ti" vattabbo ti?

Āmantā.

Arahā sotāpattiphalena samannāgato ti?

Āmantā.

Sve'va Arahā so sotāpanno ti?

Na h'evaṃ vattabbe—pe—

Sakadāgāmiphalena samannāgato, "sakadāgāmī ti" vattabbo ti?

Āmantā.
Arahā sakadāgāmiphalena samannāgato ti?
Āmantā.
Sve'va Arahā so sakadāgāmī ti?
Na h'evaṃ vattabbe—pe—
Anāgāmiphalena samannāgato "anāgāmī ti" vattabbo ti?
Āmantā.
Arahā anāgāmiphalena samannāgato ti?
Āmantā.
Sve'va Arahā so anāgāmī ti?
Na h'evaṃ vattabbe—pe—
6. Sotāpattiphalena samannāgato "sotāpanno ti" vattabbo ti?
Āmantā.
Anāgāmī sotāpattiphalena samannāgato ti?
Āmantā.
Sve'va Anāgāmī so sotāpanno ti?
Na h'evaṃ vattabbe—pe—
Sakadāgāmiphalena samannāgato "sakadāgāmī ti" vattabbo ti?
Āmantā.
Anāgāmī sakadāgāmiphalena samannāgato ti?
Āmantā.
Sotāpattiphalena samannāgato "sotāpanno ti" vattabbo ti?
Āmantā.
Sakadāgāmī sotapattiphalena samannāgato ti?
Āmantā.
Sve'va sakadāgāmī so sotāpanno ti?
Na h'evaṃ vattabbe—pe—
k. Arahā sotāpattiphalena samannāgato ti?
Āmantā.
Nanu Arahā sotāpattiphalaṃ vītivatto ti?
Āmantā.
Hañci Arahā sotāpattiphalaṃ vītivatto, no vata re vattabbe "Arahā sotāpattiphalena samannāgato ti."
8. Arahā sotāpattiphalaṃ vītivatto, tena samannāgato ti?
Āmantā.

Arahā sotāpattimaggaṃ vītivatto, sakkāyadiṭṭhiṃ vicikicchaṃ sīlabbataparāmāsaṃ apāyagamanīyaṃ rāgaṃ apāyagamanīyaṃ dosaṃ apāyagamanīyaṃ mohaṃ vītivatto, tena samannāgato ti?

Na h'evaṃ vattabbe—pe—

9. Arahā sakadāgāmiphalena samannāgato ti?

Āmantā.

Nanu Arahā sakadāgāmiphalaṃ vītivatto ti?

Āmantā.

Hañci Arahā sakadāgāmiphalaṃ vītivatto, no vata re vattabbe "Arahā sakadāgāmiphalena samannāgato ti."

10. Arahā sakadāgāmiphalaṃ vītivatto, tena samannāgato ti?

Āmantā.

Arahā sakadāgāmimaggaṃ vītivatto, oḷārikaṃ kāmarāgaṃ oḷārikaṃ byāpādaṃ vītivatto, tena samannāgato ti?

Na h'evaṃ vattabbe—pe—

11. Arahā anāgāmiphalena samannāgato ti?

Āmantā.

Nanu Arahā anāgāmiphalaṃ vītivatto ti?

Āmantā.

Hañci Arahā anāgāmiphalaṃ vītivatto, no vata re vattabbe "Arahā anāgāmiphalena samannāgato ti."

12. Arahā anāgāmiphalaṃ vītivatto, tena samannāgato ti?

Āmantā.

Arahā anāgāmimaggaṃ vītivatto, aṇusahagataṃ kāmarāgaṃ aṇusahagataṃ byāpādaṃ vītivatto, tena samannāgato ti?

Na h'evaṃ vattabbe—pe—

13. Anāgāmī sotāpattiphalena samannāgato ti?

Āmantā.

Nanu anāgāmī sotāpattiphalaṃ vītivatto ti?

Āmantā.

Hañci anāgāmī sotāpattiphalaṃ vītivatto, no vata re vattabbe "Anāgāmī sotāpattiphalena samannāgato ti."

14. Anāgāmī sotāpattiphalaṃ vītivatto, tena samannāgato ti?

Āmantā.

Anāgāmī sotāpattimaggaṃ vītivatto, sakkāyadiṭṭhiṃ vicikicchaṃ sīlabbataparāmāsaṃ apāyagamanīyaṃ rāgaṃ apāyagamanīyaṃ dosaṃ apāyagamanīyaṃ mohaṃ vītivatto, tena samannāgato ti?

Na h'evaṃ vattabbe—pe—

15. Anāgāmī sakadāgāmiphalena samannāgato ti?

Āmantā.

Nanu anāgāmī sakadāgāmiphalaṃ vītivatto ti?

Āmantā.

Hañci anāgāmī sakadāgāmiphalaṃ vītivatto, no vata re vattabbe "Anāgāmī sakadāgamiphalena samannāgato ti."

16. Anāgāmī sakadāgāmiphalaṃ vītivatto, tena samannāgato ti?

Āmantā.

Anāgāmī sakadāgāmimaggaṃ vītivatto, oḷārikaṃ kāmarāgaṃ oḷārikaṃ byāpādaṃ vītivatto, tena samannāgato ti?

Na h'evaṃ vattabbe—pe—

17. Sakadāgāmī sotāpattiphalena samannāgato ti?

Āmantā.

Nanu sakadāgāmī sotāpattiphalaṃ vītivatto ti?

Āmantā.

Hañci sakadāgāmī sotāpattiphalaṃ vītivatto, no vata re vattabbe "Sakadāgāmī sotāpattiphalena samannāgato ti."

18. Sakadāgāmī sotāpattiphalaṃ vītivatto, tena samannāgato ti?

Āmantā.

Sakadāgāmī sotāpattimaggaṃ vītivatto, sakkāyadiṭṭhiṃ vicikicchaṃ sīlabbataparāmāsaṃ apāyagamanīyaṃ rāgaṃ apāyagamanīyaṃ dosaṃ apāyagananīyaṃ mohaṃ vītivatto, tena samannāgato ti?

Na h'evaṃ vattabbe—pe—

19. Na vattabbaṃ "Arahā catūhi phalehi samannāgato ti"?

Āmantā.

Nanu Arahatā cattāri phalāni paṭiladdhāni, tehi ca aparihīno ti?

Āmantā.

Hañci Arahatā cattāri phalāni paṭiladdhāni, tehi ca aparihīno, tena vata re vattabbe "Arahā catūhi phalehi samannāgato ti."

20. Na vattabbaṃ "Anāgāmī tīhi phalehi samannāgato ti"?

Āmantā.

Nanu anāgāminā tīṇi phalāni paṭiladdhāni, tehi ca aparihīno ti?

Āmantā.

Hañci anāgāminā tīṇi phalāni paṭiladdhāni, tehi ca aparihīno, tena vata re vattabbe "Anāgāmī tīhi phalehi samannāgato ti."

21. Na vattabbaṃ "Sakadāgāmī dvīhi phalehi samannāgato ti"?

Āmantā.

Nanu sakadāgāminā dve phalāni paṭiladdhāni, tehi ca aparihīno ti?

Āmantā.

Hañci sakadāgāminā dve phalāni paṭiladdhāni, tehi ca aparihīno, tena vata re vattabbe "Sakadāgāmī dvīhi phalehi samannāgato ti."

22. Arahatā cattāri phalāni paṭiladdhāni, tehi ca aparihīno ti, Arahā catūhi phalehi samannāgato ti?

Āmantā.

Arahatā cattāro maggā paṭiladdhā, tehi ca parihīno ti, Arahā catūhi maggehi samannāgato ti?

Na h'evaṃ vattabbe—pe—

23. Anāgaminā tīṇi phalāni paṭiladdhāni, tehi ca aparihīno ti, anāgāmī tīhi phalehi samannāgato ti?

Āmantā.

Anāgāminā tayo maggā paṭiladdhā, tehi ca aparihīno ti, anāgāmī tīhi maggehi samannāgato ti?

Na h'evaṃ vattabbe—pe—

24. Sakadāgāminā dve phalāni paṭiladdhāni, dvīhi ca aparihīno ti, sakadāgāmī dvīhi phalehi samannāgato ti?

Āmantā.

Sakadāgāminā dve maggā paṭiladdhā, dvīhi ca aparihīno ti, sakadāgāmī dvīhi maggehi samannāgato ti?

Na h'evaṃ vattabbe—pe—

Samannāgatakathā.

IV. 5.

1. Arahā chahi upekkhāhi samannāgato ti?

Āmantā.

Arahā chahi phassehi chahi vedanāhi—pe—chahi paññāhi samannāgato ti?

Na h'evaṃ vattabbe—pe—

2. Arahā chahi upekkhāhi samannāgato ti?

Āmantā.

Arahā cakkhunā rūpaṃ passanto sotena saddaṃ suṇāti, ghānena gandhaṃ ghāyati, jivhāya rasaṃ sāyati, kāyena phoṭṭhabbaṃ phusati, manasā dhammaṃ vijānāti—pe—manasā dhammaṃ vijānanto cakkhunā rūpaṃ passati, sotena saddaṃ suṇāti, ghānena gandhaṃ ghāyati, jivhāya rasaṃ sāyati, kāyena phoṭṭhabbaṃ phusatīti?

Na h'evaṃ vattabbe—pe—

3. Arahā chahi upekkhāhi samannāgato ti?

Āmantā.

Satataṃ samitaṃ abbokiṇṇaṃ chahi upekkhāhi samannāgato samāhito, cha upekkhāyo paccupaṭṭhitā ti?

Na h'evaṃ vattabbe—pe—

4. Na vattabbaṃ "Arahā chahi upekkhāhi samannāgato ti"?

Āmantā.

Nanu Arahā chaḷupekkho[1] ti?

Āmantā.

Hañci Arahā chaḷupekkho, tena vata re vattabbe "Arahā chahi upekkhāhi samannāgato ti."

Upekkhāsamannāgatakathā.

---

[1] chaḷupekhā, P.S₂.; chalaṅgupekkhā, M.

IV. 6.

1. Bodhiyā buddho ti?
Āmantā.
Bodhiyā niruddhāya vigatāya paṭipassaddhāya abuddho hotīti?
Na h'evaṃ vattabbe—pe—
2. Bodhiyā buddho ti?
Āmantā.
Atītāya bodhiyā buddho ti?
Na h'evaṃ vattabbe—pe—
Atītāya bodhiyā buddho ti?
Āmantā.
Tāya bodhiyā bodhikaraṇīyaṃ karotīti?
Na h'evaṃ vattabbe—pe—
Tāya bodhiyā bodhikaraṇīyaṃ karotīti?
Āmantā.
Tāya bodhiyā dukkhaṃ parijānāti, samudayaṃ pajahati, nirodhaṃ sacchikaroti, maggaṃ bhāvetīti?
Na h'evaṃ vattabbe—pe—
3. Bodhiyā buddho ti?
Āmantā.
Anāgatāya bodhiyā buddho ti?
Na h'evaṃ vattabbe—pe—
Anāgatāya bodhiyā buddho ti?
Āmantā.
Tāya bodhiyā bodhikaraṇīyaṃ karotīti?
Na h'evaṃ vattabbe—pe—
Tāya bodhiyā bodhikaraṇīyaṃ karotīti?
Āmantā.
Tayā bodhiyā dukkhaṃ parijānāti, samudayaṃ pajahati, nirodhaṃ sacchikaroti, maggaṃ bhāvetīti?
Na h'evaṃ vattabbe—pe—
4. Paccuppannāya bodhiyā buddho, tāya bodhiyā bodhikaraṇīyaṃ karotīti?
Āmantā.
Atītāya bodhiyā buddho, tāya bodhiyā bodhikaraṇīyaṃ karotīti?

Na h'evaṃ vattabbe—pe—

Paccuppannāya bodhiyā buddho, tāya bodhiyā dukkhaṃ parijānāti, samudayaṃ pajahati, nirodhaṃ sacchikaroti, maggaṃ bhāvetīti?

Āmantā.

Atītāya bodhiyā buddho, tāya bodhiyā dukkhaṃ parijānāti—pe—maggaṃ bhāvetīti?

Na h'evaṃ vattabbe—pe—

5. Paccuppannāya bodhiyā buddho, tāya bodhiyā bodhikaraṇīyaṃ karotīti?

Āmantā.

Anāgatāya bodhiyā buddho, tāya bodhiyā bodhikaraṇīyaṃ karotīti?

Na h'evaṃ vattabbe—pe—

Paccuppannāya bodhiyā buddho, tāya bodhiyā dukkhaṃ parijānāti, samudayaṃ pajahati, nirodhaṃ sacchikaroti, maggaṃ bhāvetīti?

Āmantā.

Anāgatāya bodhiyā buddho, tāya bodhiyā dukkhaṃ parijānāti—pe—maggaṃ bhāvetīti?

Na h'evaṃ vattabbe—pe—

6. Atītāya bodhiyā buddho, na ca tāya bodhiyā bodhikaraṇīyaṃ karotīti?

Āmantā.

Paccuppannāya bodhiyā buddho, na ca tāya bodhiyā bodhikaraṇīyaṃ karotīti?

Na h'evaṃ vattabbe—pe—

Atītāya bodhiyā buddho, na ca tāya bodhiyā dukkhaṃ parijānāti—pe—maggaṃ bhāvetīti?

Āmantā.

Paccuppannāya bodhiyā buddho, na ca tāya bodhiyā dukkhaṃ parijānāti—pe—maggaṃ bhāvetīti?

Na h'evaṃ vattabbe—pe—

7. Anāgatāya bodhiyā buddho, na ca tāya bodhiyā bodhikaraṇīyaṃ karotīti?

Āmantā.

Paccuppannāya bodhiyā buddho, na ca tāya bodhiyā bodhikaraṇīyaṃ karotīti?

Na h'evaṃ vattabbe—pe—

Anāgatāya bodhiyā buddho, na ca tāya bodhiyā dukkhaṃ parijānāti—pe—maggaṃ bhāvetīti?

Āmantā.

Paccuppannāya bodhiyā buddho, na ca tāya bodhiyā dukkhaṃ parijānāti—pe—maggaṃ bhāvetīti?

Na h'evaṃ vattabbe—pe—

8. Atītāya bodhiyā buddho, anāgatāya bodhiyā buddho, paccuppannāya bodhiyā buddho ti?

Āmantā.

Tīhi bodhīhi buddho ti?

Na h'evaṃ vattabbe—pe—

Tīhi bodhīhi buddho ti?

Āmantā.

Satataṃ samitaṃ abbokiṇṇaṃ tīhi bodhībi samannāgato samāhito, tisso bodhiyo paccuppaṭṭhitā ti?

Na h'evaṃ vattabbe—pe—

9. Na vattabbaṃ "Bodhiyā buddho ti"?

Āmantā.

Nanu bodhipaṭilābhā buddho ti?

Āmantā.

Hañci bodhipaṭilābhā buddho, tena vata re vattabbe "Bodhiyā buddho ti."

10. Bodhipaṭilābhā buddho ti, bodhiyā buddho ti?

Āmantā.

Bodhipaṭilābhā bodhī ti?

Na h'evaṃ vattabbe—pe—

Bodhiyā buddho ti kathā.

IV. 7.

1. Lakkhaṇasamannāgato Bodhisatto ti?

Āmantā.

Padesalakkhaṇehi samannāgato padesabodhisatto ti?

Na h'evaṃ vattabbe—pe—

Lakkhaṇasamannāgato Bodhisatto ti?

Āmantā.
Tibhāgalakkhaṇehi samannāgato tibhāgabodhisatto ti?
Na h'evaṃ vattabbe—pe—
Lakkhaṇasamannāgato Bodhisatto ti?
Āmantā.
Upaḍḍhalakkhaṇehi samannāgato upaḍḍhabodhisatto ti?
Na h'evaṃ vattabbe—pe—
2. Lakkhaṇasamannāgato Bodhisatto ti?
Āmantā.
Cakkavattisatto lakkhaṇasamannāgato Cakkavattisatto Bodhisatto ti?
Na h'evaṃ vattabbe—pe—
Cakkavattisatto lakkhaṇasamannāgato Cakkavattisatto Bodhisatto ti?
Āmantā.
Yādiso Bodhisattassa pubbayogo pubbacariyā, dhammakkhānaṃ dhammadesanā, tādiso Cakkavattisattassa pubbayogo pubbacariyā, dhammakkhānaṃ dhammadesanā ti?
Na h'evaṃ vattabbe—pe—
Yathā Bodhisattassa jāyamānassa devā paṭhamaṃ paṭiggaṇhanti, pacchā manussā; evameva Cakkavattisattassa jāyamānassa devā paṭhamaṃ paṭiggaṇhanti, pacchā manussā ti?
Na h'evaṃ vattabbe—pe—
3. Yathā Bodhisattassa jāyamānassa cattāro devaputtā paṭiggahetvā mātu purato ṭhapenti, "Attamanā devī hohi,[1] mahesakkho tava putto uppanno ti"; evameva Cakkavattisattassa jāyamānassa cattāro devaputtā paṭiggahetvā mātu purato ṭhapenti, "Attamanā devī hohi, mahesakkho tava putto uppanno ti"?
Na h'evaṃ vattabbe—pe—
Yathā Bodhisattassa jāyamānassa dve udakassa dhārā antalikkhā pātubhavanti, ekā sītassa, ekā uṇhassa, yena Bodhisattassa udakakiccaṃ karonti, mātu ca; evameva

[1] hoti, P.S.S₂.

Cakkavattisattassa jāyamānassa dve udakassa dhārā antalikkhā pātubhavanti, ekā sītassa, ekā uṇhassa, yena Bodhisattassa udakakiccaṃ karonti, mātu cāti?

Na h'evaṃ vattabbe—pe—

4. Yathā sampatijāto Bodhisatto samehi pādehi patiṭṭhahitvā uttarena abhimukho[1] satta padavītihāre gacchati setamhi chatte anudhāriyamāne,[2] sabbā ca disā viloketi, āsabhiñ ca[3] vācaṃ bhāsati, "Aggo' haṃ asmi lokassa, jeṭṭho'haṃ asmi lokassa, seṭṭho'haṃ asmi lokassa, ayaṃ antimā jāti, n'atth'idāni punabbhavo ti"; evameva sampatijāto Cakkavattisatto samehi pādehi patiṭṭhahitvā uttarena abhimukho satta padavītihāre gacchati setamhi chatte anudhāriyamāne, sabbā ca disā viloketi, āsabhiñ ca vācaṃ bhāsati, "Aggo'haṃ asmi lokassa, jeṭṭho'haṃ asmi lokassa, seṭṭho'haṃ asmi lokassa, ayaṃ antimā jāti, n'atth'idāni punabbhavo ti"?

Na h'evaṃ vattabbe—pe—

5. Yathā Bodhisattassa jāyamānassa mahato ālokassa mahato obhāsassa mahato bhūmicālassa pātubhāvo hoti, evameva Cakkavattisattassa jāyamānassa mahato ālokassa mahato obhāsassa mahato bhūmicālassa pātubhāvo hotīti?

Na h'evaṃ vattabbe—pe—

Yathā Bodhisattassa pakatikāyo samantā byāmaṃ obhāsati, evameva Cakkavattisattassa pakatikāyo samantā byāmaṃ obhāsatīti?

Na h'evaṃ vattabbe—pe—

Yathā Bodhisatto mahāsupinaṃ passi,[4] evameva Cakkavattisatto mahāsupinaṃ passatīti?

Na h'evaṃ vattabbe—pe—

6. Na vattabbaṃ "Lakkhaṇasamannāgato Bodhisatto ti"?

Āmantā.

Nanu vuttaṃ Bhagavatā—"Dvattiṃs'imāni Bhikkhave mahāpurisassa mahāpurisalakkhaṇāni, yehi samannāga-

---

[1] mukho, P.S.K. [2] anubhiramāne, P.
[3] asambhiñ ca, P. [4] passati, M.

tassa mahāpurisassa dve'va gatiyo bhavanti, anaññā[1]; sace agāraṃ ajjhāvasati, rājā hoti Cakkavattī dhammiko dhammarājā cāturanto vijitāvī janapadatthāvariyappatto[2] sattaratanasamannāgato; tass'imāni satta ratanāni bhavanti, seyyathāpīdaṃ—cakkaratanaṃ hatthiratanaṃ assaratanaṃ maṇiratanaṃ itthiratanaṃ gahapatiratanaṃ pariṇāyakaratanaṃ eva sattamaṃ, parosahassaṃ kho pan' assa puttā bhavanti sūravīraṅgarūpā parasenappamaddanā, so imaṃ paṭhaviṃ sāgarapariyantaṃ adaṇḍena[3] asatthena dhammena abhivijiya ajjhāvasati, sace pana kho agārasmā anāgāriyaṃ pabbajjati, Arahaṃ hoti sammāsambuddho loke vivaṭṭacchado ti." Atth'eva suttanto ti?

Āmantā.

Tena hi lakkhaṇasamannāgato Bodhisatto ti.

Lakkhaṇakathā.

IV. 8.

1. Bodhisatto Kassapassa bhagavato pāvacane okkantaniyāmo caritabrahmacariyo ti?

Āmantā.

Bodhisatto Kassapassa bhagavato sāvako ti?

Na h'evaṃ vattabbe—pe—

Bodhisatto Kassapassa bhagavato sāvako ti?

Āmantā.

Sāvako hutvā buddho hotīti?

Na h'evaṃ vattabbe—pe—

Sāvako hutvā buddho hotīti?

Āmantā.

Anussaviyo ti?

Na h'evaṃ vattabbe—pe—

---

[1] na aññā, M.
[2] janapadatthāvariyuppatto, P.
[3] adaddhena, P.

Anussaviyo ti?

Āmantā.

Nanu Bhagavā sayambhū ti?

Āmantā.

Hañci Bhagavā sayambhū, no vata re vattabbe "Anussaviyo ti."

2. Bodhisatto Kassapassa bhagavato pāvacane okkantaniyāmo caritabrahmacariyo ti?

Āmantā.

Bhagavatā Bodhiyā mūle tīṇ'eva sāmaññaphalāni abhisambuddhānīti?

Na h'evaṃ vattabbe—pe—

Nanu Bhagavatā Bodhiyā mūle cattāri sāmaññaphalāni abhisambuddhānīti?

Āmantā.

Hañci Bhagavatā Bodhiyā mūle cattāri sāmaññaphalāni abhisambuddhāni, no vata re vattabbe "Bodhisatto Kassapassa bhagavato pāvacane okkantaniyāmo caritabrahmacariyo ti."

3. Bodhisatto Kassapassa bhagavato pāvacane okkantaniyāmo caritabrahmacariyo ti?

Āmantā.

Bodhisatto dukkarakārikaṃ akāsīti?

Āmantā.

Dassanasampanno puggalo dukkaraṃ kāriyaṃ kareyyāti?

Na h'evaṃ vattabbe—pe—

Bodhisatto aparantapaṃ akāsi, aññaṃ satthāraṃ uddisīti?

Āmantā.

Dassanasampanno puggalo aññaṃ satthāraṃ uddiseyyāti?

Na h'evaṃ vattabbe—pe—

4. Āyasmā Ānando bhagavato pāvacane okkantaniyāmo caritabrahmacariyo, āyasmā Ānando bhagavato sāvako ti?

Āmantā.

Bodhisatto Kassapassa bhagavato pāvacane okkantaniyāmo caritabrahmacariyo, Bodhisatto Kassapassa bhagavato sāvako ti?

Na h'evaṃ vattabbe—pe—

Citto gahapati, Hatthako āḷavako Bhagavato pāvacane okkantaniyāmo caritabrahmacariyo, Citto gahapati Hatthako āḷavako bhagavato sāvako ti?

Āmantā.

Bodhisatto Kassapassa bhagavato pāvacane okkantaniyāmo caritabrahmacariyo, Bodhisatto Kassapassa bhagavato sāvako ti?

Na h'evaṃ vattabbe—pe—

5. Bodhisatto Kassapassa bhagavato pāvacane okkantaniyāmo caritabrahmacariyo, na ca Kassapassa bhagavato sāvako ti?

Āmantā.

Āyasmā Ānando bhagavato pāvacane okkantaniyāmo caritabrahmacariyo, na ca bhagavato sāvako ti?

Na h'evaṃ vattabbe—pe—

Bodhisatto Kassapassa bhagavato pāvacane okkantaniyāmo caritabrahmacariyo, na ca Kassapassa bhagavato sāvako ti?

Āmantā.

Citto gahapati, Hatthako āḷavako bhagavato pāvacane okkantaniyāmo caritabrahmacariyo, na ca bhagavato sāvako ti?

Na h'evaṃ vattabbe—pe—

Bodhisatto Kassapassa bhagavato pāvacane okkantaniyāmo caritabrahmacariyo, na ca Kassapassa bhagavato sāvako ti?

Āmantā.

Sāvako jātivītivatto asāvako hotīti?

Na h'evaṃ vattabbe—pe—

6. Na vattabbaṃ "Bodhisatto Kassapassa bhagavato pāvacane okkantaniyāmo caritabrahmacariyo ti"?

Āmantā.

Nanu vuttaṃ Bhagavatā—"Kassape ahaṃ Ānanda bhagavati brahmacariyaṃ acariṃ[1] āyatiṃ sambodhāyāti." Atth'eva suttanto ti?

---

[1] acari, P.M.

Āmantā.

Tena hi Bodhisatto Kassapassa bhagavato pāvacane okkantaniyāmo caritabrahmacariyo ti.

7. Bodhisatto Kassapassa bhagavato pāvacane okkantaniyāmo caritabrahmacariyo ti?

Āmantā.

Nanu vuttaṃ Bhagavatā—

"Sabbābhibhū sabbavidū'haṃ asmi
Sabbesu dhammesu anupalitto
Sabbañjaho taṇhakkhaye[1] vimutto,
Sayaṃ abhiññāya kaṃ uddiseyyaṃ.
Na me ācariyo atthi,
Sadiso me na vijjati,
Sadevakasmiṃ lokasmiṃ
N'atthi me paṭipuggalo.
Ahañ hi[2] arahā loke,
Ahaṃ satthā anuttaro,
Eko'mhi sammāsambuddho,
Sītibhūto'smi nibbuto.
Dhammacakkaṃ pavattetuṃ
Gacchāmi kāsinaṃ puraṃ
Andhabhūtasmiṃ[3] lokasmiṃ
Āhañ hi amatadudrabhin[4] ti."

"Yathā kho tvaṃ āvuso paṭijānāsi arahā'si[5] anantajino[6] ti."

"Mādisā[7] ve jinā[8] honti
Ye pattā āsavakkhayaṃ,
Jitā me pāpakā dhammā
Tasmā'haṃ Upaka jino ti."

Atth'eva suttanto ti?

Āmantā.

---

[1] taṇhakkhayo, P.S₂. [2] ahañ ci, P. [3] antabhūtasmi, P. [4] ahaññiṃ amatadundubhiṃ ti, K.; ahañci amantadudrubhiṃ ti, S₂; āhañji amatadundubhiṃ ti, S. [5] arahasi, P.S₂; arahā, S. [6] Ānanda jino, P. [7] mādiso, P.; mādissa, S. [8] vedajinā, S.P.

Tena hi na vattabbaṃ "Bodhisatto Kassapassa bhagavato pāvacane okkantaniyāmo caritabrahmacariyo ti."

8. Bodhisatto Kassapassa bhagavato pāvacane okkantaniyāmo caritabrahmacariyo ti?

Āmantā.

Nanu vuttaṃ Bhagavatā—"Idaṃ dukkhaṃ ariyasaccan ti me Bhikkhave pubbe ananussutesu dhammesu cakkhuṃ udapādi, ñāṇaṃ udapādi, paññā udapādi, vijjā udapādi, āloko udapādi; taṃ kho pan'idaṃ dukkhaṃ ariyasaccaṃ pariññeyyan ti me Bhikkhave—pe—pariññātan ti me Bhikkhave pubbe ananussutesu dhammesu cakkhuṃ udapādi—pe—āloko udapādi; idaṃ dukkhasamudayaṃ ariyasaccan ti me Bhikkhave—pe—taṃ kho pan'idaṃ dukkhasamudayaṃ ariyasaccaṃ pahātabban ti me Bhikkhave—pe—pahīnan ti me Bhikkhave—pe—: idaṃ dukkhanirodhaṃ ariyasaccan ti me Bhikkhave—pe—taṃ kho pan' idaṃ dukkhanirodhaṃ ariyasaccaṃ sacchikātabban ti me Bhikkhave—pe—sacchikatan ti me Bhikkhave—pe—idaṃ dukkhanirodhagāminī paṭipadā ariyasaccan ti me Bhikkhave—pe—taṃ kho pan'idaṃ dukkhanirodhagāminī paṭipadā ariyasaccaṃ bhāvetabban ti me Bhikkhave—pe—bhāvitan ti me Bhikkhave pubbe ananussutesu dhammesu cakkhuṃ udapādi, ñāṇaṃ udapādi, paññā udapādi, vijjā udapādi, āloko udapādīti."

Atth'eva suttanto ti?

Āmantā.

Tena hi na vattabbaṃ "Bodhisatto Kassapassa bhagavato pāvacane okkantaniyāmo caritabrahmacariyo ti."

Niyāmokkanti kathā.

IV. 9.

1. Arahattasacchikiriyāya paṭipanno puggalo tīhi phalehi samannāgato ti?

Āmantā.

Arahattasacchikiriyāya paṭipanno puggalo catūhi phasehi catūhi vedanāhi catūhi saññāhi catūhi cetanāhi catūhi cittehi catūhi saddhāhi catūhi viriyehi catūhi satīhi catūhi samādhīhi catūhi paññāhi samannāgato ti?

Na h'evaṃ vattabbe—pe—

2. Anāgāmiphalasacchikiriyāya paṭipanno puggalo dvīhi phalehi samannāgato ti?

Āmantā.

Anāgāmiphalasacchikiriyāya paṭipanno puggalo tīhi phassehi tīhi vedanāhi—pe—tīhi paññāhi samannāgato ti?

Na h'evaṃ vattabbe—pe—

Sakadāgāmiphalasacchikiriyāya paṭipanno puggalo sotāpattiphalena samannāgato ti?

Āmantā.

Sakadāgāmiphalasacchikiriyāya paṭipanno puggalo dvīhi phassehi—pe—dvīhi paññāhi samannāgato ti?

Na h'evaṃ vattabbe—pe—

3. Arahattasacchikiriyāya paṭipanno puggalo sotāpattiphalena samannāgato ti?

Āmantā.

Arahattasacchikiriyāya paṭipanno puggalo sotāpanno sattakkhattuparamo, kolaṃkolo, ekabījī ti?

Na h'evaṃ vattabbe—pe—

Arahattasacchikiriyāya paṭipanno puggalo sakadāgāmiphalena samannāgato ti?

Āmantā.

Arahattasacchikiriyāya paṭipanno puggalo sakadāgāmī ti?

Na h'evaṃ vattabbe—pe—

Arahattasacchikiriyāya paṭipanno puggalo anāgāmiphalena samannāgato ti?

Āmantā.

Arahattasacchikiriyāya paṭipanno puggalo anāgāmī antarāparinibbāyī, upahaccaparinibbāyī, asaṃkhāraparinibbāyī, sasaṃkhāraparinibbāyī, uddhaṃsoto akaniṭṭhagāmī ti?

Na h'evaṃ vattabbe—pe—

4. Anāgāmiphalasacchikiriyāya paṭipanno puggalo sotāpattiphalena samannāgato ti?

Āmantā.

Anāgāmiphalasacchikiriyāya paṭipanno puggalo sotāpanno sattakkhattuparamo, kolaṃkolo, ekabījī ti?

Na h'evaṃ vattabbe—pe—

Anāgāmiphalasacchikiriyāya paṭipanno puggalo sakadāgāmiphalena samannāgato ti?

Āmantā.

Anāgāmiphalasacchikiriyāya paṭipanno puggalo sakadāgāmī ti?

Na h'evaṃ vattabbe—pe—

Sakadāgāmiphalasacchikiriyāya paṭipanno puggalo sotāpattiphalena samannāgato ti?

Āmantā.

Sakadāgāmiphalasacchikiriyāya paṭipanno puggalo sotāpanno sattakkhattuparamo, kolaṃkolo, ekabījī ti?

Na h'evaṃ vattabbe—pe—

5. Sotāpattiphalena samannāgato "sotāpanno ti" vattabbo ti?

Āmantā.

Arahattasacchikiriyāya paṭipanno puggalo sotāpattiphalena samannāgato ti?

Āmantā.

Sv'eva arahattasacchikiriyāya paṭipanno, so sotāpanno ti?

Na h'evaṃ vattabbe—pe—

Sakadāgāmiphalena samannāgato "sakadāgāmī ti" vattabbo ti?

Āmantā.

Arahattasacchikiriyāya paṭipanno puggalo sakadāgāmiphalena samannāgato ti?

Āmantā.

Sv'eva arahattasacchikiriyāya paṭipanno, so sakadāgāmī ti?

Na h'evaṃ vattabbe—pe—

Anāgāmiphalena samannāgato "anāgāmī ti" vattabbo ti?

Āmantā.

Arahattasacchikiriyāya paṭipanno puggalo anāgāmiphalena samannāgato ti?

Āmantā.

Sv'eva arahattasacchikiriyāya paṭipanno, so anāgāmī ti?

Na h'evaṃ vattabbe—pe—

6. Sotāpattiphalena samannāgato "sotāpanno ti" vattabbo ti?

Āmantā.

Anāgāmiphalasacchikiriyāya paṭipanno puggalo sotāpattiphalena samannāgato ti?

Āmantā.

Sv'eva anāgāmiphalasacchikiriyāya paṭipanno, so sotāpanno ti?

Na h'evaṃ vattabbe—pe—

Sakadāgāmiphalena samannāgato "sakadāgāmī ti" vattabbo ti?

Āmantā.

Anāgāmiphalasacchikiriyāya paṭipanno puggalo sakadāgāmiphalena samannāgato ti?

Āmantā.

Sv'eva anāgāmiphalasacchikiriyāya paṭipanno, so sakadāgāmī ti?

Na h'evaṃ vattabbe—pe—

Sotāpattiphalena samannāgato "sotāpanno ti" vattabbo ti?

Āmantā.

Sakadāgāmiphalasacchikiriyāya paṭipanno puggalo sotāpattiphalena samannāgato ti?

Āmantā.

Sv'eva sakadāgāmiphalasacchikiriyāya paṭipanno, so sotāpanno ti?

Na h'evaṃ vattabbe—pe—

7. Arahattasacchikiriyāya paṭipanno puggalo sotāpattiphalena samannāgato ti?

Āmantā.

Nanu arahattasacchikiriyāya paṭipanno puggalo sotāpattiphalaṃ vītivatto ti?

Āmantā.

Hañci arahattasacchikiriyāya paṭipanno puggalo sotāpattiphalaṃ vītivatto, no vata re vattabbe, "Arahattasacchikiriyāya paṭipanno puggalo sotāpattiphalena samannāgato ti."

8. Arahattasacchikiriyāya paṭipanno puggalo sotāpattiphalaṃ vītivatto, tena samannāgato ti?

Āmantā.

Arahattasacchikiriyāya paṭipanno puggalo sotāpattiphalaṃ vītivatto, sakkāyadiṭṭhiṃ vicikicchaṃ sīlabbataparāmāsaṃ apāyagamanīyaṃ rāgaṃ apāyagamanīyaṃ dosaṃ apāyagamanīyaṃ mohaṃ vītivatto, tena samannāgato ti?

Na h'evaṃ vattabbe—pe—

9. Arahattasacchikiriyāya paṭipanno puggalo sakadāgāmiphalena samannāgato ti?

Āmantā.

Nanu arahattasacchikiriyāya paṭipanno puggalo sakadāgāmiphalaṃ vītivatto ti?

Āmantā.

Hañci arahattasacchikiriyāya paṭipanno puggalo sakadāgāmiphalaṃ vītivatto, no vata re vattabbe "Arahattasacchikiriyāya paṭipanno puggalo sakadāgāmiphalena samannāgato ti."

10. Arahattasacchikiriyāya paṭipanno puggalo sakadāgāmiphalaṃ vītivatto, tena samannāgato ti?

Āmantā.

Arahattasacchikiriyāya paṭipanno puggalo sakadāgāmiphalaṃ vītivatto, oḷārikaṃ kāmarāgaṃ oḷārikaṃ byāpādaṃ vītivatto, tena samannāgato ti?

Na h'evaṃ vattabbe—pe—

11. Arahattasacchikiriyāya paṭipanno puggalo anāgāmiphalena samannāgato ti?

Āmantā.

Nanu arahattasacchikiriyāya paṭipanno puggalo anāgāmiphalaṃ vītivatto ti?

Āmantā.

Hañci arahattasacchikiriyāya paṭipanno puggalo anāgāmiphalaṃ vītivatto, no vata re vattabbe "Arahattasacchikiriyāya paṭipanno puggalo anāgāmiphalena samannāgato ti."

12. Arahattasacchikiriyāya paṭipanno puggalo anāgāmiphalaṃ vītivatto, tena samannāgato ti?

Āmantā.

Arahattasacchikiriyāya paṭipanno puggalo anāgāmiphalaṃ vītivatto, anusahagataṃ kāmarāgaṃ anusahagataṃ byāpādaṃ vītivatto, tena samannāgato ti?

Na h'evaṃ vattabbe—pe—

13. Anāgāmiphalasacchikiriyāya paṭipanno puggalo sotāpattiphalena samannāgato ti?

Āmantā.

Nanu anāgāmiphalasacchikiriyāya paṭipanno puggalo sotāpattiphalaṃ vītivatto ti?

Āmantā.

Hañci anāgāmiphalasacchikiriyāya paṭipanno puggalo sotāpattiphalaṃ vītivatto, no vata re vattabbe, "Anāgāmiphalasacchikiriyāya paṭipanno puggalo sotāpattiphalena samannāgato ti."

14. Anāgāmiphalasacchikiriyāya paṭipanno puggalo sotāpattiphalaṃ vītivatto, tena samannāgato ti?

Āmantā.

Anāgāmiphalasacchikiriyāya paṭipanno puggalo sotāpattiphalaṃ vītivatto, sakkāyadiṭṭhiṃ vicikicchaṃ sīlabbataparāmāsaṃ apāyagamanīyaṃ rāgaṃ apāyagamanīyaṃ dosaṃ apāyagamanīyaṃ mohaṃ vītivatto, tena samannāgato ti?

Na h'evaṃ vattabbe—pe—

15. Anāgāmiphalasacchikiriyāya paṭipanno puggalo sakadāgāmiphalena samannāgato ti?

Āmantā.

Nanu anāgāmiphalasacchikiriyāya paṭipanno puggalo sakadāgāmiphalaṃ vītivatto ti?

Āmantā.

Hañci anāgāmiphalasacchikiriyāya paṭipanno puggalo sakadāgāmiphalaṃ vītivatto, no vata re vattabbe "Anāgāmiphalasacchikiriyāya paṭipanno puggalo sakadāgāmiphalena samannāgato ti."

16. Anāgāmiphalasacchikiriyāya paṭipanno puggalo sakadāgāmiphalaṃ vītivatto, tena samannāgato ti?

Āmantā.

Anāgāmiphalasacchikiriyāya paṭipanno puggalo sakadāgāmiphalaṃ vītivatto, oḷārikaṃ kāmarāgaṃ oḷārikaṃ byāpādaṃ vītivatto, tena samannāgato ti?

Na h'evaṃ vattabbe—pe—

17. Sakadāgāmiphalasacchikiriyāya paṭipanno puggalo sotāpattiphalena samannāgato ti?

Āmantā.

Nanu sakadāgāmiphalasacchikiriyāya paṭipanno puggalo sotāpattiphalaṃ vītivatto ti?

Āmantā.

Hañci sakadāgāmiphalasacchikiriyāya paṭipanno puggalo sotāpattiphalaṃ vītivatto, no vata re vattabbe "Sakadāgāmiphalasacchikiriyāya paṭipanno puggalo sotāpattiphalena samannāgato ti."

18. Sakadāgāmiphalasacchikiriyāya paṭipanno puggalo sotāpattiphalaṃ vītivatto, tena samannāgato ti?

Āmantā.

Sakadāgāmiphalasacchikiriyāya paṭipanno puggalo sotāpattiphalaṃ vītivatto, sakkāyadiṭṭhiṃ vicikicchaṃ sīlabbataparāmāsaṃ apāyagamanīyaṃ rāgaṃ apāyagamanīyaṃ dosaṃ apāyagamanīyaṃ mohaṃ vītivatto, tena samannāgato ti?

Na h'evaṃ vattabbe—pe—

19. Na vattabbaṃ "Arahattasacchikiriyāya paṭipanno puggalo tīhi phalehi samannāgato ti"?

Āmantā.

Nanu arahattasacchikiriyāya paṭipannena puggalena tīṇi phalāni paṭiladdhāni, tehi ca aparihīno ti?

Āmantā.

Hañci arahattasacchikiriyāya paṭipannena puggalena tīṇi phalāni paṭiladdhāni, tehi ca aparihīno, tena vata re vattabbe "Arahattasacchikiriyāya paṭipanno puggalo tīhi phalehi samannāgato ti."

20. Na vattabbaṃ "Anāgāmiphalasacchikiriyāya paṭipanno puggalo dvīhi phalehi samannāgato ti"?

Āmantā.

Nanu anāgāmiphalasacchikiriyāya paṭipannena puggalena dve phalāni paṭiladdhāni, tehi ca aparihīno ti?

Āmantā.

Hañci anāgāmiphalasacchikiriyāya paṭipannena puggalena dve phalāni paṭiladdhāni, tehi ca aparihīno, tena vata re vattabbe "Anāgāmiphalasacchikiriyāya paṭipanno puggalo dvīhi phalehi samannāgato ti."

21. Na vattabbaṃ "Sakadāgāmiphalasacchikiriyāya paṭipanno puggalo sotāpattiphalena samannāgato ti"?

Āmantā.

Nanu sotāpattiphalasacchikiriyāya paṭipannena puggalena sotāpattiphalaṃ paṭiladdhaṃ, tena ca aparihīno ti?

Āmantā.

Hañci sotāpattiphalasacchikiriyāya paṭipannena puggalena sotāpattiphalaṃ paṭiladdhaṃ, tena ca aparihīno, tena vata re vattabbe "Sakadāgāmiphalasacchikiriyāya paṭipanno puggalo sotāpattiphalena samannāgato ti."

22. Arahattasacchikiriyāya paṭipannena puggalena tīṇi phalāni paṭiladdhāni, tehi ca aparihīno ti; arahattasacchikiriyāya paṭipanno puggalo tīhi phalehi samannāgato ti?

Āmantā.

Arahattasacchikiriyāya paṭipannena puggalena cattāro maggā paṭiladdhā, tehi ca aparihīno ti; arahattasacchikiriyāya paṭipanno puggalo catūhi maggehi samannāgato ti?

Na h'evaṃ vattabbe—pe—

23. Anāgāmiphalasacchikiriyāya paṭipannena puggalena dve phalāni paṭiladdhāni, tehi ca aparihīno ti; anāgāmiphalasacchikiriyāya paṭipanno puggalo dvīhi phalehi samannāgato ti?

Āmantā.

Anāgāmiphalasacchikiriyāya paṭipannena puggalena tayo maggā paṭiladdhā, tehi ca aparihīno ti; anāgāmiphalasacchikiriyāya paṭipanno puggalo tīhi maggehi samannāgato ti?

Na h'evaṃ vattabbe—pe—

24. Sakadāgāmiphalasacchikiriyāya paṭipannena puggalena sotāpattiphalaṃ paṭiladdhaṃ, tena ca aparihīno ti;

sakadāgāmiphalasacchikiriyāya paṭipanno puggalo sotāpattiphalena samannāgato ti?

Āmantā.

Sakadāgāmiphalasacchikiriyāya paṭipannena puggalena dve maggā paṭiladdhā, tehi ca aparihīno ti; sakadāgāmiphalasacchikiriyāya paṭipanno puggalo dvīhi maggehi samannāgato ti?

Na h'evaṃ vattabbe—pe—

Aparāpi samannāgatakathā.

IV. 10.

1. Sabbasaññojanānaṃ pahānaṃ arahattan ti?

Āmantā.

Arahattamaggena sabbe saññojanā pahīyantīti?

Na h'evaṃ vattabbe—pe—

Arahattamaggena sabbe saññojanā pahīyantīti?

Āmantā.

Arahattamaggena sakkāyadiṭṭhiṃ vicikicchaṃ sīlabbataparāmāsaṃ pajahatīti?

Na h'evaṃ vattabbe—pe—

Arahattamaggena sakkāyadiṭṭhiṃ vicikicchaṃ sīlabbataparāmāsaṃ pajahatīti?

Āmantā.

Nanu tiṇṇaṃ saññojanānaṃ pahānaṃ sotāpattiphalaṃ vuttaṃ Bhagavatā ti?

Āmantā.

Hañci tiṇṇaṃ saññojanānaṃ pahānaṃ sotāpattiphalaṃ vuttaṃ Bhagavatā, no vata re vattabbe "Arahattamaggena sabbe saññojanā pahīyantīti."

2. Arahattamaggena sabbe saññojanā pahīyantīti?

Āmantā.

Arahattamaggena oḷārikaṃ kāmarāgaṃ oḷārikaṃ byāpādaṃ pajahatīti?

Na h'evaṃ vattabbe—pe—

Arahattamaggena oḷārikaṃ kāmarāgaṃ oḷārikaṃ byāpādaṃ pajahatīti?

Āmantā.

Nanu kāmarāgabyāpādānaṃ tanubhāvaṃ[1] sakadāgāmiphalaṃ vuttaṃ Bhagavatā ti?

Āmantā.

Hañci kāmarāgabyāpādānaṃ tanubhāvaṃ sakadāgāmiphalaṃ vuttaṃ Bhagavatā, no vata re vattabbe "Arahattamaggena sabbe saññojanā pahīyantīti."

3. Arahattamaggena sabbe saññojanā pahīyantīti?

Āmantā.

Arahattamaggena aṇusahagataṃ kāmarāgaṃ aṇusahagataṃ byāpādaṃ pajahatīti?

Na h'evaṃ vattabbe—pe—

Arahattamaggena aṇusahagataṃ kāmarāgaṃ aṇusahagataṃ byāpādaṃ pajahatīti?

Āmantā.

Nanu kāmarāgabyāpādānaṃ anavasesappahānaṃ anāgāmiphalaṃ vuttaṃ Bhagavatā ti?

Āmantā.

Hañci kāmarāgabyāpādānaṃ anavasesappahānaṃ anāgāmiphalaṃ vuttaṃ Bhagavatā, no vata re vattabbe "Arahattamaggena sabbe saññojanā pahīyantīti."

4. Arahattamaggena sabbe saññojanā pahīyantīti?

Āmantā.

Nanu rūparāga-arūparāga-māna-uddhacca-avijjāya anavasesappahānaṃ arahattaṃ vuttaṃ Bhagavatā ti?

Āmantā.

Hañci rūparāga-arūparāga-māna-uddhacca-avijjāya anavasesappahānaṃ arahattaṃ vuttaṃ Bhagavatā, no vata re vattabbe "Arahattamaggena sabbe saññojanā pahīyantīti."

5. Na vattabbaṃ "Sabbasaññojanānaṃ pahānaṃ arahattan ti"?

Āmantā.

Nanu Arahato sabbe saññojanā pahīnā ti?

---

[1] patanubhāvaṃ, P.

Amantā.

Hañci Arahato sabbe saññojanā pahīnā, tena vata re vattabbe "Sabbasaññojanānaṃ pahānaṃ arahattan ti."

Saññojanappahānakathā.

Gihī'ssa Arahā, Saha uppattiyā Arahā, Arahato sabbe dhammā anāsavā, Arahā catūhi phalehi samannāgato, evameva chahi upekkhāhi, Bodhiyā buddho, Lakkhaṇasamannāgato Bodhisatto, Bodhisatto okkantaniyāmo caritabrahmacariyo, Paṭipannako phalena samannāgato, Sabbasaññojanānaṃ pahānaṃ Arahattan ti.

Catuttho Vaggo.

V. 1.

1. Vimuttiñāṇaṃ vimuttan ti?
Āmantā.
Yaṃ kiñci vimuttiñāṇaṃ sabban taṃ[1] vimuttan ti?
Na h'evaṃ vattabbe—pe—
Vimuttiñāṇaṃ vimuttan ti?
Āmantā.
Paccavekkhaṇañāṇaṃ vimuttan ti?
Na h'evaṃ vattabbe—pe—
Vimuttiñāṇaṃ vimuttan ti?
Āmantā.
Gotrabhuno puggalassa vimuttiñāṇaṃ vimuttan ti?
Na h'evaṃ vattabbe—pe—

2. Sotāpattiphalasacchikiriyāya paṭipannassa puggalassa vimuttiñāṇaṃ vimuttan ti?
Āmantā.
Sotāpannassa ñāṇaṃ sotāpattiphalaṃ pattassa paṭiladdhassa adhigatassa sacchikatassa ñāṇan ti?
Na h'evaṃ vattabbe—pe—
Sakadāgāmiphalasacchikiriyāya paṭipannassa puggalassa vimuttiñāṇaṃ vimuttan ti?
Āmantā.
Sakadāgāmissa ñāṇaṃ sakadāgāmiphalaṃ pattassa paṭiladdhassa adhigatassa sacchikatassa ñāṇan ti?
Na h'evaṃ vattabbe—pe—
Anāgāmiphalasacchikiriyāya paṭipannassa puggalassa vimuttiñāṇaṃ vimuttan ti?
Āmantā.
Anāgāmissa ñāṇaṃ anāgāmiphalaṃ pattassa paṭiladdhassa adhigatassa sacchikatassa ñāṇan ti?
Na h'evaṃ vattabbe—pe—
Arahattasacchikiriyāya paṭipannassa puggalassa vimuttiñāṇaṃ vimuttan ti?
Āmantā.

---

[1] sabbantā, P.

Arahato ñāṇaṃ arahattaṃ pattassa paṭiladdhassa adhigatassa sacchikatassa ñāṇan ti?

Na h'evaṃ vattabbe—pe—

3. Sotāpattiphalasamaṅgissa puggalassa vimuttiñāṇaṃ vimuttan ti?

Āmantā.

Sotāpattiphalasacchikiriyāya paṭipannassa puggalassa vimuttiñāṇaṃ vimuttan ti?

Na h'evaṃ vattabbe—pe—

Sakadāgāmisamaṅgissa puggalassa vimuttiñāṇaṃ vimuttan ti?

Āmantā.

Sakadāgāmiphalasacchikiriyāya paṭipannassa puggalassa vimuttiñāṇaṃ vimuttan ti?

Na h'evaṃ vattabbe—pe—

Anāgāmiphalasamaṅgissa puggalassa vimuttiñāṇaṃ vimuttan ti?

Āmantā.

Anāgāmiphalasacchikiriyāya paṭipannassa puggalassa vimuttiñāṇaṃ vimuttan ti?

Na h'evaṃ vattabbe—pe—

Arahattaphalasamaṅgissa puggalassa vimuttiñāṇaṃ vimuttan ti?

Āmantā.

Arahattasacchikiriyāya paṭipannassa puggalassa vimuttiñāṇaṃ vimuttan ti?

Na h'evaṃ vattabbe—pe—

4. Sotāpattiphalasamaṅgissa puggalassa vimuttiñāṇaṃ vimuttaṃ, tañ ca[1] phalaṃ pattassa ñāṇan ti?

Āmantā.

Sotāpattiphalasacchikiriyāya paṭipannassa puggalassa vimuttiñāṇaṃ vimuttaṃ, tañ ca phalaṃ pattassa ñāṇan ti?

Na h'evaṃ vattabbe—pe—

Sakadāgāmiphalasamaṅgissa puggalassa vimuttiñāṇaṃ vimuttam, tañ ca phalaṃ pattassa ñāṇan ti?

---

[1] vimuttantaṃ ca, M.; vimuttañ ca, P.; vimuttaṃ ca, S.S_2.

Āmantā.

Sakadāgāmiphalasacchikiriyāya paṭipannassa puggalassa vimuttiñāṇaṃ vimuttaṃ, tañ ca phalaṃ pattassa ñāṇan ti?

Na h'evaṃ vattabbe—pe—

Anāgāmiphalasamaṅgissa puggalassa vimuttiñāṇam vimuttaṃ, tañ ca phalaṃ pattassa ñāṇan ti?

Āmantā.

Anāgāmiphalasacchikiriyāya paṭipannassa puggalassa vimuttiñāṇaṃ vimuttaṃ, tañ ca phalaṃ pattassa ñāṇan ti?

Na h'evaṃ vattabbe—pe—

Arahattaphalasamaṅgissa puggalassa vimuttiñāṇaṃ vimuttaṃ, tañ ca phalaṃ pattassa ñāṇan ti?

Āmantā.

Arahattasacchikiriyāya paṭipannassa puggalassa vimuttiñāṇaṃ vimuttaṃ, tañ ca phalaṃ pattassa ñāṇan ti?

Na h'evaṃ vattabbe—pe—

Vimuttikathā.

V. 2.

1. Sekhassa asekhaṃ[1] ñāṇaṃ atthīti?

Āmantā.

Sekho asekhaṃ dhammaṃ jānāti passati, diṭṭhaṃ viditaṃ sacchikataṃ upasampajja viharati, kāyena phusitvā viharatīti?

Na h'evaṃ vattabbe—pe—

Nanu sekho asekhaṃ dhammaṃ na jānāti, na passati, adiṭṭham aviditaṃ asacchikataṃ na upasampajja viharati, na kāyena phusitvā viharatīti?

Āmantā.

Hañci sekho asekhaṃ dhammaṃ na jānāti, na passati, adiṭṭham aviditaṃ asacchikataṃ na upasampajja viharati, na kāyena phusitvā viharati, no vata re vattabbe "Sekhassa asekhaṃ ñāṇaṃ atthīti."

---

[1] asekhañāṇaṃ, P.

2. Asekhassa asekhaṃ ñāṇaṃ atthi, asekho asekhaṃ dhammaṃ jānāti passati, diṭṭham viditaṃ sacchikataṃ upasampajja viharati, kāyena phusitvā viharatīti?

Āmantā.

Sekhassa asekhaṃ ñāṇaṃ atthi, sekho asekhaṃ dhammaṃ jānāti passati, diṭṭham viditaṃ sacchikataṃ upasampajja viharati, kāyena phusitvā viharatīti?

Āmantā.

Sekhassa asekhaṃ ñāṇaṃ atthi, sekho asekhaṃ dhammaṃ na jānāti na passati, adiṭṭham aviditaṃ asacchikataṃ na upasampajjā viharati, na kāyena phusitvā viharatīti?

Āmantā.

Asekhassa asekhaṃ ñāṇaṃ atthi, asekho asekhaṃ dhammaṃ na jānāti na passati, adiṭṭham aviditaṃ asacchikataṃ na upasampajja viharati, na kāyena phusitvā viharatīti?

Āmantā.

3. Sekhassa[1] asekhaṃ ñāṇaṃ atthīti?

Āmantā.

Gotrabhuno puggalassa sotāpattimagge ñāṇaṃ atthīti?

Na h'evaṃ vattabbe—pe—

Sotāpattiphalasacchikiriyāya paṭipannassa puggalassa sotāpattiphale ñāṇaṃ atthīti?

Āmantā.

Sakadāgāmiphalasacchikiriyāya — pe — anāgāmiphalasacchikiriyāya—pe—arahattasacchikiriyāya paṭipannassa puggalassa arahatte ñāṇaṃ atthīti?

Na h'evaṃ vattabbe—pe—

4. Na vattabbaṃ "Sekhassa asekhaṃ ñāṇaṃ atthīti"?

Āmantā.

Nanu āyasmā Ānando sekho "Bhagavā uḷāro ti" jānāti, "Sāriputto thero, Mahā Moggallāno thero uḷāro ti" jānātīti?

Āmantā.

Hañci āyasmā Ānando sekho "Bhagavā uḷāro ti" jānāti,

[1] Asekhassa, P.K.

"Sāriputto thero, Mahā Moggallāno thero uḷāro ti" jānāti, tena vata re vattabbe "Sekhassa asekhaṃ ñāṇaṃ atthīti."

Asekhañāṇakathā.

V. 3.

1. Paṭhavīkasiṇasamāpattiṃ samāpannassa viparīte ñāṇan ti?

Āmantā.

Anicce niccan ti vipariyeso ti?

Na h'evaṃ vattabbe—pe—

Dukkhe sukhan ti—pe—anattani attā ti—pe—asubhe subhan ti vipariyeso ti?

Na h'evaṃ vattabbe—pe—

2. Paṭhavīkasiṇasamāpattiṃ samāpannassa viparīte ñāṇan ti?

Āmantā.

Akusalan ti?

Na h'evaṃ vattabbe—pe—

Nanu kusalan ti?

Āmantā.

Hañci kusalaṃ, no vata re vattabbe "Paṭhavīkasiṇasamāpattiṃ samāpannassa viparīte ñāṇan ti."

3. Anicce niccan ti vipariyeso, so ca akusalo ti?

Āmantā.

Paṭhavīkasiṇasamāpattiṃ samāpannassa viparīte ñāṇaṃ, tañ ca akusalan ti?

Na h'evaṃ vattabbe—pe—

Dukkhe sukhan ti—pe—anattani attā ti—pe—asubhe subhan ti vipariyeso, so ca akusalo ti?

Āmantā.

Paṭhavīkasiṇasamāpattiṃ samāpannassa viparīte ñāṇaṃ, tañ ca akusalan ti?

Na h'evaṃ vattabbe—pe—

4. Paṭhavīkasiṇasamāpattiṃ samāpannassa viparīte ñāṇaṃ, tañ ca kusalan ti?

Āmantā.

Anicce niccan ti vipariyeso, so ca kusalo ti?

Na h'evaṃ vattabbe—pe—

Paṭhavīkasiṇasamāpattiṃ samāpannassa viparīte ñāṇaṃ, tañ ca kusalan ti?

Āmantā.

Dukkhe sukhan ti—pe—anattani attā ti—pe—asubhe subhan ti vipariyeso, so ca kusalo ti?

Na h'evaṃ vattabbe—pe—

5. Paṭhavīkasiṇasamāpattiṃ samāpannassa viparīte ñāṇan ti?

Āmantā.

Arahā paṭhavīkasiṇasamāpattiṃ samāpajjeyyāti?

Āmantā.

Hañci Arahā paṭhavīkasiṇasamāpattiṃ samāpajjeyya, no vata re vattabbe "Paṭhavīkasiṇasamāpattiṃ samāpannassa viparīte ñāṇan ti."

6. Paṭhavīkasiṇasamāpattiṃ samāpannassa viparīte ñāṇaṃ, Arahā paṭhavīkasiṇasamāpattiṃ samāpajjeyyāti?

Āmantā.

Atthi Arahato vipariyeso ti?

Na h'evaṃ vattabbe—pe—

Atthi Arahato vipariyeso ti?

Āmantā.

Atthi Arahato saññāvipariyeso, cittavipariyeso, diṭṭhivipariyeso ti?

Na h'evaṃ vattabbe—pe—

N'atthi Arahato saññāvipariyeso, cittavipariyeso, diṭṭhivipariyeso ti?

Āmantā.

Hañci n'atthi Arahato saññāvipariyeso, cittavipariyeso, diṭṭhivipariyeso, no vata re vattabbe "Atthi Arahato vipariyeso ti."

7. Na vattabbaṃ "Paṭhavīkasiṇasamāpattiṃ samāpannassa viparīte ñāṇan ti?

Āmantā.

Paṭhavīti samāpajjantassa[1] sabb'eva paṭhavī hotīti?[2]

Na h'evaṃ vattabbe—pe—

Tena hi paṭhavīkasiṇasamāpattiṃ samāpannassa viparīte ñāṇan ti.

8. Paṭhavīkasiṇasamāpattiṃ samāpannassa viparīte ñāṇan ti?

Āmantā.

Nanu paṭhavī atthi, atthi ca koci paṭhaviṃ paṭhavito samāpajjatīti?

Āmantā.

Hañci paṭhavī atthi, atthi ca koci paṭhaviṃ paṭhavito samāpajjati, no vata re vattabbe "Paṭhavīkasiṇasamāpattiṃ samāpannassa viparīte ñāṇan ti."

Paṭhavī atthi, paṭhaviṃ paṭhavito samāpajjantassa viparītaṃ hotīti?

Āmantā.

Nibbānaṃ atthi, nibbānaṃ nibbānato samāpajjantassa viparītaṃ hotīti?

Na h'evaṃ vattabbe—pe—

Tena hi na vattabbaṃ "Paṭhavīkasiṇasamāpattiṃ samāpannassa viparīte ñāṇan ti."

Viparītakathā.

V. 4.

1. Aniyatassa niyāmagamanāya atthi ñāṇan ti?

Āmantā.

Niyatassa aniyāmagamanāya atthi ñāṇan ti?

Na h'evaṃ vattabbe—pe—

Niyatassa aniyāmagamanāya n'atthi ñāṇan ti?

Āmantā.

Aniyatassa niyāmagamanāya n'atthi ñāṇan ti?

Na h'evaṃ vattabbe—pe—

2. Aniyatassa niyāmagamanāya atthi ñāṇan ti?

---

[1] samāpannassa, P. [2] pathavīti, P.S.M.

Āmantā.
Niyatassa niyāmagamanāya atthi ñāṇan ti?
Na h'evaṃ vattabbe—pe—
Niyatassa niyāmagamanāya n'atthi ñāṇan ti?
Āmantā.
Aniyatassa niyāmagamanāya n'atthi ñāṇan ti?
Na h'evaṃ vattabbe—pe—
3. Aniyatassa niyāmagamanāya atthi ñāṇan ti?
Āmantā.
Aniyatassa aniyāmagamanāya atthi ñāṇan ti?
Na h'evaṃ vattabbe—pe—
Aniyatassa aniyāmagamanāya n'atthi ñāṇan ti?
Āmantā.
Aniyatassa niyāmagamanāya n'atthi ñāṇan ti?
Na h'evaṃ vattabbe—pe—
4. Aniyatassa niyāmagamanāya atthi ñāṇan ti?
Āmantā.
Aniyatassa niyāmagamanāya atthi niyāmo ti?
Na h'evaṃ vattabbe—pe—
Aniyatassa niyāmagamanāya atthi ñāṇan ti?
Āmantā.
Aniyatassa niyāmagamanāya atthi satipaṭṭhānā—pe—sammappadhānā, iddhipādā, indriyā, balā, bojjhaṅgā ti?
Na h'evaṃ vattabbe—pe—
5. Aniyatassa niyāmagamanāya n'atthi niyāmo ti?
Āmantā.
Hañci aniyatassa niyāmagamanāya n'atthi niyāmo, no vata re vattabbe "Aniyatassa niyāmagamanāya atthi ñāṇan ti."
Aniyatassa niyāmagamanāya n'atthi satipaṭṭhānā—pe—bojjhaṅgā ti?
Āmantā.
Hañci aniyatassa niyāmagamanāya n'atthi bojjhaṅgā, no vata re vattabbe "Aniyatassa niyāmagamanāya atthi ñāṇan ti."
6. Aniyatassa niyāmagamanāya atthi ñāṇan ti?
Āmantā.

Gotrabhuno puggalassa sotāpattimagge ñāṇaṃ atthīti?

Na h'evaṃ vattabbe—pe—

Sotāpattiphalasacchikiriyāya paṭipannassa puggalassa sotāpattiphale ñāṇaṃ atthīti?

Na h'evaṃ vattabbe—pe—

Sakadāgāmiphalasacchikiriyāya — pe — anāgāmiphalasacchikiriyāya—pe—arahattasacchikiriyāya paṭipannassa puggalassa arahatte ñāṇaṃ atthīti?

Na h'evaṃ vattabbe—pe—

7. Na vattabbaṃ "Aniyatassa niyāmagamanāya atthi ñāṇan ti"?

Nanu Bhagavā jānāti "Ayaṃ puggalo sammattaniyāmaṃ okkamissati, bhabbo ayaṃ puggalo dhammaṃ abhisametun ti"?

Āmantā.

Hañci Bhagavā jānāti "Ayaṃ puggalo sammattaniyāmaṃ okkamissati, bhabbo ayaṃ puggalo dhammaṃ abhisametuṃ," tena vata re vattabbe "Aniyatassa niyāmagamanāya atthi ñāṇan ti."

Niyāmakathā.

V. 5.

1. Sabbaṃ ñāṇaṃ paṭisambhidā ti?

Āmantā.

Sammutiñāṇaṃ paṭisambhidā ti?

Na h'evaṃ vattabbe—pe—

Sammutiñāṇaṃ paṭisambhidā ti?

Āmantā.

Ye keci sammutiṃ jānanti, sabbe te paṭisambhidappattā ti?

Na h'evaṃ vattabbe—pe—

Sabbaṃ ñāṇaṃ paṭisambhidā ti?

Āmantā.

Cetopariyāye ñāṇaṃ paṭisambhidā ti?

Na h'evaṃ vattabbe—pe—

Cetopariyāye ñāṇaṃ paṭisambhidā ti?

Āmantā.

Ye keci paracittaṃ jānanti, sabbe te paṭisambhidappattā ti?

Na h'evaṃ vattabbe—pe—

2. Sabbaṃ ñāṇaṃ paṭisambhidā ti?

Āmantā.

Sabbā paññā paṭisambhidā ti?

Na h'evaṃ vattabbe—pe—

Sabbā paññā paṭisambhidā ti?

Āmantā.

Paṭhavīkasiṇasamāpattiṃ samāpannassa atthi paññā, sā paññā paṭisambhidā ti?

Na h'evaṃ vattabbe—pe—

Āpokasiṇaṃ—pe—tejokasiṇaṃ—pe—vāyokasiṇaṃ—pe—nīlakasiṇaṃ—pe—pītakasiṇaṃ—pe—lohitakasiṇaṃ—pe—odātakasiṇaṃ—pe—ākāsānañcāyatanaṃ—pe—viññāṇañcāyatanaṃ—pe—ākiñcaññāyatanaṃ—pe—nevasaññānāsaññāyatanaṃ samāpannassa—pe—dānaṃ dadantassa—pe—cīvaraṃ dadantassa—pe—piṇḍapātaṃ dadantassa—pe—senāsanaṃ dadantassa—pe—gilānapaccayabhesajjaparikkhāraṃ dadantassa atthi paññā, sā paññā paṭisambhidā ti?

Na h'evaṃ vattabbe—pe—

3. Na vattabbaṃ "Sabbaṃ ñāṇaṃ paṭisambhidā ti"?

Āmantā.

Atthi lokuttarā paññā, sā na paṭisambhidā ti?

Na h'evaṃ vattabbe—pe—

Tena hi sabbaṃ ñāṇaṃ paṭisambhidā ti.

Paṭisambhidakathā.

V. 6.

1. Na vattabbaṃ "Sammutiñāṇaṃ saccārammaṇañ ñeva na aññārammaṇan ti"?

Āmantā.

Nanu paṭhavīkasiṇasamāpattiṃ samāpannassa atthi ñāṇaṃ, paṭhavīkasiṇañ ca sammutisaccamhīti?

Āmantā.

Hañci paṭhavīkasiṇasamāpattiṃ samāpannassa atthi ñāṇaṃ, paṭhavīkasiṇañ ca sammutisaccamhi, tena vata re vattabbe "Sammutiñāṇaṃ saccārammaṇañ ñeva na aññārammaṇan ti."

2. Na vattabbaṃ "Sammutiñāṇaṃ saccārammaṇañ ñeva na aññārammaṇan ti"?

Āmantā.

Nanu āpokasiṇaṃ—pe—tejokasiṇaṃ—pe—gilānapaccayabhesajjaparikkhāraṃ dadantassa atthi ñāṇaṃ, gilānapaccayabhesajjaparikkhāro ca sammutisaccamhīti?

Āmantā.

Hañci gilānapaccayabhesajjaparikkhāraṃ dadantassa atthi ñāṇaṃ, gilānapaccayabhesajjaparikkhāro ca sammutisaccamhi, tena vata re vattabbe "Sammutiñāṇaṃ saccārammaṇañ ñeva na aññārammaṇan ti."

3. Sammutiñāṇaṃ saccārammaṇañ ñeva na aññārammaṇan ti?

Āmantā.

Tena ñāṇena dukkhaṃ parijānāti, samudayaṃ pajahati, nirodhaṃ sacchikaroti, maggaṃ bhāvetīti?

Na h'evaṃ vattabbe—pe—

Sammutiñāṇakathā.

V. 7.

1. Cetopariyāye ñāṇaṃ cittārammaṇañ ñeva na aññārammaṇan ti?

Āmantā.

Nanu atthi koci sarāgaṃ cittaṃ "sarāgaṃ cittan ti" pajānātīti?

Āmantā.

Hañci atthi koci sarāgaṃ cittaṃ "sarāgaṃ cittan ti" pajānāti, no vata re vattabbe "Cetopariyāye ñāṇaṃ cittārammaṇañ ñeva na aññārammaṇan ti."

Nanu atthi koci vītarāgaṃ cittaṃ "vītarāgaṃ cittan ti"—pe—sadosaṃ cittaṃ—pe—vītadosaṃ cittaṃ—pe—samohaṃ cittaṃ—pe—vītamohaṃ cittaṃ, saṃkhittaṃ cittaṃ, vikkhittaṃ cittaṃ, mahaggataṃ cittaṃ, amahaggataṃ cittaṃ, sa-uttaraṃ cittaṃ, anuttaraṃ cittaṃ, samāhitaṃ cittaṃ, asamāhitaṃ cittaṃ, vimuttaṃ cittaṃ—pe—avimuttaṃ cittaṃ "avimuttaṃ cittan ti" pajānātīti?

Āmantā.

Hañci atthi koci avimuttaṃ cittaṃ "avimuttaṃ cittan ti" pajānāti, no vata re vattabbe "Cetopariyāye ñāṇaṃ cittārammaṇañ ñeva na aññārammaṇan ti."

2. Phassārammaṇe ñāṇaṃ vattabbaṃ cetopariyāye ñāṇan ti?

Āmantā.

Hañci phassārammaṇe ñāṇaṃ vattabbaṃ cetopariyāye ñāṇaṃ, no vata re vattabbe "Cetopariyāye ñāṇaṃ cittārammaṇañ ñeva na aññārammaṇan ti."

Vedanārammaṇe ñāṇaṃ, saññārammaṇe ñāṇaṃ, cetanārammaṇe ñāṇaṃ, cittārammaṇe ñāṇaṃ, saddhārammaṇe ñāṇaṃ, viriyārammaṇe ñāṇaṃ, satārammaṇe ñāṇaṃ, samādhārammaṇe ñāṇaṃ, paññārammaṇe ñāṇaṃ—pe—rāgārammaṇe ñāṇaṃ—pe—dosārammaṇe ñāṇaṃ—pe—anottappārammaṇe ñāṇaṃ vattabbaṃ cetopariyāye ñāṇan ti?

Āmantā.

Hañci anottappārammaṇe ñāṇaṃ vattabbaṃ cetopariyāye ñāṇaṃ, no vata re vattabbe "Cetopariyāye ñāṇaṃ cittārammaṇañ ñeva na aññārammaṇan ti."

3. Phassārammaṇe ñāṇaṃ na vattabbaṃ cetopariyāye ñāṇan ti?

Āmantā.

Phassapariyāye ñāṇan ti?

Na h'evaṃ vattabbe—pe—

Vedanārammaṇe ñāṇaṃ—pe—saññārammaṇe ñāṇaṃ—pe—anottappārammaṇe ñāṇaṃ na vattabbaṃ cetopariyāye ñāṇan ti?

Āmantā.

Anottappapariyāye ñāṇan ti?

Na h'evaṃ vattabbe—pe—

4. Na vattabbaṃ "Cetopariyāye ñāṇaṃ cittārammaṇañ ñeva na aññārammaṇan ti"?

Āmantā.

Nanu cetopariyāye ñāṇan ti?

Āmantā.

Hañci cetopariyāye ñāṇaṃ, tena vata re vattabbe "Cetopariyāye ñāṇaṃ cittārammaṇañ ñeva na aññārammaṇan ti."

Cittārammaṇakathā.

V. 8.

1. Anāgate ñāṇaṃ atthīti?

Āmantā.

Anāgataṃ mūlato jānāti, hetuto[1] jānāti, nidānato jānāti, sambhavato jānāti, pabhavato jānāti, samuṭṭhānato jānāti, āhārato jānāti, ārammaṇato jānāti, paccayato jānāti, samudayato jānātīti?

Na h'evaṃ vattabbe—pe—

2. Anāgate ñāṇaṃ atthīti?

Āmantā.

Anāgataṃ hetupaccayataṃ jānāti, ārammaṇapaccayataṃ jānāti, adhipatipaccayataṃ jānāti, anantarapaccayataṃ jānāti, samanantarapaccayataṃ jānātīti?

Na h'evaṃ vattabbe—pe—

3. Anāgate ñāṇaṃ atthīti?

Āmantā.

Gotrabhuno puggalassa sotāpattimagge ñāṇaṃ atthīti?

Na h'evaṃ vattabbe—pe—

Sotāpattiphalasacchikiriyāya paṭipannassa puggalassa sotāpattiphale ñāṇaṃ hotīti?

Na h'evaṃ vattabbe—pe—

Sakadāgāmiphalasacchikiriyāya paṭipannassa puggalassa—pe—anāgāmiphalasacchikiriyāya paṭipannassa pug-

---

[1] hetuṇo, P.S.

galassa—pe—arahattasacchikiriyāya paṭipannassa puggalassa arahatte ñāṇaṃ atthīti?

Na h'evaṃ vattabbe—pe—

4. Na vattabbaṃ "Anāgate ñāṇaṃ atthīti"?

Āmantā.

Nanu vuttaṃ Bhagavatā—"Pātaliputtassa kho Ānanda tayo antarāyā bhavissanti, aggito vā udakato vā mithubhedā vā ti." Atth'eva suttanto ti?

Āmantā.

Tena hi anāgate ñāṇaṃ atthīti.

Anāgatañāṇakathā.

V. 9.

1. Paccuppanne ñāṇaṃ atthīti?

Āmantā.

Tena ñāṇena taṃ ñāṇaṃ jānātīti?

Na h'evaṃ vattabbe—pe—

Tena ñāṇena taṃ ñāṇaṃ jānātīti?

Āmantā.

Tena ñāṇena taṃ ñāṇaṃ ñāṇan ti jānātīti?

Na h'evaṃ vattabbe—pe—

Tena ñāṇena taṃ ñāṇaṃ ñāṇan ti jānātīti?

Āmantā.

Taṃ ñāṇaṃ tassa ñāṇassa ārammaṇan ti?

Na h'evaṃ vattabbe—pe—

Taṃ ñāṇaṃ tassa ñāṇassa ārammaṇan ti?

Āmantā.

Tena phassena taṃ phassaṃ phusati, tāya vedanāya taṃ vedanaṃ vedeti, tāya saññāya taṃ saññaṃ sañjānāti, tāya cetanāya taṃ cetanaṃ ceteti, tena cittena taṃ cittaṃ cinteti, tena vitakkena taṃ vitakkaṃ vitakketi, tena vicārena taṃ vicāraṃ vicāreti, tāya pītiyā taṃ pītiṃ pīyāyati, tāya satiyā taṃ satiṃ sarati, tāya paññāya taṃ paññaṃ pajānāti, tena khaggena taṃ khaggaṃ chindati, tena pharasunā taṃ pharusaṃ tacchati, tāya kuṭhāriyā[1] taṃ kuṭhāriṃ tacchati, tāya vāsiyā taṃ vāsiṃ tacchati, tāya sūciyā taṃ sūciṃ sibbeti, tena aṅgulaggena taṃ aṅgulaggaṃ parāmasati, tena nāsikaggena taṃ nāsikaggaṃ parāmasati, tena matthakena taṃ matthakaṃ parāmasati, tena gūthena taṃ gūthaṃ dhovati, tena muttena taṃ muttaṃ dhovati, tena kheḷena taṃ kheḷaṃ dhovati, tena pubbena taṃ pubbaṃ dhovati, tena lohitena taṃ lohitaṃ dhovatīti?

Na h'evaṃ vattabbe—pe—

2. Na vattabbaṃ "Paccuppanne ñāṇaṃ atthīti"?

Āmantā.

Nanu sabbe saṃkhāre aniccato diṭṭhe taṃ pi ñāṇaṃ aniccato diṭṭhaṃ hotīti?

Āmantā.

Hañci sabbe saṃkhāre aniccato diṭṭhe taṃ pi ñāṇaṃ aniccato diṭṭhaṃ hoti, tena vata re vattabbe "Paccuppanne ñāṇaṃ atthīti."

Paccuppannañāṇakathā.

V. 10.

1. Sāvakassa phale ñāṇaṃ atthīti?

Āmantā.

Sāvako phalassa kataṃ paññāpetīti?

Na h'evaṃ vattabbe—pe—

Sāvakassa phale ñāṇaṃ paññāpetīti?

Āmantā.

Atthi sāvakassa phalaparopariyatti,[2] indriyaparopariyatti, puggalaparopariyattīti?

Na h'evaṃ vattabbe—pe—

2. Sāvakassa phale ñāṇaṃ atthīti?

Āmantā.

Atthi sāvakassa khandhapaññatti, āyatanapaññatti,

---

[1] kuṭṭhāriyā, P., kudhāriya, M.K., kuṭāriyā, S.

[2] pariyattaṃ, P.

dhātupaññatti, saccapaññatti, indriyapaññatti, puggalapaññattīti?

Na h'evaṃ vattabbe—pe—

3. Sāvakassa phale ñāṇaṃ atthīti?

Āmantā.

Sāvako jino satthā sammāsambuddho sabbaññū sabbadassāvī dhammasāmī dhammapaṭisaraṇo ti?

Na h'evaṃ vattabbe—pe—

4. Sāvakassa phale ñāṇaṃ atthīti?

Āmantā.

Sāvako anuppannassa maggassa uppādetā asañjātassa maggassa sañjanetā anakkhātassa maggassa akkhātā maggaññū maggavidū maggakovido ti?

Na h'evaṃ vattabbe—pe—

5. Na vattabbaṃ "Sāvakassa phale ñāṇaṃ atthīti"?

Āmantā.

Sāvako aññāṇī ti?

Na h'evaṃ vattabbe—pe—

Tena hi sāvakassa phale ñāṇaṃ atthīti.

Phalañāṇakathā.

Vimuttiñāṇaṃ vimuttaṃ, Sekhassa asekhaṃ ñāṇaṃ,
Viparīte ñāṇaṃ, Aniyatassa niyāmagamanāya atthi ñāṇaṃ,
Sabbaṃ ñāṇaṃ paṭisambhidā ti, Sammutiñāṇaṃ,
Cetopariyāye ñāṇaṃ, Anāgate ñāṇaṃ,
Paccuppanne ñāṇaṃ, Sāvakassa phale ñāṇan ti.

Pañcamo Vaggo.

Mahāpaṇṇāsako.

www.ingramcontent.com/pod-product-compliance
Lightning Source LLC
Chambersburg PA
CBHW020807060726
47498CB00017B/906
* 9 7 8 3 3 3 7 3 8 5 0 8 8 *